GW01607222

UNE VÉRITÉ À DEUX VISAGES

Né en 1956, Michael Connelly commence sa carrière comme journaliste en Floride, ses articles sur les survivants d'un crash d'avion en 1986 lui valant d'être sélectionné pour le prix Pulitzer. Il travaille au *Los Angeles Times* quand il décide de se lancer dans l'écriture avec *Les Égouts de Los Angeles*, pour lequel il reçoit l'Edgar du premier roman. Il y campe le célèbre personnage du policier Harry Bosch, que l'on retrouvera notamment dans *Volte-face* et *Ceux qui tombent*. Auteur du *Poète*, il est considéré comme l'un des maîtres du roman policier américain. Deux de ses livres ont déjà été adaptés au cinéma, et l'ensemble de son œuvre constitue le cœur de la série télévisée *Bosch*. Les romans de Michael Connelly se sont vendus à près de soixante-cinq millions de livres dans le monde et ont été traduits en trente-neuf langues.

Paru au Livre de Poche :

LA BLONDE EN BÉTON
LE CADAVRE DANS LA ROLLS
CEUX QUI TOMBENT
LE CINQUIÈME TÉMOIN
DANS LA VILLE EN FEU
LE DERNIER COYOTE
LES DIEUX DU VERDICT
LES ÉGOUTS DE LOS ANGELES
EN ATTENDANT LE JOUR
L'ENVOL DES ANGES
LA GLACE NOIRE
JUSQU'À L'IMPENSABLE
LA LUNE ÉTAIT NOIRE
MARIACHI PLAZA
L'OISEAU DES TÉNÈBRES
LE POÈTE
SUR UN MAUVAIS ADIEU
VOLTE-FACE

MICHAEL CONNELLY

Une vérité à deux visages

ROMAN TRADUIT DE L'ANGLAIS (ÉTATS-UNIS) PAR ROBERT PÉPIN

CALMANN-LÉVY

Titre original :

TWO KINDS OF TRUTH

Publié avec l'accord de Little, Brown and Company, Inc., New York, New York, U.S.A.

ISBN : 978-2-253-24170-6 – 1re publication LGF

Pour Heather Rizzo
Merci pour le titre, et le reste

Première partie

LES EMBOBINEURS

Chapitre 1

Installé dans la cellule n° 3 de la vieille prison de San Fernando, Bosch feuilletait des dossiers de l'affaire Esme Tavares dans une de ses boîtes de rangement lorsqu'il reçut un texto d'avertissement de Bella Lourdes du Bureau des inspecteurs :

> LAPD et district attorney vont débarquer chez toi. Trevino leur a dit où t'étais.

Il était à l'endroit où il se trouvait les trois quarts du temps en début de semaine : assis à son bureau de fortune fait d'une porte en bois empruntée au dépôt des Travaux publics et posée en travers de deux piles de boîtes de rangement. Après avoir remercié sa collègue par texto, il ouvrit l'application Dictaphone sur son téléphone, enclencha l'enregistrement, mit l'appareil sur son bureau écran tourné vers le plateau et couvrit en partie son portable avec un dossier de la boîte Tavares. Mesure de précaution au cas où, rien de plus. Il n'avait aucune idée des raisons qui pouvaient pousser des gens du Bureau du district attorney et de son ancien service de police à venir le voir un lundi matin à la première heure. Il n'avait reçu aucun appel le prévenant de quoi que ce soit, mais c'est vrai, derrière les barreaux en acier de la pièce la connexion cellulaire était quasiment inexistante. Il n'empêche : il savait bien que cette visite-surprise tenait souvent de la manœuvre tactique. Les relations qu'il entretenait avec le LAPD depuis sa retraite forcée trois ans plus tôt étaient au mieux tendues, et son avocat l'avait pressé de tout noter de ses interactions avec cet organisme.

En attendant ses visiteurs, il revint au dossier qui l'occupait. C'était aux déclarations faites dans les semaines qui avaient suivi la disparition de Tavares qu'il s'intéressait. Il les avait déjà lues, mais pensait que c'était dans ces documents que résidait le secret permettant de trouver la solution de n'importe quelle affaire non résolue. Tout y était, quand on arrivait à le voir. Une faille dans la logique, un indice caché, des déclarations contradictoires, une note manuscrite portée par l'enquêteur dans une marge… Tout cela l'avait aidé à résoudre bien des énigmes dans ses quelque quarante années en tant qu'inspecteur des Homicides, et ce n'était pas fini.

Les dossiers de l'affaire Tavares remplissaient trois boîtes de rangement. Officiellement il s'agissait d'une disparition de personne, mais cette qualification juridique avait donné naissance à pratiquement un mètre de dossiers car elle avait été retenue par défaut, le corps n'ayant pas été retrouvé.

Lorsqu'il était arrivé au San Fernando Police Department pour y mettre gratuitement à profit ses talents de spécialiste des *cold cases*, il avait demandé au chef Anthony Valdez par quoi commencer. Le chef, et il avait vingt-cinq de maison, lui avait répondu de s'attaquer d'abord au dossier d'Esmeralda Tavares. C'était l'affaire qui avait hanté l'enquêteur qu'il avait été, et le chef de police qu'il était devenu n'avait pas le temps qu'il aurait fallu pour la résoudre.

Pendant les deux années où il avait travaillé au commissariat de San Fernando, Bosch avait rouvert plusieurs dossiers et avait résolu presque une douzaine d'affaires – entre autres, de viols et de meurtres en série. Mais c'était à celle d'Esme Tavares qu'il revenait dès qu'il avait une heure de libre à consacrer à l'examen des boîtes de rangement. Elle commençait à le hanter lui aussi : une jeune mère qui disparaît en laissant derrière elle un bébé endormi dans son berceau… On pouvait certes qualifier cela de « disparition », mais Bosch n'avait pas eu à lire tous les dossiers de la première boîte pour savoir ce que savaient le chef et tous les enquêteurs qui l'avaient précédé : il y avait très probablement eu crime. Esme Tavares avait fait bien plus que disparaître. Elle était morte.

Bosch entendit s'ouvrir la porte en métal donnant accès au quartier des cellules, puis des pas résonner sur le sol en béton devant les trois dernières. Il jeta un coup d'œil entre les barreaux de la sienne et fut surpris de voir qui c'était.

— Salut, Harry !

C'était son ancienne coéquipière Lucia Soto accompagnée de deux types en costume qu'il ne reconnut pas. Le fait qu'elle ne l'ait pas prévenu de leur visite lui avait mis la puce à l'oreille. Du quartier général du LAPD ou même du Bureau du district attorney, on mettait quarante minutes en voiture pour arriver. Et cela aurait laissé amplement le temps de lui envoyer un texto pour dire : « Harry, on arrive chez toi. » Cela ne s'étant pas produit, il comprit que les deux types qu'il ne connaissait pas avaient ordonné à son ancienne collègue de la fermer.

— Lucia ! Ça fait un bail ! lui lança-t-il. Comment vas-tu ?

Personne ne semblait avoir envie d'entrer dans sa cellule alors même qu'elle n'avait plus du tout la même fonction. Bosch se leva, attrapa très habilement son téléphone sous le dossier de son bureau et le fit discrètement passer dans sa poche de poitrine, écran tourné vers lui. Puis il gagna les barreaux et lui tendit la main. S'il l'avait bien eue de temps en temps au téléphone et lui avait écrit des textos ces deux dernières années, c'était la première fois qu'il la revoyait. Elle avait changé. Perdu du poids. Ses traits étaient tirés par la fatigue et son regard inquiet. Au lieu de lui serrer la main, elle la lui prit en étau, et si fermement qu'il y vit un message : « Fais attention. »

Bosch n'eut aucun mal à deviner qui était qui en regardant les deux bonshommes. La quarantaine l'un et l'autre, ils portaient des costumes tout droit sortis de Men's Wearhouse. Mais les rayures de celui de gauche montraient des signes de fatigue. Cela voulait dire, et Bosch le savait, qu'il portait un flingue d'épaule sous sa veste, le chargeur de son arme frottant sur le tissu. La doublure en soie de son vêtement était probablement déjà complètement bouffée. Encore six mois et son costume serait mort.

— Bob Tapscott, dit-il. Le coéquipier de Lucky Lucy maintenant.

Tapscott était noir et Bosch se demanda s'il était de la famille de feu Horace Tapscott, le musicien de South L.A. qui avait joué un rôle de premier plan dans la préservation de l'identité jazz de la communauté.

— Et moi, c'est Alex Kennedy. Je suis adjoint au district attorney, lança l'autre. Nous aimerions vous parler, si vous avez quelques minutes.

— Euh, oui, bien sûr. Entrez donc dans mon bureau.

Il leur montra le fond de l'ancienne cellule maintenant tapissé de rayonnages en acier pour les dossiers. Il y avait aussi un long banc qui datait de l'époque où la pièce était une cellule de dégrisement, et Bosch y avait posé des fichiers à examiner. Il commença à les empiler pour faire de la place à ses visiteurs, même s'il se doutait bien qu'ils n'allaient pas s'asseoir dessus.

— En fait, nous avons déjà parlé avec le capitaine Trevino, et il est d'accord pour qu'on prenne la salle de crise du bureau des inspecteurs, répondit Tapscott. Ça sera plus confortable. Ça vous embête ?

— Moi, si ça n'embête pas le capitaine, ça ne m'embête pas non plus. Et d'ailleurs, de quoi s'agit-il ?

— Preston Borders, répondit Soto.

Bosch gagnait la porte ouverte de la cellule lorsque entendre ce nom le fit ralentir un rien.

— Attendons d'être dans la salle de crise, ajouta vite Kennedy. À ce moment-là on pourra parler.

Soto regarda Bosch d'une façon qui laissait clairement entendre qu'elle était sous la coupe du district attorney sur ce coup-là. Il prit ses clés et le cadenas sur son bureau, sortit de la cellule et fit coulisser la porte en métal qui claqua fort en se fermant. La clé de la cellule ayant disparu depuis longtemps, il glissa une chaîne de bicyclette entre les barreaux et verrouilla la porte avec le cadenas.

Ils quittèrent la vieille prison et traversèrent la cour réservée aux équipements des Travaux publics pour gagner la 1re Rue. Alors qu'ils attendaient au feu pour traverser, Bosch sortit son téléphone de sa poche comme si de rien n'était et vérifia ses messages. Il n'avait rien reçu ni de Soto ni de personne d'autre avant l'arrivée de ces messieurs-dame du centre-ville. Il n'arrêta pas l'enregistrement et remit l'appareil dans sa poche.

Alors Soto parla, mais pas du tout de l'affaire qui l'avait fait monter à San Fernando.

— C'est vraiment ton bureau, Harry ? lui demanda-t-elle. Non parce que… Ils t'ont mis dans une cellule de prison ?

— Eh oui, répondit-il. C'était la cellule de dégrisement et il y a des moments où je crois encore sentir l'odeur de vomi quand je l'ouvre le matin. On dit aussi que cinq ou six mecs s'y sont pendus au fil des ans. A priori, l'endroit serait hanté. Mais comme c'est là qu'ils archivent les dossiers des affaires non résolues, c'est là que je travaille. Et comme ils gardent les vieilles boîtes à éléments de preuve dans les deux autres cellules, c'est plutôt pratique. Et d'habitude, personne ne vient m'y embêter, lança-t-il en espérant que le message serait clair pour ses visiteurs.

— Et donc, ils n'ont pas de prison ? reprit Soto. Il faut qu'ils transfèrent leurs prises à Van Nuys ?

Bosch lui montra le commissariat vers lequel ils avançaient, de l'autre côté de la chaussée.

— Non, répondit-il. Ce sont seulement les femmes qui descendent à Van Nuys. On a une prison pour les hommes. Dans l'enceinte du commissariat. Avec des cellules individuelles dernier cri. J'y ai même passé la nuit plusieurs fois. C'est nettement mieux que la salle aux lits superposés du Public Administration Building où tout le monde ronfle.

Elle lui coula un regard comme pour lui dire qu'il avait vraiment changé s'il était maintenant d'accord pour dormir dans une cellule de prison.

— Je peux travailler et donc dormir n'importe où, lui renvoya-t-il avec un clin d'œil.

La circulation s'étant calmée, ils traversèrent et gagnèrent le commissariat par l'entrée principale. Le bureau des inspecteurs y donnait directement sur la droite. Bosch l'ouvrit avec une carte-clé et tint la porte.

Le bureau n'était pas plus grand qu'un garage à une place. En son centre se trouvaient trois postes de travail entassés en un seul module. C'étaient ceux des trois inspecteurs à plein-temps de l'unité, Danny Sisto, un inspecteur récemment promu et répondant au nom d'Oscar Luzon, et Bella Lourdes, revenue, elle, depuis à peine deux mois après un long congé pour blessure en service. Le long des murs de l'unité s'alignaient des classeurs de rangement, des chargeurs de radio, une machine à café et un coin imprimante, le tout sous des panneaux d'affichage où s'entassaient des emplois du temps et des annonces de service. Il s'y trouvait encore de nombreux avis de recherche, dont toute une collection de photos d'Esme Tavares publiées sur une période de quinze ans.

Très haut sur un mur était postée une affiche avec Riri, Fifi et Loulou, les très emblématiques canards de Disney qui étaient aussi les fiers surnoms de trois inspecteurs du module en dessous. Le bureau de Trevino était à droite et la salle de crise à gauche. Une troisième pièce était sous-louée au Bureau du médecin légiste et utilisée par deux enquêteurs des services du coroner qui couvraient toute la vallée de San Fernando et quelques endroits de plus vers le nord.

Les trois inspecteurs étaient à leurs postes de travail. Ils venaient de démanteler un gros gang de voleurs de voitures opérant en dehors de la ville, l'avocat d'un des suspects les ayant alors traités de « Riri », « Fifi » et « Loulou ». Ils avaient pris ce surnom de groupe comme une marque d'honneur.

Bosch vit que Lourdes lui jetait un coup d'œil par-dessus la cloison de séparation de son bureau. Il lui renvoya un léger salut de la tête pour la remercier. Cela signifiait aussi que pour l'instant tout allait bien.

Il conduisit ses visiteurs à la salle de crise. Elle était insonorisée, et ses murs couverts de tableaux blancs et de moniteurs à écran plat. Au centre se trouvait une table de style conseil d'administration avec huit fauteuils en cuir autour. Elle avait été conçue pour servir de poste de commandement aux inspecteurs enquêtant sur les crimes majeurs, aux opérations spéciales et à la coordination des réponses à apporter aux urgences à caractère public du type émeutes et tremblements de terre. La réalité étant que ces incidents se produisant rarement, la pièce servait essentiellement de salle de restaurant, sa grande table et ses fauteuils confortables convenant parfaitement à des déjeuners de groupe. On y sentait distinctement des odeurs de bouffe mexicaine. La propriétaire du *Magaly's Tamales* de Maclay Avenue y laissait régulièrement de la nourriture gratuite pour les troupes qui, d'habitude, s'empressaient de la dévorer.

— Asseyez-vous donc, reprit Bosch.

Tapscott et Soto s'installèrent d'un côté de la table, Kennedy en faisant le tour pour prendre place en face d'eux. Bosch se posa dans un fauteuil à un bout du plateau de façon à voir ses visiteurs sous plusieurs angles.

— Alors, lança-t-il, qu'est-ce qui se passe ?

— Commençons par nous présenter comme il faut, lui renvoya Kennedy. Bien sûr, vous connaissez l'inspecteur Soto pour avoir travaillé avec elle à l'unité des Affaires non résolues. Et vous venez de faire la connaissance de l'inspecteur Tapscott. Ils travaillent tous les deux avec moi sur une enquête pour homicide dont vous vous êtes occupé il y a presque trente ans.

— L'affaire Preston Borders, dit Bosch. Comment va-t-il ? Toujours dans le couloir de la mort à San Quentin la dernière fois que j'ai vérifié.

— Toujours, oui.

— Alors pourquoi reprenez-vous l'affaire ?

Kennedy avait rapproché son fauteuil de la table, y avait posé les bras et les avait croisés. Il tapota les doigts de la main gauche sur le plateau comme s'il réfléchissait à la manière de répondre à la question alors même que tout dans cette visite avait été très clairement répété.

— J'ai été affecté à l'unité de Vérification de l'Intégrité des Peines, dit-il. Je suis sûr que vous en avez entendu parler. J'ai pris les inspecteurs Tapscott et Soto avec moi dans certaines enquêtes dont je me suis occupé à cause de l'habileté avec laquelle ils travaillent les affaires non résolues.

Bosch savait que cette unité était récente et avait été mise en place après son départ du LAPD. Sa formation répondait à une promesse faite lors d'une campagne électorale animée où la régulation des pratiques policières avait fait l'objet de débats houleux. Tak Kobayashi, le district attorney nouvellement élu, avait juré de créer une unité capable de répondre à l'augmentation apparemment considérable d'affaires où les nouvelles techniques de médecine légale avaient conduit à des centaines d'exonérations d'individus emprisonnés dans tout le pays. Non seulement cette nouvelle science montrait la voie mais, maintenant ridiculisée, l'ancienne, que jadis on pensait inattaquable dans la manifestation de la preuve, ouvrait des portes de prison aux innocents.

Dès que Kennedy eut mentionné sa mission, Bosch remit les choses en place et sut de quoi il retournait. Borders, l'homme soupçonné d'avoir tué trois femmes, mais reconnu coupable d'un seul meurtre, essayait une dernière fois d'être libéré après avoir passé presque trente ans au couloir de la mort.

— Vous voulez me faire marcher, c'est ça ? Borders ? Non, vraiment ? Vous réétudiez sérieusement son cas ? s'exclama-t-il en passant de Kennedy à son ancienne collègue.

Il se sentait complètement trahi.

— Lucia ? insista-t-il.

— Harry, dit-elle, faut que tu écoutes.

Chapitre 2

Bosch avait l'impression que les murs de la salle de crise se refermaient sur lui. Aussi bien dans son esprit que dans la réalité, il avait mis Borders en taule pour de bon. Il ne comptait pas que ce sadique assassin sexuel reçoive jamais la piqûre, mais le couloir de la mort n'en constituait pas moins un petit enfer particulier à lui tout seul – et bien plus pénible à supporter que toute sentence condamnant tel ou tel à faire partie de la population carcérale ordinaire. Et cet isolement était bien ce qu'il méritait. Borders était arrivé à San Quentin à l'âge de vingt-six ans. Aux yeux de Bosch, cela voulait dire cinquante et quelques années de cachot. Peut-être moins, mais seulement s'il avait de la chance. En Californie, plus de détenus meurent par suicide que par exécution capitale dans le couloir de la mort.

— Ce n'est pas aussi simple que vous croyez, reprit Kennedy.

— Vraiment ? Dites-moi donc pourquoi.

— L'UVIP a pour obligation de prendre en compte toutes les demandes légitimes qui lui arrivent. Notre révision générale des affaires est la première étape du processus et se déroule dans nos murs avant d'être passée au LAPD ou à une autre agence des forces de l'ordre. Dès qu'un cas suscite un certain niveau d'inquiétude, nous passons à l'étape suivante et faisons appel aux autorités judiciaires pour mener une enquête équitable.

— Et bien sûr, à ce moment-là tout le monde doit jurer de respecter le secret, fit remarquer Bosch en regardant Soto.

Elle se détourna.

— Absolument, dit Kennedy.

— Je ne sais pas quelles preuves Borders ou son avocat vous ont soumises, mais c'est que des conneries, lâcha Bosch. Il a assassiné Danielle Skyler et tout le reste est de l'arnaque.

Kennedy laissa passer, mais à son regard, Bosch sentit sa surprise qu'il se rappelle encore le nom de la victime.

— Oui, dit-il, ça remonte à trente ans et je n'ai pas oublié son nom. Je me souviens aussi de Donna Timmons et de Vicki Novotney, les deux victimes pour lesquelles, d'après vous, nous n'avions pas assez d'éléments de preuve pour que vous poursuiviez. Elles faisaient partie de cette enquête équitable que vous avez menée ?

— Harry, dit Soto en essayant de le calmer.

— Borders ne nous a amené aucune preuve nouvelle, reprit Kennedy. Parce qu'elle était déjà là.

Bosch eut l'impression de recevoir un coup de poing. Il savait que Kennedy faisait référence aux éléments physiques de l'affaire, cela impliquant qu'il y avait ou dans la scène de crime même ou ailleurs une preuve qui innocentait Borders. Incompétence ou, pire, malversation caractérisée, cela voulait dire qu'il ne l'avait pas vue ou qu'il l'avait intentionnellement gardée pour lui.

— De quoi parlons-nous exactement ? demanda-t-il.

— D'ADN, répondit Kennedy. Cela ne faisait pas partie du dossier en 88. L'affaire a été jugée avant que l'ADN ne soit admis dans les cours pénales de Californie. Il a fallu encore un an avant qu'il ne soit introduit et accepté par les tribunaux de Ventura. Et dans le comté de L.A., ça a demandé un an de plus.

— Y avait pas besoin d'ADN, dit Bosch. On avait retrouvé les affaires de la victime cachées dans son appartement.

Kennedy adressa un signe de tête à Soto.

— Nous sommes allés aux Scellés et nous avons sorti son carton, dit-elle. Tu connais la routine. Nous avons rassemblé les vêtements de la victime et les avons apportés au labo pour les tests de sérologie.

— Ils avaient déjà été faits il y a trente ans ! s'exclama Bosch. Mais à cette époque-là, on cherchait les marqueurs génétiques A, B et O au lieu de l'ADN. Et ils n'ont rien trouvé. Et vous allez me dire que…

— Ils ont trouvé du sperme, répondit Kennedy. En quantité infinitésimale, mais cette fois, oui, ils en ont trouvé. Étant évidemment devenues plus élaborées depuis ce meurtre, les analyses ont montré que ce n'était pas du sperme de Borders.

Bosch hocha la tête.

— OK, je donne ma langue au chat. C'était celui de qui ?

— D'un violeur du nom de Lucas John Olmer, répondit Soto.

Bosch n'avait jamais entendu parler de ce Lucas John Olmer. Son esprit se mettant au travail, il chercha l'arnaque, le coup monté, sans jamais envisager qu'il ait pu se tromper lorsqu'il avait refermé les menottes sur les poignets de Borders.

— Cet Olmer est à San Quentin, non ? Tout ce truc est une…

— Non, il n'y est pas, dit Tapscott. Il est mort.

— Fais-nous un peu confiance, Harry, ajouta Soto. Ce n'est pas comme si on voulait tout ça. Olmer n'a jamais mis les pieds à San Quentin. Il est mort à Corcoran en 2015 et il n'avait jamais croisé Borders.

— On a vérifié ça des dizaines de fois, reprit Tapscott. Ces prisons sont à quatre cent cinquante kilomètres l'une de l'autre et ils ne se connaissaient pas. Et n'ont jamais communiqué entre eux. C'est pas ça.

Il y avait une certaine dose de suffisance à la « je t'ai eu » dans la façon dont il parlait. Bosch eut envie de lui en coller une dans la figure. Soto savait ce qui faisait démarrer son ancien collègue et posa la main sur son bras.

— Harry, dit-elle, ce n'est pas de ta faute. C'est le labo. Tous les rapports sont là. Tu as raison… Ils n'avaient rien trouvé. Ils ont loupé ça.

Bosch la regarda, elle retira sa main.

— Tu le crois vraiment ? demanda-t-il. Parce que moi, non. C'est Borders. C'est lui qui est derrière tout ça… d'une manière ou d'une autre. Je le sais.

— Comment le sais-tu, Harry ? On a aussi cherché le coup monté.

— Qui a fouillé dans son carton depuis le procès ?

— Personne. En fait, le dernier à être allé voir aux Scellés, c'est toi. Les sceaux d'origine étaient intacts et portaient ta signature et la date de ton passage. Montre-lui la vidéo, lança-t-elle à Tapscott, qui sortit son portable, lança une vidéo et tourna l'écran vers Bosch.

— Piper Tech, précisa-t-il.

Le Piper Tech était un énorme complexe en centre-ville où se trouvait l'unité de contrôle des Scellés du LAPD, en plus de l'unité des Empreintes et de la Flotte aérienne – aussi grand qu'un terrain de football américain, le toit en servait d'héliport. Bosch savait que le protocole d'intégrité à l'unité des Archives était d'un niveau élevé. Des officiers assermentés devaient présenter des pièces d'identité du service et leurs empreintes pour avoir le droit de sortir des éléments de preuve pour la moindre affaire. Les cartons étaient ouverts dans une salle d'examen placée vingt-quatre heures sur vingt-quatre sous surveillance vidéo. Sauf que ça, c'était la vidéo de Tapscott, et enregistrée sur son portable.

— Ce n'était pas notre premier petit tour avec l'UVIP, alors nous avons notre propre protocole, reprit Tapscott. L'un d'entre nous ouvre le carton pendant que l'autre enregistre tout le truc. Qu'ils aient leurs propres caméras là-bas n'a aucune importance. Comme vous pouvez le voir, aucun sceau n'est brisé et personne n'a trafiqué quoi que ce soit.

La vidéo montrait Soto en train de présenter le carton à la caméra et de le tourner de façon à ce qu'on voie que tous les côtés en étaient intacts. Les jointures avaient été scellées avec les vieilles étiquettes dont on se servait dans les années 80. Depuis au moins deux ou trois décennies, le LAPD utilisait du ruban adhésif rouge qui se fissurait et se détachait dès qu'on y touchait. En 1988, des étiquettes rectangulaires portant la mention ÉLÉMENTS DE PREUVE ANALYSÉS PAR LE SERVICE, la signature du policier et la date servaient à sceller ces cartons. Soto manipulait le sien d'un air blasé, Bosch comprenant que pour elle, c'était perdre son temps que de le vérifier. Jusqu'à ce moment-là au moins, elle était donc toujours dans son camp.

Tapscott s'était approché tout près des sceaux fermant le haut du carton. Bosch y vit sa signature sur l'étiquette du milieu et la date qu'il y avait inscrite : 9 septembre 1988. Il savait qu'elle indiquait que les scellés avaient été apposés à la fin du procès. Il avait rapporté les éléments de preuve à la salle et scellé le carton avant de le déposer dans la zone de contrôle, au cas où un appel renversant le verdict, il aurait fallu repartir au procès. Et rien de tel ne s'étant produit avec Borders, le carton avait dû rester sur une étagère de la salle et avoir échappé à toute tentative de grand ménage : Bosch y avait en effet porté, et très clairement, la mention « 187 », soit le numéro du Code pénal de Californie désignant le meurtre, ce qui, dans la salle des Scellés, signifiait : « Ne pas jeter ».

Au fur et à mesure que Tapscott déplaçait la caméra, Bosch reconnut la routine qu'il suivait alors : coller des scellés sur toutes les jointures du carton, y compris en dessous. Il avait toujours procédé ainsi jusqu'au moment où le ruban adhésif rouge était apparu.

— Remontez en arrière, dit-il. Je veux juste revoir la signature.

Tapscott recula le portable, manipula la vidéo et gela l'image en gros plan sur le scellé que Bosch avait signé. Puis il approcha l'écran, Bosch se penchant pour l'examiner. La signature s'était effacée et était difficile à lire, mais elle lui parut authentique.

— OK, dit-il.

Tapscott réenclencha la vidéo. L'écran montra Soto faisant usage d'un cutter attaché à une table d'examen par un câble métallique pour couper les étiquettes et ouvrir le carton. Puis elle se mit à en sortir des articles (y compris les vêtements de la victime et une enveloppe contenant des rognures de ses ongles) en en donnant le nom afin que ce soit dûment enregistré. Parmi ces objets, elle mentionna un pendentif en forme d'hippocampe, la pièce maîtresse du dossier contre Borders.

Avant même que la vidéo ne prenne fin, Tapscott reprit son portable et, impatient, interrompit la lecture et rangea l'appareil.

— Et la suite, c'est du même acabit, dit-il. Personne n'a trafiqué ce carton, Harry. Ce qu'il y avait dedans y était depuis le jour où vous l'avez scellé après le procès.

Qu'il n'ait pas pu voir la vidéo dans son intégralité agaçait Bosch. Et que Tapscott, qu'il ne connaissait pas, l'appelle par son prénom le dérangeait aussi. Mais il mit tout cela de côté et garda longtemps le silence en pensant que peut-être pour la première fois depuis trente ans il s'était trompé en croyant avoir mis à jamais un tueur sadique derrière les barreaux.

— Où l'ont-ils trouvé ? demanda-t-il enfin.

— Où ont-ils trouvé quoi ? lui renvoya Tapscott.

— L'ADN.

— Un point minuscule sur le bas de pyjama de la victime.

— Très facile à rater en 87, fit remarquer Soto. Probable qu'on ne se servait encore que de lumière noire.

Bosch acquiesça d'un signe de tête.

— Bon, et qu'est-ce qui se passe maintenant ? demanda-t-il.

Soto regarda Kennedy. C'était à lui de répondre à la question.

— Il va y avoir une audience en *habeas corpus*. Elle est prévue pour mercredi en huit, en salle 117, dit l'attorney. Nous allons nous joindre aux avocats de Borders pour demander au juge d'annuler la sentence et de le libérer du couloir de la mort.

— Putain de Dieu ! s'exclama Bosch.

— Son avocat a aussi averti la Ville qu'il allait porter plainte, enchaîna Kennedy. Nous sommes entrés en contact avec le Bureau des avocats de la ville et ils ont bon espoir de négocier un accord financier. On devrait arriver à une somme à sept chiffres.

Bosch baissa les yeux sur la table. Il était incapable de soutenir leurs regards.

— Et je dois vous avertir, reprit Kennedy. Si on ne parvient pas à un accord et qu'il porte plainte au niveau fédéral, il pourrait s'en prendre à vous personnellement.

Bosch hocha la tête. Ça, il le savait déjà. Une plainte au civil déposée par Borders pouvait le laisser personnellement responsable du dommage si la Ville décidait de ne pas le couvrir. Et comme cela faisait deux ans qu'il la poursuivait devant les tribunaux pour récupérer la totalité de sa pension, il était peu probable qu'il trouve une seule bonne âme au Bureau des avocats de la ville désireuse de l'indemniser pour les sommes qu'il devrait payer à Borders. La seule pensée qui lui vint à ce moment-là fut pour sa fille : il risquait de se retrouver à ne rien pouvoir lui léguer en dehors d'une police d'assurance après sa mort.

— Je suis désolée, dit Soto. S'il y avait d'autres…

Elle ne termina pas sa phrase. Lentement, il leva la tête pour croiser son regard.

— Neuf jours, dit-il.

— Qu'est-ce que tu veux dire ?

— L'audience est dans neuf jours. Je n'ai que ça pour trouver comment il a manigancé son coup.

— Harry, ça fait cinq semaines qu'on travaille là-dessus. Il n'y a rien à chercher. Ça s'est passé avant qu'Olmer ne soit dans la ligne de mire de quiconque. Tout ce qu'on sait, c'est qu'il n'était pas en prison à ce moment-là… Il était à L.A. et on a des preuves qu'il travaillait. Mais de l'ADN, il y en a. Là, sur le pyjama de la victime, et c'est celui d'un type qui a été plus tard reconnu coupable de plusieurs viols avec enlèvement. Et tous après bris de clôture… À peu près la même chose que dans l'affaire Skyler. Mais sans la mort. Non parce que, regarde les faits. Aucun attorney au monde ne toucherait à un truc pareil ou ne procéderait autrement.

Kennedy s'éclaircit la gorge.

— Nous sommes venus vous voir par respect pour vous et toutes les affaires que vous avez résolues au fil du temps, inspecteur. Nous ne voulons pas nous retrouver en position d'adversaires dans cette histoire. Ce ne serait pas bon pour vous.

— Et vous ne pensez pas que toutes ces affaires résolues en seront affectées ? Ouvrez la porte à ce type, et vous l'ouvrez à tous les individus que j'ai mis à l'ombre. Même chose si vous faites porter le chapeau au labo. Ça entachera tout.

Bosch se carra dans son fauteuil et regarda fixement son ancienne coéquipière. Dont il avait jadis été le mentor. Elle savait forcément tout ce qu'il ressentait.

— C'est comme ça, reprit Kennedy. Nous avons une règle : mieux vaut cent coupables dehors qu'un innocent en prison.

— Épargnez-moi vos conneries à la Benjamin Franklin de bas étage ! lâcha Bosch. Nous avons trouvé des éléments de preuves reliant Borders à la disparition de ces trois femmes et votre bureau a fait l'impasse sur deux d'entre elles parce qu'un petit morveux de procureur a déclaré que ces preuves n'étaient pas suffisantes. Tout ça n'a aucun sens. Je veux ces neuf jours pour mener ma propre enquête et avoir accès à tout ce que vous avez jusque-là.

Il s'adressait à Soto, mais ce fut Kennedy qui lui répondit.

— Il n'en est pas question, inspecteur. Comme je vous l'ai dit, nous sommes venus ici par mesure de courtoisie, mais cette enquête n'est plus à vous.

Avant que Bosch ne puisse le contrer, on frappa à la porte, qui s'entrebâilla. Bella Lourdes apparut dans l'encadrement et lui fit signe de la suivre.

— Harry, dit-elle. Faut qu'on parle. Tout de suite.

Il y avait tant d'urgence dans sa voix qu'il ne put l'ignorer. Il se retourna vers les autres, toujours assis autour de la table, et se leva.

— Attendez-moi une seconde, dit-il. Nous n'avons pas fini.

Il gagna la porte, Lourdes ne cessant de le presser de sortir de là. Puis elle referma la porte derrière lui. Il remarqua que la salle des inspecteurs était déserte : personne dans le module, la porte du bureau du capitaine ouverte, son fauteuil vide.

Et Lourdes était très clairement agitée. Signe d'angoisse qu'il avait vu faire à cette femme toute petite et trapue depuis qu'elle avait repris le travail, elle glissait ses courtes mèches derrière ses oreilles.

— Qu'est-ce qu'il y a ? demanda-t-il.

— On a deux morts suite à un vol à main armée dans une *farmacia* du centre commercial.

— Deux quoi ? Deux flics ?

— Non, juste des gens. Derrière le comptoir. Deux 187. Le patron veut tout le monde sur le pont. Tu es prêt ? Tu veux partir avec moi ?

Bosch jeta un coup d'œil à la porte de la salle de crise toujours fermée et repensa à ce qui s'y était dit. Qu'allait-il pouvoir y faire ? Comment allait-il gérer cette affaire ?

— Vite, Harry, faut que j'y aille. Tu prends ou tu prends pas ?

Il la regarda.

— Bon d'accord, allons-y.

Ils gagnèrent vite la sortie donnant directement sur le parking latéral où les inspecteurs et le commandement se garaient. Il sortit son portable de sa poche de chemise et éteignit le dictaphone.

— Et eux ? demanda-t-elle.

— Qu'ils aillent se faire foutre ! répondit-il. Ils trouveront.

Chapitre 3

D'une superficie d'à peine cinq kilomètres carrés, la cité de San Fernando est entourée de tous les côtés par la ville de Los Angeles. Pour Bosch, elle tenait de l'aiguille dans le tas de foin, minuscule espace et minuscule boulot qu'il avait trouvés lorsque le LAPD en avait eu fini avec lui alors qu'il pensait toujours avoir une mission à remplir, mais apparemment nul endroit où aller. En proie à des ennuis budgétaires après la récession de 2008, la ville avait viré un quart de ses quarante policiers et cherchait activement à créer un corps de volontaires composé d'officiers à la retraite, et ce dans tous les domaines, de la patrouille à la communication en passant par les inspecteurs.

Lorsque le chef Valdez l'avait approché en lui disant qu'il disposait d'une vieille cellule de prison pleine d'affaires non résolues et personne pour s'y attaquer, Bosch y avait vu la bouée de sauvetage qu'on jette à l'homme qui se noie. Il était seul et à la dérive après avoir quitté, et sans cérémonie, un LAPD qu'il avait servi pendant presque quarante ans, au moment même où sa fille s'envolait de chez lui pour aller faire ses études. Plus important encore, cette offre lui était arrivée alors même qu'il se sentait inaccompli. Après toutes les années qu'il avait données au LAPD, jamais il n'aurait cru devoir un jour en fermer la porte derrière lui et ne plus jamais pouvoir y revenir.

À une étape de la vie où la plupart des hommes se lancent dans le golf ou achètent un bateau, il se sentait résolument incomplet. Bosch était quelqu'un qui bouclait ses dossiers, quelqu'un qui avait besoin de résoudre des affaires et à la longue, il le savait, passer détective privé ou enquêter pour un avocat de la défense ne le satisferait jamais. Il avait accepté l'offre et avait bientôt démontré au SFPD qu'il était toujours à la hauteur. D'enquêteur travaillant à temps partiel sur des affaires non résolues, il était vite devenu le mentor de tout le Bureau des inspecteurs. Dévoués, Riri, Fifi et Loulou étaient certes de bons inspecteurs, mais ils avaient à eux trois moins de dix ans d'expérience. Le capitaine Trevino lui-même ne travaillait qu'à temps partiel dans l'unité, qui devait en plus superviser et la communication et la gestion de la prison. C'était à Bosch qu'était revenue la tâche d'apprendre la mission à Lourdes, Sisto et Luzon.

Le centre commercial s'étendait sur deux blocs de la San Fernando Road qui traverse le centre-ville avec, de part et d'autre de la chaussée, des petits magasins, des entreprises, des bars et des restaurants. Sis dans un quartier historique de l'agglomération, il s'ordonnait à une extrémité autour d'un grand magasin maintenant fermé et vide depuis plusieurs années, sa façade s'ornant encore de l'enseigne JC Penney. La plupart des autres panneaux étaient en espagnol, les entreprises du genre salons *quinceañera*[1], boutiques d'occasions et de produits mexicains servant une population essentiellement latino.

Le lieu de la fusillade ne se trouvait qu'à trois minutes de voiture du commissariat. Lourdes prit son véhicule municipal banalisé, Bosch faisant de son mieux pour mettre derrière lui l'affaire Borders et ce qui s'était dit dans la salle de crise de façon à pouvoir se concentrer sur la tâche qui l'attendait.

— Bon alors, qu'est-ce qu'on sait ? demanda-t-il.

— Deux morts à *La Farmacia Familia*, répondit Lourdes. Appel d'un client qui y est entré et a vu une des victimes. La patrouille a trouvé la seconde à l'arrière. Tous les deux des employés. Un père et son fils, on dirait.

— Adulte, le fils ?

— Oui.

— Affilié à un gang ?

— Pas qu'on sache.

— Quoi d'autre ?

— C'est tout. Gooden et Sanders s'étaient mis en route quand on a reçu l'appel. Les services de médecine légale du bureau du shérif ont été prévenus.

Gooden et Sanders étaient les deux enquêteurs du coroner qui travaillaient dans le bureau sous-loué du commissariat. C'était une chance de les avoir sous la main. Bosch se rappelait avoir dû attendre l'arrivée de ce type de techniciens pendant une heure et plus lorsqu'il travaillait au LAPD.

---

1. Boutiques destinées aux jeunes filles quand elles fêtent leurs quinze ans.

Il avait résolu plus de dix *cold cases* depuis son arrivée à San Fernando, et ç'allait être sa première enquête pour ainsi dire « en live » depuis sa prise de fonction. Cela voulait dire qu'il serait confronté à une vraie scène de crime avec des victimes à terre et pas seulement des photos à examiner dans un dossier. Protocole et rythme, tout serait très différent, et malgré la contrariété qu'il éprouvait encore après la réunion d'où il venait de s'échapper, cela le revigorait.

Lourdes entrait dans le centre commercial lorsqu'il regarda devant lui et s'aperçut que l'enquête commençait déjà mal. Trois voitures de patrouille s'étaient garées droit devant la *farmacia*, et c'était bien trop près. La circulation à deux voies n'avait pas été arrêtée et l'on passait lentement devant la boutique pour voir ce qui avait déclenché tout le remue-ménage de la police.

— Arrête-toi là, dit-il. Ces voitures sont trop près. Je vais les faire reculer et fermer la rue.

Lourdes lui obéit et se gara devant un bar, le *Tres Reyes*, bien en retrait de la foule de badauds qui commençait à se former près de la pharmacie.

Vite descendus de leur véhicule, Bosch et Lourdes se frayèrent un chemin dans la cohue. Un ruban jaune de scène de crime avait été tendu entre les voitures de patrouille, deux officiers se parlant debout à côté du coffre de l'une d'elles cependant que, les mains posées sur la boucle de son ceinturon, un autre observait la porte d'entrée de la *farmacia* dans la pose classique du patrouilleur.

Bosch découvrit alors que la porte du magasin donnant sur la scène de crime était maintenue ouverte par un sac de sable, probablement sorti du coffre d'une des voitures de patrouille. Il n'y avait trace ni du chef Valdez ni d'aucun autre enquêteur, ce qui voulait dire que tout le monde était à l'intérieur.

— Merde ! s'écria-t-il en approchant de la porte.

— Quoi ? lui lança Lourdes.

— Quand il y a trop de cuisiniers… Attends-moi ici une minute.

Il la laissa dehors et entra. Petit, l'établissement se réduisait à quelques allées d'articles en libre-service conduisant à un comptoir situé à l'arrière, où se trouvait l'officine proprement dite. C'était là, derrière le comptoir, que Valdez se tenait avec Sisto et Luzon, tous les trois regardant ce que Bosch devina être un des deux corps. Trevino, lui, était invisible.

Bosch poussa un court sifflement qui retint l'attention de tous et fit signe aux trois hommes de regagner l'avant de la pharmacie, se retourna et ressortit par la porte.

Une fois dehors, il attendit avec Lourdes et lorsque enfin tout le monde fut à l'extérieur, il écarta le sac de sable du pied et laissa la porte se refermer.

— Chef, dit-il, je peux commencer ?

Il regarda Valdez et attendit son petit signe de tête. Il lui demandait la permission de prendre la direction des opérations et voulait que ce soit clair aux yeux de toutes les parties.

— Allez-y, Harry, dit Valdez.

Bosch obtint l'attention des patrouilleurs qui s'étaient rassemblés et leur fit également signe d'avancer.

— Bon alors, écoutez-moi, lança-t-il. Notre priorité n° 1 est de protéger la scène de crime et nous ne le faisons pas. Je veux que vous enleviez vos voitures de là et que vous fermiez la rue des deux côtés. Avec du ruban jaune. Personne n'entre dans le périmètre sans autorisation. Et après, je veux un officier avec une écritoire à chaque bout de la voie, et on y écrit le nom de tous les flics ou rats de laboratoire qui passent sous le ruban. Et n'oubliez pas d'y porter aussi le numéro d'immatriculation de toutes les bagnoles que vous laissez partir.

Personne ne bougea.

— Vous avez entendu ? demanda Valdez. Allez, on se bouge ! On a deux citoyens à terre là-bas. Faut faire ça comme il faut, pour eux et pour le service.

Les patrouilleurs regagnèrent rapidement leurs véhicules pour exécuter les ordres de Bosch. Qui s'éloigna des autres inspecteurs et commença à repousser les badauds vers le haut de la rue. Certains d'entre eux lui posèrent des questions en espagnol, mais il ne répondit pas et scruta les visages des gens qu'il faisait reculer. Il savait que l'assassin pouvait se cacher parmi eux. Ça n'aurait pas été une première.

Une fois une scène de crime à deux zones établie, Bosch, Valdez et les trois inspecteurs se regroupèrent devant la porte de la pharmacie. Encore une fois, Bosch regarda Valdez pour avoir la confirmation de son autorité sur le groupe – il ne s'attendait pas à ce que les mesures qu'il allait préconiser passent aussi bien.

— Chef, dit-il, c'est toujours moi le patron ?

— C'est tout à vous, lui répondit Valdez. Comment voulez-vous faire ?

— Bon, d'abord on veut limiter le nombre d'individus présents sur la scène de crime. On amène ça devant un tribunal, un avocat de la défense nous voit tous vadrouiller ici et là serrés les uns contre les autres et ça ne lui donne que plus de cibles à flinguer, que plus de doutes à flanquer dans la tête des jurés. Bref, il ne va y avoir que deux personnes à l'intérieur, et ce seront Lourdes et moi. Sisto et Luzon, vous allez vous occuper de la scène de crime extérieure, et je veux que vous contrôliez la rue dans les deux sens. Ce sont des témoins et des caméras qu'on cherche. On…

— Mais Sisto et moi, on est arrivés les premiers ! fit remarquer Luzon. Ce devrait être notre affaire, et avec nous à l'intérieur.

Âgé d'environ quarante ans, Luzon était le plus vieux des trois enquêteurs à plein-temps, mais aussi celui qui avait le moins d'expérience en tant qu'inspecteur. Il avait intégré l'unité six mois plus tôt, après avoir donné douze ans à la patrouille. Il avait obtenu cette promotion pour boucher le trou laissé par la mise en congé de Lourdes, Valdez trouvant alors assez d'argent dans le budget pour le garder à un moment où il y avait une recrudescence des vols de biens attribués au gang local des SanFers. Bosch, qui le suivait depuis sa promotion, avait conclu qu'il était bon et en voulait… et que Valdez ne s'était pas trompé dans son choix. Mais il n'avait pas encore travaillé avec lui, alors que cette expérience-là, il l'avait eue avec Lourdes.

— C'est pas comme ça que ça marche, reprit-il. C'est Lourdes qui va commander. J'ai besoin que Sisto et toi, vous surveilliez la rue sur deux blocs et dans les deux directions. C'est le véhicule de fuite que nous cherchons. Et aussi les enregistrements vidéo, et je veux que vous les trouviez. C'est important.

Il vit bien que Luzon faisait de son mieux pour réprimer son envie de discuter ses ordres. Puis Luzon regarda le chef qui se tenait là, les bras croisés sur la poitrine, et vit que celui-ci ne montrait en rien que le responsable de l'opération s'opposait à Bosch.

— C'est bon, finit par dire Luzon.

Et il partit dans une direction tandis que Sisto filait dans l'autre sans se donner la peine de se plaindre de sa mission, mais avec un air de chien battu sur la figure.

— Hé, les mecs ! reprit Bosch.

Luzon et Sisto se retournant, Bosch y alla d'un geste pour Lourdes et le chef afin de les inclure dans sa remarque.

— Écoutez, j'essaie pas de la ramener avec vous, dit-il. Mon expérience vient de ce que j'ai beaucoup merdé. On apprend en se trompant et en plus de trente ans de travail aux Homicides, des erreurs, j'en ai fait pas mal. J'essaie juste de me servir de ce que j'ai appris à la dure. D'accord ?

On hocha la tête à contrecœur, mais partit accomplir sa mission.

— Relevez les immatriculations et les numéros de téléphone ! leur cria encore Bosch en se rendant immédiatement compte que cette énième directive n'était pas nécessaire.

Une fois les deux hommes partis, le chef se détacha du groupe.

— Harry, dit-il. Faut qu'on parle une seconde.

Bosch le suivit en laissant cavalièrement Lourdes seule sur le trottoir.

— Écoutez, dit le chef en parlant doucement, je comprends ce que vous faites avec ces deux-là et ce que vous dites sur la façon d'apprendre à la dure. Mais je veux que ce soit vous qui preniez le commandement. Bella se débrouille bien, mais elle vient juste de revenir et de remettre les mains dans le cambouis. Enquêter sur ce… sur les homicides, vous faites ça depuis trente ans. C'est pour ça que vous êtes ici.

— Je comprends, chef. Mais il ne faut pas me mettre en première ligne. Nous devons penser au moment où ça viendra devant un tribunal. Tout doit être fait pour que le dossier soit en béton, et il n'est pas question d'avoir un type à temps partiel au poste de commandement. C'est Bella qu'il vous faut. Qu'ils essaient de l'assassiner en tant qu'enquêtrice et elle les bouffera tout cru après ce qui s'est passé l'année dernière, après tout ce qu'elle a enduré avant de reprendre le travail. Bella, c'est une héroïne, et c'est de ça que vous avez besoin à la barre des témoins. En plus, elle s'y connaît et elle est prête. Sans compter que, de mon côté, je pourrais bien avoir des problèmes avec les gens du centre-ville. Et des problèmes qui pourraient beaucoup m'occuper. Non, ce n'est pas moi que vous voulez aux commandes.

Valdez le dévisagea. Il savait que « les gens du centre-ville » n'avaient rien à voir avec le SFPD et que ces mots faisaient référence au passé de Bosch.

— J'ai appris que vous aviez eu de la visite ce matin, dit-il. On en parlera plus tard. Où me voulez-vous ?

— Aux relations avec les médias. Ils vont avoir vent de l'histoire bien assez tôt et ne tarderont pas à se pointer. « Deux morts dans Main Street », ça va faire du bruit. Vous allez devoir installer un poste de commandement et les contenir dès qu'ils arriveront. Il faut absolument contrôler toutes les infos qui sortiront d'ici.

— Pigé. Quoi d'autre ? Il nous faut plus de types pour l'enquête de voisinage. Je peux en prendre à la patrouille, disons un dans chaque voiture, et faire effectuer des rondes en solo jusqu'à tant qu'on puisse gérer.

— Ça serait bien, oui, dit Bosch. Il y avait des gens dans tous ces magasins. Quelqu'un a forcément vu quelque chose.

— Exactement. Et si j'arrivais à faire ouvrir l'ancien JC Penney et qu'on y installe le PC ? Je connais le propriétaire du bâtiment.

Bosch jeta un coup d'œil de l'autre côté de la rue et regarda la longue façade du grand magasin depuis longtemps fermé.

— On va être ici tard, si vous pouvez nous donner des lumières, allez-y. Et le capitaine Trevino ? Il est dans le coin ?

— Je lui ai demandé de tenir la boutique pendant que je reste ici. Pourquoi ? Vous avez besoin de lui ?

— Non. Je pourrai le mettre au courant plus tard.

— Bon, je vous laisse travailler. Il faut résoudre ça vite, Harry… Si résolution il peut y avoir.

— Reçu cinq sur cinq.

Et le chef s'éloigna tandis que Lourdes rejoignait Bosch.

— Laisse-moi deviner, dit-elle. Il ne voulait pas de moi à la tête de l'enquête.

— Oui, c'est moi qu'il voulait, répondit-il. Mais ça n'a rien à voir avec toi. Et j'ai dit non. Je lui ai dit que c'était pour toi.

— Est-ce que ç'a à voir avec les trois visiteurs que tu as eus ce matin ?

— Peut-être. Mais ç'a surtout à voir avec tes capacités à gérer. Et si tu entrais voir un peu ce que fabriquent Gooden et Sanders ? Je vais appeler le labo du shérif pour avoir une idée du moment où leurs techniciens vont débarquer. La première chose qu'on veut, c'est des photos. Ne laisse pas ces gars déplacer les corps tant que toute la scène de crime n'a pas été photographiée.

— Reçu cinq sur cinq.

Elle se dirigea vers la porte de la *farmacia* tandis qu'il sortait son téléphone. Le SFPD était si petit qu'il n'avait pas sa propre équipe de médecine légale. Il dépendait de l'unité des scènes de crime des services du shérif et cela le mettait souvent en deuxième position pour obtenir ses services. Bosch appela l'officier de liaison du labo, apprit qu'une équipe s'était déjà mise en route alors qu'ils parlaient et rappela qu'il s'agissait d'un double meurtre et qu'il voulait donc une deuxième équipe, ce qui lui fut refusé parce qu'il n'y en avait pas. Il aurait droit à deux techniciens et à un photo-vidéographe, point final.

Bosch raccrochait lorsqu'il remarqua qu'un des patrouilleurs auxquels il avait donné des ordres un peu plus tôt se tenait près du nouveau périmètre d'accès au bout de la rue. Un ruban jaune avait été tendu en travers et interdisait d'entrer dans le centre commercial. L'officier avait posé les mains sur la boucle de son ceinturon et l'observait.

Bosch rangea son portable et remonta la rue jusqu'au ruban jaune et l'homme qui le gardait.

— On ne regarde pas vers l'intérieur, lui lança Bosch. On regarde vers l'extérieur.

— Quoi ?

— Vous regardez les inspecteurs alors que c'est la rue que vous devriez observer.

Et il posa la main sur son épaule et tourna le bonhomme vers le ruban.

— C'est à partir de la scène de crime qu'on observe. Cherchez des gens qui scrutent, des gens qui ne collent pas dans le tableau. Vous seriez surpris d'apprendre combien de fois l'assassin revient sur ses pas pour surveiller l'enquête. Et de toute façon, la scène de crime, vous ne la regardez pas, vous la protégez.

— Pigé, dit l'homme.

— Parfait.

L'équipe de médecine légale des services du shérif arrivant peu après, Bosch vira tout le monde de la pharmacie pour que le photographe puisse y entrer et procéder à un premier balayage photo-vidéo des lieux avec les deux cadavres dans le champ.

Puis, en attendant lui aussi dehors, il enfila des gants et une paire de surchaussures en papier. Dès que le photographe eut donné le feu vert, tout le monde réintégra la pharmacie en passant sous un rideau d'isolation en plastique que les techniciens avaient fixé à la porte.

Gooden et Sanders se séparèrent pour continuer à s'occuper des corps. Lourdes et Bosch commencèrent par passer derrière le comptoir, où Gooden et l'un des techniciens examinaient le premier cadavre. Lourdes avait sorti un carnet et y notait ce qu'elle voyait. Bosch se pencha à son oreille et lui souffla :

— Prends tout ton temps pour observer, juste ça. Les notes, c'est bien, mais il vaut mieux avoir une vision claire des lieux.

— D'accord. Ce sera fait, dit-elle.

À l'époque où il n'était encore qu'un jeune inspecteur des Homicides, Bosch avait travaillé avec un certain Frankie Sheehan, qui gardait toujours un vieux casier à bouteilles de lait dans le coffre de leur voiture banalisée. Il l'emportait partout, trouvait un endroit bien dégagé et l'y posait. Puis il s'asseyait dessus et se contentait d'observer la scène en en étudiant les nuances et essayant de prendre la mesure et le mobile de la violence qui s'y était déchaînée. Pour travailler l'affaire Danielle Skyler avec Bosch, il était resté assis sur son casier dans un coin de la pièce où le corps nu et horriblement violé de la victime avait été laissé sur le plancher. Mais cela faisait maintenant longtemps que Sheehan était mort et ne pourrait pas vivre la chute libre qui attendait Bosch dans cette affaire.

Chapitre 4

La *Farmacia Familia* était une petite entreprise où, aux yeux de Bosch, on semblait surtout s'occuper de remplir des ordonnances. Dans la partie avant de la boutique se trouvaient trois courtes allées d'étagères contenant des médicaments et des produits de soin en vente libre, presque tous importés du Mexique dans des boîtes aux notices rédigées en espagnol. Il n'y avait là ni étalages de cartes de vœux, ni points de vente de bonbons pour les enfants, ni armoires réfrigérées pleines de bouteilles d'eau et de soda. L'établissement ne ressemblait en rien aux pharmacies de chaînes éparpillées dans toute la ville.

La pharmacie elle-même se résumait au mur du fond du magasin devant lequel s'étendait un comptoir faisant face à la zone de stockage des médicaments et à l'espace où préparer les prescriptions. Toute la partie avant donnait l'impression de n'avoir absolument pas été touchée par le crime qui s'y était produit.

Bosch descendit l'allée sur sa gauche et se retrouva devant une demi-porte conduisant à l'arrière du comptoir. Il y vit Gooden accroupi derrière, à côté du premier corps, celui d'un homme qui devait approcher de la soixantaine. Il était étendu sur le dos, mains en l'air et paumes près des épaules. Il portait une blouse blanche de pharmacien avec son nom brodé dessus.

— Harry, lança Gooden, je te présente José. Enfin… José jusqu'à ce que ses empreintes le confirment. Tir en pleine poitrine. Traversée de part en part.

Il simula une arme avec le pouce et l'index pour illustrer son rapport et en pointa le canon sur lui.

— À bout touchant ?

— Presque, répondit Gooden. Du quinze à vingt centimètres. Le gars devait avoir les mains en l'air et ils l'ont quand même abattu.

Bosch garda le silence. Il était passé en mode « observation ». Ce ne serait qu'après s'être fait son idée de la scène de crime qu'il déciderait si la victime avait ou n'avait pas eu les mains en l'air lorsqu'elle avait été tuée. Il n'avait pas besoin que Gooden lui donne ce renseignement.

Il s'accroupit, regarda le corps sur le sol et se pencha encore un peu pour regarder sous le comptoir.

— Qu'est-ce qu'il y a ? lui demanda Lourdes.

— Pas de douilles, répondit Bosch.

Qu'il n'y en ait aucune d'éjectée pouvait indiquer deux choses. Soit l'assassin avait pris le temps de les ramasser, soit il s'était servi d'un revolver, dont les douilles ne sont pas éjectées. Quoi qu'il en soit, le fait était notable. Nettoyer les lieux des éléments de preuve à conviction disait le calcul froid, et se servir d'un revolver pouvait signifier la même chose… On a choisi cette arme parce qu'elle ne laissera rien d'incriminant derrière elle.

Bosch passa dans le couloir à gauche du comptoir avec Lourdes. Long de six mètres, il conduisait aux zones de travail et de stockage ainsi qu'à des toilettes. Une porte à double serrure, panneau de sortie et judas, le fermait à son extrémité. Elle devait donner sur la ruelle où s'effectuaient les livraisons.

Juste devant la porte, Sanders, le second technicien des services du coroner, s'était agenouillé près de l'autre corps, lui aussi d'un homme en blouse de pharmacien. Poitrine tournée vers le sol, bras tendu vers la porte. Par terre, un filet de sang. Lourdes emprunta le couloir sur le côté en veillant à ne pas marcher dedans.

— Et ici, dit Sanders, nous avons José Junior. Trois points d'impact : dans le dos, le rectum et la tête… Coups de feu très probablement tirés dans cet ordre.

Bosch s'écarta de Lourdes et passa par-dessus les traînées de sang pour gagner l'autre côté du couloir et avoir une vue dégagée du cadavre. José Junior avait la tête tournée vers le sol et les yeux partiellement ouverts. Il donnait l'impression d'avoir une petite vingtaine d'années, et de maigres poils qui lui avaient poussé au menton.

Le sang et les blessures par balle disaient toute l'histoire. Dès le premier signe de problème, José Junior avait foncé vers la porte de derrière en prenant le couloir pour sauver sa peau. Et était tombé dès qu'un projectile l'avait atteint en haut du dos. Une fois à terre, il s'était retourné pour regarder derrière lui et, ce faisant, avait répandu son sang sur le carrelage. Il avait vu le tueur s'approcher et s'était à nouveau retourné pour tenter de ramper jusqu'à la porte, ses genoux étalant le sang sur lequel il glissait. L'assassin l'avait rattrapé, avait fait feu à nouveau, cette fois dans son rectum, puis s'était redressé et avait terminé son affaire en lui tirant une balle dans la nuque.

Bosch avait déjà vu des coups de feu tirés dans le rectum et cela attira son attention.

— Le coup qu'il lui a tiré dans le cul…, dit-il. À quelle distance ?

Sanders tendit le bras et tira fort sur le fond de pantalon de la victime de sa main gantée, de façon que la blessure d'entrée soit clairement visible. Puis de l'autre il indiqua l'endroit où le tissu avait été brûlé.

— Il y est allé là, répondit Sanders. À bout portant.

Bosch acquiesça d'un signe de tête. Son regard remonta jusqu'aux blessures du dos et de la tête. Il lui sembla que les deux blessures d'entrée qu'il pouvait voir étaient plus nettes et petites que celle que José Senior avait à la poitrine.

— Tu penses à deux armes ? demanda-t-il.

Sanders fit oui de la tête.

— S'il fallait parier…, dit-il.

— Et pas de douilles ?

— Pas de visibles. On verra quand on retournera le corps, mais ça serait un vrai miracle si les trois étaient dessous.

Bosch lui renvoya son hochement de tête.

— Bon, tu fais ce que tu as à faire, dit-il.

Et il redescendit précautionneusement le couloir jusqu'aux aires de travail et de stockage des médicaments. Il releva la tête et vit tout de suite la caméra montée dans le coin du plafond, au-dessus de la porte.

Lourdes entra derrière lui. Il lui montra la caméra.

— Y a besoin de l'enregistrement, dit-il. En espérant que ce soit hors site ou vers un site Web.

— Je vais vérifier.

Il observa la salle. Plusieurs tiroirs en plastique contenant des médicaments avaient été ouverts et jetés par terre, des pilules s'éparpillant un peu partout. Il comprit que dresser l'inventaire de ce qu'il y avait dans la pharmacie et de ce qui y avait été dérobé les attendait et ne serait pas simple. Certains tiroirs maintenant au sol étant plus grands que d'autres, il pensa qu'ils avaient dû contenir des médicaments généralement plus prescrits.

Un ordinateur se trouvait sur le plan de travail. Il y avait aussi, en plus d'une imprimante à étiquettes, des instruments pour compter et mettre les pilules dans des flacons en plastique[1].

— Tu pourrais aller voir le photographe et lui dire de bien prendre tout ça avant qu'on écrase toutes ces pilules en marchant dessus ? demanda-t-il à Lourdes.

— J'y vais, dit-elle.

Après le départ de Lourdes, il repassa dans le couloir. Il savait qu'il leur faudrait y collecter et répertorier toutes les gélules, comprimés et pièces à conviction. L'enquête pour homicide part toujours, et lentement, du centre vers l'extérieur.

Dans le temps, à ce moment-là il serait sorti fumer une cigarette pour organiser ses pensées. Ce jour-là,

1. Aux États-Unis, en dehors de ceux en vente libre, les médicaments sont préparés par les pharmaciens qui les mettent dans des flacons reproduisant l'ordonnance et donnant les nom et adresse du médecin prescripteur.

il se contenta de passer de l'autre côté du rideau pour réfléchir. Et, presque immédiatement, son téléphone vibra dans sa poche. Identité du correspondant masquée.

— C'était pas cool, ça, Harry ! lui lança Soto lorsqu'il décrocha.

— Désolé, mais on avait une urgence. Fallait y aller.

— T'aurais pu nous le dire ! Je suis pas contre toi dans cette affaire, Harry. J'essaie d'interférer pour toi, de tout garder sous le radar. Si tu joues le coup comme il faut, c'est le labo ou ton ancien coéquipier qui prendra... Et il est mort.

— Kennedy et Tapscott sont avec toi ?

— Non, bien sûr que non. C'est juste entre toi et moi.

— Est-ce que tu pourrais m'avoir une copie du rapport que tu as donné à Kennedy ?

— Harry...

— C'est bien ce que je pensais. Lucia, ne me dis pas que tu es de mon côté et que tu interfères en ma faveur si ce n'est pas vrai. Tu vois ce que je veux dire ?

— Les dossiers en cours, je ne peux tout simplement pas les partager avec...

— Écoute, je suis en plein bazar. Passe-moi un coup de fil si tu changes d'avis. Je n'ai pas oublié une affaire qui à l'époque avait beaucoup d'importance pour toi. On était coéquipiers et je me suis battu pour toi. Faut croire que c'est plus pareil aujourd'hui.

— C'est pas juste et tu le sais.

— Autre chose... Moi, je ne trahirais jamais un coéquipier. Même mort.

Et il raccrocha. Et eut un remords. Il avait eu la main lourde avec elle, mais il avait l'impression de devoir la pousser pour qu'elle lui donne ce qu'il voulait.

Depuis que sa carrière d'inspecteur aux Affaires non résolues avait pris fin au LAPD, bien des années s'étaient écoulées avant qu'il retrouve une vraie scène de crime. Et avec ses vieux instincts était revenue la force des vieilles habitudes. Il avait vraiment besoin d'une cigarette. Il regarda autour de lui histoire de voir s'il y avait quelqu'un à qui il pourrait en taxer une et vit Lourdes arriver. Elle avait l'air troublée.

— Qu'est-ce qu'il y a ? demanda-t-il.

— J'allais voir le photographe quand on m'a fait signe de rejoindre le ruban jaune. Ils y ont intercepté Mme Esquivel, l'épouse et la mère des victimes, et ça l'a rendue hystérique. Je l'ai mise dans une voiture qui va l'emmener au commissariat.

Bosch acquiesça d'un signe de tête. L'écarter de la scène de crime était la meilleure chose à faire.

— Tu te sens de lui parler ? demanda-t-il à Lourdes. On ne peut pas la laisser trop longtemps toute seule là-bas.

— Je ne sais pas, répondit-elle. Je viens de lui bousiller sa vie. Tout ce qu'elle y avait d'important a brusquement disparu. Son mari, son fils unique…

— Je sais, mais il faut quand même établir le contact avec elle. On ne sait jamais, cette affaire pourrait durer des années. Elle va avoir besoin de faire confiance à la personne qui enquête. Tu parles l'espagnol et tu as la vie devant toi. Pas moi.

— Bon d'accord, je devrais pouvoir.

— Concentre-toi sur le fils. Ses amis, ce qu'il faisait en dehors du travail, ses ennemis, tout ça. Trouve où il vivait et s'il avait une petite amie. Et demande à la mère si José Senior avait des problèmes avec le fiston au boulot. C'est lui la clé de l'affaire.

— Et tu déduis tout ça d'un coup de feu dans le cul ?

Il acquiesça.

— J'ai déjà vu ça. Dans une affaire où on avait fait appel à un profileur. Y a de la colère dans ce coup de feu. Ça crie la vengeance.

— Il connaissait les tueurs ?

— Aucun doute là-dessus. Soit il les connaissait, soit eux le connaissaient. Peut-être même les deux.

Chapitre 5

Bosch ne rentra pas chez lui avant minuit. Il était épuisé après une longue journée passée à travailler la scène de crime et à coordonner les efforts des autres inspecteurs et de la patrouille. Il avait aussi été amené à briefer le chef Valdez sur l'état de l'enquête avant que celui-ci n'affronte caméras et journalistes massés dans le centre commercial. Le rapport avait été concis : ni arrestations ni suspects.

Cette constatation faite aux médias était exacte, mais les enquêteurs avaient quelques pistes. Les meurtres et le pillage des médicaments prescrits qui s'était ensuivi avaient bien été filmés par trois des caméras installées dans l'établissement, les vidéos en couleur laissant entrevoir le froid calcul qui avait présidé aux crimes. Les deux tueurs étaient bien armés de revolvers et portaient des masques de ski noirs. Ils avaient abattu José Esquivel Senior et son fils avec une froideur qui impliquait plans, précision et intention. Au vu de ces vidéos, Bosch avait eu l'impression d'avoir affaire à des tueurs à gages exécutant un contrat. Voler des pilules n'était qu'une couverture destinée à masquer le vrai mobile du crime. Assez tristement, les premiers visionnages de ces enregistrements n'avaient laissé que peu d'indices permettant d'identifier l'un ou l'autre des deux tireurs. Lorsque l'un d'eux avait tendu le bras pour abattre José Senior, sa manche était remontée et avait révélé de la peau blanche. Mais rien d'autre de remarquable.

Après avoir garé sa voiture sous l'abri auto, Bosch laissa tomber l'entrée par la porte latérale et gagna l'avant de la maison pour prendre son courrier. Il vit alors qu'une épaisse enveloppe en papier kraft maintenait ouvert le haut de la boîte aux lettres. Il l'en sortit et la tint à la lumière de la véranda pour voir d'où elle provenait.

L'enveloppe n'était pas timbrée et l'adresse de l'expéditeur n'y figurait pas. Pas plus que son adresse à lui. Seul son nom s'y trouvait. Il déverrouilla la porte d'entrée et déposa l'enveloppe et le reste du courrier sur le comptoir de la cuisine et ouvrit la porte du frigo pour y attraper une bière.

Puis, une fois bue sa première goulée du liquide ambré, il déchira l'enveloppe et en fit sortir une liasse de documents de deux bons centimètres d'épaisseur. Et reconnut immédiatement le rapport du dessus. C'était la copie du premier jamais dressé pour le meurtre de Danielle Skyler en 1987. Il feuilleta rapidement la pile de documents et arriva vite à la conclusion que c'était bien la copie du dossier d'enquête actuel qu'il avait entre les mains.

Lucia Soto n'avait pas failli.

Il était crevé de fatigue, mais il savait qu'il n'allait pas se coucher de sitôt. Il vida le reste de la bière dans l'évier et se fit une tasse de café avec la Keurig dont sa fille lui avait fait cadeau à Noël. Il s'empara de la liasse et se mit au travail.

Les repas de famille se faisant rares depuis le départ de sa fille pour la fac, il avait transformé la salle à manger de sa petite maison en espace de travail. La table était devenue un bureau assez large pour pouvoir y étaler des rapports d'enquête – sur les affaires qu'il rapportait de sa cellule de prison à San Fernando ou celles qu'il prenait en privé. Il avait aussi monté des étagères sur deux murs de l'alcôve et les avait bourrées de dossiers, de manuels de procédures légales et, en plus du Code pénal de l'État de Californie, de piles de CD et d'un lecteur Bose dont il se servait quand sa collection de vinyles et son phonographe ne pouvaient plus satisfaire ses besoins musicaux.

Il glissa un disque intitulé *Chemistry* dans le Bose et monta le son à mi-volume. L'album contenait des duos avec Houston Person au saxo ténor et Ron Carter à la contrebasse. Cinquième et dernière collaboration des deux hommes, elle faisait partie d'une conversation musicale toujours en cours dont Bosch possédait encore les premiers enregistrements sur vinyle. Il s'installa à sa place habituelle à la table et, les rayonnages et la musique dans le dos, s'attaqua à ce trésor de documents.

Il commença par séparer les pièces anciennes des pièces récentes. Les rapports issus de la première enquête sur le meurtre de Danielle Skyler – et il en avait rédigé lui-même bon nombre trente ans plus tôt – constituèrent une pile, les plus récents, c'est-à-dire ceux préparés lors de la nouvelle enquête, en constituant une autre.

S'il se rappelait clairement la première investigation, il savait que beaucoup de détails de moindre importance s'étaient atténués dans sa mémoire et qu'il était donc prudent de revoir les anciens avant de s'intéresser aux nouveaux. Il s'agissait essentiellement d'un journal de l'affaire – d'une suite d'entrées datées énumérant les décisions d'enquête prises par Bosch et son coéquipier, Frankie Sheehan. Beaucoup d'entre elles allaient donner lieu à de plus amples rapports, mais cette chronologie était bien ce par quoi il fallait commencer dans ce réexamen de l'enquête.

Il n'y avait pas un seul ordinateur à la division des Vols et Homicides en 1987. Les rapports étaient ou bien écrits à la main ou bien tapés à l'IBM Selectric. La plupart du temps, les chronologies étaient rédigées à la main sur du papier ligné et se trouvaient dans la première partie du « livre du meurtre ». Tous les enquêteurs, y compris ceux qui remplissaient des missions auxiliaires, identifiaient leurs entrées à l'aide de leurs initiales, même si les différents types de graphie rendaient leurs auteurs parfaitement reconnaissables dans les trois quarts des cas.

En regardant les photocopies de la chronologie originale, Bosch reconnut ainsi et son écriture et celle de Sheehan. Il reconnut aussi les deux styles de rapport bien différents qui étaient les leurs. Sheehan, qui était le plus expérimenté, avait recours à moins de mots et s'exprimait souvent à l'aide de phrases incomplètes. Bosch, lui, était plus verbeux, caractéristique qui devait changer au fil du temps, au fur et à mesure qu'il apprenait ce que Sheehan savait depuis longtemps, à savoir que moins, c'est plus, ce qui veut dire que moins on passe de temps à faire de la paperasse, plus on en a pour suivre les pistes qu'on découvre. Moins de mots sur la page voulait aussi dire moins de mots dont un avocat peut trafiquer le sens dans son interprétation des faits devant un tribunal.

Bosch avait obtenu son insigne d'inspecteur en 1977 et travaillé cinq ans dans diverses unités et divisions de lutte contre le crime avant d'être promu inspecteur des Homicides et assigné d'abord à la division d'Hollywood, puis à celle, prestigieuse, des Vols et Homicides rattachée au Parker Center du centre-ville. Il avait alors été mis en tandem avec Sheehan, l'affaire Skyler étant un des premiers meurtres dont ils s'étaient occupés en tant que responsables de l'enquête.

L'histoire de Danielle Skyler était tout à fait caractéristique d'Hollywood, avec un petit plus d'ironie côté origine. Élevée par une mère célibataire qui travaillait comme femme de ménage dans un hôtel d'Hollywood en Floride, Danielle Skyler comblait les vides de son existence par les acclamations que lui valaient ses succès dans les défilés de mode et ses passages sur la scène du lycée. Armée de sa beauté, mais d'une confiance en elle passablement fragile, elle avait franchi les trois mille miles qui séparent ces deux Hollywood à l'âge de vingt ans. Comme beaucoup, elle avait alors découvert que des jeunes femmes comme elle, il en arrivait de toutes les petites villes d'Amérique. Les boulots payants étant rares, elle était souvent en butte aux sangsues de l'industrie du divertissement. Mais elle avait persévéré. Elle travaillait comme serveuse, suivait des cours de théâtre et ne cessait d'auditionner pour des rôles de personnages anonymes et sans beaucoup de texte à dire.

Elle s'était aussi construit une communauté d'amis, toute de jeunes hommes et de jeunes femmes qui se démenaient pour connaître la gloire et le succès. Elle en voyait beaucoup aux mêmes auditions et dans les mêmes bureaux de casting. Ils s'échangeaient des tuyaux dans le divertissement et les services, autrement dit la restauration. Au bout de cinq ans d'efforts, elle avait déjà un petit pécule de passages au cinéma et à la télé, essentiellement sous la forme de régal pour les yeux. Elle avait aussi joué dans des spectacles servant de vitrine à des petits théâtres de la Valley et fini par passer de serveuse à réceptionniste à temps partiel dans une agence de casting en free-lance.

Ces cinq années passées à Los Angeles l'avaient aussi vue changer plusieurs fois d'appartement, de colocs et de relations avec des hommes ayant entre cinq ans de moins et jusqu'à vingt-deux ans de plus qu'elle. Lorsqu'elle avait été découverte violée et étranglée dans la chambre d'amis vide de son appartement de Toluca Lake, Bosch et Sheehan s'étaient retrouvés à devoir lui reconstituer un passé et avaient compris qu'il leur faudrait plusieurs semaines de travail à terminer.

Au fur et à mesure qu'il relisait la chronologie de l'affaire, plusieurs détails sur la victime et les décisions que Sheehan et lui-même avaient prises lui revenant, le dossier lui était redevenu aussi neuf que le massacre de *La Farmacia Familia* ce matin-là. Il retrouvait les visages des amis et des associés qui avaient été interrogés et figuraient dans la chronologie. Il n'avait pas oublié à quel point son coéquipier et lui avaient été sûrs d'eux lorsqu'ils s'étaient enfin concentrés sur Preston Borders.

Borders était lui aussi un acteur qui se battait pour mettre un pied dans le monde d'Hollywood. Mais il ne travaillait pas sans filet. À la différence de Danielle Skyler et de milliers d'autres aspirants artistes qui arrivent à Los Angeles aussi sûrement que la marée à Venice Beach, il n'avait, lui, aucunement à travailler dans la restauration, le démarchage téléphonique ou quoi que ce soit de ce genre. Originaire d'une banlieue de Boston, il était soutenu par ses parents dans les efforts qu'il déployait pour devenir une star du cinéma. Loyer, frais de voiture et factures de cartes de crédit, tout remontait à Boston. Cela lui donnait toute liberté pour passer ses journées à auditionner pour des rôles au cinéma et à la télé, et ses nuits à courir des clubs où il y avait toujours beaucoup de femmes qui, comme Skyler, espéraient tomber sur un homme qui leur paierait la note au bar en échange d'un sourire, d'une petite conversation, voire de quelque chose de plus intime si affinités.

D'après la chronologie, Sheehan et Bosch avaient relié Borders à Skyler le 1er novembre 1987, soit au neuvième jour de leur enquête. Ils venaient juste de frapper à la porte d'une connaissance de Skyler, une certaine Amanda Margot. À l'époque, celle-ci était aussi une ingénue dans le métier. Trente ans plus tard, elle avait eu la chance, elle, de pouvoir se compter au nombre de celles qui avaient réussi. Petits rôles dans plusieurs films et personnage de premier plan d'inspectrice des Homicides qui ne recule devant rien dans une série de longue durée, elle avait connu une belle carrière dans le cinéma et à la télé. Bosch avait lu des interviews d'elle où elle disait tirer la sympathie de son personnage pour les victimes d'assassinat du meurtre d'une de ses amies proches.

Il se rappelait sa première rencontre avec elle comme si c'était hier. À l'époque, la jeune actrice était loin de connaître le succès dans son petit appartement de Studio City. Sheehan et lui avaient dû se poser sur un canapé élimé acheté d'occasion, Margot s'installant sur une chaise qu'elle avait dû aller chercher dans sa cuisine.

Les deux inspecteurs avaient interrogé quatre ou cinq amis et associés de la victime chaque jour et Margot figurait tout en haut de leur liste, mais elle venait de décrocher une semaine de travail dans un salon de l'auto à Detroit et avait quitté la ville peu après le meurtre. Le rendez-vous avait donc été fixé à son retour.

Margot s'était révélée être une source d'information de première importance sur Skyler. Les deux femmes avaient été proches, sans pour autant avoir vécu ensemble. Au moment du meurtre, la colocataire de Skyler venait de déménager après avoir renoncé à son rêve de devenir une star. Elle était rentrée au Texas et Skyler cherchait une autre colocataire. Margot se trouvait alors dans les derniers mois de son contrat de location et avait prévu d'emménager avec son amie juste après le Nouvel An. Skyler vivait alors seule, ses parents ayant néanmoins indiqué aux enquêteurs que sa sœur cadette, qui avait pris une année de congé pour voyager avant de se lancer dans ses études supérieures, prévoyait d'arriver à L.A. pour Thanksgiving et de s'installer dans la chambre d'amis jusqu'à ce que les deux sœurs retournent en Floride pour les vacances de Noël.

Margot et Danielle s'étaient rencontrées trois ans plus tôt dans la salle d'attente d'une agence de casting où elles auditionnaient pour le même rôle. Plutôt que de devenir rivales, elles avaient sympathisé. Puis, ni l'une ni l'autre ne décrochant le job, elles avaient bu un café ensemble et leur amitié était née. Toutes les deux évoluaient dans les mêmes milieux tant professionnels que sociaux. Elles avaient essayé de s'entraider en se rencardant sur de possibles boulots et en se mettant en garde contre tel directeur de casting ou coach de théâtre débauché.

Le temps aidant, elles avaient fini par fréquenter quelques-uns des mêmes hommes et c'était sur ce point que les inspecteurs voulaient en savoir plus. Indices matériels et résultats d'autopsie, tout disait que Danielle Skyler avait été violemment agressée pendant la nuit. Viol vaginal et anal, elle avait tout subi avant d'être étranglée à plusieurs reprises. Elle présentait des traces de blessures aussi fines que multiples autour du cou, certaines allant jusqu'à la rupture de la peau et indiquant que son assassin l'avait très probablement étranglée au moins six fois jusqu'à ce qu'elle perde connaissance avant de la ramener à la conscience pour pouvoir recommencer à la violer. Il n'était pas impossible que ce soit le collier qu'elle portait qui ait servi de garrot.

Son corps avait aussi été lacéré à l'aide d'un couteau semblable à ceux de la cuisine, l'autopsie faisant néanmoins apparaître que ces blessures avaient été infligées après la mort.

Il était devenu également évident que l'appartement avait été arrangé de façon à faire croire à une intrusion à la suite d'un bris de clôture. Une porte coulissante de la chambre vide donnant sur le balcon du premier étage avait été laissée entrouverte, mais à l'extérieur rien n'indiquait que quiconque ait grimpé jusque-là pour forcer la porte et entrer. La rambarde en métal était couverte d'une épaisse couche de poussière de smog restée intacte sur toute sa longueur. Cela voulait dire que l'intrus aurait dû sauter par-dessus sans la toucher pour parvenir à la porte coulissante. Ce scénario était si improbable que les enquêteurs en étaient venus à envisager le contraire – à savoir que l'assassin était entré par la porte de devant et qu'il n'y avait pas eu lutte. Ce qui signifiait qu'à un niveau ou à un autre il connaissait la victime et voulait le cacher aux enquêteurs à venir.

Lors de cet interrogatoire, Amanda Margot avait révélé que, quinze jours avant la mort de Skyler, les deux jeunes femmes s'étaient retrouvées un soir dans l'appartement de Margot pour commander des plats et boire du vin bon marché. Elles avaient alors été rejointes par une troisième actrice, une certaine Jamie Henderson qu'elle aussi elles connaissaient du circuit des auditions. À un moment donné de la soirée, elles s'étaient mises à parler mecs et avaient découvert qu'elles étaient plusieurs fois sorties avec les mêmes après les avoir rencontrés dans des cours de théâtre, des agences de casting et des spectacles destinés à mettre leurs talents en valeur. Elles avaient alors dressé une liste de « celui-là, c'est fait » – et surtout ne pas renouveler l'expérience.

Au premier rang de leurs raisons était que tel ou tel s'était montré pressant, voire dans certains cas physiquement menaçant pour obtenir leurs faveurs. Margot avait alors précisé que nombre d'entre eux ne doutaient pas de finir au lit avec elles après seulement un ou deux rendez-vous. C'était ceux ayant mal supporté d'être ainsi rembarrés qui avaient atterri dans la liste.

Et c'est en poursuivant dans cette direction que ça avait payé pour Sheehan et Bosch. Que cette liste ait pu être dressée lors d'une séance de papotage entre filles éméchées n'empêchait pas que Margot l'avait arrachée de son carnet et fixée à la porte de son frigo avec un aimant en forme de décapsuleur. Elle l'avait fournie aux inspecteurs et été à même de donner les quatre noms que Danielle Skyler y avait inscrits. Tous n'étaient pas complets, certains, tel « Bob Mauvaise Haleine », se réduisant à des surnoms.

Mais en tête de sa liste figurait le seul nom de Preston. D'après Margot, c'était l'individu avec lequel seule Skyler était sortie et elle n'arrivait plus à se rappeler si c'était son nom ou son prénom, mais elle n'avait rien oublié de l'histoire. Danielle affirmait que ce Preston avait décroché une bourse d'acteur, ce qui voulait dire qu'ayant un soutien financier, il n'avait pas à chercher des petits boulots et se sentait fondé à exiger qu'elle couche avec lui après un premier rendez-vous où il avait payé le repas et les boissons. Elle avait aussi déclaré qu'il s'était mis très en colère après le refus qu'elle lui avait opposé lorsqu'il l'avait déposée chez elle et qu'un peu plus tard, il était revenu frapper à sa porte et avait exigé qu'elle lui ouvre. Voyant qu'elle ne le faisait toujours pas, il avait décidé de ne pas partir jusqu'à ce qu'elle menace d'appeler la police.

Margot avait encore rapporté que ce rendez-vous avec Preston avait eu lieu quinze jours avant que les trois femmes se réunissent, soit à peu près quatre semaines avant que Skyler se fasse assassiner. Lorsque Sheehan et Bosch l'avaient pressée de leur donner plus de détails sur ce Preston et sur l'endroit où il avait pu faire la connaissance de Skyler, elle avait répondu que ce ne pouvait être que dans un lieu propre à l'industrie du divertissement étant donné qu'ils étaient tous les deux acteurs.

La chronologie faisait apparaître que trouver Preston était devenu une des priorités de l'enquête. Sheehan et Bosch avaient retravaillé des territoires qu'ils avaient déjà foulés et réinterrogé des témoins sur le dénommé Preston. Ils n'avaient pas eu de chance jusqu'au moment où ils avaient exigé qu'on leur donne la liste des auditions passées les trois mois précédents dans l'agence de casting où Skyler avait travaillé comme réceptionniste. Les semaines qui avaient conduit à la soirée de ragots entre filles avaient vu l'agence chercher des acteurs et des actrices pour des rôles secondaires dans une série télévisée sur le personnel d'un service d'urgence à l'hôpital.

C'était dans la liste signée par les candidats à l'audition du 14 septembre 1987 que le nom de Preston Borders était apparu. Cette liste était restée attachée à l'écritoire de la réceptionniste Danielle Skyler.

Sheehan et Bosch venaient de trouver leur « celui-là, c'est fait ».

Chapitre 6

Pour leurs vérifications, les deux inspecteurs avaient interrogé Jamie Henderson, la troisième femme à avoir dressé la liste des « celui-là, c'est fait ». Elle leur avait confirmé ce que Margot leur avait dit de cette soirée et de la contribution de Danielle Skyler à cette même liste. Ils avaient alors identifié et questionné tous les hommes dont Skyler avait parlé, y compris « Bob Mauvaise Haleine ». Mais c'était Preston Borders qu'ils avaient gardé pour la fin, leur instinct leur disant qu'il était tout à fait capable de passer du statut d'« individu intéressant » à celui de « suspect ». Un type qui retourne à l'appartement d'une femme qui l'a éconduit, cogne à sa porte et exige qu'elle lui ouvre et l'accueille dans son lit leur disait le genre de conduite psychotique caractéristique du prédateur sexuel.

Huit jours après avoir interrogé Amanda Margot, les deux inspecteurs s'étaient donc mis en planque devant l'appartement de Borders à Sherman Oaks et avaient attendu qu'il le quitte pour la journée. Ils voulaient l'approcher loin de chez lui au cas où quelque chose dans son interrogatoire leur donnerait une raison légitime de fouiller sa maison. Ils n'avaient aucune envie de frapper à sa porte et d'ainsi lui donner la possibilité de cacher ou de détruire des preuves l'incriminant.

Il y avait aussi qu'ils suivaient une idée. Avec l'aide de la mère et des amis de Danielle Skyler, ils avaient dressé l'inventaire de l'appartement de cette dernière et n'y avaient découvert qu'un objet personnel manquant à l'appel – un pendentif en forme d'hippocampe attaché à un collier en cordelette tressée. C'était sa mère qui le lui avait donné lorsqu'elle était partie de chez elle pour rejoindre la Californie. Danielle avait en effet fréquenté un lycée dont la mascotte était un hippocampe, ce pendentif devant rappeler à la Danielle d'Hollywood que c'était de là qu'elle venait, et ça, sa mère ne voulait pas qu'elle l'oublie. À cet effet, elle l'avait attaché à un collier qu'elle avait elle-même confectionné. Ce petit bijou, qui n'avait pas en lui-même beaucoup de valeur, était, on le disait, le bien le plus précieux de la jeune femme.

Hippocampe ou collier, après trois fouilles de l'appartement, Sheehan et Bosch n'avaient toujours rien trouvé. Ils étaient certains que Skyler ne les avait pas perdus, toute une série de photos de studio prises quelques semaines avant sa mort les montrant bien en évidence. Pour eux, l'assassin les avait pris comme souvenirs après le meurtre. Qu'ils les trouvent chez un suspect et toute trace de sang sur la cordelette pourrait être rattachée au groupe sanguin de Danielle et constituer un élément de preuve de première importance.

Assez tard dans cette matinée de planque, Borders avait émergé de son appartement de Vesper Avenue et parcouru un bloc en direction du sud pour gagner

Ventura Boulevard. Sheehan et Bosch l'avaient laissé prendre les devants avant de le suivre à pied. Borders avait commencé par entrer dans le magasin Tower Records au croisement de Ventura Boulevard et de Cedros Avenue, et y avait traîné aux rayons vidéo pendant plus d'une demi-heure. En l'observant, les deux inspecteurs s'étaient demandé s'il ne valait pas mieux l'approcher pour demander à l'interroger, mais avaient fini par décider de rester en retrait et de ne l'intercepter que s'il faisait demi-tour pour regagner son appartement.

Après le magasin de disques, Borders était revenu à Ventura Boulevard et entré dans un restaurant, *Le Café*, où il avait déjeuné seul au comptoir en bavardant avec le barman. Bosch était déjà allé plusieurs fois dans cet établissement pour le club de jazz, le Room Upstairs, qui se trouvait juste au-dessus du restaurant, fermait tard et programmait des musiciens de classe mondiale. À peine quelques mois plus tôt, il y avait vu jouer Houston Person et Ron Carter.

Son repas terminé, Borders avait laissé un billet de vingt dollars sur le comptoir avant de partir. Sheehan et Bosch s'étaient vite approchés du comptoir à trois pans, Bosch attirant le barman de côté avec une question sur les bourbons qu'il recommandait tandis que Sheehan partait de l'autre, glissait le verre de bière vide de Borders dans un sac en papier, sortait de l'établissement et attendait Bosch sur le trottoir. Au début, Borders était resté invisible quand Sheehan avait rejoint Bosch, mais en passant la tête dans un drugstore deux magasins plus loin, les deux inspecteurs l'avaient vu faire des achats un sac en plastique à la main.

Borders s'était procuré une boîte de préservatifs et des articles de toilette avant de reprendre le chemin de son appartement. Il en déverrouillait la grille de sécurité lorsque Sheehan et Bosch l'avaient serré des deux côtés. Ils avaient prévu de le convaincre d'accepter un interrogatoire volontaire. La conduite que selon les rapports il avait eue avec Skyler suggérait une personnalité de type narcissique dont les deux caractéristiques principales sont un sens démesuré de sa propre importance et des sentiments de supériorité. Les deux inspecteurs en avaient joué en se présentant à lui et lui disant qu'ils avaient besoin de son aide pour résoudre le meurtre de Danielle Skyler. Sheehan avait précisé qu'ils n'avaient rien à quoi se rattraper et espéraient, puisqu'il était sorti avec elle, qu'il pourrait leur faire partager la vision qu'il avait et de la personnalité et du style de vie de la victime. Borders avait accepté d'être interrogé sans la moindre hésitation, Sheehan et Bosch y voyant que pour lui, travailler avec eux lui permettrait d'en apprendre plus qu'il ne leur en donnerait jamais. Tout cela relevait bien de la psychologie qui pousse souvent un assassin à se porter volontaire pour rechercher la personne disparue que de fait il a tuée et enterrée. Il doit être au plus près de l'enquête afin d'apprendre ce qui se passe tout en se procurant de belles gratifications psychologiques en se cachant au vu de tous.

Sheehan et Bosch l'avaient conduit au commissariat de Van Nuys tout proche, où ils avaient déjà réservé une salle d'interrogatoire avec le chef des inspecteurs. La pièce étant équipée de micros cachés, la séance avait été enregistrée.

Bosch laissa tomber sa lecture de la chronologie et changea le CD lorsque *Chemistry* toucha à sa fin. Il le remplaça par *Mood Indigo* dans la version de Frank Morgan et écouta « *Lullaby* », un de ses enregistrements préférés. Puis il chercha la transcription de l'interrogatoire de Borders qu'il avait mené trente ans plus tôt dans la pile de vieux rapports. C'était de loin le plus gros du tas, qui comptait quelque quarante-six pages. Il le feuilleta rapidement pour y retrouver l'endroit où Borders avait été pris dans le mensonge qui devait conduire à ses arrestation et condamnation. C'était aux deux tiers de cet interrogatoire d'une demi-heure, alors que Bosch était aux manettes, que cela s'était produit. Et Borders avait alors déjà signé un document reconnaissant qu'on lui avait lu ses droits Miranda et qu'il était d'accord pour parler aux deux inspecteurs.

HB : Et donc, Danielle et vous n'avez pas couché ensemble ? Vous vous êtes contenté de la déposer chez elle et vous avez filé…

PB : C'est ça.

HB : Mais alors… Vous êtes-vous conduit en gentleman ? L'avez-vous raccompagnée jusqu'à sa porte ?

PB : Non, c'est plutôt qu'elle a sauté de la voiture et disparu avant que je puisse le faire.

HB : Vous voulez dire, comme si elle était en colère contre vous ?

PB : En quelque sorte. Elle n'avait pas apprécié ce que je venais de lui dire.

HB : Et qui était que…

PB : Qu'entre nous le courant ne passait pas. Vous savez bien… Bel essai, mais ça ne collait pas. Je croyais qu'elle avait compris et pensait la même chose, mais c'est là qu'elle a sauté de la voiture et disparu sans même me gratifier d'un au revoir. C'était grossier, mais je me suis dit qu'elle était déçue. Je lui plaisais plus qu'elle ne me plaisait, moi. Et personne n'aime se faire larguer.

HB : Et vous confirmez que vous n'étiez pas venu la chercher chez elle avant ?

PB : C'est ça. Elle avait pris un taxi et nous nous étions retrouvés directement au restaurant parce qu'elle venait du Westside et moi, devoir me taper tout le chemin par le col pour aller la chercher, ç'aurait fait beaucoup, mec. Elle me plaisait bien, enfin je croyais… parce que pas tant que ça au final, si vous voyez ce que je veux dire.

HB : Oui, je vois.

PB : Non parce que je suis pas un taxi, moi ! Certaines de ces filles, elles vous prennent pour leur chauffeur et (inintelligible). Eh ben pas moi.

HB : Bon, d'accord. Et donc ce que vous nous dites, c'est que vous n'étiez pas passé la prendre chez elle et qu'après, vous vous êtes contenté de la laisser sur le trottoir avant de filer.

PB : C'est ça et… Même pas un petit bisou d'au revoir !

HB : Et vous n'êtes jamais entré chez elle ?

PB : Non, jamais.

HB : Vous n'êtes même jamais allé jusqu'à sa porte ?

PB : Non, jamais.

HB : Et après ? Ce soir-là… Parce que maintenant vous saviez où elle habitait. Y êtes-vous jamais retourné ?

PB : Non, mec, je vous l'ai dit. J'étais pas intéressé.

HB : Sauf que là, nous, on a un problème à résoudre.

PB : Quel problème ?

HB : Pourquoi pensez-vous qu'on vous a approché aujourd'hui, Preston ?

PB : Je ne sais pas. Vous m'avez pas dit que vous aviez besoin de mon aide ? Je me disais qu'une de ses amies vous avait peut-être dit que Skyler et moi, on était sortis ensemble.

HB : En fait, c'est parce qu'on a trouvé vos empreintes sur la porte de son appartement. Et le problème est que maintenant vous me dites n'être jamais allé jusqu'à sa porte.

PB : Je ne comprends pas. Comment avez-vous fait pour trouver mes empreintes ?

HB : En fait, c'est assez drôle, vous savez ? Je vous dis que vos empreintes ont été trouvées sur les lieux d'un crime et vous, vous me demandez comment je les ai trouvées. Je pense que les trois quarts des mecs auraient dit autre chose, surtout après avoir déclaré qu'ils ne se sont jamais, jamais trouvés à cet endroit ! Y aurait-il quelque chose que vous voudriez nous dire, Preston ?

PB : Et comment ! Ce que je dis, moi, c'est que tout ça, c'est des conneries !

HB : Et donc, vous en restez à votre version. Celle selon laquelle vous n'êtes jamais allé à sa porte ?

PB : C'est ça. Tout le reste, c'est des conneries. Vous n'avez pas d'empreintes.

HB : Et si je vous apprenais qu'elle a dit à deux amies différentes que vous aviez essayé de lui casser sa porte quand elle a repoussé vos avances ce soir-là ?

PB : Oh mec, je vois… J'ai compris ce qui se passe. Ce sont ces salopes qui se liguent contre moi. Mais je vais vous dire un truc : c'est pas elle qui m'a largué. Moi, personne ne me largue. Non, c'est moi qui l'ai larguée !

HB : Répondez à ma question, Preston. Êtes-vous oui ou non allé jusqu'à sa porte le soir de ce rendez-vous avec elle ?

PB : Non, non et non, et y a pas d'empreintes, bordel ! Et j'ai fini de parler avec vous ! Trouvez-moi un avocat si vous voulez me poser d'autres questions.

HB : Parfait. Qui voulez-vous ?

PB : Je ne sais pas. Je ne connais aucun avocat.

HB : Bon, je vais aller vous chercher les Pages Jaunes.

Bosch avait bel et bien menti pour les empreintes. De nombreuses en avaient été trouvées sur la porte et à l'intérieur de l'appartement, mais aucune de Borders n'était répertoriée dans le dossier. Et aucune de celles prises plus tard sur le verre de bière n'avait donné lieu à correspondance avec toutes celles collectées dans l'appartement de Skyler. Cela dit, Bosch n'était pas en terrain glissant du côté de la loi. Les tribunaux avaient en effet depuis longtemps accepté la tromperie et les coups montés des flics dans le cadre d'un interrogatoire de suspect, le raisonnement étant qu'un innocent verrait vite la ruse et n'avouerait jamais ainsi facilement son crime.

Cet interrogatoire était le seul entretien de Borders avec un représentant de la loi. En se fondant sur la contradiction entre ce que Margot et Henderson leur avaient dit de la version de Skyler sur ce rendez-vous de mauvais augure et le fait qu'il niait être retourné à l'appartement, Sheehan et Bosch avaient arrêté Borders à l'intérieur même de la salle d'interrogatoire et l'avaient incarcéré deux étages plus haut, dans une cellule de la prison de Van Nuys. À ce moment-là, leur dossier était bien faible et Sheehan et Bosch le savaient. Qu'ils aient coincé Borders dans ce mensonge étayait leur croyance en sa culpabilité, mais tout se réduisait à des on-dit. Ils partaient des souvenirs de deux amies de la victime et, en plus, l'histoire de Danielle avait été rapportée par trois femmes en train de picoler. Résultat, ce serait leur parole contre celle du suspect. Et les avocats de la défense et le doute raisonnable ne fleurissent jamais mieux que dans les zones grises entre les deux.

Sheehan et Bosch savaient qu'ils devaient trouver des preuves qui corroborent leur théorie ou laisser filer Borders à la fin des quarante-huit heures de garde à vue. Avec les déclarations de Margot et d'Henderson reliant la victime et le suspect, ils trouvèrent un juge qui leur signa fort aimablement un mandat de perquisition pour cause raisonnable. Cela leur donna vingt-quatre heures pour fouiller la voiture et le domicile de Borders.

Et ils eurent de la chance. Au bout de trois heures de travail dans l'appartement de Vesper Avenue, Bosch remarqua qu'un jeu d'étagères avait été monté sans les deux vis qui maintiennent celle du bas. Il s'était alors fait la réflexion que tant qu'à bâcler ce montage, on aurait laissé tomber celle du haut plutôt que celle du bas.

Après en avoir ôté les livres et d'autres objets, il n'avait eu aucun mal à soulever la planche en bois stratifié et avait découvert une cachette à la base du rayonnage… et le pendentif en forme d'hippocampe enveloppé dans un mouchoir. Le collier torsadé, lui, avait disparu. Bosch avait aussi trouvé d'autres bijoux de femmes et une collection de magazines porno spécialisés dans le bondage et le sadomasochisme.

Avec la découverte du pendentif en forme d'hippocampe, le dossier contre Borders était passé de maigre à solide. La mère de Skyler était alors encore en ville, où elle avait fait les démarches nécessaires au rapatriement du corps de sa fille pour l'enterrer en Floride. Sheehan et Bosch l'ayant retrouvée à son hôtel, elle avait identifié le pendentif et déclaré que c'était bien celui qu'elle avait donné à sa fille.

Les deux inspecteurs étaient comblés et pensaient avoir arraché la victoire des mâchoires mêmes de la défaite. Ce soir-là, après avoir déposé leur dossier au Bureau du district attorney, ils étaient allés trinquer et boire des cocktails Martini au Short Stop d'Echo Park.

Trente ans plus tard, Bosch se rappela l'excitation qui les avait pris d'avoir ainsi découvert la clé du problème. Après tout ce temps, il savoura de nouveau l'instant en rassemblant les feuilles volantes de la transcription de l'interrogatoire. Et resta ferme dans sa conviction : Sheehan et lui avaient bâti un dossier sans faille, et c'était bien Borders qui avait assassiné Danielle Skyler.

Les derniers jours avant le procès, Sheehan et Bosch avaient tenté de relier quelques bijoux trouvés dans la cachette à d'autres affaires. Ils avaient ressorti tous les dossiers de meurtres et de disparitions de jeunes femmes pendant les quatre ans où Borders avait vécu à Los Angeles. Pour eux, il avait perpétré au moins deux autres assassinats à caractère sexuel. Les deux victimes avaient des liens assez vagues avec l'industrie du divertissement et évoluaient dans le même circuit de bars de Ventura Boulevard que lui. Ils avaient trouvé des photos où elles portaient des bijoux qui, selon eux, correspondaient à ceux trouvés dans son appartement, mais les analyses des experts ne permettant pas de confirmer ces liens, le Bureau du district attorney avait décidé de n'inculper Borders que du seul assassinat de Skyler. Sheehan et Bosch avaient certes élevé des objections contre sa décision, mais c'était toujours le procureur qui avait le dernier mot.

Au procès, Borders et son avocat avaient dû se défoncer pour expliquer le pendentif. Mais leurs efforts semblaient désespérés. L'avocat de la défense David Siegel, connu dans le milieu sous le sobriquet de « Legal Siegel » à cause de ses fines compréhension et pratique de la loi, avait tenté de mettre en doute l'authentification du bijou par la mère de Skyler.

L'accusation avait alors appelé cette dernière à la barre, où elle avait à nouveau identifié le pendentif et en avait raconté toute l'histoire avec des sanglots dans la voix. Après, l'accusation avait encore montré des photos de Skyler prises à peine quelques jours avant son assassinat, et où l'on voyait bien qu'elle le portait à son cou. Siegel avait, lui, fait venir un représentant de l'industrie du bijou qui avait déclaré que des milliers de pendentifs en forme d'hippocampe, et tous de la même couleur et du même style que celui de Skyler, circulaient dans tout le pays, y compris des centaines chez les seuls détaillants de la région de Los Angeles.

Pour sa défense, Borders avait prétendu avoir acheté le pendentif dans un magasin de la jetée de

Santa Monica. Il avait expliqué s'être rappelé avoir vu le même au cou de Skyler lors de leur rendez-vous et l'avoir trouvé à son goût. Il avait alors acheté le sien pour en faire cadeau plus tard, et c'était pour cela qu'il l'avait caché dans ses rayonnages avec d'autres bijoux. Il les y gardait afin de pouvoir les donner à celle-ci ou celle-là qu'il fréquentait et ne voulait donc pas qu'ils soient volés dans sa cache si jamais on entrait chez lui par effraction.

Siegel avait étayé les dires de son client en présentant des statistiques de cambriolages dans le secteur de Van Nuys, mais les explications embarrassées que Borders avait dû fournir pour justifier la présence de ce pendentif chez lui n'avaient guère impressionné le jury, surtout lorsque l'audition de l'interrogatoire de Borders lui avait été opposée. Après une délibération de six heures, les jurés avaient conclu à sa culpabilité. Et après une deuxième audience bien distincte où ils avaient pris connaissance des horreurs qu'avait subies Skyler, ils n'avaient mis que deux heures pour recommander la peine de mort. Le juge les avait suivis et avait prononcé la sentence fatale.

Il était 4 heures du matin lorsque Bosch mit fin à son premier examen de l'enquête initiale. La musique s'était arrêtée sans même qu'il s'en rende compte. Il était fatigué et savait qu'il avait une réunion générale à 7 h 30 à la salle de crise du SFPD afin de faire le point sur l'enquête en cours sur les meurtres à la *farmacia*. Il décida de se prendre deux petites heures de sommeil et de s'attaquer à la nouvelle enquête de Soto et Tapscott dès qu'il aurait un moment.

Il descendit le couloir jusqu'à sa chambre et se rappela l'instant où il avait découvert l'hippocampe et avait alors su au plus profond du cœur que Borders était l'assassin et qu'il allait le payer.

Chapitre 7

En route depuis 7 heures du matin, Bosch avalait un café qu'il s'était préparé chez lui lorsqu'il descendit la bretelle de Barham Boulevard pour prendre l'autoroute 101 direction nord. La matinée était fraîche et claire, les montagnes qui entourent la Valley et piègent habituellement le smog sous les contre-courants se détachant nettement vers le nord. Après un bref passage sur la 170, la deuxième des trois autoroutes pour rejoindre San Fernando, il sortit son portable et appela le numéro de l'unité des Services d'enquête de la prison d'État de San Quentin qu'on lui avait donné.

Ayant eu droit à la réponse d'un être humain, il demanda qu'on lui passe un enquêteur du nom de Gabe Menendez. La prison était en effet pourvue d'une brigade d'enquêteurs qui, en plus de s'occuper des meurtres entre détenus, recueillaient des renseignements sur les criminels de la prison. Bosch avait travaillé avec lui par le passé et savait qu'il allait droit au but.

Après un bref moment d'attente, une nouvelle voix se fit entendre.

— Lieutenant Menendez à l'appareil. Que puis-je faire pour vous ?

Menendez avait donc eu droit à une promotion depuis la dernière fois que Bosch lui avait parlé.

— Harry Bosch à L.A. On dirait que vous êtes monté en grade.

Bosch avait pris soin de ne pas dire qu'il n'appelait pas du LAPD. Il contournait la réalité de sa situation en pensant obtenir plus de coopération si Menendez croyait avoir affaire au LAPD plutôt qu'au minuscule SFPD.

— Ça fait une paie, inspecteur Bosch, lui renvoya Menendez. Qu'est-ce que je peux faire pour vous ?

— C'est pour un de vos gars dans le couloir de la mort. Un certain Preston Borders. C'est moi qui l'y ai mis.

— Oui, je le connais. Il est ici depuis plus longtemps que moi.

— Oui bon, alors peut-être êtes-vous au courant qu'il essaie de changer ça.

— Il se pourrait bien que j'en aie entendu parler, en effet. On vient de recevoir des ordres de transfert pour lui. Il devrait partir vers chez vous la semaine prochaine. Je me disais qu'un mec qui est ici depuis aussi longtemps que lui devait avoir épuisé toutes ses possibilités d'appel.

— Il les a bien épuisées, mais il joue autre chose. Ce dont j'ai besoin, c'est l'historique des visites qu'il a reçues et qui figure en ce moment sur sa liste.

— Ça ne devrait pas poser de problème. Jusqu'où voulez-vous remonter en arrière ?

Bosch pensa au moment où Lucas John Olmer était mort.

— On dit deux ans ?

— Pas de problème. Je mets quelqu'un dessus et je vous rappelle. Autre chose ?

— Oui, je me demandais… Borders a-t-il accès à un téléphone et à un ordinateur dans le couloir de la mort ?

— Pas directement, non. Ni à un téléphone ni à un ordinateur, mais aux e-mails ordinaires, oui. Il y a un certain nombre de sites Web qui facilitent la communication entre les détenus du couloir et des correspondants à l'extérieur, enfin… Des trucs comme ça. Il se connecte à eux par e-mail.

Bosch réfléchit un moment avant de poursuivre.

— Et c'est surveillé ? demanda-t-il. Les e-mails, je veux dire.

— Oui, ça passe par des lecteurs. Des gens de l'unité. Par roulement. Personne ne supporte de faire ça très longtemps.

— Et il y en a des traces ?

— Seulement si un suivi est demandé. S'il n'y a rien de douteux dans l'e-mail, ça part.

— Savez-vous si Borders en reçoit beaucoup ?

— Ils en reçoivent tous beaucoup. Vous vous rappelez Scott Peterson ? Lui, il bat tous les records ! Il y a des tas de femmes complètement paumées là-bas dehors, Bosch. Et elles tombent amoureuses des mauvais mecs. Heureusement que c'est sans danger pour elles parce que ces mecs ne sortent pas. Enfin… d'habitude.

— C'est vrai. Et les e-mails qui partent ?

— Même chose. Ils doivent être approuvés avant d'être expédiés. Si jamais il y a un problème, l'e-mail est renvoyé au détenu. Quand on fait ça, c'est en général parce que le mec s'y est joué des fantasmes sexuels de dégénéré. Du genre ce qu'il ferait à la fille si jamais ils se rencontraient, enfin... Des merdes de ce tonneau-là. Et ça, pas question que ça parte.

— Pigé.

— Bon, bref, j'ai votre numéro dans mon Rolodex. Je suis le dernier à me servir de ce truc. Je vous trouve un type à mettre là-dessus et on vous rappelle.

— OK, alors voici mon numéro de portable. Je suis un peu par monts et par vaux pour un autre dossier en ce moment... Un double meurtre hier... Et le portable, c'est mieux. Vous pouvez le noter dans votre Rolodex.

Bosch lui donna son numéro et le remercia avant de raccrocher. Et se rendit compte que les renseignements qu'il cherchait étaient peut-être déjà dans les rapports que Soto lui avait fait passer en douce. La nouvelle enquête avait dû couvrir l'identité des gens que rencontrait Borders ou avec lesquels il communiquait et Menendez ne lui avait rien dit qui aurait pu laisser entendre qu'il avait déjà une requête semblable à la sienne. Bosch en conclut ou que Soto et Tapscott avaient laissé tomber, ou que Menendez venait de le manipuler.

Mais bon, il le saurait bien assez tôt.

Il appela ensuite son avocat Mickey Haller qui était aussi son demi-frère. Haller avait géré les problèmes juridiques qui étaient survenus lorsque Bosch avait quitté le LAPD, et fini par déférer ce dernier devant la justice afin qu'il lui verse toute sa pension. Le LAPD avait capitulé, Bosch recevant alors un bonus de 180 000 dollars qui avaient aussitôt rejoint la cagnotte qu'il espérait laisser à sa fille.

Haller décrocha et y alla de quelque chose qui ressemblait à un grognement poussé à contrecœur.

— Bosch, lança Harry. Je te réveille ?

— Non, mec, je suis réveillé, mais je n'ai pas l'habitude de répondre à des appels masqués aussi tôt dans la journée. En général, c'est un de mes clients qui me dit : « Mick, y a les flics qui cognent à la porte avec un mandat, qu'est-ce que je fais ? » Des trucs comme ça.

— Bon, moi aussi, j'ai un problème, mais un peu différent.

— Qu'est-ce qu'il y a, mon frangin d'une autre mama ? Conduite en état d'ivresse ?

Haller aimait beaucoup cette repartie et la lui sortait à chaque coup, toujours avec une pauvre imitation du très texan Matthew McConaughey, l'acteur qui, six ans plus tôt, l'avait incarné dans un film.

— Non, pas de conduite en état d'ivresse. Pire.

Et Bosch lui raconta la visite qu'il avait reçue de Soto, Tapscott et Kennedy la veille.

— Et donc, ma question est la suivante, reprit-il. Faut-il que je mette ma pension, ma maison et le reste sous le nom de Maddie tout de suite ? Non parce que tout ça, c'est pour elle, pas pour Borders.

— Et d'un, pas question, bordel. Tu ne lui donneras pas un sou, à ce mec. Laisse-moi te poser deux ou trois questions. Ces gens qui sont venus te voir ont-ils dit ou laissé entendre qu'il y aurait eu acte criminel de ta part ? Disons… Comme si tu avais trafiqué des preuves ou gardé par-devers toi des éléments de preuve à décharge au lieu de les passer à la défense pendant le procès ? Des trucs comme ça ?

— Pas pour l'instant, non. Ils se sont conduits comme si c'était le labo qui avait merdé, alors que côté labo à l'époque… On n'avait pas recours aux mêmes techniques qu'aujourd'hui. Y avait pas d'ADN ou de trucs de ce genre.

— C'est bien ce que je voulais dire. Ce qui fait que si quelque chose a été loupé pendant les analyses et les vérifications d'usage et que toi, tu faisais ton boulot en toute bonne foi, la Ville va devoir te couvrir dans la procédure judiciaire que Borders pourrait lancer contre toi. C'est aussi simple que ça, et on poursuivra la municipalité en justice si elle ne le fait pas. Attends un peu que le syndicat ait vent de l'affaire et s'aperçoive qu'elle ne couvre pas les gars qui font seulement leur boulot !

Bosch repensa à ce que Soto lui avait dit sur le fait de rejeter le blâme sur Sheehan. Ça n'était pas sorti pendant la réunion avec Kennedy. Était-elle en train de l'avertir d'un autre problème soulevé pendant la nouvelle enquête ? Il décida de ne pas en parler à Haller avant d'avoir pu examiner tout le dossier.

— OK, dit-il.

Parler avec Haller l'avait un peu soulagé. Il se pouvait qu'il doive faire face à une humiliation qui mette fin à sa carrière, mais il ne semblait pas que ses finances et l'héritage de sa fille aient à en souffrir et c'était déjà ça.

— Comment s'appelle le district attorney de l'UVIP qui est venu te voir ? lui demanda Haller. J'ai déjà eu affaire à ces types.

— Kennedy, répondit Bosch. Je me rappelle plus son prénom.

— Alex. Alex Kennedy. C'est un vrai fumier. Il t'a peut-être fait le coup du respect, mais il va s'amener dans ton dos avec un couteau et essayer de te scalper.

Terminé, le soulagement que Bosch avait éprouvé. Il roulait maintenant sur la 5 et approchait de la sortie San Fernando.

— La bonne nouvelle, reprit Haller, c'est que tu l'emmerdes. Si tout son truc part de nouvelles preuves et pas d'une conduite criminelle de ta part, c'est comme je te l'ai dit : la Ville devra te couvrir. Tu veux que j'entre dans la danse ?

— Pas encore, répondit Bosch. Je suis en train de voir. J'ai déjà repris mon enquête et je ne pense pas m'être trompé à ce moment-là. C'est Borders qui a fait le coup et je vais trouver le piège. Mais comme l'audience est prévue pour mercredi prochain… C'est quoi, mes options ?

— Selon ce que tu vas trouver d'ici là, je peux toujours lancer une requête en annulation de tout le bazar et exiger d'être entendu au fond. Ça pourrait repousser l'arrêt et donner au juge de quoi réfléchir pendant une semaine ou deux, mais… Mais pour finir, faudra fournir ou plier.

Bosch réfléchit. S'il avait besoin de plus de temps pour mener son enquête, c'était peut-être une option.

— Cela dit, ça serait bizarre, reprit Haller.

— Qu'est-ce qui serait bizarre ?

— Que j'aille, moi, au prétoire pour demander à un juge de ne pas libérer un prisonnier du couloir de la mort. Même qu'en fait, ça serait une première. Il se pourrait que je doive refiler ça à un associé. Me retrouver du mauvais côté de ce truc pourrait me coûter cher, frangin. Cela, juste pour dire…

— Mais tu ne serais pas du mauvais côté…

— Tout ce que je te dis, c'est que l'ADN n'est pas le grand législateur. Combien de fois crois-tu que les flics se gourent et expédient des innocents en taule ?

— Pas très souvent.

— On dit une fois sur cent ? Non parce que personne n'est parfait, d'accord ?

— Je sais pas. Peut-être.

— Il y a deux millions de types en prison dans ce pays. Deux millions. Si la justice se trompe une fois sur cent, ça fait quand même vingt mille innocents en taule. Rabaisse ça de cinquante pour cent, et ça t'en fait encore dix mille. Et moi, c'est ça qui m'empêche de dormir la nuit. Et c'est aussi pour ça que je dis toujours : « Le client innocent, c'est celui qui me fait le plus peur. » Parce qu'il y a pas plus gros enjeu.

— Bon, alors peut-être que c'est pas toi qu'il faut pour ça.

— Écoute. Tout ce que je te dis, c'est que le système est pas parfait. Des innocents il y en a en prison, des innocents il y en a aussi dans le couloir de la mort, et des innocents il y en a aussi qu'on finit par exécuter. Et ça, ce sont les faits et ça, il faut y penser avant d'y aller carrément. Mais quoi qu'il en soit, toi, tu es protégé. Ne l'oublie pas.

— Je n'oublierai pas. Mais là, faut que j'y aille. J'ai une réunion.

— OK, frangin. Appelle si t'as besoin de moi.

Bosch raccrocha. Il se sentait encore plus mal que lorsqu'il était parti de chez lui ce matin-là.

Chapitre 8

Bosch entra dans la salle de crise un peu avant 7 h 30, mais Lourdes était déjà en train d'y porter les détails des affaires et la liste des tâches à effectuer sur un des tableaux blancs.

— Bonjour, Bella, dit-il.

— Salut, Harry. Il y a du café frais à la salle des inspecteurs.

— Pour l'instant, ça va. Tu as pu dormir ?

— Un peu. C'est dur de dormir avec la première affaire de meurtre en direct qu'on a depuis cinq ans.

Bosch tira un fauteuil du bout de la table et s'y assit pour voir ce qu'elle affichait. À gauche, elle avait tracé deux colonnes séparées par une ligne verticale. La première avait pour intitulé « José » et la seconde « Junior ». Les faits essentiels concernant chacune des victimes étaient consignés sous leurs noms. Bosch savait qu'elle avait passé les trois quarts de l'après-midi suivant les assassinats avec l'épouse et la mère des deux victimes et collecté beaucoup de renseignements importants sur les dynamiques familiales. Tout droit sorti de la fac de pharmacie, José Junior habitait encore chez ses parents, mais avait des problèmes avec eux sur la vie au quotidien et le boulot.

Lourdes s'était maintenant mise à écrire sur le deuxième tableau et y inscrivait les pistes d'enquête et les tâches à assigner et exécuter. Certaines de ses notes étaient en noir, d'autres en rouge. Il allait falloir couvrir les autopsies et les analyses de balistique. Des enregistrements vidéo des caméras de surveillance de la *farmacia* remontant à trente jours avant les meurtres étaient disponibles et demanderaient plusieurs heures de visionnage. D'autres cambriolages de pharmacies avaient été recensés dernièrement à Los Angeles et il allait falloir les étudier aux fins de comparaisons.

— Pourquoi ce rouge ? demanda Bosch.

— Haute priorité.

— Et c'est quoi, ce MBC ?

Elle en avait écrit et souligné les lettres en rouge avant de tracer une flèche jusqu'à ses propres initiales. C'était une piste qu'elle se gardait.

— Le Medical Board of California[1], répondit-elle. Hier je suis montée dans sa chambre et j'y ai trouvé une lettre des types de ce MBC disant qu'ils avaient bien reçu sa plainte et qu'ils le contacteraient dès qu'un enquêteur l'aurait étudiée.

— OK, dit-il. Mais qu'est-ce qui en fait une priorité ?

— Plusieurs choses. La première est qu'il gardait cette lettre dans un tiroir de sa chambre, comme s'il la cachait.

— À qui ? À ses parents ?

1. Organisme chargé de donner les autorisations d'exercice aux médecins et chirurgiens de l'État de Californie.

— Je ne sais pas encore. Et l'autre est que sa mère a fini par lâcher que, depuis peu, Junior et son père se disputaient. Elle ne savait pas exactement à quel propos, mais ç'avait à voir avec le travail. À la maison, ils ne se parlaient plus. Pour moi, ç'a quelque chose à voir avec la plainte qu'il a déposée au MBC. Il me semble que ça vaudrait la peine de vérifier.

— Entendu. Tu me diras ?

La porte s'ouvrit et Sisto et Luzon entrèrent dans la salle, suivis du capitaine Trevino. Tous avec des tasses de café fumant.

Âgé d'environ cinquante-cinq ans, Trevino avait une moustache poivre et sel et le crâne rasé. Il était en tenue, ce qui semblait toujours un peu bizarre à Bosch dans la mesure où il dirigeait une brigade d'inspecteurs qui, eux, ne l'étaient jamais. Si tout le service savait que c'était l'héritier présomptif du chef, rien n'indiquait que ce même chef, qui résidait depuis toujours à San Fernando, s'apprêtait à disparaître. Pour Bosch, cette situation frustrait le bonhomme, ce qu'il canalisait en s'en tenant à un respect rigoureux de la discipline et du règlement.

— J'assiste à la réunion et mettrai le chef au courant après, dit-il. Il a une réunion avec les grands patrons d'entreprise et il faut qu'il y soit.

Dans une petite ville comme San Fernando, le chef de police devait être à parts égales administrateur, politicien et pom-pom girl de la communauté. Un double meurtre dans une des plus grandes rues commerçantes de la ville étant un sujet des plus brûlants, Valdez allait devoir calmer des nerfs et faire en sorte que tous aient confiance dans l'enquête.

En un sens, c'était même aussi important que l'enquête elle-même.

— Pas de problème, dit Bosch.

Trevino et lui étaient partis d'un très mauvais pied lorsque Bosch était arrivé dans le service. En se fondant sur son passé au LAPD, le capitaine avait vu en lui une espèce d'électron libre qu'il convenait de surveiller de près. Cela n'avait pas plu à Bosch, mais tout s'était calmé un an plus tard, lorsqu'une enquête menée conjointement par Bosch et Lourdes avait permis d'identifier et d'arrêter un violeur en série qui s'en prenait aux femmes de San Fernando depuis plus de quatre ans. La renommée du SFPD qui s'était ensuivie avait engendré un soutien massif de la communauté à l'endroit de ses services de police, soutien et crédit dont Trevino avait hérité la part du lion en sa qualité de patron de la brigade des inspecteurs. Depuis lors, il laissait toute liberté à Bosch dans son travail d'enquête sur les affaires non résolues et ses recherches dans les caisses des Scellés de l'ancienne prison municipale. Bosch n'en sentait pas moins toujours ses soupçons et savait que dès qu'il aurait vent du problème Borders, Trevino se mettrait à susurrer à l'oreille du chef que le nouveau venu devait dégager.

— Et si on commençait par regarder la vidéo de la pharmacie ? lança Bosch. Nous ne l'avons pas tous vue. Après, on pourra faire un tour de table et résumer le travail d'hier de façon que le capitaine Trevino puisse tenir le chef au courant. Bella ?

Lourdes s'empara d'une télécommande et alluma un des écrans fixés au mur faisant face aux tableaux blancs. La vidéo de la *farmacia* était prête, Bosch et Lourdes l'ayant déjà visionnée à plusieurs reprises la veille au soir avant de rentrer chez eux.

Il y avait trois caméras, et celle du plafond juste au-dessus du comptoir offrait l'enregistrement le plus complet de ce qui s'était passé. Les cinq personnes présentes dans la salle de crise gardèrent le silence en le regardant en vitesse lente.

À l'écran, ils virent José Esquivel et son fils derrière le comptoir de la partie pharmacie du magasin. Celui-ci ouvrant tous les jours à 10 heures, sauf le dimanche, ils s'y installaient pour la journée. José Senior passait en revue le contenu d'un panier en plastique plein de petits sacs blancs – des médicaments déjà emballés et prêts à partir. José Junior, lui, se tenait devant un ordinateur au bout du comptoir et semblait vérifier de nouvelles ordonnances envoyées par diverses officines. Il n'y avait aucun autre employé dans le magasin. Des interrogatoires pratiqués la veille avaient permis de déterminer que le père et le fils en étaient les deux seuls à plein-temps. Il y avait bien une troisième personne qui travaillait les jours les plus chargés de la semaine ou lorsqu'un des deux Esquivel était absent, mais elle n'était pas pharmacienne et servait essentiellement de caissière.

À 10 h 14, selon le chrono de la vidéo, la porte d'entrée s'étant ouverte, deux hommes entraient dans le magasin, masques de ski déjà baissés sur le visage, mains gantées et armes tenues le long du corps. Ils ne couraient pas, mais marchaient vite et se séparaient pour prendre chacun une allée de produits à la vente au détail et gagner le comptoir à l'arrière de l'établissement.

C'était José Senior qui levait le premier la tête et voyait l'un des deux hommes venir droit sur lui dans l'allée. L'angle de la caméra ne permettait pas de savoir s'il avait compris qu'il y avait deux individus dans le magasin. Mais il se déportait immédiatement sur la droite et donnait un coup de coude à son fils pour l'éloigner de l'ordinateur et l'avertir du danger.

Même si la vidéo était muette, il était clair que José Senior hurlait aussi quelque chose à son fils. José Junior se tournait alors vers la droite et la demi-porte qui conduisait au couloir et à la sortie de derrière. Il semblait bien ne pas s'être rendu compte que cela le mettait sur la trajectoire du tueur descendant l'autre allée. Il commençait à courir dans le couloir et, l'assassin sortant de l'allée pour le suivre, tous les deux disparaissaient enfin du champ de la caméra au fond de la pharmacie.

L'autre homme, lui, continuait sans hésitation de marcher vers le comptoir et levait son arme, José Senior mettant les mains en l'air en signe de reddition. Alors le tueur abaissait son flingue à la hauteur de sa poitrine et lui tirait dessus quasiment à bout touchant, la balle traversant complètement le thorax de José Senior avant d'aller s'écraser dans les armoires derrière lui. José Senior reculait d'un pas en vacillant, se cognait dans les armoires, puis s'effondrait au sol, les bras toujours en l'air.

— Bordel de Dieu, mais c'est un assassinat de sang-froid ! s'écria Sisto qui voyait la vidéo pour la première fois.

Personne ne réagit. On regardait tout cela dans un silence hébété.

Quelques instants après la mort d'Esquivel, le second tueur apparaissait dans l'encadrement de la porte via le couloir du fond après avoir, a priori, tué José Junior. Il gagnait le comptoir et tendait la main au-dessus pour attraper une corbeille en plastique blanc. Il en renversait le contenu par terre, puis il avançait le long des armoires à médicaments, y ouvrant ici et là des tiroirs pour en vider le plein de pilules et de capsules dans la corbeille. Les deux mains sur son arme et prêt à tirer, l'autre tueur, lui, gardait l'œil ouvert sur la porte de devant. Encore une fois Bosch se rendit compte de la chance qu'ils avaient : des clients qui entrent dans le magasin sans se douter du danger qui les attend et ç'aurait pu faire bien d'autres victimes. Les deux hommes, c'était clair, n'auraient pas laissé de témoins en vie derrière eux.

Ç'aurait pu être un massacre.

Quatre-vingt-dix secondes après avoir fait irruption dans la pharmacie, les deux tireurs passaient dans le couloir et disparaissaient pour de bon par la sortie au fond.

— On pense qu'ils devaient avoir une voiture dans la ruelle avec un type au volant, fit remarquer Lourdes. Quelqu'un qui voudrait revoir tout ça ?

— Non, merci, répondit Trevino. On a une vidéo de l'endroit où le fils a été flingué ?

— Non, le couloir du fond n'était pas couvert par les caméras, répondit Lourdes.

— Et dans la rue ? insista-t-il. Quelque chose qui nous montrerait ces fumiers sans leurs masques ?

— Non, rien, dit Luzon. Il y a bien des caméras aux deux bouts du centre commercial, mais elles n'ont rien enregistré.

— On pense aussi qu'ils ont été déposés dans la ruelle et sont passés par la porte de derrière du *Three Kings*, dit Sisto en donnant le nom anglais du bar qui se trouvait deux numéros plus bas que la pharmacie.

— Ils ont traversé le bar et sont sortis par la porte de devant, précisa Luzon. Après, ils sont descendus à *La Familia* et ont enfilé leurs masques avant d'entrer.

— Ils savaient ce qu'ils faisaient, ajouta Sisto. Et où se trouvaient les caméras.

— On a des signalements au *Three Kings* ? demanda Trevino.

— C'est qu'ils ne sont pas très coopératifs là-bas dedans, capitaine, répondit Luzon. On n'a rien eu de plus que le barman nous disant avoir vu deux mecs passer à toute vitesse. Des Blancs, d'après lui, et ça s'arrête là.

Trevino fit la grimace. Il savait parfaitement que le *Three Kings* était la source de nombreux appels à la patrouille pour des bagarres, des problèmes de jeu et d'alcool, d'atteintes à l'ordre public, d'infractions au Code pénal et autres désordres. L'établissement faisait tache dans le centre commercial et le SFPD était l'objet, et depuis des années, de pressions de la communauté pour essayer d'y remédier. Le chef Valdez venait régulièrement assister aux séances d'appel au commissariat pour exiger qu'on prenne des mesures à son endroit. En un mot, il voulait que des officiers de la patrouille le traversent plusieurs fois pendant leur service, pratique qui n'avait les faveurs de personne et ce, des deux côtés du bar. Conséquence, les relations entre la police, la clientèle et la direction de l'établissement n'étaient pas bonnes et il n'y avait guère d'aide à espérer de ce côté-là.

— Bon, autre chose ? demanda Trevino. Des correspondances avec des histoires récentes en ville ?

C'était de Los Angeles qu'il parlait. Les trois quarts des résidents de San Fernando qualifiaient leur cité de « commune », Los Angeles ayant droit, elle, au titre de « ville ».

— Oui, deux, répondit Sisto. Et toutes les deux en ville. Je devrais avoir des détails et les vidéos aujourd'hui. Mais à la base, c'est la même chose : deux Blancs avec des masques de ski et un type qui les attend dehors dans une voiture. La seule différence est que dans ces deux-là, personne n'a été blessé. Donc des braquages bien carrés… Un à Encino et l'autre dans les West Hills.

Bosch hocha involontairement la tête et Trevino le remarqua.

— Ce ne seraient pas nos suspects ? demanda le capitaine.

— Je ne crois pas, répondit Bosch. Je pense que c'est ce qu'ils veulent nous faire croire. Mais c'est un contrat.

— Bien, dit Trevino. Alors on se concentre sur quoi ?

— Sur le fils, répondit Lourdes.

— Comment ça ? demanda le capitaine.

— Eh bien, pour autant qu'on sache, il était irréprochable. Il a obtenu son diplôme de pharmacien à Cal State-Northridge l'année dernière. Aucune arrestation, aucune affiliation à un gang qu'on connaîtrait.

« Promis à un bel avenir » parmi ceux de sa promo. Cela étant, d'après Mme Esquivel il était dans une mauvaise passe côté pharmacie familiale et vie de famille.

— On en saurait plus là-dessus et sur la façon dont ça pourrait se rattacher à notre affaire ?

— Pas pour l'instant, mais on y travaille. Il faut que je me paie une autre séance avec Mme Esquivel. Hier soir, c'était pas le bon moment.

— Alors pourquoi faut-il penser que ça tourne autour du gamin ?

Bosch montra l'écran où l'image s'était figée sur José Senior étendu mort sur le sol du magasin.

— La vidéo, dit-il. Tout indique que le père avait compris ce qui allait se passer et essayait de sortir son fils de là. Et après, il y a l'exagération dans la tuerie… Le père sur qui on tire une fois et le fils qui a droit à trois balles.

— Sans parler du truc personnel du coup de flingue dans le cul, ajouta Sisto.

Trevino enregistra tout ça et hocha la tête.

— OK, dit-il, et on fait quoi ?

La mission fut alors découpée en tranches, Luzon étant assigné à la balistique et aux autopsies avec ordre, et immédiat, de découvrir quelles armes avaient été utilisées dans ces assassinats et de voir s'il y avait des correspondances avec quoi que ce soit dans les bases de données des profils balistiques. Sisto, lui, fut de vidéo, ordre lui étant donné de partir de celle de la *farmacia* et de chercher tout ce qui pourrait indiquer que les deux tireurs avaient étudié les lieux plus tôt dans le mois, sans oublier d'analyser les relations entre le père et le fils. Il devrait encore passer au LAPD pour en savoir plus sur les deux braquages de pharmacie similaires et essayer d'en visionner les vidéos.

Lourdes déclara qu'elle continuerait d'analyser le passé du fils et vérifierait la plainte qu'il avait déposée au Medical Board of California. Bosch enfin servirait de coordinateur et seconderait Lourdes lorsque son enquête l'obligerait à sortir du commissariat.

En reprenant tout cela, Trevino donna ses dernières instructions à chacun.

— Comme il s'agit d'une enquête pour meurtre, les enjeux sont plus élevés, dit-il. Et ça vaut pour tout le monde, nos tireurs compris. Je sais que nous n'avons pas beaucoup de personnel, mais personne ne devra sortir d'ici sans un coéquipier. On ne sait jamais dans quoi on pourrait tomber. Bien reçu ?

Un véritable chœur de confirmations lui revint.

— Bien, conclut-il. Allons chercher ces mecs !

Chapitre 9

Cette réunion à la salle de crise terminée, Bosch quitta le commissariat tandis que Lourdes essayait d'avoir quelqu'un des services d'enquête au MBC. Deux rues plus loin, il arriva dans un centre commercial de Truman Street et entra dans une bodega où l'on vendait des jetables aux nouveaux immigrants dans l'incapacité de donner adresses et historiques bancaires exigés par les grands fournisseurs d'accès. Il en acheta un déjà chargé et pouvant passer des SMS, ressortit de la boutique et envoya un message d'un seul mot à Lucia Soto :

Merci.

Moins d'une minute plus tard il recevait une réponse :

C'est qui ?

« Dans 5 minutes, dans un coin tranquille », écrivit-il.

Et il jeta un coup d'œil à sa montre, fit demi-tour et repartit vers le commissariat. Arrivé dans le parking de côté cinq minutes plus tard, il passa son appel. Soto le prit, mais garda le silence.

— Lucia, c'est moi, dit-il.

— Harry ? Mais qu'est-ce que tu fais ? Où est ton téléphone ?

— C'est un jetable. Je me disais que tu n'aurais pas vraiment envie d'avoir un enregistrement de toi en train de me parler.

— Ne sois pas idiot, Harry ! Qu'est-ce qui se passe ? De quoi me remercies-tu ?

— Le dossier.

— Quel dossier ?

— Bon très bien, si c'est comme ça que tu veux jouer le coup, parfait. Je comprends. Mais faut que je te dise… Je l'ai relu, enfin… Pour voir le rôle que j'ai joué dans l'affaire… et tout y est, Lucia. C'était du solide. Preuves indirectes, c'est vrai, mais du lourd tout du long jusqu'au verdict. Faut que tu arrêtes ce truc et empêches ce mec de sortir de taule.

— Harry…

Elle n'alla pas plus loin.

— Quoi, Lucia ? Tu ne vois donc pas ? J'essaie de t'épargner un gros problème dans lequel tu pourrais te retrouver embringuée. Parce que Dieu sait comment, tout ça, c'est un coup monté. Est-ce que tu peux me faire parvenir une copie de la vidéo que m'a montrée Tapscott, celle où on vous voit ouvrir le carton ?

Il y eut un deuxième long silence avant que Soto lui réponde.

— Je pense que le seul à avoir un gros problème dans cette histoire, c'est toi, Harry, dit-elle.

Il n'eut rien à en dire et sentit que quelque chose avait changé dans la façon dont elle le voyait. Il était tombé dans son estime et si elle avait de la sympathie pour lui, elle n'avait plus le respect qu'elle lui vouait jadis. Et là, quelque chose lui échappait. Il fallait qu'il reprenne le dossier d'enquête qu'elle avait, il le savait, enfourné dans sa boîte aux lettres et qu'elle le reconnaisse ou pas ne changeait rien à l'affaire. Il devait maintenant envisager qu'elle l'ait fait non pas pour l'aider, mais pour l'avertir de ce qui l'attendait.

— Écoute-moi, Harry, reprit-elle. Je me mets en danger pour toi parce que… parce que nous avons été coéquipiers. Il faut que tu laisses ce truc aller jusqu'à son terme sans essayer d'y foutre le feu. Si tu ne le fais pas, tu vas te faire salement amocher.

— Parce que tu ne crois pas que ça va faire sacrément mal de voir ce type… ce tueur, oui !… sortir de San Quentin en homme libre ?

— Faut que j'y aille, Harry. Je te conseille de relire tout le dossier.

Elle raccrocha et il se retrouva à tenir un portable pour lequel il venait de dépenser quarante dollars et dont il ne se servirait probablement plus jamais.

Il regagna sa voiture. Il avait pris le dossier Skyler avec lui en partant, l'avait laissé à l'arrière du véhicule et Soto le poussait très clairement à le rouvrir. Il y avait quelque chose dans cette nouvelle enquête qu'elle voulait qu'il voie et qui, aux yeux d'Alex Kennedy au moins, invalidait l'ancienne. Bosch songea que ça ne se réduisait pas à l'absence d'ADN.

Il n'était pas encore arrivé à sa voiture que la porte latérale du commissariat s'ouvrait sur Lourdes.

— Harry, j'allais te chercher, dit-elle. Où vas-tu ?

— Juste récupérer un truc dans ma voiture. Qu'est-ce qui se passe ?

— Allons faire un tour. J'ai parlé à un des enquêteurs du Bureau.

Bosch fourra son téléphone jetable dans sa poche et la suivit jusqu'à son véhicule. Il s'assit sur le siège passager, elle fit marche arrière, et il vit qu'elle avait collé un bout de papier sur la console, sur lequel on lisait : *S.F./Terra Bella*. C'était, il le savait, un des croisements du quartier voisin de Pacoima, soit à Los Angeles, juste au sud de San Fernando.

— Pacoima ? dit-il.

— José Junior a envoyé un e-mail au MBC pour se plaindre d'un dispensaire du coin qui délivrait trop d'ordonnances d'oxycodone. Je veux juste passer devant, histoire de voir à quoi ça ressemble.

— D'accord. Quand l'a-t-il envoyé ?

— Il y a deux mois, au service central des plaintes de Sacramento… Son e-mail y est resté un bon moment avant d'être renvoyé au service de la répression de Los Angeles, où j'ai retrouvé le type qui s'en occupe. Il m'a dit n'en être qu'au début de son travail. Il n'est jamais entré en contact avec José Junior et rassemblait des données avant d'envisager des mesures de coercition.

— Il « rassemblait des données » ? Du genre… Savoir combien d'ordonnances sortaient de ce dispensaire ?

— Oui. Identification de l'établissement, noms des médecins, vérification des autorisations d'exercer, nombre d'ordonnances, ce genre de trucs. « Début du travail » donc, cela, à mon avis, pour me faire comprendre que rien n'avait encore été fait. Il m'a quand même dit que ce dispensaire n'était pas dans leur ligne de mire et que ça faisait penser à de la revente malhonnête. Le problème, m'a-t-il dit aussi, c'est que les trois quarts du temps les trafiquants ne passent pas par de vraies pharmacies. D'habitude, elles sont dans le coup ou préfèrent fermer les yeux et préparer les ordonnances.

— Bon, disons donc que José Senior fermait les yeux. Le fiston sort tout naïf de sa fac de pharmacie et, l'œil grand ouvert, croit faire ce qu'il faut en montrant du doigt un dispensaire louche.

— Exactement, dit Lourdes en acquiesçant d'un signe de tête. Je t'ai déjà dit que c'était un mec carré. Il a vu ce qui se passait et a déposé plainte au MBC.

— Et c'est donc ça qui posait problème entre le père et le fils… Pour ça qu'ils se disputaient, ajouta Bosch. Ou bien José Senior aimait assez le fric que lui rapportaient ces ordonnances bidon, ou bien il avait peur des risques que pouvait engendrer la plainte.

— Et pas seulement ça. Dans son e-mail, Junior précisait qu'il allait arrêter de préparer les ordonnances du dispensaire. Et ça, ça pouvait être la mesure la plus dangereuse de toutes.

Bosch ressentit une douleur sourde à la poitrine. Culpabilité et embarras. Il avait sous-estimé José Esquivel Junior. Il avait commencé par demander s'il était affilié à un gang et en avait un peu vite conclu que c'étaient ses activités et associations qui constituaient le mobile des crimes. Il ne se trompait probablement pas dans un certain sens, mais il était bien loin de la vérité. Il s'avérait que José était un idéaliste ayant remarqué quelque chose qui n'allait pas et cherchait aveuglément à agir. Et cela lui avait coûté la vie.

— Merde ! s'écria-t-il. Il ne savait tout simplement pas ce qu'il faisait en cessant de préparer ces ordonnances !

— C'est ça le plus triste, dit Lourdes.

Bosch garda le silence en pensant à son erreur. Cela l'affectait profondément parce qu'il s'établit toujours une relation entre la victime et l'inspecteur chargé de résoudre le crime. Il avait douté de la vertu de Junior et l'avait trahi. Et s'était ainsi trahi lui aussi. Il n'en eut que plus envie de redoubler d'efforts pour mettre la main sur les deux hommes qui avaient si rapidement traversé la pharmacie pour y semer la mort la veille au matin.

Il repensa à la terreur qui avait dû s'emparer de José Junior lorsqu'il avait essayé d'arriver à la porte au bout du couloir. Et à l'horreur d'avoir laissé son père derrière lui.

Il ne pouvait pas en être sûr dans la mesure où la vidéo n'avait pas le son et où l'assassinat de José Junior s'était déroulé hors du champ de la caméra, mais pour Bosch, c'était le père qui avait été tué le premier, le fils l'entendant alors même qu'il essayait de s'enfuir par le couloir. Juste avant qu'il ne se fasse lui-même tirer dessus et que son assassin ne le rattrape pour lui infliger la dernière indignité en finissant le travail.

Lourdes et Bosch prirent Truman Street vers le sud jusqu'au croisement avec San Fernando Road et franchirent bientôt les limites de la commune pour entrer dans Pacoima. Aucun panneau pour leur souhaiter « Bienvenue à Los Angeles » et la différence entre les deux villes était saisissante. Les rues étaient maintenant jonchées de cochonneries, les murs couverts de graffitis, les séparateurs médians marron sale et envahis de mauvaises herbes. Des sacs en plastique s'étaient accrochés au grillage bordant la ligne de métro parallèle à la route. Bosch en fut déprimé. Que Pacoima ait la même composition ethnique que San Fernando n'empêchait pas une flagrante disparité des revenus entre les deux communautés.

Bientôt ils longèrent le périmètre sud de l'aérodrome Whiteman, un petit terrain d'aviation public au nom passablement ironique dans ce quartier plus que majoritairement peuplé de Noirs et de métis. Lourdes ralentit en arrivant à Terra Bella Street, et Bosch découvrit alors un immeuble de plain-pied au coin de la rue. L'affaire se remarquait à la peinture fraîche qui brillait au soleil et au fait qu'elle n'avait ni porte ni panneau indiquant qu'il s'agissait d'un dispensaire ou autre.

Lourdes s'engagea dans la rue afin qu'ils puissent en voir la façade. Ils y repérèrent une double porte sur le côté, mais rien qui laisse entendre que l'établissement fonctionnait. La nouvelle couche de peinture et l'absence de signalisation lui donnaient un petit air de dispensaire pas vraiment ouvert.

Lourdes poursuivit sa route.

— Qu'est-ce que t'en penses ? demanda-t-elle.

— Je sais pas trop, répondit-il. T'as envie de planquer un peu, histoire de voir si c'est vraiment ouvert ? On pourrait aussi juste se garer pour que j'aille tester la porte.

Lourdes réfléchit sans cesser de rouler.

— J'aime pas trop l'idée de débarquer là-dedans sans savoir sur quoi on va tomber, dit-elle enfin.

Elle entra dans l'allée cochère d'une fabrique de systèmes d'arrosage automatique, puis elle fit marche arrière pour mettre la voiture dans le bon sens.

— Regardons ça un moment, dit-elle. Histoire de voir ce qui se passe.

— Ça marche, dit-il.

Elle remonta Terra Bella Street sur un demi-bloc, puis se gara le long du trottoir derrière une berline. Cela les abrita des regards tout en leur permettant de surveiller la porte. Ils passèrent presque un quart d'heure dans un silence qui n'avait rien de gênant avant que Lourdes reprenne la parole.

— T'es toujours copain avec Lucy Soto ? demanda-t-elle.

Il avait oublié que les deux femmes se connaissaient via une organisation de flics latinos.

— On se parle de temps en temps, mais ça doit bien faire deux ou trois ans que je ne l'avais pas revue quand elle est passée hier, répondit-il.

Il savait que Lourdes cherchait à savoir l'objet de la visite de la veille, mais il n'avait aucune envie d'en parler. Il changea de sujet.

— Ton fils aime bien les Dodgers cette année ? lui demanda-t-il.

— Ah ça oui ! Il a choisi ses matches et va falloir que je lui achète ses billets. Il croit qu'ils vont tout gagner.

— Ça serait pas trop tôt.

— En effet.

— Tu sais que Soto n'a jamais assisté à un de leurs matches ? Ses grands-parents et son père se sont fait virer de Chavez Ravine dans les années 50 et elle a juré de ne plus jamais y remettre les pieds. Elle n'aime même pas beaucoup aller à l'Académie.

C'était du relogement forcé de tout un quartier latino pour y installer le stade de base-ball près du centre-ville qu'il parlait. L'amertume qui avait fait suite à ce déménagement – y compris les nombreuses expulsions violentes enregistrées sur film – entachait encore le passé de cette équipe pourtant adorée. Et l'Académie de police du LAPD se trouvait tout au bord d'un des gigantesques parkings du stade.

— Ça peut se comprendre, dit-elle, mais ça remonte à loin maintenant. Et le base-ball, c'est le base-ball. Comme si j'allais empêcher un gamin d'adorer ça à cause de ce qui s'est passé avant la naissance de sa mère !

— Sans parler de la passion de la mère pour le même base-ball, lança-t-il.

Et il sourit. Avant qu'elle ne trouve quelque chose à lui renvoyer, ils virent un van tourner au coin de San Fernando Road pour entrer dans Terra Bella Street. Au début, Bosch crut qu'il se dirigeait vers l'usine, mais il s'arrêta devant le dispensaire. Sans rien dire, Bosch et Lourdes regardèrent la portière du van s'ouvrir en coulissant et des gens en descendre et se tourner vers le bâtiment.

Bosch compta onze personnes, en plus du chauffeur qui resta dans le véhicule. Toutes disparurent à l'intérieur.

— Mais c'est quoi, ce truc ? demanda Lourdes.

— Ça, j'en sais rien, répondit Bosch. Peut-être des gens qu'ils ont ramassés dans un asile de vieux…

— Sauf qu'ils n'étaient pas tous vieux.

— Disons les trois quarts.

— Et ils avaient plus l'air de sans-abri que de sortir d'un asile de vieillards.

Bosch acquiesçant, ils retombèrent dans le silence et continuèrent de regarder. Le chauffeur resta derrière son volant, la porte coulissante grande ouverte.

Une vingtaine de minutes après avoir débarqué du van, ces individus ressortirent du dispensaire et se mirent en rang pour remonter dans le véhicule. Cette fois, Bosch observa la scène de plus près. De sexes et d'origines différents, ils n'en étaient pas moins semblables par les vêtements tous miteux et bien trop amples qui pendaient à leurs carcasses. Bosch eut l'impression de regarder une file d'attente à la soupe populaire de la 5e Rue du centre-ville.

— Qu'est-ce que t'en penses ? demanda Lourdes.

— Je ne sais pas, répondit-il. C'est quoi un dispensaire qui n'a pas de panneau sur sa façade ?

— C'est un dispensaire illégal.

— Et ce seraient ses patients ?

— Peut-être des mules à pilules. C'est comme ça que l'enquêteur les a appelés. Les mecs passent à la prétendue clinique, ils y retirent leurs ordonnances et vont se faire délivrer leurs comprimés à la pharmacie. Et touchent un dollar par comprimé. Faut croire que c'est pas si mal quand on s'en prend soixante à chaque voyage.

— Et ils se vendent combien à la sauvette, ces comprimés ?

— D'après lui, ça dépend du dosage et de ce qu'on achète. En général, c'est du un dollar par milligramme. Et d'habitude, les comprimés d'oxycodone sont dosés à trente milligrammes. Mais pour lui, à l'heure actuelle, le graal de l'héroïne des pauvres, c'est du quatre-vingts milligrammes. Y a aussi un truc qui s'appelle l'oxymorphone. C'est juste au-dessous. Et censément, ça te fait planer dix fois plus fort que l'oxycodone.

Bosch sortit son portable pour prendre des photos. Il cala le téléphone sur le tableau de bord et prit des clichés du dispensaire et du van. Et se servit encore du zoom pour regarder de plus près les individus qui y remontaient, mais n'arriva à obtenir que des images floues.

— Et tu crois que le van va leur faire faire le tour des pharmacies du coin ? demanda-t-il.

— C'est pas impossible, répondit-elle. D'après Jerry, ce sont les vieux qui font les meilleures mules. Ils sont précieux.

— Pourquoi ?

— Parce qu'on veut qu'ils aient l'air assez vieux pour bénéficier de Medicare[1]. On leur file de fausses cartes… Les trafiquants achètent les noms de vrais bénéficiaires… Et comme ça, nos vieux ne sont pas obligés de payer le prix fort…

Bosch n'en crut pas ses oreilles.

— Et donc, c'est Medicare qui rembourse les médicaments aux pharmacies ! s'exclama-t-il. En d'autres termes, c'est l'État qui subventionne toute l'opération ?

---

1. Assurance santé fédérale pour les plus de soixante-cinq ans.

— Pour une bonne part, oui, répondit Lourdes. Enfin… d'après Jerry.

Le dernier patient sortit du dispensaire et se dirigea vers le van. Bosch avait déjà compté douze hommes et femmes entassés à l'arrière du véhicule. Blancs, Noirs et métis, leur seule caractéristique commune était d'avoir connu des jours meilleurs. Ils avaient des visages décharnés et un air de délabrement qui ne pouvait que refléter une vie difficile. Lunettes de soleil et polo de golf noir, le chauffeur descendit du van, en fit le tour par-devant et ferma la portière coulissante. Lorsque Bosch eut zoomé sur lui, il était trop tard pour prendre la photo. Le bonhomme était déjà remonté à sa place et disparaissait derrière les reflets du pare-brise.

Le van déboîta et descendit Terra Bella Street droit sur les deux inspecteurs. Bosch glissa vite son téléphone sous le tableau de bord.

— Merde ! s'écria Lourdes.

Rien ne pouvait dissimuler le fait qu'ils se trouvaient à bord d'un véhicule de police banalisé. Celui-ci était noir et équipé de clignotants officiels derrière la calandre.

Mais le van leur passa devant sans ralentir, le chauffeur étant occupé à répondre à un appel sur son portable. Bosch remarqua qu'il avait un bouc et une bague en or à un doigt de la main tenant l'appareil.

Lourdes continua d'observer le véhicule dans le rétroviseur latéral jusqu'à ce qu'il tourne à droite dans El Dorado Street deux rues plus loin.

— On y va ? demanda-t-elle.

— On ferait aussi bien, répondit-il.

Elle descendit du trottoir et fit demi-tour en trois coups de volant. Puis elle écrasa le champignon jusqu'à El Dorado Street et y prit le même virage que le van. Ils le rattrapèrent au moment où il tournait encore à droite au croisement avec Pierce Street, puis continuait en direction du nord et traversait San Fernando Road et les rails du Metro pour entrer dans l'aérodrome Whiteman.

— Ça, je ne m'attendais pas à celle-là ! s'écria Lourdes.

— Oui, c'est assez bizarre.

Le van s'arrêta devant la grille fermant la zone d'un hangar privé, puis la vitre du chauffeur s'abaissant, une main y passa aussitôt pour présenter une carte-clé devant un lecteur. La grille remonta et le van entra. Bosch et Lourdes, eux, ne purent pas passer, mais une route courait le long du périmètre et leur permit de suivre les déplacements du van dans la zone à accès restreint. Ils le virent entrer dans un hangar, puis le perdirent de vue.

Ils se garèrent au bord du périmètre et attendirent.

— Ça te dit quoi, tout ça ? demanda Lourdes.

— Aucune idée, répondit-il. Voyons ce qui va se passer.

Ils observaient la scène en silence depuis quelques minutes lorsqu'un monomoteur sortit du hangar et se dirigea vers la piste d'envol, son hélice n'étant déjà plus qu'un tourbillon bleu. L'appareil ayant quitté le hangar, le van en sortit à son tour et repartit vers la grille.

— L'avion ou le van ? demanda Lourdes.

— On continue avec l'avion, répondit Bosch. J'ai la plaque d'immatriculation du van.

Il dénombra sept hublots derrière le cockpit. Tous les caches avaient été baissés. Il sortit un stylo et un carnet de sa poche et nota l'heure et le numéro de l'avion porté sur la queue de l'appareil. Puis il leva de nouveau son portable et prit des photos de l'avion en roulage sur la piste.

— Mais c'est quoi, ce truc qu'on regarde ?! s'écria Lourdes.

— Je n'en sais rien, mais j'ai le numéro de l'avion, répondit Bosch. S'ils ont fait un plan de vol, on l'aura.

Il revint sur le hangar et en vit l'énorme porte se refermer lentement. Sur le métal ondulé, on pouvait lire une publicité à la peinture déjà passée :

FAITES LE SAUT !
CLUB DE PARACHUTISME DE LA SAN
FERNANDO VALLEY
APPELEZ AUJOURD'HUI !
ET SAUTEZ TOUT DE SUITE !

Bosch reporta son attention sur la piste d'envol et regarda sans rien dire l'avion qui arrivait sur le tarmac. Blanc, il avait une ligne orange foncé tout le long du fuselage et était équipé d'une aile supérieure et d'une rampe de saut sous une grande porte pour les passagers. Il passa en mode vidéo et filma l'appareil qui prenait de la vitesse, puis montait dans les airs et partait vers l'est avant de tourner vers le sud sous le soleil.

Bosch et Lourdes le regardèrent jusqu'à ce qu'il disparaisse.

Chapitre 10

Le centre de contrôle du trafic aérien de l'aérodrome Whiteman se trouvait en haut de la tour d'un petit bâtiment administratif. La réceptionniste qui s'y tenait entre le public et l'escalier s'effaçant tout de suite en voyant leurs badges, Bosch et Lourdes montèrent les marches et frappèrent à une porte barrée de l'inscription :

C.C.T.A.
ACCÈS INTERDIT

Un homme leur ouvrit et s'apprêtait à lever la main pour leur montrer le panneau lorsqu'il découvrit leurs badges.

— Madame, monsieur, dit-il. C'est pour les courses de dragsters ?

Bosch et Lourdes se regardèrent. Ils ne s'attendaient pas à cette question.

— Non, répondit Lourdes. Nous voulons vous poser des questions sur l'avion qui vient de décoller.

L'homme se retourna pour regarder la salle derrière lui, puis le champ d'aviation par la baie vitrée, comme pour bien se convaincre que c'était dans un aéroport qu'il se trouvait et qu'un avion venait d'en décoller. Puis il regarda Lourdes.

— Vous voulez dire le Cessna ?

— L'appareil de saut en parachute, répondit Bosch.

— C'est ça, le Grand Caravan. Aussi appelé le « minivan », et je pourrais pas vous en dire beaucoup plus que ça.

— Vous auriez un endroit où on pourrait causer ? Nous enquêtons sur un homicide.

— Euh, bien sûr. À votre service.

Il tendit la main et les fit entrer. Bosch lui donna dans les soixante ans bien sonnés et lui devina un passé de militaire – quelque chose dans son port et dans la façon dont il leur avait tendu la main comme s'il les saluait.

La tour était petite, mais avait toutes les baies requises pour offrir une vue pleine et entière du champ d'aviation. Deux sièges trônaient devant une console de radar et de communication. Bosch fit signe à Lourdes d'en prendre un et s'adossa à un meuble classeur près de la porte.

— Commençons par votre nom, si vous voulez bien, monsieur, lança Lourdes.

— Ted O'Connor.

— Depuis combien de temps travaillez-vous ici, monsieur O'Connor ?

— Oh voyons, environ vingt ans et sur deux périodes différentes. Je suis venu ici après mes vingt-cinq ans d'armée de l'air… Tous passés à balancer du napalm et autres saloperies sur des pays étrangers. Je suis resté ici dix ans et me suis mis en retraite, puis j'ai décidé qu'être à la retraite ne me plaisait pas et, un an après, j'ai rempilé pour douze ans. On pourrait croire que passer toutes ses journées assis dans cette tour est rasoir, mais essayez donc de vous taper tout un été dans un mobile home double largeur avec un climatiseur insuffisant, et du chaud et du rasoir, vous en aurez ! Sauf qu'on s'en fout, vous, c'est le Cessna qui vous intéresse, non ?

— Savez-vous depuis combien de temps il est ici ?

— Comme ça au débotté, je peux déjà vous dire qu'il est au hangar depuis bien plus longtemps que moi et qu'il a pas mal changé de mains au fil des ans. Ça en fait deux ou trois qu'il appartient à une boîte de Calexico. En tout cas, d'après Betty, c'est là que partent les notes de hangar et de carburant.

— Le nom de cette société ?

— C'est Betty qui va devoir vous renseigner. Elle me l'a dit, mais je m'en souviens plus. Cielo quelque chose. C'est un nom espagnol et mon espagnol est pas génial.

— L'appareil sert-il toujours pour le saut en parachute ?

— J'espère que non. Les gus que j'y vois monter n'arriveraient pas vivants en bas.

Bosch se pencha pour regarder par les baies vitrées et s'aperçut qu'O'Connor voyait droit dans le hangar. Les jumelles posées sur la console lui permettaient de tout avoir en gros plan dès que la grande porte était ouverte.

— Et donc, qu'est-ce qui se passe dans ce hangar, monsieur O'Connor ?

— J'y vois des tas de gens qui vont et viennent. Des tas de gens aussi vieux que… Eh bien… que moi, en fait.

— Et vous voyez ça tous les jours ?

— À peu près, oui. Je ne suis ici que quatre jours par semaine, mais chaque fois je vois cet avion ou atterrir ou décoller, et de temps en temps les deux.

— Savez-vous si l'intérieur de ce Cessna est toujours configuré pour le saut en parachute ?

— Pour autant que je sache, oui.

— Avec de longs bancs des deux côtés ?

— C'est ça.

— Et combien de personnes peut-on mettre là-dedans ?

— C'est un avion de grande longueur avec beaucoup d'espace dans la queue. On doit pouvoir y caser quinze, peut-être même vingt personnes si nécessaire.

Bosch acquiesça d'un hochement de tête.

— Avez-vous déjà signalé ce que vous voyiez à quelqu'un ? demanda Lourdes.

— Signaler quoi ? lui renvoya O'Connor. Monter dans un avion serait un crime ?

— Ont-ils déposé un plan de vol aujourd'hui ?

— Ils ne le font jamais. Ils ne sont pas obligés. Ils ont même pas à se signaler à la tour s'ils suivent les règles du VAV.

— Du « VAV » ? C'est quoi ?

— Du vol à vue. Parce que vous voyez, moi, je suis ici pour filer du radar à ceux qui le demandent et guider ceux qui volent aux instruments s'ils en ont besoin. Le seul ennui, c'est que vous avez peut-être remarqué qu'on est en Californie et que s'il y a du soleil, vous allez vouloir voler à vue et qu'aucun règlement de la Federal Aviation Administration n'oblige les pilotes à se signaler à la tour de contrôle sur un terrain d'aviation public. Le mec qui pilote ce Caravan aujourd'hui ? Il ne m'a dit qu'un seul truc.

— Et c'était quoi ?

— Qu'il allait se positionner pour un décollage à l'est. Et je lui ai dit que c'était bon.

— C'est tout ?

— C'est tout, sauf qu'il me l'a dit avec l'accent russe. Vu qu'aujourd'hui on a du vent d'ouest, il me faisait comprendre qu'il allait partir à l'autre bout du terrain au cas où y aurait quelqu'un qui arrive.

— Comment savez-vous que c'était un accent russe ?

— Je le sais, c'est tout.

— OK et donc, pas de plan de vol, ça veut dire qu'il n'y a pas moyen de savoir où il va ou quand il reviendra ?

— C'est pas exigé dans un champ d'aviation comme celui-ci et pour un appareil comme celui-là.

Et de montrer la baie vitrée comme si l'avion faisait du surplace de l'autre côté. Lourdes regarda Bosch. Elle était très clairement surprise par cette absence de sécurité et ce manque de contrôle des gens qui pouvaient entrer et sortir de cet aéroport.

— Non, parce que si vous croyez que tout est grand ouvert dans la journée, vous devriez voir ça la nuit ! reprit O'Connor. On ferme la tour à 20 heures et après, y a plus aucun contrôle. On peut entrer et sortir d'ici comme dans un moulin… et on ne s'en prive pas.

— Vous laissez juste les balises de piste allumées ? demanda Bosch.

— Non, elles sont contrôlées par radio. N'importe qui peut les allumer ou éteindre d'un avion. La seule chose à quoi il faut faire attention, ce sont les pilotes de course.

— Les pilotes de course ?

— Oui, la nuit, ils se faufilent sur le tarmac et font leurs courses de dragsters. On a même eu un type qu'est venu ici y a à peu près un mois de ça, qui a allumé les balises et a bien failli faire atterrir son avion sur un de ces engins !

Ils furent interrompus par un appel radio, O'Connor allumant alors la console pour régler l'affaire. Bosch eut l'impression qu'un avion arrivait de l'ouest, O'Connor répondant au pilote qu'il pouvait y aller. Bosch regarda Lourdes. Elle haussa les sourcils, Bosch, lui, hocha la tête – le message était clair : ni l'un ni l'autre ne savaient si les questions qu'ils posaient avaient quoi que ce soit à voir avec leur enquête, mais ce qu'ils venaient de voir – des hommes et femmes transportés directement du dispensaire à cet avion pour être ensuite emmenés Dieu sait où sans même être comptés – était plus qu'inhabituel. Sans parler de l'étonnante facilité avec laquelle tout cela s'était passé.

O'Connor se leva et se pencha par-dessus la console pour regarder par la baie vitrée. Puis il s'empara des jumelles et les porta à ses yeux.

— On a un avion qui arrive, dit-il.

Bosch et Lourdes gardèrent le silence. Bosch ne savait trop s'il devait interrompre O'Connor alors qu'il surveillait l'atterrissage de l'appareil. Bientôt, un petit monomoteur apparut à l'ouest, plana au-dessus du terrain et se posa sans encombre. O'Connor porta le numéro de queue dans un registre clipsé à une écritoire qu'il fixa à un crochet sur le mur à sa droite. Puis il se tourna vers les deux inspecteurs.

— Qu'est-ce que je peux vous dire de plus ? demanda-t-il.

Bosch lui montra son écritoire.

— Vous y inscrivez tous les décollages et atterrissages pendant les heures d'ouverture de l'aérodrome ?

— On n'y est pas obligés, mais oui, on le fait. Quand on est là…

— Ça vous dérangerait que j'y jette un œil ?

— Non, non.

O'Connor décrocha l'écritoire du mur et la lui tendit. Les décollages et les atterrissages des appareils étaient répertoriés sur plusieurs pages. Celui qui en effectuait le plus, et de loin, avait le numéro de queue que Bosch avait noté plus tôt – et c'était l'avion de saut en parachute.

Bosch rendit l'écritoire à O'Connor. Il prévoyait de la reprendre avec un mandat de perquisition.

— Y a-t-il des caméras sur les pistes et dans les hangars ? demanda-t-il.

— Oui, on en a, répondit O'Connor.

— Combien de temps gardez-vous les vidéos ?

— Je n'en suis pas sûr. Un mois, je crois. Le LAPD est déjà venu voir des vidéos des courses de dragsters et j'ai entendu dire qu'elles remontaient à quelques semaines.

Bosch hocha la tête. Il était bon de savoir qu'ils pouvaient revenir les visionner si nécessaire.

— Et donc, résumons-nous, reprit Lourdes. Décollages et atterrissages, cet aéroport est en gros complètement libre d'accès. Aucun plan de vol n'est exigé, ni non plus aucun manifeste pour les passagers et les marchandises… Rien de tout ça.

— C'est à peu près ça, oui, lui confirma O'Connor.

— Et il n'y a aucun moyen de savoir où va cet avion, ce… Grand Caravan ?

— C'est-à-dire que ça dépend. On est censé voler transpondeur allumé. S'il obéit au règlement, le pilote doit l'avoir enclenché pour noter tous les espaces aériens traversés au fur et à mesure que l'appareil passe d'une région à une autre.

— Et on peut avoir ça en temps réel ? Comme disons… maintenant ?

— Non, il faudrait obtenir le code du transpondeur du pilote et le demander. Et ça pourrait prendre une journée. Voire plus.

Lourdes regarda Bosch, qui hocha de nouveau la tête. Il n'avait pas d'autres questions à poser.

— Merci, monsieur O'Connor, dit Lourdes. Nous apprécions beaucoup votre coopération. Et nous apprécierions encore plus que vous gardiez cet entretien pour vous.

— Pas de problème, dit O'Connor.

Bosch et Lourdes attendirent d'être de retour à la voiture avant de discuter de ce qu'ils venaient d'apprendre.

— Putain de Dieu, Harry ! s'exclama-t-elle. Non parce que… Où ils sont les mecs de la Transport Security Agency quand on a besoin d'eux ! Ici, n'importe qui pourrait monter dans un avion, y charger tout ce qu'il veut, le faire atterrir en centre-ville ou ailleurs et fabriquer absolument tout !

— Oui, ça fait peur, dit Bosch.

— Quoi qu'il en soit, il faut que nous, nous en parlions à quelqu'un. Qu'on fasse fuiter ça aux médias ou autre.

— Commençons par voir comment ça s'emmanche dans notre affaire avant de donner ça en pâture aux journalistes.

— Compris. Mais à ce propos, justement… Où va-t-on maintenant ?

Bosch réfléchit.

— Au Medical Board Ronald Reagan, en centre-ville. Allons parler au type du bureau.

Lourdes acquiesça et fit démarrer la voiture.

— Il s'appelle Jerry Edgar. Il m'a dit avoir été au LAPD.

Bosch hocha violemment la tête de surprise.

— Quoi ? Tu le connais ? lui demanda Lourdes.

— Oui, je le connais. On a travaillé ensemble à Hollywood. Y a longtemps. Je savais qu'il avait pris sa retraite, mais je croyais qu'il vendait des maisons à Las Vegas.

— Oui, ben, il est revenu ici, lui renvoya-t-elle.

Chapitre 11

Le Medical Board of California avait des bureaux au Ronald Reagan State Office Building de Spring Street, à trois rues du quartier général du LAPD. De Pacoima, c'était du trois quarts d'heure à se traîner sur les routes quand il y avait beaucoup de circulation. Lourdes avait appelé Jerry Edgar pour l'informer qu'elle et son coéquipier allaient arriver. Edgar avait rechigné en disant qu'il avait une réunion et préférait leur fixer un rendez-vous, mais lorsqu'elle lui avait renvoyé que son coéquipier était un certain Harry Bosch, il n'avait pas pu refuser et lui avait promis de dégager un moment dans son emploi du temps.

Ils se garèrent dans un parking payant, Edgar les attendant déjà dans l'entrée du bâtiment d'État. Il accueillit chaleureusement Bosch, mais ne lui donna qu'une accolade embarrassée. Cela faisait plusieurs années qu'ils ne se fréquentaient plus, professionnellement ou autre. Le dernier message qu'il avait envoyé à Bosch et dont celui-ci se souvenait avait été pour lui présenter ses condoléances à la mort de son ex-épouse. Bosch avait entendu dire que son ancien coéquipier avait pris sa retraite peu de temps après, Edgar ne l'invitant pas à son pot de départ, si tant est qu'il y en ait eu un, ce dont il n'était pas certain. Il n'empêche – à eux deux ils avaient résolu plus d'une affaire à la table des Homicides de la division d'Hollywood, division qui maintenant ne comportait même plus d'unité des Homicides. Tous les meurtres étaient traités par les inspecteurs du West Bureau de la division des Vols et Homicides. Tout change.

Chez les flics, il se disait que le vrai test de loyauté entre coéquipiers survenait à l'occasion d'un appel au secours d'un collègue. Alors en effet il faut tout laisser tomber et y aller sirène à fond et en écrasant l'accélérateur et grillant tous les feux rouges pour le rejoindre. Le chauffeur prend le côté gauche des rues, le passager le droit, l'un et l'autre lançant « Clair ! » tandis que la voiture traverse les carrefours en hurlant. Il faut une sacrée dose de confiance en l'autre pour ne pas tricher en vérifiant que la voie est effectivement libre quand il crie qu'elle l'est. Avec un vrai coéquipier, on n'a pas besoin de vérifier. Parce qu'on sait. Parce qu'on a confiance. Quand ils travaillaient ensemble, Bosch vérifiait toujours l'autre côté de la rue. De l'extérieur, on aurait pu y voir une méfiance liée à leurs origines. Edgar était noir et Harry Bosch blanc. Mais pour l'un comme pour l'autre, c'était autre chose, et bien plus profond que la couleur de la peau. En fait, il s'agissait de leur vision du travail. De la différence qu'il y a entre la manière dont le flic travaille une affaire et celle dont l'affaire le travaille.

Mais rien de tout cela n'affleura à la surface tandis que les deux hommes se souriaient et tentaient de s'étreindre. Edgar ayant maintenant la boule à zéro,

Bosch se demanda s'il l'aurait même seulement reconnu s'il n'avait pas su que c'était lui.

— Aux dernières nouvelles, t'avais rendu ton tablier et déménagé à Las Vegas où tu vendais des baraques, lui lança Bosch.

— Nan, lui renvoya Edgar. Ça, ça n'a duré que deux ans. Ensuite je suis revenu ici. Mais et toi alors ! Je savais bien que tu n'arriverais jamais à arrêter, mais je pensais que tu finirais au Bureau du district attorney ou autre. La police de San Fernando ! San Fernando ou « Mission City », parce que c'est bien comme ça qu'ils appellent leur ville, non ? Comme si on pouvait rêver mieux pour Harry Bosch !

Lourdes sourit.

— Je suis sûr que vous savez de quoi je parle, ajouta-t-il en pointant le doigt sur elle et souriant lui aussi. Harry est toujours en mission.

Mais il laissa tomber et son sourire et ce sujet de conversation en comprenant à l'air glacial de Bosch qu'il poussait un peu trop loin ce qui les séparait le plus. Il fit signe aux deux inspecteurs de le suivre jusqu'à l'alcôve des ascenseurs, et tous montèrent dans une vraie boîte à sardines. Edgar appuya sur le bouton du quatrième étage.

— Bon bref, comment va ta fille ? demanda-t-il.

— Elle est à la fac ! En deuxième année.

— Wahou ! C'est fou, ça !

Bosch se contenta de hocher la tête. Il détestait bavarder dans des ascenseurs bondés. En plus de quoi, Edgar n'ayant jamais fait la connaissance de Maddie, il était clair qu'on faisait dans le petit blabla. Il ne prononça pas un mot de plus jusqu'à ce qu'ils arrivent au quatrième, où Edgar se servit d'une carte-clé pour entrer dans une suite de bureaux frappés d'un grand sceau en forme d'étoile à sept branches entourée de l'inscription *California Department of Consumer Affairs*[1].

— C'est ici que je crèche, reprit Edgar.

— Vous faites partie du Consumer Affairs ? lui demanda Lourdes.

— C'est exact, de l'Health Quality Investigation Unit[2]. Nous gérons l'application des mesures prises par les autorités médicales.

Il les conduisit à un petit bureau privé avec deux chaises pour les visiteurs. Tout le monde enfin assis, on passa aux choses sérieuses.

— Et donc, cette affaire que vous travaillez…, lança Edgar. Vous pensez qu'elle a à voir avec la plainte qu'une de vos victimes a déposée ?

Edgar regardait Lourdes en parlant alors que Bosch et elle étaient tombés d'accord pour dire que ce serait Harry qui prendrait le commandement des opérations pendant l'entrevue, même si c'était Lourdes qui avait établi le contact avec Edgar. Parce qu'il avait travaillé avec lui, Bosch serait plus à même de tourner cette conversation à leur avantage.

— On n'en est pas encore certains à cent pour cent, dit Bosch, mais on y arrive. Tout est sur vidéo et nous sommes d'avis qu'il s'agit d'un contrat déguisé en cambriolage. Deux tireurs avec masque et gants, on ne fait qu'entrer et sortir et on ne laisse aucune douille derrière. Pour nous, la cible, c'était le jeune et ça nous

---

1. Agence d'État spécialisée dans l'aide aux consommateurs.
2. Organisme qui s'occupe de la qualité des soins médicaux.

a conduits à la plainte qu'il avait envoyée. Parce que c'était un bon gamin... Pas de casier, pas d'affiliation à un gang et tout juste brillamment diplômé de la fac de pharmacie. Son père et lui avaient un problème et ça pourrait très bien être ces ordonnances de dispensaire à préparer.

— L'ironie de l'affaire, et elle est triste, est que ce jeune homme a probablement fait ses études de pharmacie grâce au fric gagné par son père avec ces ordonnances frauduleuses, fit remarquer Edgar.

— C'est effectivement triste, dit Bosch. Et donc, qu'est-il advenu de sa plainte ?

— Bon alors, répondit Edgar, comme je l'ai dit à l'inspecteur Lourdes, cette plainte a atterri sur mon bureau, mais je ne m'en étais pas encore occupé. Je l'ai ressortie quand nous nous sommes parlé, et d'après les dates d'expédition et de réception du document, elle avait dû prendre la poussière pendant cinq ou six semaines à Sacramento avant qu'ils décident d'y jeter un œil et de me la réexpédier ici. La bureaucratie... Tu connais ça, hein, Harry ?

— Ça !

— Le délai de prescription dans ces affaires est de trois ans. Je m'y serais mis le plus tôt possible, mais la triste vérité est qu'il se serait passé deux ou trois mois avant que j'agisse. J'ai dix fois trop de dossiers.

Et d'en montrer des piles sur son bureau et une étagère à sa droite.

— Comme tout le monde dans ce bâtiment, ajouta-t-il, nous manquons cruellement de personnel. Nous sommes censés avoir six enquêteurs et deux employés de bureau pour couvrir tout le comté et nous n'en avons respectivement que quatre et un et, l'année dernière, on nous a ajouté la moitié du comté d'Orange. Et rien que pour y aller et en revenir, ça prend une demi-journée.

Il donnait l'impression d'en faire des tonnes pour justifier le fait que la plainte n'avait toujours pas été traitée, et Bosch comprit soudain que cela venait de leur passé. Bosch était alors tellement exigeant avec lui qu'Edgar se sentait sans arrêt sous pression et que même après toutes ces années il s'excusait encore et tentait de se justifier, Bosch en éprouvant du regret et de l'impatience.

— Tout ça, on le comprend, dit-il. On n'a jamais assez de cartouches… Et ça fait partie du jeu. Nous, on essaie seulement d'accélérer les choses parce qu'on a un double meurtre à résoudre. Que peux-tu nous dire de ce dispensaire de Pacoima dont se plaignait notre pharmacien ?

Edgar hocha la tête et ouvrit un maigre dossier sur son bureau. Il ne contenait qu'une page de notes, Bosch ayant alors l'impression qu'Edgar ne s'en était guère occupé avant que Lourdes l'appelle pour l'informer qu'ils arrivaient.

— J'ai vérifié, dit Edgar. Ce dispensaire est bien sous licence et a pour intitulé « centre de soins d'urgence contre la douleur de Pacoima ». C'est un médecin du nom d'Efram Herrera qui en est le propriétaire et quand j'ai vérifié son numéro d'affiliation à la Drug Enforcement Agency…

— C'est quoi, ce numéro ? demanda Bosch.

— Tous les médecins doivent avoir un numéro d'affiliation à la DEA pour pouvoir rédiger des ordonnances. Et tous les pharmaciens sont censés le vérifier sur l'ordonnance avant de mettre les pilules dans le flacon. Entre les faux numéros et les numéros volés, il y a beaucoup d'abus. J'ai donc vérifié celui du docteur Herrera et il n'avait prescrit aucune ordonnance depuis deux ans quand il s'y est remis, et en force, l'année dernière. Un vrai fou. De l'ordre de plusieurs centaines par semaine.

— Plusieurs centaines de pilules ou plusieurs centaines d'ordonnances ?

— D'ordonnances. Côté pilules, ça se chiffre en milliers.

— Et tu en conclus quoi ?

— Ça confirme que ce dispensaire est une usine à pilules et qu'il n'y a aucun doute que la plainte du gamin tapait juste.

— Je sais que tu as déjà expliqué ça en partie à Lourdes, mais tu pourrais recommencer pour moi ? Comment est-ce qu'une usine à pilules… Comment ça marche, tout ça ?

Edgar hocha vigoureusement la tête lorsque Bosch le lui demanda : enfin il avait l'occasion de montrer son expertise à celui-là même qui avait toujours douté de ses capacités.

— Les gens qui font ça sont appelés des « cappers[1] », dit-il. Ce sont eux qui dirigent, mais il faut aussi des médecins et des pharmaciens véreux dans le mix pour que ça marche.

---

1. Du mot *cap*, diminutif de *capsule*. Terme d'argot désignant les malfrats qui poussent à la consommation de médicaments addictifs.

— Parce que ces cappers ne sont pas médecins ni pharmaciens ?

— Non, eux, ce sont les boss. Tout commence quand ils ouvrent ou prennent le contrôle d'un dispensaire dans un quartier à l'écart. Ils vont voir un médecin véreux, genre à deux doigts de se faire retirer sa licence. Beaucoup de médecins qui ont bossé dans les boîtes à marijuana à usage médical sont des candidats de premier choix. Le capper se pointe et dit au type : « Alors, docteur, ça vous plairait de vous faire cinq mille dollars par semaine en travaillant deux ou trois matinées dans mon dispensaire ? » Pour ces mecs-là, cinq mille dollars, c'est une somme, et ils signent tout de suite.

— Et commencent à rédiger des ordonnances.

— Exactement. Les cappers rassemblent leurs mules le matin et elles viennent chercher leur ordonnance chez le toubib… Aucun examen médical digne de ce nom, rien de légal dans tout ça… Et après, tout le monde sort et monte dans un van, le capper les conduisant aux pharmacies pour y prendre leurs pilules. En général, il y a plus d'une pharmacie dans le coup, ce qui permet d'élargir le périmètre et de ne pas apparaître sur l'écran radar pendant un bon moment. Beaucoup d'entre eux ont des pièces d'identité bidon et peuvent donc frapper dans deux ou trois endroits par jour sans que rien ne se voie à l'ordinateur. Que la pièce d'identité bidon soit lamentable n'a aucune importance vu que le pharmacien est lui aussi de mèche et ne regarde rien de trop près.

— Et c'est là que les pilules reviennent au capper ?

— Exactement. Les trois quarts de ces mules sont aussi des drogués. Le capper est un petit caïd de paille qui en réfère à quelqu'un d'autre dans la hiérarchie, son boulot étant de s'assurer que personne ne les avale en douce, ces pilules. C'est pour ça qu'il enferme tout le monde dans le van et que les mecs entrent dans les pharmacies deux par deux et lui rendent tout de suite leurs pilules dès qu'ils réintègrent le van. Le capper leur avance ce dont ils ont besoin sur la prise de la journée afin qu'ils soient toujours en état de dépendance et continuent donc de travailler. Il veille à ce qu'ils planent et les change sans arrêt de circuit. C'est un piège. Les mecs entrent dans la combine et ne peuvent plus en ressortir.

Bosch repensa au type à lunettes de soleil et petit bouc qui conduisait le van de vieux.

— Et qu'est-ce qui se passe après ? demanda-t-il.

— Les pilules sont distribuées, répondit Edgar. Elles débarquent dans la rue et arrivent aux camés. On en est à cinquante-cinq mille morts depuis que ça a commencé, et ça continue. La guerre du Vietnam a fait quasiment le même nombre de victimes. Ça, c'est tristement quantifiable alors que l'argent… Ça n'apparaît nulle part. Le nombre de gens qui se font du fric avec cette crise… C'est le plus gros secteur de croissance industrielle du pays. Tu te rappelles ce qu'on disait sur les banques et Wall Street qui étaient trop gros pour faire faillite ? Eh ben, c'est comme ça. Trop gros pour fermer.

— Genre David et Goliath, dit Bosch.

— Bien pire que ça, le reprit Edgar. Que je te raconte une histoire qui dit vraiment ce qu'il en est. Au cas où tu ne le saurais pas, l'addiction aux opiacés bouche les tuyaux. Ça rétrécit le tube digestif. Résultat des courses : tu peux plus chier. Une des grandes compagnies pharmaceutiques sort donc un laxatif qui fait le boulot mais ne peut s'acheter que sur ordonnance et coûte vingt fois plus que le médicament ordinaire en vente libre. En un rien de temps, les actions de la boîte crèvent tous les plafonds. Il s'en vend tellement qu'ils font de la pub à la télévision nationale. Et bien sûr, on ne dit rien de l'addiction. On te montre juste un mec en train de tondre sa pelouse et là, la tuile, il peut pas chier, faut vite qu'il demande à son médecin de lui filer ce truc. Et là, Wall s'investit et ce sont les médias nationaux qui vendent la pub. Tout le monde se prend du blé au passage, Harry, et quand on en est là, y a plus rien à faire pour arrêter ça.

— Je croyais qu'ils essayaient de changer les choses à Washington, dit Lourdes. Vous savez bien, avec de nouvelles lois et que je te fais un gros focus là-dessus.

— C'est peu probable, lui renvoya Edgar. Les grands groupes pharmaceutiques mettent beaucoup de fric dans les campagnes électorales. Tu parles comme ils vont aller mordre la main de ceux qui les nourrissent !

Edgar semblait se servir du tableau général pour justifier sa propre inertie. Et Bosch, lui, voulait qu'on s'en tienne à du petit focus pour l'instant. Toujours commencer petit avant de voir grand.

— Mais revenons à notre affaire de Pacoima, le capper a donc contacté le docteur Herrera. Qui est passé de zéro ordonnance à des centaines.

— C'est ça, et c'est du lourd, ces ordonnances. Du soixante comprimés, parfois même quatre-vingt-dix. On ne fait pas dans la dentelle. J'ai sorti son dossier et le mec a soixante-treize ans. On dirait qu'il a pris sa retraite, que ces mecs l'ont remis au boulot, lui ont rouvert son dispensaire et collé un carnet d'ordonnances sous le nez. Pour ce qu'on en sait, ce type pourrait bien être sénile. Ça s'est déjà vu. On ressort un vieux schnock de sa retraite parce qu'il a toujours son numéro de DEA et le droit d'exercer. « Ça te plairait pas de te faire un petit vingt mille dollars de plus par mois ? », etc., etc.

Bosch gardant le silence en essayant de digérer toutes ces informations, Edgar continua sans se faire prier :

— Un autre truc qu'ils font avec ces vieux médecins… Ils rouvrent leurs dossiers médicaux et en sortent des noms parfaitement légaux pour fabriquer de fausses pièces d'identité et des cartes de Medicare. Ils se servent de personnes qui n'ont aucune idée que leur nom est détourné à ces fins. Et l'État, lui, croit que ces demandes sont légales.

— C'est fou ! s'écria Lourdes.

— Bon alors, qu'est-ce que vous faites, vous, pour arrêter ça ? demanda Bosch.

— Quand on a identifié la fraude, on coince le médecin, répondit Edgar. On travaille avec la DEA pour révoquer son numéro et on le radie. Mais c'est un processus administratif lent et, les trois quarts du temps, les cappers sont déjà passés à un autre mec et ce sont les types comme cet Efram Herrera qui restent avec le bâton merdeux. Pas que j'aurais la moindre sympathie pour ces médecins, mais le vrai grand vilain là-dedans est insaisissable. Je te dis pas comme c'est frustrant !

— Je vois bien, oui. Et ces mules à pilules, t'as déjà entendu dire qu'on les déplacerait par avion ?

Bosch avait posé sa question comme si de rien n'était, mais elle tombait comme un cheveu sur la soupe et Edgar hésita. Bosch sentit que l'affaire Esquivel n'était peut-être pas si ordinaire.

— C'est à ça que vous avez affaire ? demanda Edgar.

— On dirait, oui. On a suivi un van du dispensaire jusqu'au terrain d'aviation de Whiteman, où plusieurs individus ont été mis dans un vieil avion de saut en parachute. Et le truc a décollé, cap au sud. Sans avoir laissé de plan de vol. On a vérifié avec la tour de contrôle et un type nous a dit que l'appareil atterrissait et repartait tous les jours. Le dispensaire se trouve de l'autre côté de la rue.

— Et les notes de fuel de Whiteman sont envoyées à une boîte de Calexico, ajouta Lourdes.

Bosch vit un changement s'opérer chez Edgar, un niveau d'inquiétude supplémentaire monter dans ses yeux et les rides de son front. Il se pencha en avant et posa les coudes sur son bureau.

— Voilà qui commence à expliquer certaines choses, dit-il.

— Comment ça ? lui demanda Bosch.

— La mort du gamin. Un des plus gros opérateurs dans ce trafic de pilules est un syndicat russo-arménien. Les trois quarts des pilules qui sortent de ces petites affaires atterrissent chez eux et eux, c'est Chicago, Las Vegas et d'autres coins chauds qu'ils alimentent.

Bosch jeta un coup d'œil en douce à Lourdes. À la tour de contrôle de Whiteman, O'Connor leur avait dit que le pilote avait l'accent russe. Lourdes lui rendit son regard, puis se concentra de nouveau sur Edgar qui continuait de parler.

— Ils se servent d'un avion pour faire circuler les gens et frapper de nombreux dispensaires et pharmacies par jour, disait-il. Avec ces appareils, ils font tourner les mules qui se font préparer leurs ordonnances. Comme je vous l'ai déjà dit, ils ont des tas de pièces d'identité et se font trois, voire quatre pharmacies par jour. Je vous parle de grosses sommes, et des dangers qui vont avec. Ce gamin n'avait aucune idée de ce qui l'attendait quand il a décidé de garder la tête haute.

— Parce qu'ils l'auraient tué rien que pour faire passer un message ? demanda Bosch.

— Entièrement possible. Tu prépares pas mes ordonnances ? Tu prépares les ordonnances de personne. En gros.

— Où est basé ce syndicat ? Ici ?

— Pour ça, faut que t'ailles parler à la DEA, Harry. Parce que là, c'est à un tout autre niveau de…

— C'est à toi que je parle, Jerry. Dis-moi ce que tu sais.

— Je ne sais pas grand-chose, Harry. Nous, on s'occupe de faire appliquer les mesures du Medical Board. On n'est pas une unité de lutte contre le crime organisé. Ce que j'ai entendu dire par mon contact à la Drug Enforcement, c'est qu'ils opèrent quelque part dans le désert.

— Lequel ? Celui de Las Vegas ?

— Non, celui près de la frontière et de Calexico. Là-bas, du côté de Slab City, Bombay Beach… L'espèce de no man's land qu'on dit être au sud de nulle part. Y a des tas de pistes d'envol abandonnées par les cartels et même par l'armée américaine, et c'est de ça qu'ils se servent quand ils font circuler des gens en avion.

Là-bas, au milieu de nulle part, y aurait comme une caravane de gitans. Ils n'arrêtent pas de bouger. Dès qu'ils sentent les ennuis, ils filent comme des nomades.

— Et t'as des noms ? Qui dirige ce syndicat ?

— Un Arménien qui fait appel à des pilotes et à des hommes de main russes. Il se fait appeler Santos parce qu'il a l'air mexicain, mais il ne l'est pas. Et c'est tout ce que j'ai là-dessus.

— Mais si on sait où ils sont et ce qu'ils font, pourquoi personne ne tente de les faire tomber ?

— Ça, c'est une question pour la DEA et je me la pose, moi aussi. Je crois que c'est à cause de Santos. Ils le veulent mais il s'évapore comme la fumée, ce mec.

— Donne-moi le nom de quelqu'un à la DEA.

— Charlie Hovan. C'est leur expert en dealers arméniens. Il m'a dit qu'il avait américanisé son nom d'Hovanian en Hovan.

— Charlie Hovan, répéta Bosch. Merci, Jerry.

Bosch jeta un coup d'œil à Lourdes pour voir si elle avait autre chose à demander. Elle fit non de la tête, elle était prête à partir. Bosch se tourna vers son ancien coéquipier.

— On va te laisser à ton boulot, dit-il. Merci d'avoir coopéré avec nous.

Sur quoi il se leva, Lourdes l'imitant aussitôt.

— Harry, reprit Edgar, y a un truc qu'on raconte sur Santos. Je sais pas si c'est vrai, mais faut que tu le saches.

— Vas-y.

— La DEA avait retourné une de ses mules. Le mec était accro à l'oxy et ils faisaient pression sur lui. Il était censé continuer à trafiquer et rencarder les Stups.

— Et… qu'est-ce qui s'est passé ?

— Dieu sait comment, Santos l'a compris ou en a eu vent et, un jour, l'indic est monté dans l'avion avec un tas d'autres mules pour une autre journée de boulot. Sauf que quand l'avion a atterri, il n'était plus dedans.

— On l'avait éjecté.

Edgar acquiesça.

— Et y a la Salton Sea en bas, reprit-il. Et on dit que l'eau est tellement salée qu'elle te grignote un cadavre en un rien de temps.

Bosch hocha la tête.

— C'est toujours bon de savoir à qui on a affaire.

— Ouais, vous avez intérêt à faire sacrément attention, vous deux, conclut Edgar.

Chapitre 12

Après leur réunion au Reagan Building, Bosch et Lourdes gagnèrent le Nickel Diner de Main Street pour un déjeuner tardif. Bosch était un vrai pilier de ce restaurant du temps où il travaillait au LAPD, mais il n'y avait pas remis les pieds depuis qu'il avait quitté ce service. Monica, une des propriétaires du lieu, l'accueillit chaleureusement et se rappela qu'il commandait toujours un sandwich au bacon, laitue et tomate.

Bosch et Lourdes discutèrent des infos qu'Edgar leur avait communiquées et se demandèrent s'il fallait entrer en contact avec l'agent de la DEA qu'il leur avait indiqué. Pour finir, ils décidèrent d'attendre le moment où ils auraient une meilleure connaissance du dossier et en sauraient plus sur les activités de *La Farmacia Familia* et du dispensaire de Pacoima. Ils n'avaient toujours rien qui les relie en dehors de la plainte de José Esquivel Junior.

En revenant à la Valley, Lourdes prit un appel de Sisto lui disant qu'il avait découvert deux ou trois trucs en examinant la vidéo de la pharmacie et qu'il voulait que toute l'équipe les voie. Lourdes lui demanda d'installer l'appareil dans la salle de crise et ajouta qu'ils seraient de retour avant 16 heures.

Bosch sentit l'épuisement le gagner alors qu'ils se traînaient dans la circulation de ce début d'heure de pointe. Il avait commis l'erreur d'appuyer la tête contre la vitre, bientôt il sombra. Ce furent les vibrations de son portable qui le réveillèrent une demi-heure plus tard.

— Ah merde ! s'écria-t-il en le sortant de sa poche. J'ai ronflé ?

— Oui, un peu, dit Lourdes.

Il répondit avant que l'appel passe sur la boîte vocale. Il n'était pas encore vraiment réveillé lorsqu'il marmonna son nom dans l'appareil.

— Oui, monsieur ? Ici l'officier Jericho de San Quentin. Vous êtes bien l'inspecteur Bosch ?

— Bosch, oui, c'est moi.

— Le lieutenant Menendez m'a demandé de retrouver la fiche d'un détenu et de vous contacter. Ce détenu s'appelle Preston Ulrich Borders.

— Oui, et qu'avez-vous trouvé ?

— Pas grand-chose, monsieur. Il n'a qu'un visiteur autorisé et c'est son avocat. Lance Cronyn.

— OK. Avez-vous des noms barrés ? Des gens qui étaient autorisés avant ?

— Mes renseignements sortent d'un ordinateur, monsieur. Nous n'avons pas de noms barrés.

— OK. Avez-vous l'historique des visites de cet avocat ?

— Oui, monsieur. La pièce montre qu'il a obtenu le statut de visiteur autorisé en janvier de l'année dernière. Depuis, il est venu le voir régulièrement chaque premier jeudi du mois. À l'exception de décembre dernier.

— Ça fait beaucoup de visites, non ? Parce que ça devrait faire dans les quatorze ou quinze jusqu'à présent.

— Je ne sais pas ce qui ferait beaucoup de visites, monsieur. Ces mecs du couloir de la mort ont droit à beaucoup d'attention de la justice.

— OK, et côté e-mails ? Le lieutenant vous a-t-il demandé de regarder ce qui se passe dans les e-mails qu'il reçoit ?

— Oui, il l'a fait. J'ai examiné ça et le détenu Borders reçoit environ trois e-mails par jour, qui sont tous analysés. Il en a déjà eu de refusés parce qu'ils étaient de nature pornographique. Rien d'autre à signaler.

— Tenez-vous une espèce de registre vous permettant de savoir qui lui écrit ces e-mails ?

— Non, monsieur.

Bosch réfléchit un instant. Les résultats de sa demande à Menendez ne donnaient rien. Il aperçut un panneau sur l'autoroute et se rendit compte qu'il avait dormi pendant tout le trajet de retour à San Fernando ou pas loin. Ils seraient à Maclay Avenue dans cinq minutes.

Il essaya un dernier angle d'attaque sans trop y croire.

— Vous me dites bien que vous êtes devant votre ordinateur, n'est-ce pas ? demanda-t-il à Jericho.

— Oui, monsieur.

— Pouvez-vous retrouver des détenus enregistrés dans toutes les prisons ou seulement à San Quentin ?

— Je suis dans la base du système général.

— Parfait. Pouvez-vous me retrouver un autre détenu ? Il s'appelle…

— Le lieutenant Menendez ne m'a pas demandé de rechercher plusieurs détenus.

— Pas de problème, je peux rester en ligne pendant que vous le lui demandez.

S'ensuivit une pause pendant laquelle Jericho se posa la question de savoir s'il avait vraiment envie d'aller voir son lieutenant pour lui demander s'il voyait un inconvénient à ce qu'il recherche un autre nom.

— Comment s'appelle-t-il ? finit-il par demander.

— Lucas John Olmer. Il est probablement déclaré mort.

Jericho lui demanda de lui épeler son nom, Bosch l'entendant taper sur son clavier.

— Oui, il est mort, dit Jericho. Date du décès : 9 novembre 2015.

— Bien. Avez-vous encore la liste de ses visiteurs agréés dans le dossier ?

— Euh, ne quittez pas.

Bosch attendit.

— Oui, dit enfin Jericho. Il en avait cinq.

— Donnez-moi leurs noms, dit Bosch, et il les nota dans son carnet.

Carolyn Olmer
Peyton Fornier
Wilma Lombard
Lance Cronyn
Victoria Remple

Bosch contempla la liste. Carolyn Olmer faisait évidemment partie de la famille, les autres femmes étant probablement des groupies de prisonniers qu'attirent les hommes dangereux tant qu'ils sont incarcérés. Seul Lance Cronyn avait de l'importance. Avocat de Preston Borders, il avait aussi représenté ce détenu maintenant décédé et censé avoir commis l'assassinat pour lequel Borders se trouvait dans le couloir de la mort.

— Comment le saviez-vous ? demanda Jericho.

— Comment je savais quoi ?

— Que l'avocat figurait sur les deux listes.

— Je ne le savais pas avant maintenant.

Mais c'était manifestement quelque chose à vérifier et Bosch comprit que Soto et Tapscott avaient dû faire le lien eux aussi. Et pourtant, cela ne les avait pas empêchés de conclure à l'innocence de Borders dans le meurtre de Danielle Skyler.

Bosch sut alors qu'il allait devoir reprendre le dossier et en examiner la seconde moitié – celle concernant la nouvelle enquête. Il remercia Jericho de lui avoir donné de son temps, lui demanda de faire part de toute sa gratitude à Menendez et rangea son portable et son carnet.

— Qu'est-ce qui se passe, Harry ? lui demanda Lourdes.

— C'est un truc personnel, répondit Bosch. Rien à voir avec notre affaire.

— Ça doit l'être si ça t'empêche tellement de dormir que tu tombes de sommeil dans ma voiture.

— Je suis vieux. Et les vieux, ça fait la sieste.

— Je rigole pas, Harry. Faut être en forme pour cette affaire.

— Ne t'inquiète pas. Ça ne se reproduira pas. Je suis en forme.

Ils rejoignirent le commissariat sans plus rien dire, entrèrent dans le bureau des inspecteurs par la porte de côté et gagnèrent tout de suite la salle de crise où Sisto, Luzon et Trevino les attendaient.

— Z'avez quoi ? demanda Lourdes.

— Regardez ça ! s'exclama Sisto qui tenait la télécommande d'un des écrans.

Un plan pris par la caméra installée au-dessus du comptoir des ordonnances de *La Farmacia Familia* s'y affichait. Sisto appuya sur le bouton *play*, Bosch notant aussitôt l'heure et la date sur la bande passante. La scène avait été filmée treize jours avant les meurtres.

Tout le monde se mit en arc de cercle pour regarder la vidéo. À l'écran, José Esquivel Senior se tenait derrière le comptoir, les doigts sur le clavier de l'ordinateur. Une jeune femme avec un bébé lui faisait face de l'autre côté du comptoir. Un sac d'ordonnances blanc était posé entre eux.

Et là, pendant que s'effectuait la transaction, un homme entrait dans le magasin. Il portait un polo de golf noir, des lunettes de soleil et un bouc. Bosch reconnut aussitôt en lui l'homme qu'il avait vu conduire le van du dispensaire à l'aérodrome Whiteman ce matin même. Le capper. Il descendait deux allées du magasin en prenant tout son temps pour examiner les rayons comme s'il cherchait quelque chose.

Mais il était clair qu'il attendait.

Esquivel terminait son travail à l'ordinateur et rendait à la femme au bébé ce qui ressemblait à une carte d'assurance. Puis il lui tendait son sac de pilules et hochait la tête lorsque la transaction s'achevait. La femme faisait demi-tour et quittait les lieux, l'homme au polo noir se présentant alors immédiatement au comptoir.

Aucun signe de José Junior. Pas de bande-son dans ce play-back, mais le langage corporel laissait clairement entendre que l'homme en noir était en colère et s'en prenait à Esquivel. Le pharmacien reculait d'un pas pour mettre de la distance entre lui et le visiteur, visiteur qui levait un doigt en l'air comme pour dire : « … encore une chose » ou « … une dernière fois ». Puis il pointait le même doigt sur la poitrine d'Esquivel et se penchait au-dessus du comptoir pour souligner ce qu'il disait.

C'était là qu'Esquivel semblait faire une erreur. Il agitait lui aussi les mains pour se défendre et disait quelque chose. Tout indiquait qu'il engageait une discussion et repoussait verbalement l'homme en noir. Qui avançait soudain et attrapait Esquivel par le revers de sa veste. Tirait le pharmacien vers lui, à moitié au-dessus du comptoir. Puis s'approchait de lui, leurs nez à quelques centimètres l'un de l'autre. Esquivel se haussait sur les orteils, les cuisses collées au bord du comptoir. Puis il levait les mains en signe de contrition pour bien montrer qu'il ne résistait pas. Le visiteur le maintenait dans cette position gênante et continuait de parler, sa tête s'agitant dans un paroxysme de colère.

Alors arriva le moment que Sisto voulait montrer à tout le monde – celui où le visiteur levait la main gauche et, index tendu et pouce levé, simulait une arme. Qu'il pointait sur la tempe d'Esquivel avant de faire semblant de lui tirer une balle dans la tête et de ramener vivement la main en arrière pour imiter le recul de l'arme. Après quoi il repoussait le pharmacien sur le comptoir et relâchait sa prise. Puis sans un mot il faisait demi-tour, retraversait la pharmacie, ressortait par la porte d'entrée et laissait José Senior le cheveu en bataille, tentant de reprendre ses esprits.

Sisto leva la télécommande pour arrêter la vidéo.

— Attends, dit Bosch. Regardons ça encore un peu.

À l'écran, le pharmacien se mettait à faire les cent pas derrière le comptoir. Puis il se frottait le visage à deux mains et levait les yeux au ciel comme s'il demandait à Dieu ce qu'il fallait faire. On voyait très clairement son visage et José Esquivel Senior avait vraiment l'air d'un homme qui ploie sous un énorme fardeau. Enfin il posait les mains sur le comptoir et se penchait en avant.

Tout dans son visage et son langage corporel disait : « Mais qu'est-ce que je vais faire ? »

Alors il se redressait et ouvrait un tiroir du comptoir. Y prenait un paquet de cigarettes et un briquet jetable. Poussait la demi-porte permettant d'accéder au couloir de derrière et disparaissait, très vraisemblablement pour gagner la ruelle et fumer une cigarette pour se calmer les nerfs.

— Bon, dit Sisto, et maintenant, y a ça.

Il enclencha l'avance rapide, puis revint à la vitesse normale au bout de vingt secondes. Bosch nota l'heure pendant que Sisto reprenait son récit.

— Ça, c'est deux heures après, le même jour. Regardez ce qui se passe quand le fils arrive.

À l'écran, José Senior se tenait derrière son ordinateur. Son fils entrait par la porte de devant et passait derrière le comptoir. Puis, au moment où il prenait sa blouse de pharmacien à une patère, José Senior levait le nez de son ordinateur et attendait que son fils se tourne vers lui.

S'ensuivait une dispute entre les deux hommes, le père se confondant en gestes de supplication – on serrait les mains comme pour prier –, le fils se détournant de lui et allant jusqu'à hocher la tête. L'affaire se terminait lorsque le fils ôtait le vêtement qu'il venait d'enfiler – celui dans lequel il serait plus tard assassiné –, le jetait en l'air et sortait du magasin en claquant la porte. À nouveau seul au comptoir, le père s'y accrochait à deux mains, consterné.

— Ça lui pendait au nez, dit Luzon.

Tous s'assirent à la grande table pour parler de ce qu'ils venaient de voir et en trouver le sens. Lourdes regarda Harry, tous deux échangeant ensuite un signe de tête pour montrer, mais sans rien dire, qu'ils étaient sur la même longueur d'onde.

— Nous pensons savoir qui est le type en noir avec les lunettes de soleil, dit-elle.

— Et c'est qui ? demanda Trevino.

— C'est ce qu'on appelle le « capper ». Il travaille pour un dispensaire qui cache une usine à pilules. On l'a vu balader des gens à droite et à gauche. Des gens qui apportent des ordonnances bidon à des pharmacies comme celle de la famille Esquivel. On pense que le père était dans ce trafic jusqu'au cou et que le fils devait essayer de l'en sortir.

Trevino y alla d'un sifflement et demanda à Lourdes de raconter l'histoire, Bosch y mettant son grain de sel de temps à autre. Elle informa l'équipe de ce qu'ils avaient fait dans la journée, sans omettre leur passage à Whiteman et la visite qu'ils avaient rendue à Edgar au Reagan Building. Trevino, Sisto et Luzon posèrent quelques questions et parurent impressionnés par les avancées de leurs collègues.

Lorsque Lourdes termina son rapport, Bosch demanda à Sisto s'il ne pouvait pas juxtaposer un plan du capper avec un autre des tueurs sur l'écran voisin. Sisto mit quelques minutes à y arriver, tout le monde s'immobilisant devant les écrans pour comparer le type qui avait menacé José Esquivel Senior avec ceux qui l'avaient tué, lui et son fils. En se fondant sur la taille du bonhomme, la conclusion fut unanime : aucun des assassins n'était le type qui avait menacé José Senior. En plus de quoi, Lourdes fit remarquer que le capper s'était servi de sa main gauche pour simuler l'acte d'abattre José Senior alors que les deux tireurs tenaient leur arme de la main droite.

— Et donc, on fait quoi ? demanda Trevino.

Bosch resta en retrait pour laisser Lourdes prendre le commandement des opérations, mais elle hésita.

— Mandat de perquisition, dit Bosch.

— Pour quoi faire ? demanda Trevino.

Bosch lui montra l'homme en noir à l'écran.

— Pour moi, c'est lui qui a menacé de tuer Esquivel, les deux autres gars ont été amenés après pour faire le boulot, dit-il en regardant le deuxième écran. Ce qu'on commence à savoir, c'est que cette organisation opère au sud et se sert d'avions pour déplacer les gens. Faut obtenir un mandat de perquise pour visionner des vidéos de Whiteman datant de vingt-quatre heures avant la fusillade et on verra s'ils ont fait venir leurs tueurs par avion.

Le chef de police acquiesçant, Trevino suivit le mouvement.

— C'est moi qui écrirai la demande, reprit Lourdes. On l'aura avant le départ d'O'Connor.

— OK, dit Bosch. En attendant, moi, je vais essayer d'entrer en contact avec le mec d'Edgar à la DEA. Ils ont peut-être déjà des trucs sur nos tireurs.

— On pourrait leur faire confiance pour cette affaire ? demanda Valdez.

— Il se trouve que le type du Medical Board est mon ex-coéquipier. Comme il se porte garant du bonhomme, je pense qu'on est bons.

— Très bien, dit le chef, alors allons-y.

La réunion une fois terminée, Bosch gagna le parking pour rejoindre son bureau à l'ancienne prison. Il sortit la copie du dossier Skyler de la voiture et traversa la rue. L'heure était venue de s'y remettre.

Chapitre 13

Comme il fallait s'y attendre, l'appel qu'il passa à l'agent de la DEA Charlie Hovan fut refusé. Les agents de cet organisme formaient une race très particulière de fédéraux, il en avait fait maintes fois l'expérience au fil des ans. La nature même de leur travail donnait souvent lieu à toutes sortes de soupçons de la part de leurs collègues des forces de l'ordre – ce que le chef Valdez avait d'ailleurs clairement montré plus tôt. C'était aussi bizarre qu'injustifié dans la mesure où, quels qu'ils soient, tous les agents des forces de l'ordre ont affaire à des criminels. Ceux de la DEA n'en demeuraient pas moins stigmatisés, comme si l'horreur du crime qu'ils combattaient pouvait déteindre sur eux. Qui caresse les chiens récolte des puces. Ce phénomène avait très probablement pour origine le besoin qu'il y a souvent dans ce service d'infiltrer le milieu des drogués et de travailler sous couverture pour mener son enquête. En plus de rendre ces agents paranoïaques, cette stigmatisation les isolait, et faisait qu'ils n'avaient aucune envie de parler à des inconnus même si tout comme eux ces inconnus veillaient au respect de la loi, tous étant unis, comment le nier, dans la grande famille de ceux qui protègent la société.

Bosch se dit qu'il n'entendrait plus parler de Charlie Hovan à moins que celui-ci n'ait un besoin pressant de le contacter. Il essaya donc de le lui susciter en laissant un message sur son répondeur :

« L'inspecteur Harry Bosch de la police de San Fernando aimerait avoir des infos sur un type qui se fait appeler Santos, pilote un avion avec lequel il décolle et atterrit dans toute la région et a quelque chose à voir avec un double meurtre perpétré dans une pharmacie où il se faisait exécuter des ordonnances de produits opiacés. »

Et il laissa son numéro de téléphone avant de raccrocher. Cela dit, il devrait sans doute appeler Jerry Edgar un ou deux jours plus tard pour lui demander d'intervenir auprès de l'agent Hovan afin que celui-ci accepte de lui parler.

Il savait que Lourdes mettrait probablement deux ou trois heures pour rédiger sa demande de saisie des archives vidéo et obtenir l'accord téléphonique d'un juge de Cour supérieure. Cela lui prendrait encore plus de temps si elle n'arrivait pas à en trouver un – les tribunaux commençaient à fermer et les trois quarts des juristes allaient bientôt reprendre leur voiture pour rentrer chez eux. Il avait prévu de consacrer tout le temps qu'il pourrait avoir à creuser plus profondément encore dans l'enquête Skyler. Que le double meurtre soit la priorité du moment ne l'empêchait pas de penser constamment à cette affaire et à la menace qu'elle faisait peser sur sa réputation et sur l'estime qu'il avait de lui-même. Sa carrière l'avait vu traquer et mettre en prison des centaines de tueurs. Se tromper sur un seul d'entre eux risquait de faire douter de tous les autres.

Et de le faire, lui, partir à la dérive.

Il allait devoir mettre de côté les dossiers de l'affaire Esmeralda Tavares. Il en soulevait une boîte pour la mettre sur le haut du tas lorsqu'une photo tomba sur son bureau de fortune. Elle avait glissé d'une fente de la jointure du fond de la boîte. Il s'en empara, l'étudia et s'aperçut qu'il ne l'avait jamais vue avant. On y découvrait la nouveau-née restée dans le berceau lorsque sa mère avait disparu. Bosch pensa qu'elle devait avoir dans les quinze ou seize ans à présent. Il faudrait retrouver sa date de naissance exacte et la vérifier.

Un an après la disparition de sa mère, le père de la fillette avait décidé qu'il ne pouvait pas l'élever. Il l'avait confiée à l'assistance publique du comté, l'enfant étant alors placée dans une famille d'adoption qui avait fini par déménager de Los Angeles à Morro Bay. La photo rappela à Bosch qu'il avait prévu depuis longtemps d'y monter pour lui parler de sa mère. Il se demanda si elle avait des souvenirs, même lointains, de ses parents naturels. Mais c'était tellement peu gagné d'avance qu'il n'avait jamais fait le déplacement. Il posa la photo sur la boîte de façon à s'en souvenir la prochaine fois qu'il reprendrait le dossier.

Il partagea celui de Skyler en deux, mit la pile de photocopies de l'enquête originale de côté et s'attaqua à la chronologie que Soto et Tapscott avaient commencé à établir dès qu'ils avaient reçu l'ordre de rouvrir l'enquête.

Il lui parut vite clair que ce nouveau regard sur l'affaire avait pour origine une lettre envoyée quelque sept mois plus tôt à l'UVIP par l'homme qui avait un lien avec les deux prédateurs sexuels impliqués dans le crime, à savoir l'avocat Lance Cronyn. Bosch poussa la chronologie de côté et fouilla dans la pile jusqu'à ce qu'il y retrouve le document. Rédigée sur papier à en-tête avec adresse de son cabinet dans Victory Boulevard à Van Nuys, la lettre avait été envoyée au patron de Kennedy et chef de l'UVIP, l'adjoint au district attorney Abel Kornbloom.

Maître Kornbloom,

Je vous écris aujourd'hui avec l'espoir que vous voudrez bien obéir à votre serment et réparer une horrible erreur judiciaire qui depuis trois décennies hante notre ville et notre État. Il s'agit d'une faute que, d'une certaine façon, j'ai contribué à propager, et j'ai maintenant besoin de votre aide pour réparer ce tort.

Je suis présentement l'avocat de Preston Borders, qui est au couloir de la mort de la prison d'État de San Quentin depuis 1988. Je n'ai pris sa défense que récemment et dois dire en toute franchise que c'est moi qui le lui ai demandé. Le secret attaché à la relation client-avocat m'a jusqu'à présent empêché de m'ouvrir à vous de cette affaire. C'est que, voyez-vous, jusqu'à sa mort en 2015, je représentais Lucas John Olmer qui, accusé de plusieurs agressions sexuelles et enlèvements en 2006, avait été condamné à cent ans de prison, sentence qu'il a exécutée à la prison d'État de Corcoran jusqu'à sa mort due à un cancer.

Le 12 juillet 2013, j'ai eu l'occasion de rencontrer M. Olmer à Corcoran afin de discuter de possibles motifs de dernier appel de sa condamnation. C'est au cours de cette conversation couverte par le secret de la relation client-avocat que M. Olmer m'a révélé être l'auteur du meurtre d'une jeune femme en 1987, crime pour lequel, suite à cette accusation erronée, un autre homme a été condamné à mort. M. Olmer ne m'a pas donné le nom de la victime, mais m'a informé que le meurtre s'était produit chez elle, à Toluca Lake.

Vous comprendrez aisément que cette conversation étant couverte par le secret de la relation client-avocat, je ne pouvais révéler cette information, la rendre publique faisant courir à mon client le risque d'une condamnation à mort.

Il est également entendu que le secret de la relation client-avocat survit à la mort de ce dernier. Cela dit, il est des exceptions à cette règle – notamment si révéler la teneur d'une conversation peut contribuer à réparer un tort qui dure, ou encore prévenir des blessures ou la mort d'un innocent. C'est très exactement cela que j'essaie de faire aujourd'hui. Charles Gaston, un enquêteur à mon service, a étudié les faits que m'avait révélés M. Olmer, mené son enquête et il a pu ainsi déterminer qu'une jeune femme du nom de Danielle Skyler avait été violentée, puis assassinée dans sa maison de Toluca Lake le 22 octobre 1987, et que Preston Borders a été plus tard accusé de ce crime et condamné à mort par la Cour supérieure de Los Angeles.

Je me suis donc rendu à San Quentin pour interroger Preston Borders, qui m'a alors pris comme conseil. C'est en cette capacité que je demande que le meurtre de Danielle Skyler soit réexaminé par l'UVIP et que le Bureau du district attorney répare ce tort. Innocent dans les faits, Preston Borders a passé plus de la moitié de sa vie en prison sous la menace d'une mort approuvée par l'État et cette erreur judiciaire doit être réparée.

La présente requête est la première des nombreuses options qui s'offrent à M. Borders. J'ai l'intention d'explorer tout ce qui pourrait améliorer cette situation, mais c'est par vous que j'ai décidé de commencer et j'attends donc votre réponse au plus vite.

Bien à vous,
Lance Cronyn, avocat

Bosch relut la lettre, puis jeta un coup d'œil à la réponse dans laquelle Kornbloom informait Cronyn que sa requête aurait priorité sur toutes les autres, et le pressait de ne rien faire avant que l'UVIP ait le temps de reprendre le dossier. Il était clair que Kornbloom n'avait aucune envie que l'affaire se répande dans les médias ou soit examinée par l'Innocence Project, un groupe privé d'avocats avec un beau palmarès de condamnations cassées. Que ce soit le travail d'une entité extérieure plutôt que celui d'une unité dont on faisait grand tapage qui amène à la reconnaissance de pareille innocence aurait été une bourde politique de première grandeur.

Bosch reprit la chronologie. C'était très clairement la lettre de Cronyn qui avait tout mis en route. Soto et Tapscott avaient alors ressorti le dossier, puis s'étaient rendus aux Scellés, y avaient retrouvé le carton d'éléments de preuve et l'avaient ouvert par-devant caméra. Pendant que l'unité de Médecine légale y cherchait de nouvelles preuves à conviction ou des éléments qu'on aurait ratés, les deux inspecteurs s'étaient mis à enquêter, cette fois en ayant un nouveau suspect dans la ligne de mire.

Bosch savait que ce n'était pas la bonne façon de procéder. Plutôt que de chercher un suspect, Soto et Tapscott s'étaient lancés dans leur travail en en ayant un sous la main. Cela réduisait bien des possibilités. Dans le cas présent, ils avaient démarré avec Lucas John Olmer et n'en avaient pas démordu. Les efforts qu'ils avaient alors déployés pour confirmer qu'il se trouvait bien à Los Angeles au moment où Skyler avait été assassinée n'avaient rien de concluant. Ils avaient certes déterré des preuves d'emploi à la boîte de panneaux publicitaires où il travaillait comme installateur, et elles semblaient effectivement crédibles, mais pas grand-chose d'autre en termes de lieu de résidence ou de témoins pouvant attester ses déplacements. C'était loin de suffire à pousser plus loin, mais pile à ce moment-là le labo avait déclaré avoir trouvé une minuscule quantité de sperme sur un vêtement de la victime. Ce matériau n'avait pas été conservé selon les règles de préservation de l'ADN actuelles, mais parce que le vêtement se trouvait dans un sac en papier scellé, il était dans un état remarquable et avait pu être comparé à des échantillons d'Olmer et de Borders.

L'ADN d'Olmer était déjà répertorié dans la banque de données des criminels de l'État. Au cours de son procès, il avait servi à le relier aux viols de sept femmes. Mais aucun matériel génétique n'avait été prélevé sur Borders parce qu'il avait été condamné à mort un an avant que le recours à l'ADN ne soit accepté par les tribunaux et les agents des forces de l'ordre de Californie. Tapscott avait donc pris l'avion pour se rendre à San Quentin et y prélever un échantillon d'ADN sur Borders. Cet échantillon avait ensuite été analysé par un laboratoire indépendant et des comparaisons effectuées entre ce qui avait été découvert sur le pyjama de Danielle Skyler et les échantillons d'Olmer et Borders.

Trois semaines plus tard, le labo avait enfin affirmé que l'ADN trouvé sur le vêtement de la victime provenait d'Olmer et non de Borders.

Rien qu'à le lire dans la chronologie, Bosch en eut des sueurs froides. Il avait été aussi sûr de la culpabilité de Borders que de celle de tous les autres tueurs qu'il avait traînés devant les tribunaux et mis en prison. Et voilà que la science déclarait qu'il s'était trompé ?

C'est alors qu'il se rappela l'hippocampe, et l'hippocampe faisait mentir tout cela. Le bijou préféré de Danielle Skyler avait en effet été retrouvé dans un endroit secret de l'appartement où vivait Borders et ça, l'ADN ne pouvait pas l'expliquer. Il se pouvait que Borders et Olmer se soient connus et aient perpétré le crime ensemble, mais posséder cet hippocampe rendait Borders des plus coupables. À son procès, celui-ci avait affirmé avoir acheté une reproduction exacte du bijou à la jetée de Santa Monica parce qu'il voulait le même pour lui, mais à l'époque le jury n'avait pas marché et Soto et Tapscott n'auraient pas dû eux non plus.

Bosch revint à la chronologie et comprit vite pourquoi. Dès que la correspondance ADN leur était revenue, Soto et Tapscott étaient tous les deux retournés à San Quentin pour questionner Borders. La transcription complète de l'entretien était bien disponible dans le dossier, mais la chronologie ne faisait référence qu'aux pages précises où était rapportée cette conversation.

Tapscott : Parlez-nous de l'hippocampe.

Borders : Ç'a été une putain de mégaconnerie ! C'est à cause de cette saloperie d'hippocampe que je suis ici.

Tapscott : Qu'entendez-vous par « connerie » ?

Borders : J'avais pas le meilleur avocat, d'accord ? Et il aimait pas mes explications là-dessus. Il disait que le jury ne marcherait pas. Alors on va au tribunal et on essaie de leur vendre une histoire à la con qu'aucun d'entre eux n'a crue.

Tapscott : Et donc la version selon laquelle vous auriez acheté le même pendentif à motif d'hippocampe à la jetée de Santa Monica parce qu'il vous plaisait bien était un mensonge destiné aux jurés ?

Borders : Exactement. Je leur ai menti. C'est ça, mon crime. Et qu'est-ce que vous allez faire ? M'envoyer dans le couloir de la mort pour ça ? (Il rit.)

Tapscott : Quelle était l'histoire que le jury ne goberait jamais aux dires de votre avocat ?

Borders : La vérité. Que c'étaient les flics qui avaient mis le bijou chez moi en fouillant la baraque.

Tapscott : Vous êtes en train de nous dire que le plus grand élément de preuve contre vous aurait été mis là par les flics ?

Borders : Exactement, et le mec s'appelle Bosch. Oui, l'inspecteur. Il voulait être juge et partie et c'est pour ça qu'il l'a fait. Lui et son coéquipier étaient complètement pourris. C'est Bosch qui l'a caché là et l'autre a marché dans la combine.

Tapscott : Minute, minute. Vous êtes en train de me dire que des semaines et des semaines avant que vous ne soyez dans sa ligne de mire, Bosch aurait pris l'hippocampe sur le corps de la victime ou sur la scène de crime et se serait baladé avec, rien que pour choisir et le bon moment et le bon suspect, et pouvoir le déposer là où il fallait en guise de preuve à conviction ? Et vous pensez qu'on va vous croire ?

Borders : C'est que l'affaire l'obsédait vraiment, ce mec. Vous pouvez vérifier. Plus tard, j'ai découvert que sa mère avait été assassinée alors qu'il n'était encore qu'un gamin, vous savez ? D'où tout le côté psychologique du truc vu l'espèce d'ange obsédé de vengeance qu'il était. Sauf que c'était trop tard parce que moi, j'étais ici.

Soto : Vous avez pu faire appel plusieurs fois, vous avez eu des avocats, et donc comment se fait-il qu'en trente ans vous n'ayez jamais mis sur le tapis cette histoire de Bosch vous collant une pièce à conviction dans le dos ?

Borders : Parce que pour moi, tout le monde s'en foutait ou alors, personne ne m'aurait cru. Et la vérité est bien que je n'ai pas changé d'avis. Mais comme

Me Cronyn m'a convaincu de vous dire ce que je sais, c'est ce que je fais.

Soto : Pourquoi votre avocat a-t-il dit à votre procès que prétendre qu'on vous avait coincé avec de fausses preuves n'était pas la bonne tactique ?

Borders : Ne pas oublier que tout ça se passait dans les années 80. Et qu'à l'époque, les flics pouvaient faire tout ce qu'ils voulaient et s'en sortir sans problème. Et quelle preuve est-ce que j'avais, moi ? Bosch était genre le héros qui avait résolu de grosses affaires. Quelles chances est-ce que j'avais contre ça ? Tout ce que je sais, c'est qu'ils ont censément trouvé cet hippocampe et un tas de bijoux planqués chez moi et que j'étais le seul à savoir que je n'avais pas l'hippocampe. C'est comme ça que j'ai compris qu'on me poignardait dans le dos.

Bosch relut ce court extrait de la transcription et passa aux deux ajouts attachés à la suite. Le premier était un avis de décès du premier avocat de Borders, David Siegel, paru dans le *California Bar Journal*. Siegel avait pris sa retraite après le procès de Borders et était mort peu de temps après. Chronologie établie par Soto, le second montrait que c'était lors de l'enquête initiale que Bosch avait rédigé le premier rapport établissant que l'hippocampe si précieux à Danielle Skyler avait disparu. Le document faisait aussi apparaître un jour après l'autre tous les nouveaux faits découverts pendant la période où Bosch aurait dû garder le bijou par-devers lui avant de le glisser dans la cachette de l'appartement de Borders. La pièce disait très clairement que Soto tentait de prouver la fragilité de l'hypothèse selon laquelle

Bosch y aurait ainsi déposé cet élément de preuve pour compromettre Borders.

Bosch apprécia les efforts qu'elle avait déployés et songea que c'était peut-être pour cela qu'elle lui avait fait parvenir une copie du dossier en douce. Elle voulait qu'il sache que ce qui était en train de se passer n'avait rien d'une trahison de sa part et que si elle surveillait les arrières de son ancien mentor, elle laissait aussi les choses suivre leur cours et advienne que pourra.

Cela mis à part, les allégations selon lesquelles Bosch aurait trafiqué les preuves trente ans plus tôt se trouvaient maintenant au dossier de l'affaire et pouvaient exploser aux yeux de tous d'un instant à l'autre. C'était très clairement le levier dont espérait se servir le procureur Kennedy pour faire taire Bosch dès qu'il invaliderait la condamnation de Borders. Que Bosch élève des objections et il serait automatiquement sali.

Ce que ni Kennedy, ni Soto, ni Tapscott ne pouvaient savoir était ce que lui, Bosch, savait au plus profond et au plus noir de son cœur, et c'était qu'il n'avait trafiqué aucune preuve contre Borders. Que jamais de toute sa vie il n'avait agi ainsi, et contre aucun suspect ou adversaire. Et c'était de le savoir qui lui donna et son but et le sursaut d'adrénaline nécessaire. Aussi bien savait-il qu'il est deux sortes de vérité dans ce monde. Celle qui, inaltérable, fonde et la vie et la mission de l'individu, et l'autre qui, entièrement malléable, sert aux politiciens, charlatans, avocats ripoux et leurs clients pour atteindre le but visé, quel qu'il soit.

Que ç'ait été au su ou à l'insu de son avocat, Borders avait menti à Soto et Tapscott à la prison de San Quentin et, ce faisant, avait corrompu leur enquête dès le début. Ainsi fut-il convaincu que tout cela n'était qu'une arnaque et que c'était à lui d'éradiquer, où qu'ils soient, tous ceux qui se liguaient contre lui. Il allait les traquer, et tout de suite. Poids et culpabilité d'avoir peut-être commis une erreur il y avait bien longtemps, tout cela avait maintenant disparu.

C'était lui, Bosch, qui éprouvait ce que ressent l'être innocenté et libéré de sa cage.

Chapitre 14

La vidéo de la pharmacie montrait que les assassins de José Esquivel et de son fils avaient agi avec toute l'assurance de ceux qui ont déjà effectué ce genre de travail avant. Tous les deux s'étaient servis de revolvers afin d'empêcher que leur arme ne s'enraie et de ne laisser aucune preuve matérielle d'une importance critique derrière eux. Ils n'avaient eu ni hésitations ni remords. Bosch savait que dans toute entreprise criminelle d'envergure il faut avoir des hommes de ce genre, des tueurs prêts à faire le nécessaire pour assurer la réussite et la survie de l'organisation. Dans la réalité, ces individus sont rares. C'est cela qui l'avait amené à penser que ces assassins avaient été importés de bien plus loin que San Fernando pour traiter le problème qu'avait déclenché le très idéaliste, mais bien naïf José Esquivel Junior.

Ce soupçon parut confirmé lorsque, tôt ce soir-là, Bosch, Lourdes et Sisto retournèrent à l'aérodrome Whiteman avec un mandat les autorisant à visionner les vidéos des caméras de surveillance des pistes. En partant de celle du dimanche à midi, une heure après l'autre ils les firent défiler en vitesse rapide et ne redescendirent à l'allure normale qu'au moment où un avion atterrissait ou décollait, ou lorsqu'un véhicule s'approchait de la rangée de hangars au bord du terrain. Les trois inspecteurs s'étaient entassés dans la minuscule salle de service de la tour de contrôle qui servait aussi de bureau de la sécurité. L'espace y était si restreint que Bosch pouvait sentir le chewing-gum à la nicotine de Sisto.

La bande passante de la vidéo indiquait 9 h 10 du matin lorsque leurs efforts payèrent enfin : le van qu'ils avaient vu embarquer les mules à pilules du dispensaire se présentant à l'entrée, l'énorme double porte du hangar fut ouverte à la télécommande, le conducteur devant ensuite attendre qu'on lui fasse signe de descendre du véhicule pour entrer brièvement dans le bâtiment et en ressortir.

Quatorze minutes plus tard, l'avion de saut en parachute atterrissait, puis roulait et entrait dans le hangar à son tour, seuls deux hommes en ressortant. Blancs, ils portaient des vêtements sombres très similaires à ceux des tireurs de la *farmacia*. L'un et l'autre filaient droit vers le van et y montaient par la porte latérale, celui-ci s'éloignant avant même que l'hélice de l'avion ait cessé de tourner.

— C'est eux, dit Sisto. Et maintenant, ces enfoirés vont aller au centre commercial et tuer nos victimes.

Il avait lâché ça sur un ton de colère qui plut à Bosch, mais celui-ci savait que croire et prouver font deux.

— Comment le sais-tu ? demanda-t-il.

— Oh allons ! C'est forcément eux ! Le timing est parfait. Ils atterrissent, ils font le boulot et vous allez voir… Dès que ce sera fini, ils feront remonter les mecs en avion.

Bosch acquiesça d'un signe de tête.

— Je suis d'accord avec toi, mais savoir, ce n'est pas la même chose que prouver. Les mecs de la pharmacie étaient masqués, dit-il en lui montrant l'écran. Comment avoir la preuve que c'est bien eux ?

— On pourrait demander au labo du shérif d'essayer de nettoyer un peu tout ça, répondit Lourdes. Que ce soit plus clair.

— Peut-être, dit Bosch. Allez, on reprend en accéléré.

C'était Sisto qui tenait la télécommande. Il fit remonter la vidéo à quatre fois la vitesse normale et ils attendirent, Bosch surveillant les minutes qui passaient sur la bande temps. À « 10 h 15 », Bosch demanda à Sisto de repasser à l'allure normale. D'après l'enregistrement, les meurtres s'étaient produits à 10 h 14 et le drugstore se trouvait à environ trois kilomètres de l'aérodrome.

Et à 10 h 21 le van revenait à Whiteman. Il roulait à la vitesse autorisée et, sans se presser, franchissait le portail de l'aérodrome et s'approchait du hangar. La portière latérale du véhicule s'ouvrant en glissant dès qu'il y arrivait, les deux hommes en descendaient et rejoignaient directement l'avion de saut en parachute. Son hélice tournant déjà, celui-ci repartait aussitôt vers la piste de décollage.

— On entre, on sort, juste comme ça, et y a deux morts, dit Lourdes.

— Faut les coincer, ces types, dit Sisto.

— Ce sera fait, lui renvoya Bosch. Mais moi, je veux le donneur d'ordres. Le type qui a fait monter ces deux mecs dans l'avion.

— Santos, précisa Lourdes.

Bosch acquiesça. On n'aurait pu trouver résolution plus forte chez les trois inspecteurs.

Ce fut Sisto qui brisa enfin le silence.

— Bon alors, Harry, qu'est-ce qu'on fait maintenant ? demanda-t-il à Bosch.

— Le van, répondit celui-ci. Demain, on arrête le chauffeur et on voit un peu ce qu'il raconte.

— On part du bas de l'échelle et on remonte, dit Sisto. Ça me plaît bien !

— Plus facile à dire qu'à faire. Surtout, ne pas oublier que tous ceux qui travaillent pour Santos ne le font que parce qu'il a confiance en eux. Ce type n'aura pas peur de faire de la prison et ça ne va pas nous faciliter la tâche de le briser.

— Bon mais alors, qu'est-ce qu'on fait ?

— S'il n'a pas peur de nous, on va faire en sorte qu'il ait peur du grand patron, de Santos en personne.

Avant de quitter l'aérodrome, Bosch fit monter Lourdes dans la tour afin de parler à O'Connor et de se servir du deuxième mandat pour lui prendre le registre des allées et venues de l'avion – surtout de son atterrissage du lundi matin juste avant la tuerie de la pharmacie. Tout comme la vidéo, il allait être enregistré comme pièce à conviction. Sur quoi les trois inspecteurs décidèrent que la journée était finie et qu'ils se retrouveraient le lendemain matin à la salle de crise afin de régler les détails de l'arrestation du chauffeur. Sisto et Lourdes partirent dîner au *Magaly's* malgré l'heure tardive, et Bosch rentra chez lui pour consacrer un peu de son temps au dossier Borders avant que le manque de sommeil ne le rattrape et l'assomme complètement.

Il avait été un temps où il pouvait, et sans problème, passer quarante-huit heures d'affilée sur une affaire. Mais ce temps-là remontait à loin.

Il était tard et l'autoroute était dégagée, il n'eut aucun mal à se glisser dans la circulation. Il appela sa fille avec laquelle il n'avait plus communiqué depuis plusieurs jours, hormis les textos d'usage pour lui souhaiter bonne nuit. Elle le surprit en décrochant. Le soir, elle était en général bien trop occupée pour lui parler.

— Bonjour, p'pa.

— Comment ça va, Mads ?

— Gros stress. J'ai mes examens de mi-année cette semaine. J'allais partir à la bibliothèque.

Pour Bosch, le sujet était épineux. Mads aimait travailler à la bibliothèque de la fac parce que ça l'aidait à se concentrer. Mais elle y restait souvent jusqu'à minuit voire plus et cela l'obligeait à regagner toute seule sa voiture garée au parking en sous-sol. Ils en avaient discuté de nombreuses fois, mais elle campait sur ses positions et n'avait aucune envie de respecter le couvre-feu de 22 heures qu'il essayait de lui imposer.

Comme il ne réagissait pas, elle le fit pour lui.

— Je t'en prie, n'ajoute pas à mon stress en me faisant la leçon sur la bibliothèque. C'est absolument sans danger et je serai avec des tas de copains.

— C'est pas la bibliothèque qui m'inquiète. C'est le parking.

— P'pa ! On en a déjà discuté. Le campus est tranquille. Ça ira très bien.

Dans la police on disait souvent que tel ou tel endroit était sans danger jusqu'au moment où il ne l'était plus. Il n'y fallait qu'un instant, qu'un sale type, qu'une chance de voir un prédateur croiser sa proie pour que tout bascule. Mais ça, il lui en avait déjà fait part et n'avait pas envie que son coup de fil se transforme en bagarre.

— Si tu as des partiels, ça veut dire que tu monteras à L.A. après ?

— Non, p'pa, désolée. Mes colocs et moi, on ira à IB dès que ce sera fini. Je monterai dès que je pourrai.

Bosch savait qu'une de ses trois colocs était originaire d'Imperial Beach, près de la frontière mexicaine.

— D'accord, mais surtout tu ne passes pas de l'autre côté ! dit-il.

— P'pa-a-a-a- !

Elle avait étiré ce mot comme si c'était une condamnation à vie.

— OK, OK ! Et aux vacances de printemps ? Je croyais qu'on devait aller à Hawaï ou autre.

— Les vacances de printemps, on y est. Je descends à IB pour quatre jours et, après, je remonte ici parce que ces vacances-là, c'en est pas vraiment. J'ai encore deux trucs de psycho à travailler.

Il s'en voulut. Il avait fichu en l'air l'idée d'aller à Hawaï en la mentionnant quelques mois plus tôt, mais sans jamais en reparler ensuite. Et maintenant, elle avait ses plans à elle. Il savait que le temps qu'il pouvait passer avec elle et faire partie de sa vie s'amenuisait rapidement, et c'en était un nouveau rappel.

— Bon écoute, dit-il, accorde-moi une soirée, d'accord ? Tu me dis quand et je descends. On pourra aller dîner quelque part. J'ai juste envie de te voir.

— OK, c'est d'accord. En fait y a un Mozza ici à Newport. On pourrait y aller ?

C'était sa pizzeria préférée à L.A.

— C'est toi qui choisis.
— Génial. Mais faut que j'y aille.
— OK. Je t'aime fort, prends soin de toi.
— Toi aussi.

Elle avait déjà disparu.

Il se sentit envahi de douleur. L'univers de sa fille ne cessait de s'étendre. Elle allait partout et c'était normal. Il adorait le constater et détestait le vivre. Elle n'avait fait partie de sa vie que quelques années avant que l'heure lui soit venue de s'en aller. Il regretta toutes celles qu'il avait perdues avant.

Il arrivait chez lui lorsqu'il découvrit une voiture arrêtée devant, et un type affalé à l'intérieur. Il était 21 heures et il n'attendait personne. Il se gara sous l'auvent, regagna la chaussée pour passer derrière le véhicule qui lui bloquait l'entrée de son allée cochère. En s'en approchant, il alluma la lumière de son téléphone et colla l'appareil dans l'ouverture de la vitre.

Jerry Edgar s'était endormi au volant.

Bosch lui tapa doucement sur l'épaule jusqu'à ce que, tout étonné, il lève la tête vers lui. À cause du réverbère qu'il avait derrière et au-dessus de lui, Bosch lui apparaissait en ombre chinoise.

— Harry ?
— Salut, collègue.
— Merde, je me suis endormi. Quelle heure est-il ?
— Pas loin de 21 heures.
— Putain, mec. J'étais crevé.
— Qu'est-ce qui se passe ?
— Je suis venu te parler. J'ai vérifié le courrier dans la boîte et me suis aperçu que tu habitais toujours au même endroit.

— Allez, viens, dit Bosch en lui ouvrant sa portière.

Ils passèrent par l'entrée principale, Bosch prenant au passage le courrier qu'Edgar avait vu dans sa boîte.

— Chérie, je suis rentré ! lança-t-il.

Edgar lui décocha son regard tu-te-fous-de-moi-dis ! Il savait depuis toujours que Bosch était seul. Bosch sourit et hocha la tête.

— Je plaisantais, dit-il. Tu veux boire quelque chose ? J'ai plus de bière. J'ai une bouteille de bourbon et c'est à peu près tout.

— Le bourbon m'ira parfaitement. Avec un ou deux glaçons ?

Bosch lui fit signe de gagner le living pendant qu'il filait à la cuisine. Il y sortit deux verres d'un élément et y laissa tomber quelques glaçons. Il entendit Edgar sortir le manche à balai de la rainure de la porte coulissante de la terrasse et l'ouvrir. Il attrapa la bouteille de bourbon posée au-dessus du frigo et le rejoignit. Debout à la rambarde, Edgar regardait tout en bas du col de Cahuenga.

— Ça n'a pas changé, fit remarquer Edgar.

— Tu veux dire la maison ou le canyon ?

— Les deux sans doute.

— Santé !

Bosch lui tendit les deux verres pour pouvoir retirer la capsule en alu de la bouteille et verser le liquide.

— Attends, attends ! dit Edgar en voyant l'étiquette. Tu te fous de moi ?

— Quoi ?

— Harry, tu sais ce que c'est, ce truc ?

— Quoi… ? Ça ?

Bosch regarda l'étiquette pendant qu'Edgar se retournait, jetait les glaçons par-dessus la rambarde et lui tendait les deux verres vides.

— On ne met pas de glaçons dans du Pappy Van Winkle, déclara Edgar.

— Ah non ?

— Ce serait comme mettre du ketchup sur un hot-dog.

Bosch hocha la tête. Il ne comprenait pas trop la comparaison de son collègue.

— Mais on en met tout le temps dessus ! dit-il.

Edgar avança les verres et Bosch y versa le bourbon.

— Doucement, dit Edgar. Où as-tu dégotté ça ?

— Cadeau d'un type pour qui j'avais fait un petit boulot.

— Ça doit aller sacrément bien pour ce monsieur ! Va voir ce truc sur eBay et tu regretteras de l'avoir ouvert ! Avec ça, t'aurais pu payer une voiture à ta fille.

— Ce monsieur est une femme… Le client pour qui j'ai fait ce boulot.

Il regarda à nouveau l'étiquette, porta le goulot de la bouteille à son nez et sentit en monter un arôme fumé légèrement piquant.

— Une voiture, hein ? répéta-t-il.

— Oui bon, un acompte, du moins…

— J'ai failli le refiler au chef de police de San Fernando. Ça lui aurait fait un sacré Noël, si je comprends bien ?

— Disons plutôt une sacrée année !

Bosch reposa la bouteille sur le haut de la rambarde, Edgar en ayant aussitôt une attaque. Il attrapa la bouteille avant qu'un tremblement de terre ou qu'un vent de Santa Ana ne puisse l'expédier dans le sombre *arroyo* en contrebas, et la posa bien en sécurité sur une table à côté de la chaise longue.

Puis les deux hommes s'accoudèrent côte à côte à la rambarde pour siroter leur verre en regardant le col. Tout en bas, la 101 était encore un ruban de lumière blanche qui traversait Hollywood et un deuxième de lumière rouge qui descendait vers le sud.

Bosch attendait qu'Edgar lui explique la raison de sa visite, mais rien ne venait. Son ancien collègue semblait se satisfaire de déguster un bourbon des plus rares en contemplant les lumières de la ville.

— Bon alors, qu'est-ce qui t'a fait monter ici ce soir ? finit-il par lui demander.

— Oh, je sais pas, lui répondit Edgar. Quelque chose après t'avoir vu aujourd'hui... Voir que tu bosses encore m'a fait réfléchir. Je déteste mon boulot, Harry. On n'arrive jamais à finir quoi que ce soit. Y a des moments où je me dis que c'est l'État qui veut protéger les mauvais médecins au lieu de s'en débarrasser.

— Sauf que t'es toujours payé. Tandis que moi... À moins de compter les cent billets qu'on me file chaque mois pour mes frais d'équipement.

Edgar se mit à rire.

— Tout ça ? Mais tu roules sur l'or ! s'écria-t-il.

Il leva son verre et Bosch trinqua avec lui.

— Ça ! C'est le pactole !

— Bon et Hollywood, hein ! Y a même plus une table des Homicides !

— Ouais. Tout change.

Ils trinquèrent à nouveau et sirotèrent leurs boissons encore quelques instants sans rien dire avant qu'Edgar finisse par lâcher ce qui lui avait fait monter la colline.

— Charlie Hovan m'a appelé aujourd'hui, dit-il. Il voulait tout savoir sur toi.

— Et qu'est-ce que tu lui as dit ?

Edgar se tourna et regarda Bosch en face. Il faisait si noir sur cette terrasse que celui-ci ne vit qu'un léger reflet de lumière dans ses yeux.

— Je lui ai dit que t'étais un mec bien. Je lui ai dit de te faire confiance et de te traiter comme il faut.

— C'est gentil, Edgar. J'apprécie.

— Harry, je sais pas de quoi il s'agit, mais je veux en être. Ça fait trop longtemps que je suis assis sur le banc de touche à regarder toutes ces merdes. Je te demande de me prendre dans ton équipe.

Bosch prit une gorgée de son bourbon fumé avant de répondre.

— Avoir de l'aide ne serait pas de trop. Ce soir, j'ai eu le sentiment que tu voulais nous virer de ton bureau.

— Oui, parce que vous me rappeliez tout ce que je devrais faire, bordel !

Bosch hocha la tête. Lorsque, vingt-cinq ans plus tôt, Edgar et lui étaient en tandem à Hollywood, il ne l'avait jamais senti vraiment impliqué dans le boulot. Mais il savait que le besoin de se racheter prend bien des formes et se manifeste à toute sorte de moments.

— Sais-tu seulement où est San Fernando ? lui demanda-t-il.

— Évidemment. Je suis allé plusieurs fois au tribunal pour des affaires.

— Bon alors, si tu veux en être, sois au commissariat de San Fernando demain matin à 8 heures. On a une réunion de stratégie. On va arrêter un capper et commencer à aller à la pêche. Y a aussi des chances qu'on fasse venir le docteur Herrera à un moment ou à un autre. Et pour ça, tu pourrais peut-être nous filer un coup de main.

— Faudrait pas commencer par avoir l'autorisation ?

— Je pense que le chef acceptera toutes les aides qui s'offriront à lui. Je vais lui parler.

— J'y serai, Harry.

Il savoura le reste de son bourbon. Puis il reposa son verre vide sur la rambarde et le montra du doigt en reculant.

— Onctueux, ce truc. Merci, Harry.

— T'en veux encore un peu ?

— J'aimerais bien, mais demain on commence tôt. Vaudrait mieux que je rentre.

— T'as quelqu'un qui t'attend, Jerry ?

— En fait, oui. Je me suis remarié quand je travaillais à Las Vegas. Une chouette fille.

— Moi aussi, je me suis marié à Vegas un jour.

C'était la première fois depuis longtemps que Bosch repensait à Eleanor Wish. Edgar lui adressa un sourire triste.

— À demain, dit-il.

Il lui donna une tape sur l'épaule, rentra dans la maison et gagna la porte. Bosch resta sur la terrasse à siroter son grand bourbon en repensant au passé. Puis il entendit la voiture d'Edgar démarrer et s'éloigner dans la nuit.

Chapitre 15

Le lendemain matin, Bosch prit son petit déjeuner au *Horseless Carriage*, un *diner* au cœur de l'énorme concession Ford de Van Nuys. Il ne lui faudrait que quelques minutes pour rejoindre San Fernando et il en avait assez d'avaler les *burritos* gratuits qu'on servait à la salle de crise tous les matins. Le *Horseless* avait un petit air années 50 et rappelait encore l'explosion de la population et l'expansion qui avaient balayé la Valley après la Deuxième Guerre mondiale. Alors la voiture était devenue reine et Van Nuys une Mecque de la vente d'automobiles, une concession après l'autre offrant des cafètes et des restaurants pour appâter le client.

Il commanda un pain perdu et regarda la vidéo qu'on lui avait envoyée la veille au soir sur le jetable qu'il avait acheté pour communiquer avec Lucia Soto. Elle lui était arrivée par un numéro inconnu qui devait probablement être celui d'un jetable dont Soto se servait elle aussi maintenant.

Enregistrée par Tapscott, elle montrait l'ouverture du carton d'éléments de preuve de l'affaire Danielle Skyler. Bosch se l'était repassée en boucle dans la soirée jusqu'à en être trop fatigué pour garder les yeux ouverts. Pour autant, pas une fois il n'avait compris comment ce carton avait pu être trafiqué. Les vieilles étiquettes toutes jaunies étaient manifestement intactes lorsqu'elles avaient été présentées à la caméra avant d'être sectionnées par Soto.

Cela ne cessait de le troubler car, il le savait, il avait dû se passer quelque chose entre le moment où il était sorti des Scellés et celui où l'ADN de Lucas Olmer avait été découvert sur le vêtement de Skyler au labo. Et d'un, comment s'était-on procuré l'ADN d'un type mort deux ans plus tôt, et de deux, comment s'était-il retrouvé sur un vêtement enfermé dans un carton à éléments de preuve scellé ?

La première question avait trouvé sa réponse – satisfaisante aux yeux de Bosch, et c'était déjà ça – lorsque la veille au soir, après le départ d'Edgar, il avait enfin pu reprendre le dossier d'enquête de Borders. Cette fois-là, en effet, il avait prêté une attention particulière au dossier « dans le dossier » –, à savoir les rapports établis lors des poursuites et de la condamnation d'Olmer, formellement accusé de viols multiples en 1998. Lors de sa première analyse des pièces, il s'était plus concentré sur le côté enquête du dossier et y avait découvert et le parti pris qui y avait présidé et que l'accusation se réduisait aux révélations stratégiques résultant de l'accumulation des faits et éléments de preuve présentés aux jurés. D'où, il le pensait, la conclusion que tout ce qu'il y avait dans les dossiers de l'accusation devait déjà se trouver dans ceux de l'enquête.

Il avait alors découvert combien il s'était trompé de le penser en parcourant une pile de requêtes et de contre-requêtes déposées et par l'accusation et par la défense. Requêtes en rejet d'éléments de preuve ou témoignages présentés par l'accusation ou la défense, les trois quarts de ces pièces se fondaient sur des arguments juridiques de base. C'est alors qu'il était tombé sur une demande de la défense à l'effet qu'Olmer avait l'intention de mettre en doute la preuve par ADN lors du procès. Le juge y était prié d'ordonner à l'État de fournir à la défense une portion de cette preuve biologique collectée lors de l'enquête afin qu'un laboratoire indépendant soit en mesure de l'analyser. Cette requête n'ayant pas été contrée par l'État, le juge Richard Pittman avait ordonné au Bureau du district attorney de partager le matériel génétique avec la défense.

Cette requête de la défense avait été rédigée par l'avocat d'Olmer, Lance Cronyn. Il ne s'agissait là que d'une démarche pré-procès, mais c'était la liste des témoins déposée par la défense au début du procès qui avait attiré l'attention de Bosch. Il n'y en avait que cinq, le nom de chacun étant suivi d'une brève notice indiquant à qui on avait affaire ainsi que l'objet du témoignage. Aucun de ces témoins n'était chimiste ou spécialiste de médecine légale. Cela fit comprendre à Bosch qu'au cours du procès Cronyn n'avait avancé aucun résultat d'analyse différent ainsi que sa requête le suggérait. Il était parti dans une tout autre direction – celle de prétendre que l'acte sexuel avait été consenti et d'essayer encore et encore de démolir la façon dont l'ADN avait été recueilli, puis analysé par les services de l'État. Dans les deux cas, ça n'avait pas marché. Olmer avait été reconnu coupable de toutes les charges retenues contre lui et expédié en prison. Et il n'y avait aucune trace de ce qui était advenu du matériel génétique que le juge avait fait parvenir à son avocat.

Bosch savait que le Bureau du district attorney aurait dû exiger son retour après le procès, mais rien dans les rapports n'indiquait que ç'ait jamais été fait. Olmer avait été condamné à une peine à laquelle il lui aurait été impossible de survivre. La réalité, Bosch en avait l'habitude, était que l'entropie institutionnelle avait dû prendre le dessus. Accusateurs et enquêteurs, tout le monde était passé à d'autres affaires et procès. L'ADN manquant l'était resté et pouvait donc très bien être le matériel génétique découvert plus tard sur le pyjama de Danielle Skyler. Cela dit, le prouver était une autre histoire, surtout dans la mesure où Bosch ne voyait vraiment pas comment cette infime tache d'ADN avait pu y atterrir.

Il n'empêche : pour le moment du moins, il tenait ce qui constituait certainement une faille dans une démonstration apparemment solide, mais conduisant à une condamnation erronée. Il y avait de l'ADN inexpliqué et un avocat de la défense qui naviguait entre les deux affaires et pouvait très bien avoir eu accès à ce matériel génétique.

Bosch repoussa son assiette de côté et consulta sa montre : 7 h 40. Il était temps de regagner la salle de crise. Il se leva, laissa vingt dollars sur le comptoir, rejoignit sa voiture et s'en tint aux voies de surface en passant par Roscoe Boulevard pour atteindre et remonter Laurel Canyon. Tout cela en répondant au coup de fil de Mickey Haller.

— C'est drôle, ça, dit-il. J'allais t'appeler.

— Ah bon ? Et à quel sujet ?

— Au propos que j'ai décidé, et fermement, de t'embaucher. J'aimerais être troisième partie prenante à l'audience de la semaine prochaine pour m'opposer à la libération de Preston Borders. Quoi qu'il faille faire en termes juridiques.

— Pas de problème. Ça, on peut. Tu veux que des médias s'en mêlent ? Parce que ça va être assez inhabituel comme audience : un inspecteur de police à la retraite qui s'oppose au district attorney… C'est super comme histoire !

— Pas encore. Ça va être assez laid quand Borders prétendra que j'ai inventé des preuves et qu'apparemment le district attorney en sera d'accord.

— Merde, mais c'est quoi, ces conneries ?!

— Je viens de relire tout le dossier et Borders prétend que la preuve accablante, à savoir l'hippocampe, c'est moi qui l'ai collée dans son appartement. M'en accuser est la seule façon que ça marche.

— En a-t-il fourni la moindre preuve ?

— Non, mais il n'a pas à le faire. Si l'ADN incrimine un violeur reconnu coupable, la seule explication plausible pour que Borders ait bien été en possession de ce bijou est effectivement que celui-ci a été déposé chez lui pour le compromettre.

— OK, j'ai pigé et tu as raison : ça va devenir assez laid et je comprends que tu veuilles garder les médias en dehors du coup, si c'est possible. Mais bon, maintenant, la grande question : qu'est-ce que t'as, toi, pour lui foutre son château de cartes en l'air ?

— Je n'y arrive encore qu'à moitié. Je sais où et comment ils auraient pu mettre la main sur l'ADN d'Olmer.

Je n'ai besoin que de savoir comment ils ont réussi à faire monter la sauce avec ça.

— Si tu veux mon avis, tu n'as fait que le plus facile.

— Je travaille dur, tu sais. C'est pour ça que tu m'appelles ? Pour m'encourager ?

— Non, en fait j'ai un petit cadeau pour toi.

— Ah bon ?

Bosch avait déjà quitté Laurel Canyon et remontait Brand Boulevard pour passer sous le panneau *Bienvenue à San Fernando*.

— Écoute, la première fois que tu m'as parlé de ça, le nom de Preston Borders m'a dit quelque chose. Je m'en souvenais, mais pas moyen de savoir d'où. Je faisais mon droit à la fac de Southwestern et à l'époque, naturellement, je ne te connaissais pas. Toujours est-il que j'allais souvent au Criminal Courts Building entre deux cours pour assister à des procès et regarder travailler les avocats de la défense.

— Parce que le travail de l'accusation ne t'a jamais intéressé, en fait ?

— Pas vraiment, non. Pas avec mon père… Avec notre père qui était avocat de la défense. Ce que je veux te dire, c'est que je suis sûr d'avoir assisté à quelques audiences du procès Borders, ce qui, toi et moi, et sans qu'on le sache, nous aurait mis dans la même salle il y a trente ans de ça. Et je me suis fait la réflexion que c'était plutôt génial.

— Génial, c'est ça. Et c'est pour ça que tu m'appelles ? C'est ça, ton cadeau ?

— Non, le cadeau, le voilà : notre père est mort jeune… En fait, je ne l'ai jamais vu au prétoire… Mais il avait un associé qui a continué dans la carrière et c'est ce gars-là que j'allais voir au CCB.

— C'est de David Siegel que tu parles ? C'était lui, son associé ?

— Exactement. Et c'est lui qui défendait Preston Borders en 1988. Moi, quand j'étais petit, je l'appelais « Tonton Siegel ». Mais c'était un si grand avocat qu'on l'appelait « Legal Siegel » au tribunal. C'est lui qui m'a fait faire du droit.

— Qu'est-il advenu de son cabinet ? Tu crois qu'on y retrouverait encore des trucs du procès ? Ça pourrait être utile.

— Voilà, tu vois, frangin, c'est ça, mon cadeau : tu n'as pas besoin de ces trucs parce que c'est Legal Siegel que tu as en personne.

— Qu'est-ce que tu racontes ? Il est mort. Il y a même sa notice nécrologique dans le dossier… Je l'ai lue hier soir.

Bosch dut attendre au croisement, soit à une rue de la gare, qu'une rame de métro passe en hurlant. Haller l'entendit à l'autre bout de la ligne et attendit que le silence revienne pour répondre.

— Permets que je te raconte une histoire, dit-il. Quand il a pris sa retraite, Legal Siegel n'a pas voulu être retrouvé par… Disons-le comme ça, aucun des clients peu ragoûtants qu'il avait représentés au fil des ans, en particulier ceux qui auraient pu ne pas être satisfaits du résultat de leur collaboration.

— Il ne voulait pas avoir des gars qui sortent de prison et se mettent en tête de le retrouver, dit Bosch. Alors là, je me demande bien pourquoi !

— J'en ai moi-même fait l'expérience et ce n'est pas agréable. Bref, Legal Siegel a vendu son cabinet et a joué les filles de l'air. Il a même demandé à un de ses fils de faire parvenir un avis de décès de son cru au bulletin du barreau de Californie et je me rappelle l'avoir lu. On l'y traitait de « génie du droit ».

— C'est bien ce que j'ai lu. Soto et Tapscott l'avaient versé au dossier parce qu'on y disait qu'il était mort. Et toi, tu me dis qu'il est toujours vivant ?

— Il va sur ses quatre-vingt-six ans et j'essaie de lui rendre visite tous les quinze jours, trois semaines environ.

Bosch se gara dans le parking du SFPD, jeta un coup d'œil à l'horloge du tableau de bord et s'aperçut qu'il était en retard. Les véhicules personnels de tous les autres inspecteurs étaient déjà là.

— Faut que je lui parle, dit-il. Dans le nouveau dossier, Borders le jette aux chiens. Il va pas aimer.

— Ça, j'en suis sûr, lui renvoya Haller. Mais c'est une sacrée ouverture pour toi ! Quand on s'en prend à sa réputation, tout avocat a le droit de se défendre. J'organise une rencontre et on l'enregistre. C'est quoi, tes disponibilités ?

— Le plus vite sera le mieux. Mais tu dis qu'il est pas loin d'avoir quatre-vingt-six ans. Il a toujours toute sa tête ?

— Oh absolument ! Côté mental, il est aussi pointu qu'un stylet. Physiquement, c'est pas ça. Il est condamné au lit et on le déplace en fauteuil roulant. Apporte-lui un sandwich de chez Langer ou Philippe et il te fera tout un topo plein de nostalgie sur ses anciennes affaires. C'est ce que je fais et j'adore l'entendre parler.

— Bon, OK. Tu m'organises ça et tu me dis.

— Je m'en occupe.

Bosch arrêta le moteur et ouvrit la portière de la Jeep. Et essaya le plus vite possible de se rappeler s'il avait besoin de poser d'autres questions à Haller.

— Oh, encore une chose, dit-il enfin. Tu te rappelles quand on a eu ces bouteilles de bourbon de Vibiana à la Fruit Box Foundation à Noël ?

Vibiana Veracruz était une artiste que Bosch et Haller avaient tous les deux rencontrée dans une affaire privée sur laquelle ils avaient travaillé l'année précédente.

— Du Happy Pappy, oui, je m'en souviens, répondit Haller.

— Je me rappelle que tu m'avais offert cent dollars pour la mienne. Et que je les avais presque pris.

— L'offre tient toujours. À moins que t'aies déjà éclusé la bouteille.

— Non, je ne l'avais même pas ouverte avant hier soir. Et c'est là que j'ai découvert que j'aurais pu en obtenir vingt fois plus que ce que tu m'en offrais.

— Vraiment ?

— Oui, vraiment. Tu es une fripouille, Haller. Je voulais juste que tu saches que je t'ai à l'œil.

Bosch l'entendit glousser à l'autre bout du fil.

— C'est ça, rigole ! Mais en attendant, je me la garde, cette bouteille.

— Hé mais, y a pas de morale qui tienne quand c'est d'un des meilleurs bourbons du Kentucky qu'on cause. Surtout du Pappy Van Winkle.

— Je m'en souviendrai.

— Pas de souci. On se reparle plus tard.

L'appel terminé, Bosch arriva dans le commissariat par la porte de service. Il traversa le bureau des inspecteurs déserté et entra dans la cellule de crise. Et y fut immédiatement assailli par l'odeur des *burritos* du matin.

Tout le monde était là. Assis autour de la table et y mangeant se trouvaient Lourdes, Sisto, Luzon, le capitaine Trevino et le chef Valdez. Jerry Edgar était là lui aussi, avec un type que Bosch n'avait encore jamais vu. La trentaine finissante, l'homme avait les cheveux bruns, le teint hâlé, et portait une chemise de golf dont les manches lui moulaient des biceps surdimensionnés.

— Désolé d'être en retard, lança Bosch. Je ne savais pas que tout le monde serait sur le pont.

— On mangeait en t'attendant, lui répondit Lourdes. Harry, je te présente l'agent Hovan de la DEA.

Chapitre 16

L'homme aux manches moulantes se leva et tendit le bras par-dessus la table pour serrer la main de Bosch. Ce faisant, il le jaugea comme pourrait le faire un critique d'art qui contemple une statue pour la première fois, ou un coach de football américain détaille un cornerback de l'équipe du lycée.

Après avoir libéré sa main de l'emprise d'Hovan, Bosch tira une chaise en bout de table et s'assit. Lourdes prit le plateau de *burritos* du petit déjeuner et le lui tendit, mais il leva la main en l'air et déclina.

— Alors, agent Hovan, dit-il, qu'est-ce qui vous amène ici aux aurores ?

— Vous m'aviez appelé, je voulais répondre. Étant donné que c'est Jerry qui m'a envoyé à vous, hier je lui ai parlé de vous et de l'affaire et me suis dit que ça serait mieux si on se rencontrait tous en personne.

— Pour tous nous briefer sur Santos ?

Avant qu'Hovan ne réponde, le chef prit la parole.

— L'agent Hovan est d'abord passé me voir ce matin, dit-il. Il va effectivement tous nous briefer, mais il a aussi deux ou trois idées sur notre enquête.

— « Notre » enquête ? répéta Bosch.

— Harry, dit Valdez, ne vous crispez pas. Ce n'est pas ce que vous pensez. Écoutez-le, juste ça.

— Je crois que Harry a raison, dit Sisto. Quand les fédés se pointent, c'est pour tout rafler. Et cette affaire, c'est la nôtre.

— On pourrait pas lui laisser une chance de parler ? insista le chef.

D'un geste, Bosch donna le feu vert à Hovan, mais admira Sisto d'avoir résisté.

— Bon, attaqua Hovan, je pense avoir eu droit au tableau général par votre chef et par Jerry. Vous avez hérité d'un des deux cadavres et vous êtes concentrés sur le dispensaire de Pacoima. Et aujourd'hui, vous aviez probablement l'intention de vous réunir, de réfléchir ensemble et de partir petit pour pouvoir élargir. J'ai tort ?

— Ce qui veut dire ? demanda Lourdes.

— Que vous alliez coincer une mule ou un capper et commencer à remonter la chaîne en faisant des deals, c'est ça ? C'est en général comme ça que ça marche.

— Et ce serait un problème ? reprit Lourdes. C'est en général comme ça que ça marche parce que c'est ça qui marche.

Elle jeta un regard à Bosch pour qu'il la soutienne.

— Oui, c'était effectivement le plan, dit celui-ci. Mais j'imagine que la DEA a une autre idée.

— Exactement, répondit Hovan. Si vous voulez coincer le type qui a donné l'ordre de s'attaquer à cette pharmacie, c'est forcément de Santos que vous voulez parler et personne au monde ne connaît mieux le bonhomme et son affaire que moi. Et je peux déjà vous dire que coincer le petit poisson pour attraper le gros ne marchera pas.

— Et pourquoi donc ? voulut savoir Lourdes.

— Parce que le gros poisson est trop protégé. En me fondant sur ce qu'on m'a dit de l'affaire, je pense que vous ne vous trompez pas. Ces deux tueurs ont bien été envoyés par Santos, mais vous ne pourrez jamais établir le lien. Pour ce que nous en savons, ils sont déjà morts et enterrés dans le désert. Santos ne prend pas de risques.

— Bon mais alors, comment est-ce qu'on le coince ? demanda Lourdes.

Le ton qu'elle avait pris disait qu'elle n'aimait guère l'idée d'un gros bonnet des fédéraux débarquant pour les former sur leur propre affaire.

— Vous avez besoin d'un infiltré, répondit Hovan.

— C'est ça, votre idée ?

— C'est ça, oui. Et vous avez une occasion en or. Une superbe entrée dans le milieu.

— Moi, dit Sisto. C'est moi qui vais m'y coller.

Tout le monde se tourna vers lui. Son désir de jouer un rôle clé dans l'affaire l'emportait sur son manque d'expérience et le danger inhérent au travail d'infiltration.

— Non, pas vous, lui, dit Hovan en montrant Bosch de l'autre côté de la table.

— Qu'est-ce que vous racontez ! s'exclama Lourdes.

— Quel âge avez-vous, inspecteur Bosch ? demanda Hovan. Plus de soixante-cinq ans, je dirais, non ?

Et de faire comme s'il présentait Bosch à tous les autres autour de la table.

— On prend l'inspecteur Bosch, on le vieillit un peu, on lui donne l'air un peu plus usé et un peu plus accro, on lui file une nouvelle identité et une carte de Medicare, on le relooke et lui pique son rasoir et son savon pendant quelques jours, on… Ce qu'on fait ? On suit le van du dispensaire, on arrête quelques mules dans une pharmacie en faisant croire qu'il s'agit d'un contrôle au hasard. Ça, c'est Jerry et moi qui nous en chargeons. Et c'est là, au moment où le capper retourne au dispensaire et se retrouve à court de bonshommes et comprend qu'il va lui manquer plusieurs milliers de pilules à la fin du mois, qu'entre en scène le meilleur des candidats.

Et de recommencer à faire des gestes comme pour offrir Bosch au reste du groupe.

— « Le meilleur des candidats » ? répéta Luzon.

— Il a l'âge qu'il faut et exactement tout ce qu'ils vont se mettre à rechercher, répondit Hovan. Vous avez déjà fait du travail d'infiltration, inspecteur ?

— Non, pas vraiment. De temps en temps dans des affaires. Rien de sérieux. Et jusqu'où pourrais-je m'approcher de Santos si on me balade du matin au soir dans toutes les pharmacies de l'État ?

Tous les regards furent sur lui.

— Disons ça comme ça : bien plus près que n'importe qui d'autre dans les forces de l'ordre, répondit Hovan. Santos est un fantôme. C'est le Howard Hughes de l'héroïne des pauvres. Personne ne l'a vu depuis quasiment un an. Les photos de lui que nous avons eues par nos services de renseignement sont encore plus anciennes. Mais voilà…

Il ouvrit une fine enveloppe en papier kraft posée devant lui. Elle contenait un document de deux pages agrafées ensemble qu'il leva en l'air pour que tout le monde les voie bien.

— Vous avez là un mandat d'arrestation pour John Doe, autrement dit un illustre inconnu. Il sort d'une affaire de racket à grande échelle des plus solides et a été émis il y a plus d'un an. Nous ne l'avons pas mis à exécution parce que nous n'arrivons pas à identifier ni trouver le type. Mais vous, vous le pourriez. Vous vous faites recruter et seriez à même de vous approcher suffisamment du bonhomme pour nous faire signe d'y aller. On vous donne tout ce dont vous aurez besoin. Vous voyez Santos, vous nous appelez et on le coince. Voilà. Vous coincez le type qui a commandité l'attaque de cette pharmacie. On pourrait peut-être même coincer les tireurs.

Il avait dévoilé son plan d'un ton plein d'urgence. Ce fut le silence qui l'accueillit tandis que chacun l'analysait. Bosch tendit la main vers le dossier contenant le mandat et, Hovan le lui passant, il y jeta un coup d'œil pour s'assurer qu'il ne s'agissait pas d'un simple accessoire. Mais non, il avait l'air authentique : mandat d'arrêt John Doe contre « Santos » accusé au titre de la loi fédérale contre le racket et le crime organisé. C'était grâce à elle que les fédéraux s'en prenaient aux mafieux depuis presque cinquante ans.

Ce fut Lourdes qui brisa le silence.

— Nous avons entendu dire que votre dernier infiltré a eu droit à un petit voyage en avion dont il n'est jamais revenu, fit-elle remarquer.

— Oui, mais ce n'était pas un flic, répondit Hovan. C'était un amateur qui a commis une bourde d'amateur.

Ça ne se produirait pas avec Bosch. Il serait tout préparé à plonger en apnée. C'est ce qu'on dit d'un agent totalement prêt à y aller. Non parce que c'est l'occasion rêvée, ça.

Il regarda Bosch droit dans les yeux pour lui faire son ultime pitch.

— Je dois reconnaître que quand je vous ai passé au crible avec Jerry et que j'ai appris que vous étiez vieux, j'ai eu vite la tête en surchauffe. Des mecs de votre âge qui font de l'infiltration, on n'en a pas. On n'en a absolument aucun, je veux dire. Vous êtes parfait pour le job.

Bosch commençait à se crisper.

— Oui bon, on arrête un peu avec les trucs sur « le vieux ». J'ai compris le message.

Le chef Valdez s'éclaircit la gorge et se mêla à la conversation avant que quiconque puisse réagir.

— S'il montait dans un avion, on ne sait pas où Harry pourrait atterrir, dit-il. Et moi, ça ne me plaît pas.

— Y a toutes les chances qu'on l'emmène à Slab City, dit Hovan.

— Et Slab City, c'est quoi exactement ?

— Une base militaire désaffectée près de la mer de Salton. Quand elle a été fermée, tout y a été enlevé sauf les surfaces dures. À savoir les pistes d'atterrissage et les dalles sur lesquelles il y avait les chiottes. Des squatters se sont pointés, ont pris possession des lieux et y ont construit leurs propres trucs. Jusqu'à ce que Santos débarque, se serve des pistes d'atterrissage et monte une véritable ville de tentes pour ses opérations.

— Pourquoi vous n'allez pas fermer tout ça ? demanda Lourdes.

— Parce que c'est Santos qu'on veut, répondit Hovan. On se fout des junkies dont il se sert comme de mules. Ça, y en a à la pelle. C'est la tête du serpent qu'on veut, et c'est pour ça qu'on a besoin d'un infiltré qui nous signale quand le bonhomme y est.

— OK, va falloir qu'on y réfléchisse, dit Valdez. L'inspecteur Bosch doit aussi décider si c'est quelque chose qu'il est prêt à faire. Il est officier de réserve de la police et je ne vais pas lui donner l'ordre de faire quoi que ce soit qui comporte le genre de risque dont vous nous parlez. Donnez-nous un jour ou deux pour vous faire part de notre réponse.

Hovan leva les mains en l'air genre je-m'en-mêle-pas.

— Hé mais, reçu cinq sur cinq, dit-il. Je voulais juste venir vous faire mon pitch et je vous laisse reprendre le boulot. Passez-moi un coup de fil pour me dire votre décision.

Il se levait pour partir lorsque Bosch l'arrêta de trois mots.

— Je le ferai, dit-il.

Hovan le regarda, un sourire commençant à se répandre sur sa figure.

— Minute, minute, Harry ! lança Valdez. Je pense qu'on devrait prendre le temps d'envisager d'autres options.

— Harry, tu es sûr ? renchérit Lourdes. C'est dangereux et…

— Donnez-moi deux ou trois jours pour me préparer, répondit Bosch. Je vais tenter le coup.

— Parfait, dit Hovan. Ne vous rasez plus, ne vous lavez plus. Les odeurs corporelles sont un bon indicateur. Si vous ne puez pas, c'est que vous n'êtes pas vraiment camé.

— C'est bon à savoir, répondit Bosch.

— Je peux vous mettre en relation avec un toxico, si vous voulez étudier la question, lui proposa l'agent de la DEA.

— Non, dit Bosch. Je pense avoir quelqu'un de mon côté. On commence quand ? demanda-t-il en regardant les visages autour de la table.

L'inquiétude y dépassait, et de loin, l'excitation qui se lisait sur celui d'Hovan.

— Et si on attaquait vendredi ? proposa ce dernier. Ça nous laissera le temps de travailler la logistique et de demander une équipe de secours. Et peut-être de vous faire passer quelques heures avec nos formateurs d'agents infiltrés.

— J'exige qu'il soit totalement couvert, dit Valdez. Je n'ai pas les gens pour le faire, mais je ne veux pas qu'Harry se retrouve le cul à l'air.

— Ça ne se produira pas, dit Hovan. On le couvrira.

— Même dans l'avion ? voulut savoir Lourdes.

— On aura un appui aérien. On ne le perdra pas de vue. On sera tellement haut au-dessus d'eux qu'ils ne sauront même pas qu'on est là.

— Et à l'atterrissage ? s'enquit Edgar.

— Je ne vais pas vous raconter des histoires. À Slab City, il sera seul. Mais nous serons dans le coin et prêts pour son signal.

Cela mettant fin aux questions de Lourdes, Hovan regarda le chef.

— Vous avez une photo de Bosch pour qu'on lui fasse de faux papiers ?

Valdez acquiesça d'un signe de tête.

— On a celle avec laquelle on lui a fait sa carte de flic, dit-il. Le capitaine Trevino pourra vous conduire au centre opérationnel pour la prendre.

Trevino se leva pour emmener Hovan. L'agent de la DEA rappela qu'il gardait le contact et reviendrait vendredi matin, prêt à démarrer l'opération.

Dès qu'il fut parti, tous les regards se tournèrent vers Bosch.

— Quoi ! s'écria-t-il.

— Je veux toujours que vous réfléchissiez, dit Valdez. La moindre hésitation et on annule.

Bosch repensa au courage bien naïf de José Junior.

— Non, dit-il. On y va.

— Mais pourquoi, Harry ? insista Lourdes. Tu fais ta part, et plus que ta part, depuis des années ! Alors pourquoi ça ?

Il haussa les épaules. Il n'aimait pas toute cette attention qu'on lui portait.

— Je pense à ce gamin qui est allé à la fac pour apprendre ce que faisait son père, répondit-il. Il décroche son diplôme, il entre dans la profession et en découvre la corruption. Il analyse tout ça et… grosse surprise… il fait ce qu'il faut et ça lui vaut la mort. On peut le traiter de naïf ou de crétin, mais pour moi, c'est un héros et c'est pour ça que je vais y aller, et à fond. Santos, je le veux encore plus que l'agent Hovan.

Il avait toute leur attention.

— Ce qu'ils ont fait à José Esquivel ne doit pas passer à la trappe, ajouta-t-il. Si c'est ce qu'on a de mieux pour l'avoir, je vais risquer le coup.

Valdez acquiesça.

— OK, Harry, on a pigé, dit-il. Et on est cent pour cent avec vous.

Bosch remercia tout le monde d'un geste et regarda son vieux binôme, Edgar, assis de l'autre côté de la table. Lui aussi hocha la tête : il en était.

Chapitre 17

Haller avait fixé le rendez-vous avec Legal Siegel dans l'après-midi même. L'ancien avocat de la défense que tout le monde, y compris Lance Cronyn et son client Preston Borders, croyait mort, vivait à présent dans un asile de vieux du quartier de Fairfax. Bosch y retrouva Haller dans le parking à 14 heures. Ce fut une des rares fois où il le vit sortir de l'avant de sa Lincoln, l'avocat lui expliquant qu'il était momentanément en panne de chauffeur. Ils entrèrent. Haller tenait une sacoche dont il lui dit se servir pour transporter une caméra vidéo et y faire transiter en douce un *French dip*[1] de chez Cole.

— Ici, c'est casher, précisa-t-il. Aucune nourriture de l'extérieur n'a le droit d'entrer.

— Qu'est-ce qui se passera s'ils t'attrapent ?

— Je ne sais pas. Je serai peut-être banni à vie.

— Et donc, il est d'accord pour l'interview ?

— C'est ce qu'il a dit. Dès qu'il aura mangé un peu, il voudra parler.

À l'accueil, ils signèrent le registre en se faisant passer pour l'avocat et l'enquêteur de David Siegel. Puis ils

1. Sandwich au bœuf et aux oignons.

prirent un ascenseur jusqu'au second, s'être ainsi fait passer pour l'enquêteur d'Haller rappelant quelque chose à Bosch.

— Comment ça va avec Cisco ? demanda-t-il.

Dennis « Cisco » Wojciechowski était l'enquêteur d'Haller depuis des lustres. Deux ans plus tôt, il avait été victime d'un accident de moto avec sa Harley dans Ventura Boulevard, et celui qui l'avait percuté avait pris la fuite. Cisco avait subi trois opérations au genou gauche et en était ressorti avec une dépendance au Vicodin qu'il avait mis six mois à admettre avant de la traiter en arrêtant d'un seul coup.

— Il est bon, répondit Haller. Vraiment bon. Il est de retour et très occupé.

— Faut que je lui parle.

— Pas de problème. Je peux lui dire de quoi il retourne ?

— J'ai un copain accro à l'héroïne des pauvres. Je veux lui demander ce qu'il faut chercher et quoi faire.

— Il sera tout à toi. Je l'appelle dès qu'on sort d'ici.

Ils quittèrent l'ascenseur au second, Haller informant la femme du poste de soins qu'il allait rendre visite à son client et qu'il ne fallait pas le déranger. Ils descendirent le couloir jusqu'à la chambre de Siegel. Haller sortit un cintre de porte de la poche intérieure de sa veste de costume. On pouvait y lire : *Consultation juridique : ne pas déranger.* Il l'accrocha à la poignée en décochant un clin d'œil à Bosch, et referma derrière lui.

La télé fixée au mur hurlait un reportage CNN consacré à une enquête du Congrès sur les ingérences russes dans l'élection présidentielle l'année précédente.

Un vieil homme calé sur un lit d'hôpital le regardait. Il ne semblait peser qu'une cinquantaine de kilos, ses fins cheveux blancs dessinant comme un halo sur l'oreiller. Il portait une vieille chemise de golf ornée de la couronne du Wilshire Country Club. Ses bras étaient maigres, sa peau ridée et couverte de taches de vieillesse. Ses mains, qu'il avait croisées sur la couverture bien remontée comme il faut jusque sous ses bras, paraissaient sans vie.

Haller fit le tour du lit et agita la main pour capter l'attention du vieillard alité.

— Tonton David ! lança-t-il d'une voix forte. Bonjour ! Je vais t'éteindre ça.

Il prit la télécommande sur la table de chevet et coupa le son.

— Putains de Russes ! marmonna Siegel. J'espère bien vivre assez longtemps pour voir ce type destitué !

— Ça, c'est parler comme un vrai mec de gauche, lui renvoya Haller. Mais je doute que ça arrive.

Puis il se retourna vers lui et ajouta :

— Bon alors, comment tu vas ? Je te présente mon demi-frère, Harry Bosch. Je t'en ai déjà parlé.

Siegel posa un regard mouillé sur Bosch et l'étudia.

— C'est donc vous, lança-t-il. Mickey m'a parlé de vous. Il m'a dit que vous étiez venu chez moi un jour.

Bosch savait que c'était de Michael Haller Senior, son père, qu'il parlait. Il ne l'avait rencontré qu'une fois, dans son palace de Beverly Hills. Il était malade et allait bientôt mourir. Bosch, lui, revenait à peine de la guerre en Asie du Sud-Est. En entrant, il avait vu un gamin de cinq ou six ans debout à côté d'une femme de ménage. Il avait alors compris qu'il avait un demi-frère.

Un mois plus tard, en haut d'une colline, il regardait leur père être mis en terre.

— Oui, répondit-il. Ça remonte à loin.

— C'est-à-dire qu'avec moi, tout remonte à loin. Plus longtemps on vit et moins on arrive à croire que tout change, précisa-t-il en montrant la télé silencieuse d'un faible geste de la main.

— Je t'ai apporté un truc qui, lui, n'a pas changé depuis cent ans, dit Haller. Je suis passé chez Cole en venant et je t'ai pris un *French dip*.

— Ils sont bons, chez lui, dit Siegel. Je n'ai rien mangé à midi parce que je savais que tu venais. Relève-moi.

Haller attrapa une deuxième télécommande sur la table de chevet et la jeta à Bosch qui releva la partie haute du lit jusqu'à ce que Siegel soit presque assis tandis que Haller ouvrait sa sacoche pour en sortir le sandwich.

— Nous nous sommes déjà rencontrés, dit Bosch. Enfin… En quelque sorte. Vous m'avez interrogé en contre dans l'affaire dont nous allons parler aujourd'hui.

— Bien sûr, répondit Siegel. Je ne l'ai pas oublié. Plein d'épines que vous êtes. Très bon témoin pour l'accusation.

Bosch le remercia d'un hochement de tête tandis que Haller lui glissait une serviette dans le col de sa chemise ouverte. Puis il fit rouler la desserte jusqu'à ses genoux et lui déballa son sandwich. Il ouvrit la barquette de *jus*[1] et la déposa elle aussi sur la table. Siegel s'empara

1. En français dans le texte original.

aussitôt d'une moitié du sandwich, la trempa dans le jus et la dégusta à petites bouchées.

Pendant qu'il le mangeait en pensant au bon vieux temps, Haller sortit le minicaméscope de sa sacoche, l'installa sur son minitrépied sur la desserte, ajusta la table en vérifiant le cadrage et tout fut prêt.

Siegel mit trente-cinq minutes à venir à bout de son sandwich.

Bosch attendit patiemment pendant que Haller interrogeait le vieil homme sur ledit bon vieux temps afin de le préparer à l'interview. Puis Siegel fit une boule de l'emballage du sandwich, la jeta dans la corbeille, et la rata, et pas qu'un peu. Haller ramassa les restes de sandwich et les plongea dans sa sacoche.

— Prêt, oncle Dave ? demanda-t-il.

— Depuis longtemps !

Haller lui sortit la serviette du col de sa chemise et ajusta à nouveau la caméra avant de positionner son doigt juste au-dessus du bouton d'enregistrement.

— Bon, dit-il, on y va. Tu me regardes, moi, pas la caméra, d'accord ?

— T'inquiète pas, les caméras vidéo, ça existait déjà quand je travaillais, lui renvoya Siegel. Je ne suis pas encore tout à fait une relique.

— Je me disais juste que t'étais peut-être un peu rouillé.

— Jamais de la vie.

— OK, alors on démarre. Trois, deux, un, ça tourne !

Il présenta Siegel et précisa la date, l'heure et le lieu de l'interview. Bien que la caméra ne soit braquée que sur Siegel, Haller se présenta lui aussi avant de passer à Bosch. Puis il attaqua.

— Maître Siegel, combien de temps avez-vous pratiqué le droit dans le comté de Los Angeles ?

— Pas loin de cinquante ans.

— Spécialisé dans la défense des accusés ?

— « Spécialisé » ? Je n'ai jamais fait autre chose !

— Y a-t-il eu un moment où vous avez représenté un certain Preston Borders ?

— Preston Borders a requis mes services pour le défendre contre une accusation de meurtre fin 1987. La cour a statué l'année suivante.

Haller lui fit raconter toute l'histoire, de l'audience préliminaire afin de déterminer si l'accusation était valide, jusqu'au jugement. Haller fit très attention de ne poser aucune question sur les débats en interne dans la mesure où il s'agissait de communications couvertes par le secret avocat-client. L'affaire une fois résumée jusqu'au verdict de culpabilité et à la condamnation à mort qui s'était ensuivie, Haller revint au présent.

— Maître Siegel, êtes-vous au courant de nouveaux efforts qu'on déploierait au nom de votre ancien client afin d'annuler cette condamnation d'il y a presque trente ans ?

— Oui. C'est même vous qui m'en avez informé.

— Et savez-vous que dans ces requêtes, M. Borders prétend que vous auriez suborné son parjure en lui disant de témoigner de choses que l'un comme l'autre vous saviez contraires à la vérité ?

— Ça aussi, j'en ai conscience, oui. Il m'a jeté aux chiens, pour dire les choses comme elles sont.

Il avait la voix serrée d'une colère contenue.

— Plus précisément, il prétend que vous lui auriez fourni le témoignage sous serment sur son achat d'un bijou en forme d'hippocampe à la jetée de Santa Monica. Avez-vous suggéré ce témoignage à M. Borders ?

— Certainement pas. S'il a menti, c'est de son propre chef et sur sa seule décision. En fait, je ne voulais même pas qu'il témoigne au procès, mais il a insisté. J'ai alors senti que je n'avais pas le choix et je l'ai laissé faire, ce qui, avec ce qu'il a raconté, l'a conduit droit dans le couloir de la mort. Le jury n'a en effet pas cru un seul mot de sa déposition. J'ai pu parler avec quelques-uns de ces jurés après le verdict et ils me l'ont tous confirmé.

— Avez-vous jamais envisagé de présenter une défense incluant l'allégation selon laquelle l'inspecteur principal de l'accusation aurait caché ce bijou en forme d'hippocampe dans la maison de votre client afin de le confondre ?

— Non, pas du tout. Nous avions vu les deux inspecteurs chargés de l'enquête et mettre en doute leur intégrité était hors de question. Nous n'avons même pas essayé.

— M'avez-vous autorisé à vous interroger ce jour en toute liberté et sans la moindre pression extérieure ?

— C'est moi qui me suis porté volontaire. Je suis un vieil homme, mais on ne me bousille pas, ni moi ni l'intégrité d'une carrière de quarante-neuf ans au service de la loi, sans que je réponde. Qu'ils aillent se faire foutre !

Haller s'éloigna de la caméra : il ne s'attendait pas à cette dernière grossièreté et ne voulait pas que son rire se fasse entendre sur la bande-son.

— Une dernière question, réussit-il à dire. Comprenez-vous bien que donner cette interview aujourd'hui pourrait déclencher une enquête et conduire à des sanctions du barreau de Californie à votre encontre ?

— Qu'ils viennent donc me chercher s'ils veulent ! Je n'ai jamais eu peur de la bagarre. Ils ont été assez cons pour croire et imprimer le faire-part de décès que je leur ai envoyé. Qu'ils s'attaquent donc à moi un peu !

Haller tendit la main et stoppa l'enregistrement.

— Super, ça, oncle Dave ! dit-il. Ça devrait nous aider.

— Merci, dit Bosch. J'en suis sûr.

— C'est comme j'ai dit : qu'ils aillent se faire foutre ! Ils veulent la bagarre, ils l'auront !

Haller commença à remballer la caméra.

Siegel tourna légèrement la tête pour regarder Bosch.

— Je me souviens bien de vous au procès, dit-il. Je savais que vous disiez la vérité et que Borders était cuit. Vous savez qu'en quarante-neuf ans de pratique, c'est le seul de mes clients qui ait terminé dans le couloir de la mort ? Et ça ne m'a jamais rendu malade. C'était là qu'il devait finir.

— Eh bien avec un peu de chance, il y restera, dit Bosch.

Vingt minutes plus tard, Bosch et Haller étaient devant leurs voitures dans le parking.

— Alors, qu'est-ce que t'en penses ? demanda Bosch.

— J'en pense qu'ils ont choisi le mauvais avocat à emmerder. J'ai bien aimé son « qu'ils aillent se faire foutre ! ».

— Moi aussi. Mais ils le croyaient mort.

— Ils vont chier dans leur froc mercredi prochain, ça, c'est sûr ! Faut juste qu'on garde ça bien secret si on peut.

— Pourquoi on n'y arriverait pas ?

— Question de procédure. Je vais demander que tu sois accepté comme partie intervenante. Il y a des chances pour que le district attorney soulève une objection au motif que tu es déjà à son service en tant qu'enquêteur principal dans l'affaire. Si je perds cette bataille, il se pourrait que je doive présenter une requête au nom de Legal Siegel pour avoir un pied dans la porte. Parce que c'est seulement ça qu'on veut : avoir un pied dans la porte.

— Tu crois que le juge va accepter cet enregistrement dans la procédure ?

— Au minimum, il en regardera une partie. J'ai fait exprès de démarrer avec les trucs de base. Pour que Cronyn et Kennedy se disent que c'est de la poudre aux yeux. Et c'est là que *boum !*, je pose la question du parjure et que ça franchit la ligne blanche et on verra. Ce que j'espère, c'est que le juge sera déjà un peu intrigué et qu'il annoncera vouloir regarder tout le truc. Je l'ai étudié et on a du pot : le juge Houghton exerce depuis vingt ans et, avant ça, il a pratiqué le droit pendant vingt autres. Ça veut dire qu'il était là quand Legal s'activait et j'espère qu'il fera une fleur au vieux en projetant la vidéo.

— J'ai déjà témoigné devant Houghton au fil des ans. Dans une affaire, il aime bien avoir toute l'histoire. À mon avis, il aura envie d'écouter ce que Legal a à dire. Mais Borders ? Est-ce qu'il témoignera ?

— J'en doute. Ce serait une erreur. Mais il sera là et je veux voir sa tête quand on mettra Legal Siegel à l'écran.

Bosch acquiesça et envisagea l'idée de se retrouver en face de Borders après tant d'années. Il se rendit compte qu'il ne savait même plus trop à quoi il ressemblait. Dans son esprit et ses souvenirs, Borders était une ombre avec des yeux au regard perçant. L'imagination aidant, il avait acquis toutes les dimensions d'un monstre.

— Maintenant, va falloir faire monter la sauce, reprit Haller.

— Comment ça ?

— Ce qu'on a est bien, mais pas suffisant. On a toi, on a Legal Siegel et on a que l'ADN en question est peut-être en la possession de Cronyn. Il nous faut plus que ça. Il nous faut tout le tableau, parce que c'est ça qui se passe : ils veulent te faire tomber d'avoir collé ça sur un innocent.

— J'y travaille.

— Alors faut mettre un peu plus de gomme, frangin, dit Haller en ouvrant sa portière. (Il était prêt à y aller.) Je dis à Cisco de te passer un coup de fil.

— J'apprécie et… euh… il se pourrait que tu n'entendes plus parler de moi pendant quelques jours. J'ai un truc à faire pour l'histoire de San Fernando et il y a des chances que je ne sois pas joignable.

— « L'histoire de San Fernando » ? Tu ne devrais travailler qu'à ce qui nous occupe ! Priorité absolue à notre affaire !

— Je sais, mais ça ne peut pas attendre. Tout est prêt. Je détermine le cadre général et il n'y aura plus d'ennuis.

— Jolie expression que cet « et il n'y aura plus d'ennuis » ! Ne disparais pas trop longtemps.

Haller se laissa tomber sur son siège, ferma sa portière et Bosch le regarda sortir en marche arrière et disparaître.

Chapitre 18

Bosch avait conclu un marché avec Bella Lourdes dans l'affaire de San Fernando. Il allait régler un problème personnel et se préparer pour son travail d'infiltration pendant qu'elle et les inspecteurs qui restaient continueraient de suivre toutes les pistes de l'enquête et se tiendraient prêts pour l'opération du vendredi suivant. Cela lui laissait une bonne journée et demie pour empêcher Borders de « le faire tomber », comme Haller l'avait si joliment dit – en plus d'aller au rendez-vous que lui avait pris Hovan avec l'équipe de formation des agents de la DEA en infiltration.

Après avoir discuté avec Haller, Bosch s'était rendu compte qu'il s'était peut-être trompé en se focalisant tout de suite sur Borders. Parce qu'il le savait coupable du crime qui l'avait expédié dans le couloir de la mort, il s'était dit que c'était lui qui était à l'origine de l'opération visant à le piéger. Le scélérat, le véritable monstre, c'était lui, et il ne s'agissait là que d'une habile orchestration, que de sa dernière manipulation du système judiciaire pour essayer de sortir de prison en usant de la loi.

Mais maintenant, Bosch comprenait son erreur. Le point de départ, c'était Lance Cronyn. L'avocat était derrière toutes les étapes de l'affaire. Alors qu'il se faisait passer pour un juriste avec assez de conscience pour porter une erreur judiciaire à l'attention des pouvoirs en place, il apparaissait maintenant clairement que c'était lui qui tirait les ficelles au Bureau du district attorney, au LAPD, et très probablement aussi qu'il se servait de Borders lui-même comme d'un pantin.

Toujours assis dans sa voiture devant l'asile de vieillards de Legal Siegel, Bosch posa une main sur le volant et tapota le tableau de bord en réfléchissant à la suite. Il allait devoir se montrer prudent. Si jamais il se rendait compte que Bosch menait de quelque façon que ce soit une enquête sur lui, Cronyn se précipiterait chez le district attorney pour crier à l'intimidation. Bosch ne savait pas trop quelle était la première mesure à prendre, mais il avait toujours eu recours à la philosophie du coup de bélier lorsqu'il se retrouvait coincé dans la logique d'une affaire. Alors il reculait, puis il fonçait vite en avant en espérant que l'élan de ce dont il était sûr lui démolisse l'obstacle.

Il reprit du début pour comprendre comment Cronyn avait pu monter son affaire pour le coincer et décida qu'il avait dû s'y mettre à la mort de Lucas John Olmer. À partir de là, il passa en mode « association libre » pour relier les pointillés en se servant de ce qu'il savait de l'affaire.

Il songea ainsi que tout avait démarré lorsque Cronyn avait appris que son client Olmer était mort en prison. Qu'avait-il fait à ce moment-là ? Libéré de la place dans ses dossiers ? Envoyé aux archives tout ce qu'il avait pu récolter sur Olmer au fil des ans ? Y avait-il jeté un dernier coup d'œil par nostalgie du bon vieux temps ? Quelle qu'ait pu en être la raison, il avait certainement relu ses dossiers, ce qui lui avait rappelé la stratégie qu'il n'avait pas suivie : le sperme identifié comme étant celui d'Olmer comme élément de preuve dans les affaires de viol. Le juge avait alors ordonné que le labo de la police partage ce matériel génétique avec le labo privé choisi par Cronyn. Il y avait été expédié et testé ou pas testé, et c'était là que se trouvait la dernière trace de son existence.

Bosch n'arrêtait pas de se repasser ça dans tous les sens et d'en mettre les éléments bout à bout. À la mort de son client, Cronyn avait pu contacter le labo et ordonner qu'on lui renvoie le matériel. Le suspect étant mort et le dossier clos, il avait résolu les dernières questions, s'était retrouvé avec le matériel et s'était demandé quoi en faire.

Que voulait-il ? Se faire du fric ? Bosch le pensa. Tout était toujours une question d'argent. Dans le cas présent, Borders pouvait soutirer des millions de dollars d'indemnités à la Ville pour condamnation abusive. Et l'avocat qui arrangerait le coup y gagner un bon tiers du pactole.

En reprenant sa théorie d'une affaire en pleine évolution, Bosch se rappela que Cronyn était l'avocat de longue date d'Olmer et devait donc mieux que quiconque avoir une bonne connaissance du violeur et de ses activités. Il remonte lui aussi dans le temps et cherche une affaire qui le satisfasse dans les archives des journaux de Los Angeles – à savoir quelque chose qui s'est produit avant l'arrivée de l'ADN. Une affaire dont il pourrait se servir comme porte de sortie.

Et c'est là qu'il tombe sur Preston Borders. Accusé de meurtre dans une affaire aux éléments de preuve très largement circonstanciels – celle où l'hippocampe est la seule vraiment solide. Il sait en effet qu'inclure l'ADN d'un violeur en série dans l'affaire aura l'effet d'une bombe. On élimine le pendentif en forme d'hippocampe, et l'ADN a tout de la clé en or qui ouvre la porte du couloir de la mort.

Cette théorie plaît bien à Bosch. Jusque-là tout y fonctionne. Cela dit, Cronyn n'aurait jamais fait un pas de plus sans commencer par embaucher Borders comme partie prenante de son plan. Ce qui, bien sûr, ne présente guère de difficultés. Borders est dans le couloir de la mort, il a épuisé tous ses recours et la fin approche après le vote récent, et dans tout l'État, en faveur d'une accélération des affaires montant jusqu'à la peine capitale. Cronyn se pointe et lui offre une carte de possible sortie de prison avec un petit bonus d'une dizaine de millions de dollars à la clé : « Finie, la taule, tu sors du couloir de la mort et tu obliges la ville de Los Angeles à te dédommager pour ce que tu as enduré. » Qu'allait lui répondre Borders ? « Non, merci » ?

Bosch comprit alors qu'il avait le moyen de confirmer une partie de sa théorie et tendit la main par-dessus le siège où il avait posé le dossier Borders. Il repoussa l'élastique qui en fermait la moitié supérieure et trouva la lettre que Cronyn avait envoyée à l'UVIP. C'était officiellement à ce moment-là que la manigance avait démarré. Une seule chose intéressait Bosch dans cette pièce : la date. Cronyn l'avait expédiée au mois d'août de l'année précédente. Bosch s'aperçut alors qu'il détenait un petit bout de preuve de la manœuvre. L'officier de police Jericho l'avait en effet informé que Cronyn rendait visite à Borders chaque premier jeudi du mois depuis le mois de janvier précédent.

Cronyn était donc monté à San Quentin et y avait tenu plusieurs réunions avec Borders avant d'envoyer sa lettre au Bureau du district attorney. Si ça ne démontrait pas qu'il y avait complot aux fins de le faire tomber, il ne voyait pas trop ce qui aurait pu mieux y parvenir.

Tout excité d'avoir établi un lien qui pourrait être avancé à l'audience de la semaine suivante, Bosch fonça avec son bélier – ce qui bloquait toujours était la mise en application du plan. Il avait maintenant Cronyn et Borders comme complices. Il avait aussi Cronyn en possession de l'ADN d'Olmer. Il ne lui manquait plus que la dernière étape : passer à l'exécution du plan.

Il décida de diviser ses possibilités en deux, avec comme ligne de partage la vidéo que Tapscott avait prise au moment où Lucia Soto avait ouvert le carton à éléments de preuve qui, a priori, était resté en l'état sur une étagère des Scellés du LAPD.

Si l'élément compromettant était déjà en place lorsque Soto avait ouvert le carton, c'était que le coup tordu s'était produit avant – très probablement entre le moment où Cronyn s'était rendu à San Quentin pour y retrouver Borders en janvier et celui où, en août, il avait envoyé sa lettre au Bureau du district attorney après être parvenu, il fallait le poser, à un accord avec Borders sur la mise à exécution du plan. Cela faisait beaucoup de temps et Bosch comprit qu'à rester réaliste, il aurait besoin de l'aide de Soto pour identifier l'individu qui avait pu avoir accès à la boîte.

Rangées dans un espace grand comme un terrain de football américain, les archives étaient sous surveillance stricte, tout individu y accédant étant identifié à de multiples niveaux. C'était toute une flotte de civils employés sous cautionnement qui composait le personnel et travaillait sous la supervision d'un capitaine de police présent sur les lieux. L'accès aux éléments de preuve n'était possible qu'à des membres des forces de l'ordre qui devaient montrer des pièces d'identité adéquates et fournir une empreinte du pouce pour toute demande, sans même parler des caméras qui tenaient sous surveillance toute la zone de consultation vingt-quatre heures sur vingt-quatre, sept jours sur sept.

Si le matériel génétique compromettant avait été déposé après que Tapscott et Soto avaient sorti le carton des Scellés, la chaîne de traçabilité devait comporter un certain nombre d'endroits où la chose avait pu se produire. C'était en mains propres que les inspecteurs avaient dû livrer le contenu du carton au labo de Cal State, campus de L.A., pour examen et analyse à l'unité de sérologie. Cela faisait alors entrer en jeu plusieurs techniciens de laboratoire qui auraient pu avoir accès aux vêtements à examiner. Et tout cela faisait beaucoup d'« aurait pu ». Bosch savait que ces affaires étaient assignées à des techniciens pris au hasard, plusieurs vérifications d'intégrité des objets et d'identité du personnel de l'unité ADN étant incluses dans le protocole afin d'empêcher, voulue ou pas, toute corruption, contre-examen et falsification des éléments de preuve. Lorsque les premiers recours à la preuve par

ADN avaient été admis dans les cours pénales, science et protocoles des procédés avaient été mis en doute de tous les côtés et avec une fréquence telle que, le temps aidant, un véritable firewall d'intégrité avait rendu les labos quasiment étanches. Bosch savait très bien que travailler ce côté-là de l'équation ne pouvait donner que des résultats bien aléatoires.

Plus il envisageait ces deux possibilités, plus il trouvait improbable que le coup tordu ait été perpétré au labo. À elle seule, l'assignation de x ou y technicien pris au hasard à telle ou telle autre affaire semblait l'interdire. Même si, et c'était peu probable, Cronyn avait un technicien corrompu dans la manche, il ne semblait y avoir aucune manière sûre de lui faire même seulement hériter de l'affaire, et encore moins qu'il puisse avoir accès à l'ADN à déposer sur le pyjama de Danielle Skyler.

Bosch ne cessait de revenir au carton d'éléments de preuve et à l'idée qu'il avait peut-être été trafiqué avant que Soto en brise les sceaux et ne l'ouvre alors que Tapscott filmait la scène. Il sortit le jetable où il avait sauvegardé la vidéo et une fois encore se repassa l'ouverture du carton. Les sceaux étaient bien intacts lorsque Soto les brisait et ouvrait les rabats du carton. Bosch ne remarqua toujours rien de louche et en fut déconcerté.

Il songea à envoyer un SMS à Soto pour lui demander si elle avait accès aux caméras en hauteur de la salle des Scellés et si elle avait demandé à les voir. Mais il savait que poser la question lui mettrait la puce à l'oreille. En plus de la mettre en colère. Après tout, Tapscott l'avait filmée en train d'ouvrir le carton parce que deux inspecteurs voulaient la confirmation vidéo de ce que les sceaux y étaient intacts. Ils avaient alors filmé l'opération eux-mêmes pour ne pas avoir à réclamer les enregistrements des caméras placées en hauteur. Il était donc peu probable qu'ils aient envie d'accéder à sa demande. Ils étaient sûrs qu'il n'y avait eu aucune falsification et que l'ADN d'Olmer était bien dans le carton et sur le pyjama depuis le premier jour.

Bosch visionna de nouveau la vidéo, cette fois en coupant le son pour ne pas entendre les commentaires de Tapscott et se concentrer sur les images de Soto se servant d'un cutter pour briser les sceaux. Il en était à la moitié lorsque son vrai portable vibra dans sa poche. Il mit sur pause et laissa tomber le jetable dans un porte-gobelet au milieu de la console. Puis il sortit son téléphone, découvrit un numéro qu'il ne reconnut pas mais prit quand même l'appel.

— Allô ?

— Harry Bosch ?

— Oui.

— Cisco. Mickey m'a dit que tu voulais me parler.

— Oui. Comment ça va ?

— Bien, bien. Qu'est-ce qu'il y a ?

— J'aimerais qu'on se rencontre pour parler d'un truc. C'est confidentiel et je préférerais faire ça entre quatre zyeux.

— Qu'est-ce que tu fais, là ?

— Euh… Je suis assis dans ma voiture dans un parking près du lycée de Fairfax.

— C'est pas très loin de là où je suis. Ça devrait être tranquille au premier étage de *Chez Greenblatt* à cette heure. On s'y retrouve ?

— Oui, pas de problème.

— Tu ne veux même pas me donner une idée de quoi il s'agit ?

Bosch avait toujours senti un peu d'agacement de la part de Cisco envers lui les rares fois où ils s'étaient vus. Il avait mis ça sur le compte de l'hostilité habituelle entre ceux qui travaillent pour la défense et ceux qui travaillent pour l'accusation. S'y ajoutait le fait que depuis que Haller l'avait embauché, Cisco s'était acoquiné avec les Road Saints – un gang de bikers pour les flics, un club de motards pour ses membres. Sans oublier un peu de jalousie. Bosch et le patron de Cisco étaient liés par le sang, ce qui les rapprochait d'une manière que Cisco ne pouvait revendiquer. Il se demanda si Cisco ne craignait pas que Haller ne lui préfère Bosch comme enquêteur. Pour Harry, c'était improbable.

Bosch décida de lui donner un peu plus qu'un indice.

— Je veux que tu m'aides à infiltrer un réseau d'accros à l'oxycodone, dit-il.

Il y eut une pause avant que Cisco ne réponde.

— OK, finit-il par répondre. Ça, c'est dans mes cordes.

Chapitre 19

Un quart d'heure plus tard, Bosch était assis dans un box de la salle du premier étage de *Chez Greenblatt* dans Sunset Boulevard et sirotait un café en regardant une fois de plus, et son coupé, la vidéo de son jetable. L'endroit était désert, à l'exception d'une table à l'autre bout de la pièce.

Il entendit le bruit lent et méthodique de pas pesants montant les marches en bois. Il mit la vidéo sur pause et Cisco fut bientôt là. Grand costaud, il faisait du sport comme un dingue et, ainsi qu'il en avait l'habitude, il portait un tee-shirt Harley noir qui lui moulait une poitrine et des biceps pleins de muscles. Cheveux gris ramenés en queue-de-cheval, lunettes de soleil Wayfarer, canne noire à motif de flammes et ce qui ressemblait à une attelle de genou enveloppante.

— Salut, Bosch ! lança-t-il en se glissant dans le box.

Ils entrechoquèrent leurs poings par-dessus la table.

— Cisco ! dit Bosch. On aurait pu se retrouver en bas pour que t'aies pas à monter.

— Non, c'est tranquille ici et monter l'escalier est bon pour mon genou.

— Comment ça va de ce côté-là ?

— Ça va. J'ai repris la moto et le boulot. Le seul moment où je me plains, c'est le matin en sortant du lit. Ce putain de genou me fait un mal de chien !

Bosch acquiesça d'un signe de tête et lui montra les articles qu'il apportait.

— C'est quoi, tout ça ? demanda-t-il.

— Ce sont tes accessoires. T'as pas besoin de plus.

— Dis-moi.

— Tu veux aller faire du shopping en pharmacie, c'est bien ça ? Et te faire préparer des tas d'ordonnances ? Parce que c'est ça que font les junkies.

— Euh… Oui.

— J'ai pratiqué pendant un an et on ne m'a jamais jeté. Tu y vas et eux, ils veulent se faire du fric. Comme tout le monde. Ils ne chercheront pas à te virer, ils veulent seulement être convaincus. Tu te mets l'attelle… Surtout par-dessus le pantalon… Tu te sers de ta canne et t'auras jamais de problèmes.

— C'est tout ?

Cisco haussa les épaules.

— Ça a marché pour moi. J'ai acheté un bloc d'ordonnances à un médecin véreux de La Habra pour cinq mille dollars, je lui en ai fait signer toutes les pages et j'ai fait le reste. Je les ai remplies et je suis allé dans toutes les *farmacias* locales d'East L.A. En six semaines, j'ai eu plus de mille comprimés et c'est même là que je me suis fait un petit deal avec moi-même. Dès que je n'en aurais plus, je ferais ce qu'il faudrait pour arrêter. Et je l'ai fait.

— Et j'en suis content pour toi, Cisco.

— Bordel de Dieu, moi aussi !

— Et donc aucune aide des Anciens Combattants ?

— Qu'ils aillent se faire foutre ! Ce sont leurs médecins qui m'ont rendu accro à ce truc après mes opérations ! Et ensuite, ils me lâchent dans la nature et je me retrouve à la rue sans rien. J'essaie de garder un boulot, ma femme… Qu'ils aillent se faire foutre, les Anciens Combattants. J'irai plus jamais les voir.

Bosch n'en fut pas surpris. C'était bel et bien ainsi que l'épidémie s'était développée. On commence par avoir mal et vouloir arrêter la douleur pour aller mieux. Après, on est accro et on a besoin de plus que ce qui a été prescrit. Les mecs du genre Santos bouchent le trou et il n'y a plus moyen de revenir en arrière.

— Qu'est-ce que t'as fait quand t'as plus eu de comprimés ?

— Je me suis acheté un ouvre-boîte.

— Quoi ?

— Un ouvre-boîte pour trente jours de rations. À l'époque, j'ai demandé à un pote de me coller dans un chiotte sans fenêtre et d'en clouer la porte. Il est revenu un mois plus tard et j'étais clean. Et je ne reprendrai plus jamais un comprimé de ma vie. Même pour une dévitalisation chez le dentiste.

Bosch ne put qu'approuver à la fin de l'histoire. Une serveuse passant près d'eux, Cisco commanda un thé glacé et un *pickle* en saumure coupé en tranches.

— Tu ne veux rien d'autre ? lui demanda Bosch. Je te paie à bouffer.

— Non, ça va. J'aime bien leurs pickles. Ceux avec la saumure à l'ail. Oh, autre chose : on ne se regarde pas dans les yeux. À la pharmacie, s'entend. On garde la tête baissée, on tend le bout de papier et sa pièce d'identité et on ne se regarde surtout pas dans les yeux.

— Compris. Les mecs avec qui je traite vont aussi me donner une carte Medicare.

— Évidemment. Ça t'économise des tonnes de fric. Et c'est l'État qui banque.

Bosch acquiesça.

— Ça t'embêterait de me dire pourquoi tu fais ça ? demanda Cisco.

— C'est pour une affaire. Deux pharmaciens assassinés à San Fernando. Le père et le fils.

— Ah oui. J'ai lu des trucs là-dessus. On dirait bien que ces mecs-là sont dangereux. T'as des renforts ? Non, parce que je suis libre en ce moment.

— Oui, j'en ai. Mais merci de ton offre.

— Le trou noir, je connais, mec. Je sais ce que c'est. Si je peux faire quoi que ce soit…

Bosch hocha la tête. Il savait que les Road Saints, le « club » de motards de Cisco, avaient un jour été soupçonnés d'être parmi les premiers fabricants et vendeurs de méthamphétamine en cristaux, une drogue aux effets dévastateurs pour ceux qui y sont accros. La serveuse arriva avec son thé glacé et son pickle en tranches, évitant à Bosch de faire remarquer à Cisco l'ironie de son offre.

Celui-ci prit une tranche de pickle dans la soucoupe avec les doigts et s'en fit deux bouchées. Lorsque la serveuse avait apporté le plat, Bosch avait éloigné son portable et allumé accidentellement l'écran. Cisco le montra d'un doigt mouillé.

— Qu'est-ce que c'est ?

L'image s'était figée sur un plan où l'on voyait Soto se servir d'un cutter pour ouvrir le carton à éléments de preuve. Bosch s'empara du portable.

— Oh, c'est rien, dit-il. C'est pour une autre affaire. J'essayais de comprendre un truc en t'attendant.

— C'est pas sur ça que tu travailles avec Mickey ? insista Cisco.

— Euh, si. Mais faut que je pige ce machin avant d'aller au tribunal.

— Je peux voir ?

— Non, c'est censé être privé. Je peux pas… mais oh, après tout, pourquoi pas ?

Bosch se rendait compte qu'il nageait complètement dans cette histoire de carton scellé. Peut-être qu'un regard neuf…

— C'est la vidéo d'un inspecteur de police en train d'ouvrir un vieux carton à éléments de preuve, reprit-il. Ils ont filmé la scène pour démontrer qu'il n'avait pas été trafiqué. Pour prouver que personne n'y avait mis des trucs.

Il réenclencha la vidéo depuis le début, posa le jetable sur la table en le tournant vers Cisco et remit le son en espérant que le couple qui déjeunait à l'autre bout de la salle n'élève pas d'objections.

Cisco se pencha pour regarder l'écran en dévorant une autre tranche de son pickle et se redressa quand ce fut fini.

— Tout ça me semble OK, dit-il.

— Ce qui voudrait dire que le carton n'aurait pas été trafiqué ?

— C'est ça.

— C'est ce que je pense, moi aussi.

Bosch reprit le portable sur la table et le glissa dans sa poche.

— Et c'est qui, le mec ? demanda Cisco.

— Son binôme. Il a filmé ça avec son portable et c'est lui qui parle. Et trop.

— Non, l'autre mec. Celui qui regarde.

— Y a un autre mec ?

— Passe-moi le portable.

Bosch ressortit l'appareil de sa poche et le lui tendit par-dessus la table. Cette fois, Cisco le garda en main et posa un doigt sur *play*. Bosch attendit, puis Cisco finit par taper sur l'écran à plusieurs reprises.

— Allez quoi, stop ! Et merde… Faut que je revienne en arrière.

Et de manipuler le jetable pour qu'il reparte, avant d'appuyer une nouvelle fois sur *play*.

— Lui, là !

Il tendit l'appareil à Bosch qui regarda vite l'écran. C'était presque au même endroit que celui où il avait mis sur pause lorsque Cisco était arrivé. Soto était en train de trancher les sceaux le long de la fermeture supérieure du carton et Bosch allait demander à Cisco de quoi il parlait lorsqu'il découvrit le visage à l'arrière-plan. Il sursauta parce qu'il ne l'avait pas encore remarqué, mais oui, quelqu'un était bien en train de regarder Soto de l'extérieur de la pièce. Quelqu'un qui se trouvait dans la salle voisine se penchait en travers du comptoir et regardait la scène.

Chaque fois qu'il avait visionné la vidéo avant, Bosch avait été tellement obnubilé par l'intégrité des sceaux du carton qu'il n'avait jamais regardé les bords de l'image. Et maintenant, il voyait. Il y avait là un type du comptoir tellement intéressé par ce que faisaient Soto et Tapscott qu'il se penchait en avant pour les regarder.

Bosch reconnut l'individu, mais fut incapable de se rappeler son nom dans l'instant. Ces quelques dernières années l'avaient vu travailler sur des affaires non résolues du LAPD et se rendre fréquemment aux Scellés pour trouver de nouvelles pistes dans d'anciennes pièces à conviction. L'homme qu'il découvrait à l'écran lui avait sorti des cartons à éléments de preuve à de nombreuses reprises, mais cela n'avait jamais donné lieu à plus que des relations bureaucratiques ne dépassant pas le « Comment ça va ? ». Pour lui le bonhomme s'appelait quelque chose comme Barry, Gary ou autre.

Bosch leva le nez du portable pour regarder Cisco.

— Cisco, tu bosses pour Haller en ce moment ? demanda-t-il.

— Euh, non. J'suis comme en stand-by en attendant qu'il ait besoin de moi. C'est comme je t'ai dit : pour l'instant, je suis libre.

— Bon, parce que moi, j'ai un boulot pour toi. Et comme c'est le truc sur lequel je bosse avec Haller, ça ne posera pas de problèmes.

— Et ce serait pour quoi faire ?

Bosch leva son jetable pour que Cisco en voie l'écran.

— Tu vois ce mec ? demanda-t-il. Je veux savoir tout ce qu'on peut en savoir.

— C'est un flic ?

— Non, c'est un civil, ce qu'on appelle un « officier des Scellés ». Il travaille au contrôle des Scellés du Piper Tech en centre-ville. Il sort du boulot à 17 heures et passe devant la guérite du garde de Vignes Street. En te postant sur le passage souterrain, tu le regardes bien quand il baissera sa vitre pour ouvrir le portail avec sa carte-clé. Suis-le à partir de là.

— C'est toi qui paies ou c'est Mick ?

— Aucune importance. C'est moi, mais si c'est lui, il m'enverra la note. C'est pour la même affaire. Je l'appelle dès qu'on a fini.

— Quand veux-tu que je commence ?

— Tout de suite. Je le ferais bien moi-même, mais ce type me connaît. Tout le truc pourrait nous péter au nez si jamais il se rendait compte que je le suis.

— OK. Comment s'appelle-t-il ?

— Je ne m'en souviens pas. Ce que je voulais dire, c'est qu'il me connaît de vue… Ça remonte à l'époque où je bossais au LAPD. Si jamais il est dans le coup et me voit, le pot aux roses est découvert.

— Pigé. Je m'en occupe.

— Appelle-moi quand tu le logeras chez lui. Mais là, faut que tu y ailles sinon tu vas être pris dans les bouchons pour rejoindre le centre.

— Je zigzague entre les files, moi. C'est pour ça que j'ai une Harley.

— Ah oui, c'est vrai.

Cisco finit sa dernière tranche de pickle et sortit du box.

Puis il quitta le parking du delicatessen sur sa bécane, Bosch se rendant chez lui pour attendre de ses nouvelles. La première chose qu'il fit en arrivant fut de transférer la vidéo de son jetable sur son vrai portable par SMS. Puis il se l'envoya par e-mail et la regarda pour la première fois sur l'écran treize pouces de son ordinateur.

Une fois encore il étudia l'ouverture du carton, mais son regard fut plus attiré par la silhouette surprise en train d'observer Soto. L'écran étant plus large, il vit plus clairement l'expression qui se marquait sur le visage du bonhomme, mais ne put décider s'il s'agissait de simple curiosité ou de plus. L'excitation que la découverte de Cisco avait suscitée en lui céda peu à peu la place à la déception. La piste qu'ils suivaient ne menait à rien et l'on en revenait toujours à la grande question : comment Cronyn avait-il réussi à introduire l'ADN dans le carton à éléments de preuve ?

Il s'éloigna de l'ordinateur et porta la canne et l'attelle de genou que Cisco lui avait données jusqu'à la chambre de sa fille au bout du couloir. Comme cette pièce lui parut silencieuse ! Cela faisait des semaines que Maddie n'était pas revenue à L.A. Il s'assit sur le lit, passa l'attelle autour de son genou gauche par-dessus la jambe de son pantalon, puis l'y fixa fermement à l'aide de ses boucles et lanières. Puis il se leva et, la jambe raide, il gagna le centre de la pièce pour se regarder dans la grande glace fixée au dos de la porte.

Sa canne à la main droite, il s'approcha du miroir, l'attelle lui réduisant la mobilité du genou. Il poussa fort contre ce qui le restreignait et s'entraîna à marcher. Il ne voulait pas se présenter sous les dehors d'un vrai blessé. Il préférait plutôt se servir d'accessoires pour en avoir l'air. Ce n'était pas la même chose, et c'était dans cette différence que se trouvait le secret de la parfaite mule à pilules.

Bientôt il se déplaça dans toute la maison en faisant de l'attelle et de la canne un moyen d'avancer avec une allure qui, dans son idée, servirait efficacement son travail d'infiltré. À un moment donné, il glissa malencontreusement le bout en caoutchouc de sa canne dans la glissière de la porte coulissante alors qu'il passait sur la terrasse de derrière. Sa canne s'y coinçant un instant, il tourna le poignet pour la dégager. Il sentit alors la poignée courbe se libérer du corps de la canne et, pensant que peut-être il l'avait cassée, il l'examina et y découvrit un sillon. Il attrapa le corps de la canne, tira dessus et en sépara les deux parties. La poignée était attachée à une lame de dix centimètres de long et à l'extrémité aussi pointue qu'une dague.

Il sourit. C'était bien ce dont toute mule à pilules infiltrée avait besoin.

Satisfait de son travail de préparation physique, il gagna la cuisine pour manger un morceau. Il étalait du beurre de cacahuète sur une tranche de pain blanc lorsque son portable vibra. C'était Cisco. Bosch décrocha sans se poser de questions.

— Hé, comment ça se fait que tu ne m'aies pas dit que ta canne était une arme mortelle !

Il y eut une pause avant que Cisco ne réponde.

— Merde alors ! J'ai complètement oublié. La lame, je veux dire. Désolé, mec. J'espère que ça ne t'a pas foutu dedans. N'essaie surtout pas de franchir le contrôle TSA[1] avec ça !

— Dans le genre de vols que je vais faire, y aura pas beaucoup de TSA. En fait, tout est super. J'aime bien avoir un petit truc dans la manche si jamais y en a besoin. Bon alors, notre bonhomme ?

— Je l'ai chez lui, déjà bien au pieu. Mais pour la nuit ou quoi, je sais pas trop.

— Où habite-t-il ?

---

1. Transportation Security Administration. Organisme fédéral chargé de la sécurité des aéroports.

— À Altadena. Il y a une baraque.

— As-tu réussi à avoir son nom ?

— J'ai tout son dossier, mec. C'est ça que je fais, tu sais. Il s'appelle Terrence Spencer.

— Terry, oui, oui. Je savais que c'était un truc comme ça. Terry Spencer.

Il se repassa ce nom dans sa tête pour voir si cela lui évoquait autre chose que leurs rencontres de routine au comptoir de contrôle des Scellés. Aucune autre connexion ne se fit jour dans sa mémoire.

— Et y a quoi dans tout son dossier ? demanda-t-il.

— Bon alors, aucun casier judiciaire, sinon bien sûr il ne travaillerait pas aux Scellés, répondit Cisco. J'ai ressorti son historique bancaire. La baraque que je suis en train de regarder, il l'a depuis dix-huit ans et se tape une hypothèque de 565 dollars par mois. Je dirais que c'est un peu cher pour le quartier. Y a des chances pour qu'il n'y arrive pas tout à fait. Il n'est pas toujours à l'heure dans ses paiements depuis quelques années, ici et là on a du retard, et il y a environ sept ans de ça il a connu une période passablement incertaine. Y a eu menace de saisie sur sa maison. Apparemment, il s'en est sorti on ne sait trop comment et a obtenu le refinancement d'aujourd'hui. Mais ça et ses paiements en retard lui ont passablement flingué sa solvabilité.

Sauf que ses histoires de solvabilité n'intéressaient pas vraiment Bosch.

— Bon d'accord, dit-il. Quoi d'autre ?

— Il conduit une Nissan qui a cinq ans, il est marié et sa femme conduit une Jaguar plus récente. Ces deux voitures ont été achetées à crédit, mais le temps aidant tout a été payé. Côté gamins, je sais pas. Ce mec a cinquante-cinq ans, ce qui fait que s'il en a eu, ils ne sont probablement plus chez papa. Je peux aller frapper aux portes dans le quartier si tu veux que je cherche plus à fond.

— Non, non, pas ça. Je ne veux pas l'alerter.

Bosch réfléchit un instant au rapport que Cisco venait de lui faire. Rien n'en émergeait de façon spectaculaire. Les ennuis liés à son hypothèque valaient la peine d'être notés, mais depuis le krach financier qui s'était produit dix ans plus tôt, la classe moyenne se faisait essorer et rater des échéances et éviter de justesse la saisie n'avait rien d'inhabituel. Cela dit, Spencer était avant tout un employé, et le montant de son crédit aurait détonné dans le tableau s'il n'avait pas été propriétaire de sa maison depuis dix-huit ans. Sur cette durée, il était probable qu'elle ait plus que doublé de valeur. Qu'il ait emprunté sur la valeur de ce bien pouvait expliquer qu'il se retrouve avec une note à six chiffres.

— Des idées sur ce que fabrique la dame ? demanda Bosch.

— Lorna y travaille, répondit Cisco.

Bosch savait que Lorna Taylor était l'ex-épouse de Mickey Haller et gérait ses affaires, même si de fait il n'avait pas de bureau. Elle était aussi mariée à Cisco et ainsi bouclait un cercle incestueux dans lequel tout le monde travaillait avec tout le monde et, Dieu sait comment, y trouvait son bonheur.

— Tu veux que je continue à surveiller le bonhomme ? reprit Cisco.

Bosch réfléchit à une manœuvre qui éclaircirait un peu l'aspect Spencer et lui permettrait ou d'aller de l'avant ou de se concentrer sur le monsieur. Il jeta un coup d'œil à sa montre. Il était 18 h 15.

— Bon, que je te dise, répondit-il enfin. Reste quelques minutes là où tu es pendant que je passe vite vite un petit coup de fil et je te rappelle tout de suite après.

— Je bouge pas, dit Cisco.

Bosch raccrocha et regagna son ordinateur portable dans la salle à manger. Il y ferma la vidéo de Tapscott et chercha Lance Cronyn sur Google. Il tomba sur un site Web avec un numéro de téléphone pour le cabinet d'avocats Cronyn and Cronyn.

Il sortit le jetable de sa poche et appela. Les trois quarts des cabinets d'avocats travaillent de 9 heures à 17 heures, mais les avocats de la défense sont appelés à n'importe quel moment, et assez fréquemment en pleine nuit. La plupart des défenseurs au pénal ont donc des messageries ou des numéros de transfert de façon à rester joignables rapidement – surtout quand le client est prêt à payer.

Comme il fallait s'y attendre, son appel finit par atteindre un être vivant.

— Faut que je parle tout de suite à Lance Cronyn, lança Bosch. C'est une urgence.

— Me Cronyn a fini sa journée, répondit la voix. Mais il va vérifier ses messages. Vous pouvez me donner votre nom ?

— Terry Spencer. Faut que je lui parle dès ce soir.

— Je comprends et je lui passerai le message dès qu'il me contactera. Quel est le numéro à appeler ?

Bosch lui donna celui du jetable, répéta qu'il s'agissait d'une urgence et raccrocha. Il savait que lui dire que Cronyn vérifierait ses messages n'était qu'une façon de donner une porte de sortie à l'avocat s'il ne voulait pas rappeler. Mais Bosch était certain que le message lui serait transmis tout de suite.

Il se leva et se rendit à la cuisine pour finir de se préparer son sandwich confiture-beurre de cacahuète. Il y était encore lorsqu'il entendit la sonnerie générique de son jetable dans la pièce d'à côté. Il ne reconnut pas le numéro qui s'affichait sur l'écran, mais supposa que c'était celui de Cronyn. Il répondit d'un seul mot prononcé dans le creux de la main pour déguiser sa voix.

— Oui ?

— Pourquoi tu m'appelles ? Je ne suis pas ton contact !

Bosch se figea. Ça y était. Il était maintenant clair que Cronyn connaissait Spencer. L'agacement et l'intimité montraient, et sans qu'on puisse en douter, que l'avocat savait très bien à qui il parlait.

— Allô ?

Bosch se tut. Ne fit qu'écouter. Et eut l'impression que Cronyn était au volant d'une voiture.

— Allô ?

Bosch puisa une immense énergie dans cet instant où sans rien dire il entendit la confusion dans la voix de Cronyn. Grâce au coup d'œil que Cisco avait jeté à la vidéo, il était maintenant passé au niveau supérieur. Et se trouvait d'autant plus près du piège.

Cronyn raccrochant de son côté, plus rien ne se fit entendre sur la ligne.

Chapitre 20

Bosch était redescendu des collines et maintenant à l'arrêt complet dans une longue file de feux rouges sur l'autopont de Barham Boulevard, il prit le rappel de Cisco.

— Hé ! lui lança ce dernier. Il s'est remis en route et cette fois-ci, je peux te dire qu'il fait gaffe à pas être filé.

Bosch en déduisit aussitôt que Cronyn avait pris contact avec Spencer par d'autres moyens et appris que ce n'était pas lui qui lui avait laissé le message urgent. Toute la question maintenant était de savoir s'ils avaient décidé de se retrouver quelque part ou si Spencer essayait seulement de déterminer s'il était sous surveillance.

— Tu peux lui coller au train ? Je ne vais pas pouvoir arriver à l'heure. Trop de circulation.

— Je vais essayer, mais qu'est-ce qui est le plus important pour toi ? Voir où il va ou faire attention de ne pas être repéré par lui ? Filer quelqu'un en Harley a ses inconvénients quand la cible est en alerte rouge. En gros, une Harley, ça fait du barouf.

Les bruits de fond le lui confirmèrent. Bosch n'avait aucun mal à entendre et le bruit du vent sifflant dans l'oreillette de Cisco et les grondements de baryton de son échappement interdit.

— Merde ! dit-il.

— Ouais, si j'avais su que j'allais faire ça, je me serais préparé et j'aurais pu lui coller un truc sous sa bagnole, tu sais ? Pour le suivre de loin. Mais là, je suis parti direct de *Chez Greenblatt* pour rejoindre le centre et être sûr de pas le rater et donc… J'avais pas ce qu'il fallait.

— Ouais, ouais, je sais, je t'accuse pas. Je crois que tu ferais mieux de le laisser partir. J'ai l'impression de leur avoir foutu les jetons avec mon coup de fil. Vu qu'il confirme que le type est dans le coup, il pourrait très bien essayer de voir si on le suit. Laisse-le continuer à se poser des questions.

— Il m'a déjà fait quelques arrêts et deux ou trois rectangles.

Bosch savait que « faire un rectangle » consiste à tourner quatre fois à droite pour se retrouver au point de départ. Cette manœuvre avait généralement pour effet de démasquer toutes les filatures.

— Alors peut-être qu'il t'a déjà repéré.

— Non, il m'a pas piégé avec ses conneries. C'est qu'un amateur. Juste là, je l'ai à quatre rues de distance dans Marengo Street. T'es sûr de vouloir que je le lâche ?

Bosch réfléchit un instant et mit en doute ses premières réactions. Il était partagé. Il risquait de rater une occasion de voir Spencer et Cronyn ensemble. Avoir la photo d'une réunion pareille aurait tout fait voler en éclats. Qu'il la texte à Soto et elle reprendrait toute l'affaire du début, et il n'y aurait probablement aucune audience d'invalidation de la sentence de Borders. Cela posé, Cronyn serait-il assez bête pour vouloir le retrouver après avoir reçu le coup de fil bidon de Bosch ?

Il ne le pensait pas. Spencer avait autre chose en tête.

— J'ai changé d'avis : colle-lui au train. Mais de très loin. Si tu le perds, tu le perds, tant pis. Ne te fais surtout pas repérer.

— Compris. Tu as des nouvelles de Mickey ?

— Non, des nouvelles de quoi ?

— Il a d'autres trucs à savoir sur l'hypothèque de ce mec. Et du lourd, peut-être même un coup à jouer. En tout cas, c'est ce qu'il m'a dit.

— Je vais l'appeler. Tiens-moi au courant pour Spencer. Et merci d'avoir pris ce truc au vol, Cisco.

— Je suis comme ça, moi.

— Appelle-moi si tu piges ce qu'il a dans le crâne.

Ils raccrochèrent, Bosch appelant Haller aussitôt après.

— Je viens juste de parler à Cisco. Il m'a dit que t'avais de bons tuyaux ?

— Et comment ! Ma Lorna vient de faire un truc de dingue. Elle a réussi à sortir son dossier de saisie et ça, ça ouvre tout !

— Dis-moi.

— Faut que je commence par lancer une recherche sur mon ordi et j'aurai tout ce qu'il faut. Tu veux qu'on dîne ensemble pour en causer ?

— Oui. Où ça ?

— Du bœuf braisé me plairait assez. T'es déjà allé *Chez Jar* ?

— Oui. J'aime bien y manger au comptoir.

— Évidemment ! T'es le genre à manger au comptoir, toi. Tu ressembles au mec assis tout seul du tableau de Hopper.

— On se retrouve *Chez Jar*. À quelle heure ?

— Dans une demi-heure.

Bosch raccrocha et se demanda s'il n'y avait pas une espèce de connexion psychique entre lui et son demi-frère. Il s'était lui aussi souvent vu dans le type assis au comptoir de *Nighthawks*.

Il s'aperçut que ça faisait quasiment dix minutes qu'il n'avait pas bougé d'un pouce sur l'autopont. Il y avait quelque chose qui clochait là-bas devant dans Barham Boulevard. Les voitures s'alignaient dans le virage qui descendait vers Burbank et les studios de la Warner. Il tendit le bras, ouvrit la boîte à gants et y chercha son gyrophare portatif. Parce qu'il n'était qu'officier de réserve au SFPD, il n'avait pas eu droit à un véhicule de la ville. Au lieu de cela, on lui avait donné un gyrophare bleu qu'il pouvait mettre sur le toit de sa voiture personnelle – à la seule condition de ne pas le faire hors de San Fernando.

— Font chier, dit-il.

Il s'empara du gyrophare, le passa par la fenêtre et l'installa sur le toit, un aimant l'y maintenant en place. Il inséra l'embout du câble électrique dans l'allume-cigare et vit la lumière stroboscopique se réfléchir sur la lunette arrière du véhicule devant lui. Celui-ci se poussa suffisamment pour que Bosch puisse faire demi-tour et repartir vers Cahuenga Boulevard. Les voitures s'arrêtèrent au croisement et il n'eut aucun mal à prendre vers le sud.

Il avait déjà longé le Hollywood Bowl et roulait dans Franklin Avenue lorsque la circulation se fluidifia suffisamment pour qu'il puisse retirer l'embout du câble électrique de l'allume-cigare. Il arriva *Chez Jar* bien avant Haller et s'installa sur un des tabourets du bar. Il sirotait son premier cocktail Martini lorsque Haller franchit la porte d'entrée un quart d'heure plus tard. Il demanda une table dans un coin de la salle du restaurant pour être tranquille et Bosch l'y suivit avec son verre.

Haller prit la même chose et passa aux choses sérieuses dès qu'ils furent seuls.

— J'aime beaucoup la façon dont tu as mis mon enquêteur au boulot sans me consulter, lança-t-il.

— Hé mais, le client, c'est moi ici ! lui renvoya Bosch. C'est toi qui bosses pour moi et ça, ça veut dire que lui aussi bosse pour moi.

— Je ne suis pas très sûr d'être d'accord avec ce raisonnement, mais bon, c'est comme ça. Tu vas adorer ce qu'on a trouvé.

— Cisco m'en a dit un bout.

— Mais pas les trucs vraiment sympas.

— OK, dis-moi.

Haller attendit qu'on pose son Martini devant lui. Le garçon allait encore leur tendre des menus lorsque Haller l'interrompit d'un geste.

— Deux bœufs braisés avec une portion de riz frit au canard.

— Parfait, répondit le garçon, et il s'éloigna.

— J'aime beaucoup la façon dont tu as commandé pour moi sans me consulter, fit remarquer Bosch.

— Ça doit être un truc hérité de notre père, lui renvoya Haller.

— En fait, j'ai déjà avalé un sandwich.

— Alors goûte quand même… C'est vraiment bon. Bref, je ne sais pas si tu te souviens quand je suis passé à la défense contre les saisies pendant la crise des subprimes. Je me suis fait plein de fric. Tu te rappelles, j'ai embauché Jennifer Aronson en tant qu'associée et on s'est fait pas mal d'argent pendant quelques années.

— Ça me dit vaguement quelque chose, oui.

— Bon, façon pour moi de te dire que je connais un peu les tenants et aboutissants de cette illustre époque dans l'histoire financière de notre pays. Je n'étais pas le seul à m'en mettre plein les poches et je sais aussi à quel point d'autres se sont enrichis.

— Bon d'accord, mais qu'est-ce que ç'a à voir avec notre Spencer ?

— Son dossier de saisie est public, il suffisait de le retrouver et, coup de chance, Lorna savait comment faire. J'ai donc passé une heure à le compulser et, comme je te le disais, ça va te plaire. Regarde un peu ça. C'est mignon.

— Viens-en aux faits. Qu'est-ce que t'as pour moi ?

— Spencer avait vu trop grand. Il avait acheté sa maison en 2000, avait vu monter sa valeur et contracté un prêt sur valeur domiciliaire. Je ne sais pas ce qu'il a fait du fric, mais il n'en avait pas mis assez de côté pour payer ses deux hypothèques. Et c'est là qu'il a mis le pied dans l'engrenage fatal. Il a réuni les deux emprunts en un seul refinancement à taux variable.

— Et voyons si je devine… Ça n'a rien résolu.

— Non, ç'a a même empiré la situation en bien des manières. Il est incapable de fournir à la demande et, le krach arrivant, il file au gouffre. Il est tellement en retard sur ses paiements qu'il sent la tombe. Il arrête complètement de payer et la banque démarre la procédure de saisie. Mais il est malin et il engage une avocate. Le seul problème, c'est qu'il embauche celle qu'il faut pas.

— Parce que c'est toi qu'il aurait dû prendre, c'est ça que t'es en train de me dire ?

— Ben, ça ne lui aurait pas fait de mal. Parce que celle qu'il engage ne sait pas vraiment s'y prendre étant donné qu'elle est comme tous les autres avocats de la ville qui ont sauté à pieds joints dans le droit des saisies.

— Comme toi.

— Voilà, comme moi. C'est que… Le travail de défense au pénal se faisait rare. Plus personne n'avait de fric. Je prenais des affaires de commis d'office et bossais pour des clopinettes. Je n'arrivais même plus à régler ma pension alimentaire. Alors oui, je me suis lancé là-dedans. Mais j'avais bossé la question comme il faut et j'ai pris une jeune assistante du tonnerre qui sortait juste du genre de fac de droit qui fait que t'en veux à tout le monde et te donne des trucs à prouver.

— Bon, OK, j'ai compris : toi, t'as fait ce qu'il fallait alors que l'avocate de Spencer s'est foutue dedans. Qu'est-ce qui s'est passé ?

— La seule chose qu'elle a fait de bien a été de poser qu'aucune banque classique n'allait aider cette andouille de Spencer. Elle lui a donc fait faire un emprunt en monnaie forte.

— Qu'est-ce que c'est ?

— C'est de l'argent qui ne sort pas d'une banque. Il provient de fonds d'investissement et parce que ça ne vient pas d'une banque, on fait payer les frais d'entrée de jeu et les taux d'intérêt sont plus forts que sur le marché… On n'est même parfois pas loin de ceux pratiqués par les mecs de la mafia.

— Et donc, les problèmes de Spencer n'ont fait qu'empirer.

— Ça ! Le pauv' mec essaie de s'accrocher à sa maison et de régler ses traites alors qu'il s'est collé un énorme crédit *in fine* à sept ans. Et devine un peu : voilà que ledit crédit *in fine* va lui péter au nez.

— Tu reviens un peu en arrière et tu m'expliques tout ça en bon anglais, s'il te plaît. J'ai fini de payer ma maison il y a douze ans et je ne sais pas de quoi tu parles. C'est quoi, ce truc *in fine* ?

— Spencer a conclu un marché avec un pool d'investisseurs, la Rosebud Financial. J'en avais entendu parler à l'époque et je savais qu'ils avaient du fric pour aider les gens à s'en sortir. Du fric qui, a priori, provenait d'un groupe de mecs d'Hollywood, avec à leur tête un autre mec, un certain Ron Rogers, un vrai requin. Il concluait ses marchés et se foutait complètement que l'emprunteur puisse payer ou pas. Dès que la baraque avait assez de valeur, il y allait franco parce qu'il savait qu'il y avait deux façons d'arriver à la saisie : ou bien le pauv' zozo de propriétaire ne pourrait plus honorer ses traites mensuelles ou bien, une fois arrivé au terme de l'emprunt, il serait incapable de régler la dernière mensualité, à savoir le paiement libératoire.

— Et donc, le deal est le suivant : tu paies de grosses mensualités et tout au bout t'as encore à régler toute la note ?

— Exactement. Ces deals en monnaie forte sont en général à court terme. De deux à cinq ans. Spencer, lui, avait un prêt à sept ans, ce qui est sacrément long, mais ces sept ans se terminent en juillet et il devra tout le fric.

— Il pourrait pas aller voir une banque classique pour refinancer sa dette ? Les marchés financiers sont plutôt bons en ce moment.

— Il pourrait, mais il est baisé. Sa cote de solvabilité est merdeuse et la Rosebud Financial le tient à la gorge. Ils l'ont signalé à chaque retard de paiement de une semaine. Tu vois ? Ils veulent l'acculer. Ils savent qu'il n'a pas de quoi régler le dernier versement et qu'il ne peut pas refinancer sa dette à cause de sa solvabilité en berne. Et juillet arrivant, ils vont lui piquer sa maison. Et c'est justement là que ça devient bon. Tu sais ce qu'est la Zillow ?

— La « Zillow » ? Non.

— C'est une banque de données en ligne sur la valeur des biens immobiliers. Tu y entres une adresse et tu obtiens une évaluation approximative de ta maison fondée sur des comparaisons avec ce qu'il y a autour et d'autres facteurs. C'est ce que j'ai dû vérifier avant qu'on parle et, de fait, la propriété de Spencer est bien dans une fourchette haute à six chiffres… Presque un million de dollars.

— Ben alors, pourquoi ne se contente-t-il pas de la vendre pour régler le dernier versement et se tirer avec le bénef ?

— Parce qu'il ne peut pas. Le marché qu'il a conclu avec la Rosebud exige le feu vert du fonds avant toute mise en vente du bien. Et c'est là que Spencer n'a pas pris le bon avocat. Les trucs en petits caractères au bas du contrat… Ou bien elle ne les avait pas lus ou compris, ou bien elle s'en foutait. Tout ce qu'elle voulait, c'était qu'il signe l'emprunt *in fine*. Et après, on passe à autre chose, voire on touche une petite commission dans le processus.

— Et la Rosebud refuse qu'il vende.

— Exactement.

— Et donc pas question de vendre, ce qui fait qu'il ne peut pas s'acquitter du versement libératoire et que la Rosebud va lui piquer sa maison, la vendre et partager les bénefs entre les différents investisseurs.

— Mais dis donc, Bosch, c'est que tu deviendrais bon dans ces trucs !

Bosch sirota le reste de son cocktail Martini en réfléchissant au scénario. Spencer allait perdre sa maison, à moins de trouver un peu plus d'un demi-million en liquide pour régler le versement libératoire. De là à en devenir vulnérable à la corruption…

Haller sirota lui aussi son Martini et hocha la tête en regardant Bosch remonter tout le processus. Puis il sourit.

— Et je t'ai gardé le meilleur pour la fin, reprit-il.

— Ah oui, et c'est quoi ? demanda Bosch.

— L'avocate de Spencer ? L'idiote ? Elle s'appelait Kathy Zelden et, à l'époque, je la connaissais. Elle venait d'entrer dans un petit cabinet d'avocats et son patron l'expédiait au tribunal le premier lundi du mois parce que c'était ce jour-là que la liste des saisies était publiée.

J'y étais, elle y était, Roger Mills… Tout un tas de types comme nous y étaient le premier lundi du mois. On s'achetait un exemplaire de la liste et les prospectus partaient au courrier. « La saisie ? Appelez l'avocat à la Lincoln ! » Tout comme ça. Tous les gens de la liste recevaient des prospectus au courrier, des coups de fil, des e-mails, tout, quoi. C'est comme ça que je dégottais les trois quarts de mes clients.

— Et c'est ça, le meilleur ?

— Non, le meilleur, c'est que je te parle d'il y a sept ou huit ans de ça, soit à l'époque où moi, je la connaissais sous le nom de Kathy Zelden. C'était une vraie beauté et, un ou deux ans plus tard, son patron a été pris la main dans son pot de miel. Ça a fait un miniscandale. Il a fini par divorcer d'avec sa femme après vingt-cinq ans de mariage pour l'épouser, elle. Et depuis cinq ans, Kathy Zelden est plus connue sous le nom de Kathy Cronyn.

Haller leva son verre pour y aller d'un toast plus que mérité. Bosch n'avait plus rien dans son verre, mais le prit et le choqua assez fort contre celui de son demi-frère pour attirer l'attention des clients autour d'eux.

— Bordel de Dieu ! s'écria-t-il. On les tient !

— Nom de d'là, tu l'as dit ! renchérit Haller. Tu vas voir comment je vais leur exploser leur bazar bien comme il faut à l'audience de la semaine prochaine !

Et de vider son verre pile au moment où le garçon leur apportait leur bœuf braisé au riz frit au canard.

— Messieurs, fit remarquer le garçon, on dirait bien qu'il y a besoin d'un peu plus de vitamines essentielles !

Haller prit son verre vide et le lui tendit.

— Et pas qu'un peu ! répondit-il. Et pas qu'un peu !

Chapitre 21

Après leur bœuf braisé au riz frit, Bosch et Haller tentèrent de mettre tout ça en ordre. Ils tombèrent d'accord pour dire que tout avait commencé le jour où, confronté à l'échéance du dernier règlement à effectuer alors qu'il n'avait ni l'argent nécessaire ni l'autorisation de vendre sa maison, Spencer était allé voir Kathy Cronyn née Zelden, l'avocate qui lui avait fait conclure un deal avec la Rosebud.

— Elle lui dit : « Désolée, mec, mais l'année prochaine le dernier règlement du *in fine* va arriver et tu vas te faire baiser, reprit Haller. Mais permets que je te présente mon mari et associé. Il y a peut-être un moyen de trouver l'argent nécessaire avant le mois de juillet. » Elle fait les présentations et Lance lui dit qu'il n'a qu'un truc à faire : trouver le moyen de glisser quelque chose à l'intérieur d'un des cartons scellés dans le grand entrepôt où il travaille. Parce qu'il y a toutes les chances que des gens comme Spencer passent leurs pauses à envisager divers moyens de foutre le système en l'air. Et ce qui n'était que bavardages oiseux devient réel et la sortie du cauchemar est là.

— Faut quand même qu'on comprenne comment ça marche, fit remarquer Bosch.

— Pour moi, dès que tout ça leur pétera au nez, Spencer fera un deal et nous l'expliquera. Et s'il embauche le bon avocat ce coup-là, il se pourrait bien qu'il s'en sorte en ayant l'air d'une victime. Tout le monde aime bien que le grand vilain, ce soit l'avocat. Le district attorney échangera Spencer contre Cronyn and Cronyn en un clin d'œil.

— Spencer n'a rien d'une victime. Il est partie prenante du piège. Il essaie de me faire mordre la poussière.

— Je le sais. Je fais juste que te décrire la réalité. De te dire comment ça va se passer. Spencer est un mec qui s'en est trop collé sur le dos et s'est fait rouler par ces gens-là.

— Alors faudrait qu'on l'attaque tout de suite. On l'affronte, on lui montre la vidéo et on le fait passer de notre côté avant la semaine prochaine.

— Ça vaut peut-être le coup d'essayer, mais s'il ne s'effondre pas, on aura donné pas mal d'avance à Lance Cronyn mercredi prochain. Et moi, je préférerais assommer tous ces types à l'audience.

Bosch acquiesça. C'était probablement ce qu'il y avait de mieux à faire. C'est alors que l'idée d'affronter Spencer lui rappela que l'officier des Scellés était toujours sous surveillance. Il sortit son portable.

— J'avais oublié Cisco, dit-il. Il file le train à Spencer en ce moment même.

Il passa l'appel et Cisco lui répondit en chuchotant.

— Qu'est-ce qui se passe ? lui demanda Bosch.

— Il a tourné en rond pendant une heure pour être sûr de pas être filé. Après, il est descendu à Pasadena et y a retrouvé quelqu'un… Une femme… Au parking de Vroman.

— Vroman ? C'est quoi ?

— C'est une grande librairie avec un parking géant à l'entrée de l'Old Town. Ils se sont garés fenêtre à fenêtre, comme les flics.

— Qui est cette femme ?

— Je ne sais pas. Elle a toujours la plaque vierge du concessionnaire et ça m'empêche de la vérifier à l'ordinateur central.

— La bagnole a l'air neuve ?

— Non, c'est une Prius tout éraflée.

— Tu pourrais prendre une photo de la dame sans te faire remarquer ? Je suis avec Haller et il pourrait savoir qui c'est.

— Je peux essayer. Je peux lui faire le coup du « je passe devant toi en téléphonant » et la prendre en vidéo. Et je vous la texte à tous les deux.

— Fais-le.

Bosch raccrocha. Il connaissait la manœuvre que Cisco allait entreprendre : il allait enclencher la vidéo sur son portable, puis il tiendrait l'appareil à son oreille comme s'il téléphonait et passerait à pied devant la voiture en espérant enregistrer la femme au volant.

— Spencer est en train de parler à une femme, rapporta-t-il à Haller. Cisco va faire une vidéo.

Haller acquiesça et ils attendirent.

— À un moment donné, va falloir que je cause de tout ça à Soto, reprit Bosch plus pour lui-même qu'autre chose.

— Comment ça ? demanda Haller.

— Soto est mon ancienne collègue. Assommer Cronyn, c'est aussi l'assommer, elle.

— Faut-il vraiment que je te rappelle qu'elle fait partie d'une machine qu'essaie de te prendre tout ce que tu as ?

— Elle ne fait que suivre une affaire là où elle la mène.

— Sauf qu'elle a pris le mauvais tournant, non ?

— Ça arrive.

— Fais-moi plaisir, tu veux ? Ne lui parle pas. Pas tout de suite en tout cas. Attends qu'on soit plus près du but et qu'on ait confirmé que certaines de nos théories sont bel et bien des faits. Ne donne pas une chance au LAPD de nous renvoyer ça dans la figure.

— Bon, OK. Je peux attendre. Mais c'est pas une fille à retourner les faits. Qu'on la mette au courant de ce qui se passe et nous n'aurons pas à nous en prendre à Cronyn, Spencer ou Borders. C'est elle qui le fera.

Avant qu'Haller puisse répondre, un texto leur arrivant à tous les deux, leurs portables vibrèrent à l'unisson. C'était la vidéo de Cisco. Ils la regardèrent chacun sur son écran, Bosch découvrant des cadrages instables au fur et à mesure que la caméra passait devant une file de voitures dans le parking de la librairie. Le tout était accompagné par la bande audio du faux appel jovial destiné à bien situer l'enregistrement en temps et en lieu.

— *Salut ! J'suis devant chez Vroman, la librairie de Pasadena. Il est 20 heures, on est mercredi et je vais rester là un moment. Rappelle-moi quand…*

La caméra continue de longer une rangée de voitures jusqu'au moment où elle arrive devant un véhicule garé en marche arrière sur un emplacement. Cisco filme à travers le pare-brise et le portable montre une femme au volant. Elle est de profil parce qu'elle s'est tournée vers la fenêtre à la vitre baissée pour parler à quelqu'un assis dans la voiture arrêtée à côté de la sienne. Et très astucieusement Cisco arrête son faux laïus en passant devant la Prius, ce qui permet à l'appareil d'enregistrer un bout du dialogue entre la femme et un Spencer qu'on ne peut pas voir dans l'autre voiture :

— *Tu dramatises. Tout ira bien*, dit-elle.

— *Ben vaudrait mieux*, lui renvoie-t-il.

Cisco fait encore quelques pas après les deux voitures, pointe la caméra sur lui-même et s'identifie :

— *Dennis Wojciechowski, enquêteur privé, licence zéro deux soixante deux, met fin à cet enregistrement. Allez, ciao !*

Fin de la vidéo. Bosch regarda Haller, plein d'espoir.

— Ce n'est pas très clair et je n'ai plus revu Kathy Cronyn depuis l'époque où elle s'appelait Kathy Zelden, dit celui-ci.

Il se repassait la vidéo lorsqu'il figea l'image, l'agrandit avec deux doigts et marqua une longue pause en l'étudiant.

— Alors… ? finit par demander Bosch.

— Oui, répondit Haller. Je suis à peu près sûr que c'est elle. Katherine Cronyn.

Bosch rappela aussitôt Cisco. Qui lui répondit avec une question :

— Il l'a identifiée ?

— Oui. C'est bien Katherine Cronyn. T'as fait du bon boulot, Cisco. Et t'as fini pour ce soir.

— Et je le laisse filer ?

— Oui, on a ce qu'il nous fallait et on ne veut pas courir le risque de les voir découvrir qu'on sait.

— C'est bon. Dis à Mick que je passerai demain matin.

— Ce sera fait.

Bosch raccrocha et regarda Haller. Il rayonnait.

— Tu peux démarrer avec ça ? lui demanda Bosch. Comme je te l'ai dit, je vais disparaître pendant quelques jours. Au moins…

— Je peux, oui, mais tu es vraiment certain de devoir disparaître ? Tu ne bosses pas à plein-temps, là-bas. Y a vraiment personne qui pourrait reprendre les rênes dans cette affaire ?

Bosch réfléchit, l'image de José Esquivel Junior étalé sur le sol du couloir de derrière lui venant à l'esprit.

— Non, finit-il par répondre. Y a que moi.

Deuxième partie

LE *SOUTH SIDE* DE NULLE PART

Chapitre 22

Debout devant le comptoir, Bosch avait baissé les yeux. De l'autre côté, un type s'était assis et lisait un journal imprimé dans une langue étrangère. Ce n'était pas le conducteur à petit bouc du van. Plus vieux, celui-là avait les cheveux parsemés de gris. Bosch y vit un exécuteur des basses œuvres vieillissant qui compte sur la jeune génération pour faire les gros boulots.

Il ne se donna même pas la peine de lever la tête en parlant à Bosch avec un fort accent russe.

— Qui t'envoie ? demanda-t-il.

— Personne, répondit Bosch.

Le type finit par le regarder et étudia son visage un instant.

— Tu viens à pied ?

— Oui.

— D'où ?

— Je veux juste voir le docteur.

— D'où ?

— Du foyer près du tribunal.

— C'est longue balade. Tu veux quoi ?

— Voir le docteur.

— Comment tu sais y a docteur ?

— Au foyer. Quelqu'un m'a dit. D'accord ?

— T'as besoin docteur pour quoi ?

— De médicaments pour mes douleurs.

— Quelles douleurs ?

Bosch recula, montra sa canne et leva la jambe. Le type se pencha pour voir par-dessus le comptoir. Puis il se rassit et regarda Bosch.

— Le docteur très occupé, dit-il.

Il y avait huit chaises en plastique, toutes vides, dans la salle d'attente. Bosch était seul avec le Russe.

— Je peux attendre, dit-il.

— Identité.

Bosch sortit le portefeuille en cuir usé de la poche arrière de son jean. Une chaîne le reliait à un anneau accroché à sa ceinture. Il libéra le rabat, prit son permis de conduire et sa carte Medicare et les posa sur le comptoir. Le Russe tendit la main, s'en empara et se renversa en arrière dans sa chaise pour les examiner. Bosch espérait que c'était son odeur corporelle qui l'avait poussé à s'écarter de lui. Il avait fait tout le trajet du foyer au centre à pied afin d'entrer dans son personnage. Il portait trois chemises et marcher lui avait trempé la première de sueur et bien humidifié les deux autres.

— Dominic H. Reilly ?

— C'est ça.

— Où c'est, Oceanside ?

— Près de San Diego.

— Enlever lunettes.

Bosch remonta ses lunettes de soleil sur son front et regarda le Russe. C'était le premier grand test. Il devait avoir le regard d'un drogué. Juste avant d'avoir été déposé au foyer, il s'était passé sous les yeux de l'huile de menthe que lui avait fournie le formateur de la DEA. Ils étaient maintenant rouges et irrités.

Le Russe les regarda longuement, puis jeta les cartes sur le comptoir. Bosch laissa retomber ses lunettes à leur place.

— Toi attendre, dit le Russe. Peut-être docteur a le temps.

Bosch avait réussi l'examen. Il essaya de ne montrer aucun soulagement.

— OK, répondit-il. J'attendrai.

Il reprit son sac à dos par terre et regagna la salle d'attente en boitant. Il choisit la chaise la plus proche de l'entrée du dispensaire, s'assit et se servit de son sac à dos comme d'un tabouret pour sa jambe. Il posa sa canne par terre, la glissa sous sa chaise, croisa les bras, appuya la tête contre le mur derrière lui et ferma les yeux. Ainsi plongé dans le noir, il repensa à ce qui venait d'être dit et se demanda s'il avait donné le moindre indice au Russe. Pour lui, il avait plutôt bien géré cette première interaction en qualité d'infiltré – et il savait que le doublé « portefeuille-pièces d'identité » préparé par la DEA était parfait.

La veille, il avait passé plusieurs heures avec le formateur pour s'initier à l'art de l'infiltration. La première moitié de cette séance d'une journée avait été consacrée aux éléments de base de l'opération : qui l'observerait et d'où, quelle serait sa couverture, ce dont il disposerait dans son portefeuille et dans son sac à dos, comment et quand demander à être exfiltré. La seconde moitié l'avait vu apprendre son rôle, le formateur lui montrant comment se comporte un accro à l'oxycodone et lui présentant diverses situations auxquelles il risquait d'être confronté.

Ce qu'il venait de vivre avec le Russe derrière le comptoir faisait partie de ces scénarios travaillés et Bosch avait joué la scène comme il l'avait répétée plusieurs fois la veille. Le but essentiel de cette mise en condition de une journée était d'aider Bosch à masquer sa peur et son anxiété de façon à les canaliser dans le genre de personnage qu'il allait incarner.

Le formateur, qui affirmait s'appeler Joe Smith, l'avait aussi entraîné à garder toute sa crédibilité au tribunal – à être capable d'attester devant un juge, et ce aussi bien à la cour que de manière privée, qu'il n'avait commis aucun crime ni transgressé aucune règle éthique dans son travail d'infiltration. Ce serait de la première importance pour gagner les jurés si jamais il y avait des procès suite à l'opération. La pierre d'angle de cette crédibilité était d'éviter à tout prix de prendre la drogue à laquelle il était censé être accro. Dans le cas contraire, il disposait de deux doses de Narcan cousues dans l'ourlet d'une de ses jambes de pantalon. Chacun de ces deux comprimés jaunes était un puissant anti-opioïde qui contrecarrerait les effets de la drogue si jamais, les circonstances aidant, il était physiquement forcé d'en ingérer.

Quelques minutes s'étant écoulées, Bosch entendit le Russe se lever. Il rouvrit les yeux et le suivit du regard alors qu'il disparaissait dans le couloir derrière le comptoir. Puis, très vite après, il l'entendit parler. Conversation unilatérale, et en russe. On téléphonait, se dit Bosch. Il distingua de l'urgence dans le ton qu'on avait pris. Il devina qu'on avait eu connaissance du fait que certaines mules avaient été arrêtées par la DEA et le Medical Board. Cela faisait partie de son plan d'insertion. On réduit le troupeau et augmente ainsi le besoin de recruter des remplaçants, dont Dominic H. Reilly.

Bosch scruta les murs et le plafond, et n'y vit aucune caméra. C'était peu probable, pensa-t-il, que les membres d'une organisation criminelle en installent et que leurs crimes soient enregistrés. Il abaissa son attelle de façon à pouvoir marcher normalement et gagna vite le comptoir. Pendant que le Russe continuait de parler au fond du dispensaire, il regarda par-dessus pour voir ce qui s'y trouvait. Il découvrit plusieurs journaux en russe et en anglais (dont un numéro du *L.A. Times* et un du *San Fernando Sun*), tous posés là au hasard et les trois quarts ouverts sur des articles consacrés aux dernières élections et à l'enquête sur les ingérences russes. Cet homme du comptoir semblait tout aussi fasciné par ces affaires que Legal Siegel.

Bosch déplaça une pile de menus d'un service de livraison de plats à domicile et trouva un carnet à spirale. Il l'ouvrit sans attendre et y trouva plusieurs pages de notes en russe. Il y avait là des tables avec des dates et des chiffres, mais il fut incapable de les comprendre.

Le Russe cessant brusquement de parler, Bosch referma le carnet, le reposa à sa place et regagna sa chaise. Puis il remit l'attelle et venait juste de se rasseoir lorsque le Russe reprit son poste. Bosch le regarda en plissant les paupières, le Russe ne montrant en rien qu'il aurait remarqué quoi que ce soit de différent sur son comptoir.

Quarante minutes s'écoulèrent avant que Bosch entende un véhicule s'arrêter devant le dispensaire. La porte d'entrée s'ouvrit et plusieurs hommes et femmes en haillons pénétrèrent dans l'établissement. Bosch en reconnut quelques-uns de sa surveillance un peu plus tôt dans la semaine. Ils suivirent le Russe le long du couloir et disparurent. Le chauffeur du van, celui-là même qu'il avait repéré la toute première fois, resta derrière au comptoir, puis il s'approcha de Bosch, les mains sur les hanches.

— Tu veux quoi ici ? lui demanda-t-il avec un accent tout aussi fort que celui de l'autre homme.

— Je veux voir le docteur, répondit Bosch.

Il leva la jambe de dessus le sac à dos au cas où le type n'aurait pas remarqué son attelle. Le chauffeur se mit alors en devoir de lui poser les mêmes questions que celles du premier type. Tout en gardant les mains sur les hanches. Sa dernière réponse obtenue, un long moment de silence s'ensuivit tandis que le chauffeur décidait quelque chose dans sa tête.

— OK, tu viens arrière, dit-il enfin.

Et il se dirigea vers le couloir. Bosch se leva, attrapa sa canne et son sac à dos et le suivit en boitant. Large, le couloir conduisait à un poste d'infirmières inutilisé avant de partir à droite et à gauche. Le chauffeur emmena Bosch dans celui de gauche. Quatre portes y donnaient, celles, songea-t-il, de salles d'examen remontant à une époque où le dispensaire fonctionnait selon les normes légales.

— Là-dedans, lança le chauffeur.

Il poussa une porte et tendit le bras pour faire signe à Bosch d'entrer. Celui-ci franchissait le seuil de la salle lorsqu'il s'aperçut que la pièce n'avait qu'une chaise pour tout mobilier. Il fut alors violemment poussé. Il laissa tomber et sa canne et son sac à dos pour pouvoir mettre les mains en avant et ne pas aller s'écraser tête la première dans le mur opposé.

Il se retourna.

— Mais c'est quoi, ces merdes, mec ?

— Qui t'es ? Tu veux quoi ?

— Je vous l'ai déjà dit, et à l'autre mec aussi. Mais vous savez quoi ? On laisse tomber, je dégage. Je trouverai un autre docteur.

Et il se pencha vers son sac à dos.

— Laisse ça là, lui ordonna le chauffeur. Tu veux des cachets, tu laisses là.

Bosch se redressa, le type s'avança vers lui, lui posa les mains sur la poitrine et le repoussa contre le mur.

— Tu veux cachets, enlève habits.

— Où est le docteur ?

— Le docteur vient. Enlève habits pour examiner.

— Non, fait chier. Je connais d'autres endroits où aller.

Il dégagea l'attelle de son genou pour pouvoir le plier. Puis il tendit la main vers sa canne en sachant qu'elle lui serait bien plus utile comme arme que son sac à dos. Mais le chauffeur fit vite un pas en avant et posa son pied dessus. Puis il attrapa Bosch par le col de sa veste en jean, le redressa et le poussa encore une fois contre le mur en lui cognant fort la tête contre le placo.

Puis il s'approcha encore, son haleine fétide dans la figure de Bosch.

— Enlève habits, vieux. Maintenant.

Bosch leva les mains jusqu'à ce que ses phalanges touchent le mur.

— OK, OK, pas de problème, dit-il.

Le chauffeur recula et Bosch commença par ôter sa veste.

— Et après, je vois le docteur, hein ?

— Le docteur vient.

Bosch s'assit sur la chaise pour défaire l'attelle et l'ôter. Puis ce furent ses godillots de travail et ses chaussettes sales qui y passèrent. Et ses trois couches de chemises. Le nom de code que la DEA avait donné à son personnage et à toute l'opération était « Jean sale » et ça collait parfaitement. Son formateur avait commencé par s'opposer à l'attelle et à la canne, mais avait fini par céder au désir de Bosch d'ajouter un peu de sa propre invention à son personnage. Et bien sûr, le formateur ne savait rien de l'arme dissimulée dans la canne.

Une couche de chemise ôtée après l'autre, Bosch se retrouva en caleçon et tee-shirt taché de sueur. Il jeta son jean sur la pile de vêtements après en avoir décroché la chaîne pour garder son portefeuille à la main.

— Non, dit le chauffeur. Tout.

— Quand je verrai le docteur, lui renvoya Bosch.

Et il tint bon. Le chauffeur s'approcha. Bosch s'attendait à d'autres mots, mais le poing droit du bonhomme partant soudain en avant, il en reçut un violent coup au bas-ventre. Il se plia aussitôt en deux et mit les bras en avant pour se protéger : il attendait d'autres coups. Au lieu de ça, le chauffeur l'attrapa par les cheveux et se pencha pour lui parler à l'oreille droite.

— Non, dit-il, habits enlevés maintenant. Ou on te tue.

— OK, OK, dit Bosch. J'ai compris. Habits enlevés.

Il essaya de se redresser, mais dut s'appuyer au mur d'une main pour ne pas perdre l'équilibre. Il ôta son tee-shirt et le jeta sur le tas, puis il ôta son caleçon et le jeta lui aussi sur le tas. Et écarta les bras, et s'exhiba.

— Ça va comme ça ? demanda-t-il.

Le chauffeur regarda le tatouage que Bosch avait en haut du bras. À peine discernable après quasiment un demi-siècle, il représentait un rat des tunnels un pistolet à la main, avec un slogan en latin au-dessus et « Cu Chi » au-dessous.

— C'est quoi, Cu Chi ? demanda le chauffeur.

— Un endroit, répondit Bosch. Au Vietnam.

— Ils t'ont tiré dessus, les communistes ? reprit le chauffeur en montrant une blessure par arme à feu sur l'épaule de Bosch.

Celui-ci décida de s'en tenir au script donné au personnage.

— Non, répondit-il. Les flics. Ici.

— Assis, lui ordonna le chauffeur en lui indiquant la chaise.

En gardant une main appuyée au mur pour garder l'équilibre, Bosch la regagna et s'assit, le plastique froid contre la peau.

Le chauffeur s'accroupit, attrapa le sac à dos et se le passa par-dessus l'épaule. Puis il ramassa les habits de Bosch et laissa la canne par terre.

— Tu attends, dit-il.

— Qu'est-ce que tu fous ? s'écria Bosch. Ne me prends pas mes…

Il ne termina pas sa phrase. Le chauffeur se dirigeait vers la porte.

— Tu attends, répéta-t-il.

Sur quoi, il ouvrit la porte et disparut. Bosch resta assis, complètement nu sur la chaise. Puis il se pencha en avant et serra les bras sur sa poitrine. Ni par pudeur, ni pour se réchauffer. Pour soulager sa douleur au ventre. Il se demanda si le coup que lui avait porté le chauffeur lui avait déchiré un muscle ou abîmé un organe. La dernière fois qu'il avait pris un pareil coup de poing sans se protéger remontait à loin. Il s'en voulut de ne pas s'y être préparé.

Cela étant, il savait qu'à l'exception de ce coup, tout s'était passé exactement comme prévu. Il se dit que le chauffeur et l'autre Russe devaient examiner ses vêtements et ce qu'il y avait dans le portefeuille et le sac à dos.

En plus d'un permis de conduire à l'air plus que valide, le portefeuille contenait d'autres pièces d'identité aux noms d'individus différents, tous exemples de ce qu'un paumé de la drogue peut porter sur lui pour arriver à se faire sa prochaine dose et donner l'ordonnance suivante. Il y avait aussi la photo usée d'une femme depuis longtemps disparue dans la vie de Dominic Reilly, ainsi que des cartes et des notes sur d'autres dispensaires disséminés dans le sud de la Californie.

Le sac à dos avait été entièrement conçu pour être fouillé et convaincre ceux qui allaient vérifier son contenu que Dominic Reilly était un authentique drogué. Ils y trouveraient tout l'équipement de l'accro aux opioïdes – des laxatifs en vente libre et des émollients de selles, sans oublier une arme enveloppée dans un tee-shirt et bien cachée au fond d'une des poches. Ils y tomberaient encore sur un jetable avec tout ce qu'il y faut de textos bidon et un historique d'appels adéquat.

Tout cela avait été rassemblé avec soin. C'était ce qu'un paumé avait toujours avec lui. L'arme était un vieux revolver auquel il manquait une plaquette de crosse. Il était chargé, mais le percuteur avait été limé de façon à ce qu'il ne fonctionne pas. On s'attendait bien à ce qu'il soit confisqué lorsque Bosch entrerait, on l'espérait, au sein de l'organisation de Santos, mais la DEA n'avait pas voulu prendre la responsabilité de faire cadeau d'une arme en état de marche à l'ennemi. Dieu sait comment cela aurait pu revenir dans la figure de l'agence plus tard. La réputation de l'ATF se remettait à peine d'une infiltration qui avait fini par remettre des armes entre les mains de plusieurs cartels mexicains.

Plus important encore, le sac à dos contenait un flacon de comprimés avec le nom de Dominic Reilly sur l'étiquette de l'ordonnance, le fournisseur étant une pharmacie de la West Valley et le médecin un certain Kenneth Vincent de Woodland Hills, ces deux mentions on ne peut plus authentiques s'il y avait vérification. Il n'y avait que deux comprimés dans le flacon, à savoir les deux dernières doses de quatre-vingts milligrammes d'oxycodone générique de Reilly, ce qui expliquait pourquoi il était venu au dispensaire de Pacoima.

Le sac à dos contenait aussi un broyeur de comprimés fabriqué à partir d'un vieux stylo à plume qui pouvait aussi servir de renifleur : on y glisse le comprimé, on tourne le corps du stylo pour le réduire en poudre, on ôte le capuchon, et on sniffe. Il n'y a pas meilleure défonce que sous oxycodone en poudre et en écraser les comprimés annihile les additifs du fabricant destinés à en retarder les effets.

Tout était là dans ce sac – tout le personnage. La seule chose dont Bosch avait à s'inquiéter pour l'instant était le portefeuille et sa chaîne. Le portefeuille était en effet muni d'un émetteur GPS caché dans l'un de ses volets en cuir. La chaîne de sécurité, elle, servait tout à la fois d'antenne et de bouton d'appel au secours. Détachée du portefeuille, elle ajoutait un code d'urgence aux impulsions du GPS, l'équipe de secours de la DEA se précipitant alors à la rescousse.

Bosch espéra que rien de tel ne se produise. Il n'avait pas envie que l'équipe fasse une descente sur le dispensaire et mette fin à sa mission alors qu'elle n'avait même pas commencé.

Il resta patiemment assis sur sa chaise en plastique et nu, attendit de voir.

Chapitre 23

Pour lui, plus d'une heure s'écoula sans que personne ne revienne dans la pièce. Plusieurs fois il entendit des voix et du mouvement dans le couloir, mais personne n'ouvrit la porte. Il se pencha, attrapa sa canne et la posa en travers de ses genoux, la poignée incurvée près de sa main gauche.

Les minutes étaient des heures, mais dans sa tête, c'était la cavalcade. Il ne cessait de penser à sa fille et à la décision qu'il avait prise de ne pas l'appeler pour lui dire qu'il ne serait pas joignable pendant un certain temps. Il n'avait pas voulu qu'elle s'inquiète ou lui pose des questions. Mais il venait de comprendre qu'en choisissant de ne pas l'avertir, il s'était privé de ce qui pouvait être sa dernière conversation avec l'être le plus important du monde dans sa vie. Comprendre ainsi son erreur le poussa à se jurer que cela n'avait aucune importance. Parce qu'il ferait absolument tout son possible pour retrouver sa vie d'avant et y passer son premier appel à sa fille.

C'est alors que la porte fut si violemment ouverte qu'il sursauta. Il allait presque tourner la poignée de la canne pour en sortir la lame lorsqu'il se retint : le type du comptoir entrait, porteur de tout ce que le chauffeur lui avait laissé. Il jeta les vêtements sur les genoux de Bosch et laissa tomber le sac à dos de son épaule sur le sol, où il s'écrasa avec un bruit sourd.

— T'habilles, dit-il. Pas flingue, pas téléphone.

— Qu'est-ce que vous dites ? s'écria Bosch. Je les ai payés, moi ! Ils sont à moi. Vous pouvez pas juste me les prendre comme ça.

Il se leva en laissant ses habits tomber par terre et tint la canne par le milieu comme s'il s'apprêtait à fendre des crânes avec, et sans aucune honte d'être nu.

— T'habilles, répéta le type du comptoir. Pas flingue, pas téléphone.

— Merde alors ! Rendez-moi mon arme et mon portable et je dégage d'ici.

Le type du comptoir ricana.

— Le boss vient et te parle, dit-il.

— Ben, vaudrait mieux ! dit Bosch. Parce que je veux y causer, moi. C'est des conneries, ça.

Le Russe franchit la porte en sens inverse et la referma derrière lui. Bosch se rhabilla, mais en prenant un autre tee-shirt – déjà sale – dans le sac pour s'en faire sa première couche. Il trouva le portefeuille avec sa chaîne toujours attachée et vérifia. Les coutures à l'endroit où était caché le traceur GPS n'avaient pas été trafiquées. Mais son permis de conduire et sa carte Medicare manquaient à l'appel.

Il n'avait pas fini de se rhabiller lorsque la porte se rouvrit, cette fois sur les deux Russes. Toujours assis sur sa chaise, Bosch était en train de lacer une de ses chaussures. Le type du comptoir alla se poster à l'autre bout de la salle et, le chauffeur se tenant au centre de la pièce, s'adossa dans un coin du mur, les bras croisés.

— On a travail pour toi, lança le chauffeur.

— Vous voulez dire un boulot ? Qu'est-ce que je peux vous dire… Je travaille pas.

Le chauffeur faisant un pas vers lui, Bosch se tint prêt. Mais le chauffeur ne fit que lui tendre un bout de papier plié. Bosch hésita, puis s'en empara. L'ouvrit et découvrit qu'il s'agissait d'une ordonnance. Imprimé en haut du document se trouvait le nom du docteur Efram Herrera, suivi des numéros de ses autorisations d'exercer fédérale et californienne. Rédigée à la main, l'ordonnance était pour soixante comprimés d'oxycodone dosés à quatre-vingts milligrammes. Pour une mule ou un consommateur, c'était le Saint-Graal. Pour Bosch, c'était le bon filon. Non seulement avait-il maintenant les éléments d'un dossier contre les patrons du dispensaire, mais en plus il était très clairement entré dans le système.

— C'est quoi, tout ça ? demanda-t-il. Vous me faites subir tout ça, vous me balancez un coup de poing dans le ventre et maintenant vous me filez une ordonnance ?

Le chauffeur la lui arracha des mains.

— T'en veux pas, pas de problème, on la file à quelqu'un d'autre, dit-il.

— Écoutez, j'en veux, d'accord ? Je veux seulement savoir ce qui se passe.

— On fait affaire, répondit le chauffeur. Tu veux comprimés, tu bosses. On partage.

— On partage quoi ?

— On partage comprimés. Un pour toi, deux pour moi, voilà : comme ça.

— C'est pas un bon marché pour moi. Je crois que je vais juste me…

— Quantité illimitée. On s'occupe ordonnances, tu ramasses comprimés. Facile. Te paie un dollar par comprimé. Ça fait comprimés et fric, tu dis oui ?

— Un dollar ? Je connais un endroit où je peux en avoir vingt.

— Nous, on te donne la quantité. Et la protection. Et les lits.

— Où, les lits ?

— Tu acceptes, tu vois.

Bosch jeta un coup d'œil au type toujours adossé au mur du fond. Le message était clair. « Tu marches avec nous ou c'est la raclée. » Bosch prit un air résigné.

— Combien de temps je dois travailler ? demanda-t-il.

Le chauffeur haussa les épaules.

— Personne abandonne, dit-il. Fric et comprimés trop bien.

— Peut-être, mais si je veux partir ?

— Si tu veux, tu pars. C'est tout.

Bosch acquiesça d'un signe de tête.

— OK, dit-il.

Le chauffeur quitta la pièce. Le type du comptoir s'approcha et rendit ses pièces d'identité et sa carte de Medicare à Bosch.

— Tu vas maintenant, dit-il.

— Je vais où ?

— Le van. Devant.

— OK.

Le type du comptoir lui indiqua la porte. Bosch reprit son sac à dos et sa canne par terre et gagna la porte. En marchant normalement. Il avait l'attelle sous le genou.

Il retraversa le dispensaire et sortit par la porte de devant, le type du comptoir derrière lui. Le van était garé devant et les mules y montaient par la portière latérale. Bosch vit le chauffeur installé au volant : il s'était tourné vers lui et le fixait par la portière. L'un comme l'autre, ils savaient que c'était le moment où Bosch filerait à toute allure s'il devait jamais le faire. Bosch regarda autour de lui, puis fixa la tour de Whiteman de l'autre côté de San Fernando Road. Il savait que c'était de là qu'on le surveillait et que l'équipe de secours n'était pas loin. Qu'il batte l'air du poing, et ce serait le signal. Qu'il le fasse, et tous ils se précipiteraient pour le sauver. Et ce serait la fin de toute l'opération.

Il se retourna vers le chauffeur. La dernière mule était en train de monter dans le van et, après, ce serait à son tour. Il hocha la tête comme un type qui n'a pas le choix et monta dans le van. Se poussa sur la banquette derrière le chauffeur, à côté d'une femme au crâne rasé. Il posa son sac à dos entre le siège du chauffeur et celui du passager de devant, qui était vide.

Le type du comptoir fit coulisser la portière qui claqua en se fermant, et tapa deux fois sur le toit. Le van déboîta du trottoir. Tout le monde se tut, y compris le chauffeur. Bosch se pencha en avant pour voir son visage du mieux qu'il pouvait.

— Où on va ? demanda-t-il.

— Au prochain arrêt.

— C'est où ?

— Parle pas. Fais juste ce qu'on te dit, le vieux.

— Où est mon portable ? J'ai une fille qu'il faut que j'appelle.

— Non. Plus maintenant.

La femme au crâne rasé lui flanqua un coup de coude dans les côtes. Bosch se tourna vers elle, elle se contenta de hocher la tête, ses yeux noirs lui disant qu'il y aurait des conséquences pour tout le monde s'il continuait de parler.

Bosch se renversa en arrière sur son siège, cessa de parler et jeta un coup d'œil autour de lui. Il dénombra onze autres types sur les sièges derrière le chauffeur, et en reconnut bon nombre de sa surveillance du mardi précédent. Des hommes et des femmes – plus vieux, hagards, vaincus. Il baissa la tête pour enfin s'occuper de ses oignons. La femme à côté de lui serrait fort les mains sur ses genoux. La peau reliant son pouce et son index gauche s'ornait d'un petit tatouage en forme de trois étoiles dessinées par un amateur. L'encre était foncée, les pointes des étoiles nettes et le tatouage bien moins ancien que le sien.

Le van prit la même route que Bosch et Lourdes l'avaient vu emprunter plus tôt dans la semaine. Il franchit le portail de Whiteman et rejoignit le hangar où attendait l'avion de saut en parachute. Déchargement des passagers, chacun montant ensuite dans l'appareil par la porte de saut. Bosch recula pour laisser la femme descendre du van avant lui.

— Hé ho ! hurla-t-il à l'adresse du chauffeur. Mais c'est quoi, ce truc ?

— Ça, c'est l'avion, répondit le chauffeur. Tu montes.

— Et on va où, bordel ? J'ai pas signé pour ça, moi ! Filez-moi mon ordonnance. Je dégage !

— Non, tu montes. Tout de suite, lui renvoya le chauffeur en passant la main sous son siège.

Bosch vit se tendre les muscles de son bras alors qu'il attrapait quelque chose. Puis l'homme se retourna vers Bosch sans révéler de quoi il s'agissait. Mais le message était clair.

— OK, OK, dit Bosch. J'y vais.

Il fut le dernier à monter à bord. Des bancs longeaient les deux côtés du fuselage, des ceintures de sécurité y pendant ouvertes. Déjà les passagers les mettaient. Bosch repéra un espace vide à côté de la femme aux étoiles et cette fois s'assit à sa gauche.

Dans le vacarme du moteur, elle se pencha vers lui et lui parla à l'oreille.

— Bienvenue en enfer, lui dit-elle.

Bosch recula, la regarda et vit qu'elle avait jadis été une beauté, mais que maintenant, là, dans ses yeux, le regard était mort. Il se dit qu'elle devait avoir au moins cinquante ans, peut-être un peu moins. Peut-être même beaucoup moins si sa dépendance la ravageait depuis Dieu sait combien de temps. Il sentit une odeur de terre émaner d'elle. Cela lui rappela quelqu'un… Là, l'angle de ses pommettes. La femme donnait l'impression d'avoir du sang indien dans les veines. Il se demanda si son crâne rasé avait fait partie de l'article à vendre, comme sa canne et son attelle de genou. La femme avait l'air malade, peut-être même de subir une radiothérapie.

Qui sait ? Tout cela était peut-être même authentique. Il ne répondit pas. Il ne savait pas quoi lui dire.

Il regarda l'intérieur de l'appareil et s'aperçut qu'en montant il était passé devant un type qui, maintenant assis devant, était manifestement partie prenante de l'opération. Jeune et musclé, il avait un petit air Europe de l'Est. Il était appuyé à une paroi de fortune en aluminium qui séparait le cockpit de la partie passagers. Elle était munie d'une lucarne coulissante, mais fermée, et Bosch ne put voir le pilote.

Le type tendit la main en arrière et tapa sur la paroi. Aussitôt l'avion commença à rouler vers le terrain. Une fois sur la piste, il prit de la vitesse et parut s'envoler et monter dans les airs sans effort. La forte inclinaison de l'appareil et la force de gravité poussèrent la femme dans Bosch qui lui posa une main sur l'épaule pour la stabiliser. Ce fut comme si de la glace carbonique l'avait touchée. Elle se dégagea si violemment qu'il leva le bras en l'air comme pour lui dire qu'il ne le ferait plus.

Alors qu'il montait encore, l'appareil vira vers le sud. Bosch se pencha vers la femme sans la toucher et lui parla aussi bas qu'il pouvait pour se faire encore entendre.

— Où on va ? lui demanda-t-il.

— Où on va toujours, répondit-elle. Ne me parlez pas.

— Mais vous m'avez parlé…

— C'était une erreur. S'il vous plaît, arrêtez de parler.

L'avion arrivant dans une poche d'air, il y eut une secousse et la femme fut à nouveau projetée contre lui, mais parvint à s'immobiliser en se rattrapant à une poignée dont devaient se servir les parachutistes pour s'approcher de la plateforme de saut.

— Ça va ? risqua-t-il quand même.

— Oui. Foutez-moi la paix.

D'un autre geste de la main, Bosch lui fit comprendre qu'il arrêtait. Il aurait voulu lui poser des questions sur son tatouage, mais il y avait de la peur dans ses yeux. Il se tourna vers l'avant de l'avion et en découvrit la raison. Les efforts qu'il avait déployés pour communiquer avec elle avaient attiré l'attention de la brute à l'avant. Il lui fit signe qu'il arrêtait de communiquer.

Puis il se tourna vers le hublot derrière lui et tenta d'en ouvrir le cache, mais celui-ci semblait avoir été condamné. Seul celui de la portière de saut était ouvert, mais Bosch se trouvait trop loin pour repérer ce qui défilait sous l'appareil. Dans sa position, il ne pouvait voir qu'un ciel bleu et sans nuages.

Il se demanda si Hovan et la DEA suivaient l'avion comme ils l'avaient promis. Ils avaient déjà vérifié et découvert que le transpondeur du Cessna avait été débranché. Ils allaient devoir s'en remettre à du pistage visuel du haut des airs. L'appareil caché dans le portefeuille de Bosch était à courte portée, et seulement pour usage terrestre.

Il regarda les visages des individus alignés le long des deux parois de l'avion. Hommes et femmes, ils avaient l'air aussi décharné et infortuné que les fermiers du Dust Bowl[1]. Aucun espoir dans le regard, aucun endroit à soi, piégés par la dépendance. On n'avait pas trouvé sa place avant, on ne la trouverait plus maintenant : on

---

1. Nom d'une région à cheval sur l'Oklahoma, le Texas et le Kansas frappée par des tempêtes de poussière dans les années 30.

n'était plus que du bétail au plus bas de l'échelle d'une catastrophe nationale.

Il se renversa en arrière et fit le calcul. À douze dans cet avion et si tous rapportaient cent comprimés par jour à l'opération de Santos, cela faisait mille deux cents comprimés d'une valeur minimum de trente dollars l'unité dans les rues. Soit un total de 36 000 dollars par jour pour cette seule équipe. Soit encore plus de treize millions par an. Et Bosch le savait, d'autres équipes et d'autres opérations, il y en avait.

Le fric et les quantités donnaient le vertige. C'était là une gigantesque corporation répondant à une demande qui s'était infiltrée dans tous les États et dans toutes les villes. Il commença à voir pourquoi la femme aux étoiles lui avait souhaité la bienvenue en enfer.

Chapitre 24

Ils étaient encore en l'air lorsque Bosch sentit que l'avion manœuvrait à coups de grands cercles et de changements d'altitude. À son idée, on cherchait à savoir s'il y avait de la surveillance aérienne. Mais s'agissait-il là de procédés de pure routine ou était-ce à cause de lui, cela, il ne le savait pas. Il repensa au type qu'avait mentionné Jerry Edgar. Celui qui avait été retourné par la DEA et qui, parti en avion, n'était plus à bord lorsque l'appareil avait atterri.

Pour finir, le Cessna amorça une descente régulière, puis atterrit brutalement presque deux heures après avoir décollé. Mais Bosch n'avait pu qu'estimer cette durée. Partie intégrante du pseudo-paumé hors-du-cadre-social, il n'avait pas de montre.

Tout le monde descendit calmement et d'une manière ordonnée. Bosch s'aperçut alors qu'ils foulaient une piste en plein désert, avec en arrière-plan une chaîne de montagnes brunes entourant de grandes étendues plates brûlées par le soleil. Pour ce qu'il en savait, ils pouvaient très bien se trouver au Mexique, mais en suivant les autres jusqu'à un van qui attendait, il regarda autour de lui et l'odeur forte et l'espèce de croûte blanche de sel que formait la terre lui dirent qu'ils ne devaient pas être loin de la mer de Salton. Les renseignements de Jerry Edgar l'avaient beaucoup aidé.

Il prit un siège près d'une fenêtre dans le van et put continuer son observation. Il repéra deux autres avions de saut en parachute un peu plus loin sur la piste alors que le soleil baissait à l'horizon. Ainsi orienté, il détermina rapidement qu'en quittant la piste le van avait pris vers le sud.

Il chercha la femme aux étoiles sur la main et s'aperçut qu'elle s'était assise deux rangs devant lui. Il la vit se pencher en avant et croiser les bras en haussant les épaules. Il reconnut l'attitude, et cela lui rappela qu'il faisait, lui, seulement semblant d'être accro à la drogue. Tous les autres, eux, l'étaient vraiment.

Une demi-heure de trajet plus tard, le van entra dans ce qui ressemblait au genre de bidonvilles qu'il avait découverts en suivant une affaire jusque dans les *barrios* de Mexicali et autres endroits de l'autre côté de la frontière. Il y avait là toute une collection de caravanes, de bus, de tentes et de baraquements construits à l'aide de feuilles d'aluminium, de bâches en toile et de gravats de chantier.

Avant même que le van ne s'arrête, tout le monde s'était déjà levé et se pressait devant la portière latérale comme si on mourait d'impatience d'entamer la dernière partie du voyage. Bosch resta assis et regarda comment tous ces gens, qui jusque-là étaient restés aussi calmes et paisibles, maintenant se poussaient et tiraient pour passer devant. Il vit la femme aux étoiles attraper un type par le bras et le sortir de la mêlée pour pouvoir le dépasser.

La portière coulissant, tout le monde dégringola presque du van, Bosch voyant alors pourquoi en regardant par une fenêtre. Le type venu du campement pour ouvrir la portière donnait sa dose du soir à chaque passager. Il déposait des comprimés dans les mains qu'on lui tendait au fur et à mesure qu'on descendait du véhicule.

Se rendant alors compte qu'il devait se comporter de façon à ne pas compromettre sa couverture, Bosch se leva, passa son sac à dos sur l'épaule et quitta son siège. Il rattrapa le dernier de la file, se posta derrière lui, posa sa main libre sur son épaule et le tira violemment en arrière pour prendre sa place maintenant vide.

— Mais quoi, s'pèce de pute ! glapit le type.

Sentant qu'il allait essayer de reprendre sa place, Bosch se retourna, leva sa canne et la tint en travers. Le bonhomme était bien plus jeune que lui, mais très affaibli par son addiction. Bosch n'eut aucun mal à dévier ses attaques avec sa canne, le type finissant par se retrouver dans la travée ouverte près des sièges. Bosch ne le lâcha pas des yeux en avançant un centimètre après l'autre jusqu'à la portière.

Il fut l'avant-dernier à sortir du van et le type qui attendait dehors lui mit un comprimé vert pâle dans la paume de la main. Bosch le regarda en s'éloignant et y vit le *80* marqué dessus. Le type avec lequel il s'était battu sortit après lui et eut, lui aussi, droit à un comprimé.

— Non, non, minute, minute ! s'écria ce dernier. J'en veux plus. J'ai besoin des deux. Donne-les-moi.

Son accent était légèrement différent de celui des types du dispensaire de Pacoima, mais il n'empêche :

pour Bosch, le bonhomme était bien originaire d'Europe de l'Est.

Le drogué avec lequel il s'était empoigné examina le seul comprimé qu'il avait dans la main avec le même regard angoissé que celui que Bosch avait vu dans les yeux des plus désespérés – les réfugiés qu'il avait croisés des décennies auparavant au Vietnam, les accros à la drogue sur lesquels il était tombé dans les squats d'Hollywood. Et ce regard disait toujours la même chose : qu'est-ce que je vais faire ?

— S'il vous plaît ! reprit le type.

— Continue d'avancer, Brody, ou c'est fini pour toi, lui renvoya le pourvoyeur.

— D'accord, d'accord.

Ils suivirent les autres en formant une ligne qui conduisait au campement. Bosch se mit à la queue de façon à garder un œil sur le dénommé Brody. En continuant d'avancer, il vit, plusieurs places devant lui, la femme aux étoiles sortir un objet de sa poche et baisser les mains devant elle, Bosch devinant aussitôt à la façon dont elle remuait les épaules qu'elle faisait tourner quelque chose qu'il ne voyait pas. Un broyeur de comprimés. Ou bien elle avait un besoin si urgent de planer qu'elle ne pouvait plus attendre, ou bien elle craignait qu'un des types, peut-être Brody, lui pique ses comprimés.

Bosch la regarda porter les mains à son visage et se couvrir la bouche et le nez comme si elle allait éternuer. Et sniffer son comprimé maintenant réduit en poudre en continuant de marcher.

Brody tourna la tête vers Bosch et lui jeta le mauvais œil en passant devant lui. Bosch tendit le bras et le poussa bien fort au milieu du dos avec le bout en caoutchouc de sa canne.

— T'arrête pas, lui dit-il.

— Tu me dois un 80, le vieux, lui renvoya Brody.

— Ben c'est ça. Viens donc le chercher. Quand tu voudras.

— Ouais, on verra. On verra.

Brody s'était noué les manches d'un coupe-vent autour de la taille, un tee-shirt jauni pendant à ses épaules osseuses. De l'endroit où il se trouvait derrière lui, Bosch vit qu'il avait des tatouages lui descendant des deux côtés du triceps, mais ils étaient flous et illisibles parce que faits avec de l'encre de prison.

Le type de l'avion, celui qui les avait accueillis et celui qui leur avait distribué des comprimés, emmena tout le monde dans une zone ouverte qui semblait se trouver au centre du campement. Tendues en hauteur, des toiles triangulaires donnaient de l'ombre pendant la journée, mais avec le soleil maintenant passé derrière les montagnes à l'horizon, il commençait à faire froid. Il y avait du béton par terre et Bosch se dit que c'était une des dalles qui avaient donné son nom à l'endroit.

Un homme était assis à une table à l'ombre des bâches triangulaires. Le chauffeur du van poussa le groupe dans cet espace. Tous regardèrent le type à la table, celui-ci leur adressant un signe de tête. Bosch vit un badge accroché à la chemise rouge du bonhomme. L'objet ressemblait à un insigne en fer-blanc de garde d'une société de sécurité privée, mais donnait pourtant l'impression de faire de lui le shérif de Slab City. Il y avait deux cartons sur la table.

Lors d'une réunion d'information tenue ce matin-là avant que l'opération d'infiltration ne démarre, Bosch avait regardé les rares photos de Santos qu'avait la DEA et même si elles avaient toutes au moins trois ans d'âge, il fut sûr et certain que ce n'était pas lui. Le shérif se leva et regarda les yeux enfoncés de tous les types debout qui l'entouraient.

— La bouffe est là, dit-il. Une chacun, et on l'emporte.

Et il commença à ouvrir les boîtes sur la table. On ne se rua pas comme on l'avait fait pour la distribution des comprimés. La nourriture n'était clairement pas la partie la plus énergisante de leur existence. Bosch avança sans pousser personne, arriva à la table et s'aperçut qu'une boîte contenait des barres protéinées et l'autre des *burritos* enveloppés dans du papier alu. Il prit une barre protéinée et se détourna.

Le groupe commença à se défaire, nombre d'individus partant dans des directions différentes. Il était clair que tout le monde avait une destination en tête, sauf lui. Brody lui décocha un autre coup d'œil, puis se dirigea vers le rabat ouvert d'une grande tente jaune et noir qui paraissait faite avec des bâches jadis utilisées pour couvrir des maisons en traitement antitermites.

En se mettant à couvert derrière ces gens qui allaient et venaient en tous sens, Bosch s'accroupit sur un genou, posa sa canne et sa barre protéinée à côté de lui, et renoua les lacets de ses godillots. Si l'ourlet de la jambe droite de son jean contenait ses doses de Narcan, celui de la gauche était muni d'une ouverture où glisser n'importe quelle drogue qu'on lui donnerait de façon à ne pas l'ingérer et à la garder comme élément de preuve à conviction lors d'un éventuel procès. Il s'était entraîné plusieurs fois à la manœuvre du laçage de godillot lors des séances de mise en condition de la veille. Le bas de sa jambe de pantalon une fois relevé afin de pouvoir lacer sa grosse chaussure, il y glissa le comprimé.

Il se redressait lorsque la femme aux étoiles le frôla en passant et lui murmura :

— Préparez-vous. Brody vous sautera dessus ce soir.

Déjà elle disparaissait en se dirigeant, elle aussi, vers la tente où s'était rendu Brody. Bosch la regarda partir sans rien dire.

— Toi !

Bosch se retourna et regarda le type qui, toujours à la table, montrait quelque chose dans son dos.

— Toi, t'es là-bas dedans, dit-il. Tu prends le lit libre et tu fous tes merdes dessous. Et pas question de prendre ton sac à dos avec toi demain.

Bosch regarda derrière lui en finissant de lacer sa chaussure. Le shérif lui montrait l'arrière d'un vieux bus scolaire qui semblait avoir terminé sa carrière en transportant des ouvriers agricoles après avoir véhiculé des écoliers. Il avait jadis été vert et tombait en ruines. La peinture s'était depuis longtemps décolorée et oxydée. Les fenêtres avaient été ou peintes ou couvertes de papier alu à l'intérieur.

— Y a toutes mes affaires dedans, dit Bosch. J'en ai besoin, moi, de ce sac.

— Y a pas la place pour ça, lui renvoya le shérif. Tu le laisseras là. Personne n'y touchera. T'essaies de le prendre et on te le jettera de l'avion, compris ?

— Compris, oui.

Bosch se remit sur ses pieds et se dirigea vers le bus. Il monta deux marches pour arriver à la porte de derrière et fut dans la place. Il faisait sombre à l'intérieur. Il n'y avait aucun bruit et ça sentait l'aigre. L'air était étouffant. Les lits dont lui avait parlé le shérif étaient des lits de camp des surplus de l'armée et s'alignaient bout à bout des deux côtés du bus, seule une allée étroite les séparant. Bosch la descendit lentement et comprit vite que l'air le plus propre se trouvait près de la porte par laquelle il venait d'entrer, mais que ces lits étaient tous déjà occupés par des types ou endormis ou allongés là, à le regarder avec des yeux morts.

Le dernier lit à droite était libre et paraissait inutilisé. Bosch laissa tomber son sac à dos par terre et le poussa dessous du pied. Puis il s'assit et regarda autour de lui. Mélange d'odeurs corporelles et de mauvaises haleines ajouté aux relents de la mer de Salton, l'air était putride et lui rappela quelque chose que Jerry Edgar lui avait dit après une autopsie, à savoir que toutes les odeurs étaient de la matière particulaire. Assis là, il se rendit alors compte qu'il respirait d'infimes émanations de tous les drogués de ce bus.

Il baissa la main et ressortit son sac à dos de dessous le lit. Il en ouvrit la fermeture Éclair et fouilla dans ses vêtements jusqu'à ce qu'il y trouve le bandana qu'un des instructeurs de la DEA y avait glissé. Il en fit un triangle qu'il s'attacha autour de la tête et en travers de la bouche et du nez comme un pilleur de trains du Far West.

— Ça sert à rien.

Bosch regarda autour de lui. Le plafond du bus n'ayant que des coins ronds, la voix aurait pu lui parvenir de n'importe quel endroit. Tout le monde semblait dormir ou ne pas s'intéresser à lui.

— Ici.

Bosch regarda de l'autre côté. Assis à la place du conducteur, un type le regardait dans une glace posée sur le tableau de bord couvert de poussière. Bosch ne l'avait pas vu.

— Pourquoi ? demanda-t-il.

— Parce que ici, c'est comme le cancer, répondit l'inconnu. Rien ne l'arrête.

Bosch acquiesça d'un signe de tête. Le bonhomme avait probablement raison, mais il n'empêche : il garda son masque sur la figure.

— C'est là que vous dormez ? demanda-t-il.

— Oui. Je peux pas m'allonger. Ça me donne le vertige.

— Depuis combien de temps êtes-vous ici ?

— Bien assez longtemps.

— Y a combien de gens ici ?

— Tu poses trop de questions.

— Je m'excuse. C'était juste pour causer.

— On n'aime pas la conversation ici.

— C'est ce que j'ai entendu dire.

Bosch replongea les mains dans son sac. Il en sortit un des tee-shirts et le roula pour s'en faire un oreiller. Puis il s'allongea les pieds vers le fond du bus de façon à pouvoir surveiller la porte, et regarda sa barre protéinée. Elle était d'une marque qu'il n'avait encore jamais vue. Il n'avait pas faim, mais se demanda s'il ne devrait pas la manger pour conserver son énergie.

— Bon alors, reprit-il en murmurant, c'est quoi, votre nom ?

— Ç'aurait de l'importance ? Je m'appelle Ted.

— Moi, c'est Nick. Qu'est-ce qui se passe ici ?

— Et voilà que tu recommences avec tes questions !

— Je me demande juste dans quoi j'ai foutu les pieds. On dirait un camp de travail ou pas loin.

— C'en est un.

— Et on peut pas s'en aller ?

— Si, on peut. Mais faut avoir un plan. C'est au milieu de nulle part, ici. Attends un peu d'être en ville parce que là, vaut mieux être clair : on t'a à l'œil. Pour eux, on vaut tous des tas de fric. Alors nous laisser partir…

— Je savais bien que j'aurais dû dire non.

— C'est pas si mal que ça. Ils te nourrissent et te filent des comprimés. Y a juste qu'à obéir à leurs règles.

— C'est ça, oui.

Bosch laissa son regard suivre l'allée centrale jusqu'à la porte arrière du bus toujours ouverte. Il abaissa son bandana sous son menton et ouvrit la barre protéinée en espérant qu'elle le garde éveillé et en alerte.

La lumière naturelle avait presque entièrement disparu. Pour la première fois, Bosch commença à ressentir les tensions de la peur dans sa poitrine. Il savait que les dangers étaient grands, et venaient de partout dans cet endroit. Il ne pouvait pas, il le savait, prendre le risque de dormir même seulement cinq minutes – toute la nuit, n'en parlons pas.

Chapitre 25

Brody l'attaqua en pleine nuit. Mais Bosch était prêt. Le clair de lune le faisant apparaître en silhouette dans l'encadrement de la porte arrière, Brody descendit furtivement l'allée entre les lits de camp où tout le monde dormait. Bosch vit qu'il serrait quelque chose dans une main. Quelque chose de petit comme un couteau. Bosch était allongé sur le côté droit, son bras plié au coude et sa main apparemment sous la tête. Mais à l'arrière du lit il serrait fort sa canne.

Bosch n'attendit pas de savoir si Brody venait pour le voler ou l'agresser. Avant même que la silhouette à demi éclairée puisse s'approcher assez près, il lui décocha, et très vicieusement, un coup de canne qui l'atteignit selon un angle étendant son impact de la mâchoire jusqu'en travers de l'oreille. Brody tomba aussitôt sur le lit derrière lui et réveilla un type qui dormait, grogna et le poussa. L'arme de Brody, un tournevis, tomba sur le sol avec un bruit métallique. Bosch sauta immédiatement de son lit, fut sur lui dans l'allée entre les lits et lui tint sa canne sur le cou à la manière d'une barre. Brody l'attrapa à deux mains pour essayer d'empêcher qu'elle ne lui écrase la gorge.

Bosch maintint la pression. Assez fort pour interrompre la respiration de Brody sans la couper entièrement. Puis il se pencha vers lui et lui murmura fort :

— Tu reviens me chercher et ce coup-là, je te tue. Je l'ai déjà fait et je le ferai encore. Me comprends-tu bien ?

Incapable de parler, Brody acquiesça d'un signe de tête du mieux qu'il pouvait.

— Bon et maintenant je vais te laisser partir et toi, tu vas regagner ton trou et ne plus jamais me causer de problèmes, on est bien d'accord ?

Brody acquiesça de nouveau.

— Parfait.

Bosch relâcha sa pression, mais hésita un instant avant de le laisser partir. Il voulait être prêt pour le coup fourré. Mais Brody lâcha la canne et ouvrit la main, doigts largement écartés.

Bosch se redressa.

— OK, fous-moi le camp d'ici.

Brody reprit ses esprits, se releva sans mot dire et redescendit l'allée centrale jusqu'à la sortie arrière du bus. Pas un seul instant Bosch ne pensa hésiter si jamais Brody remettait ça.

Il ramassa le tournevis et ressortit le sac à dos de dessous le lit. Il y cachait l'outil au fond de la grande poche lorsqu'il entendit un chuchotement monter du siège avant du bus.

— Joli travail de bâton ! lui avait lancé Ted.

— C'est une canne, lui renvoya Bosch.

Puis il attendit et écouta pour savoir si Brody se faisait arrêter par le shérif ou n'importe qui d'autre qui aurait pu entendre la bagarre. Mais seul le silence du dehors lui revint. Il s'agenouilla, fouilla à nouveau dans le sac et y prit un tee-shirt noir orné du logo des Lakers pour se changer. Puis il enfourna le flacon de laxatifs dans une de ses poches, se releva et se tourna vers la sortie à l'arrière du bus.

— Où tu vas ? lui murmura Ted. Ne va pas dehors.

— Où on va aux toilettes dans le coin ? lui demanda Bosch.

— T'as juste qu'à suivre l'odeur, mec. C'est du côté sud du campement.

— Compris.

Bosch descendit l'allée centrale en faisant attention de ne pas se prendre dans les membres humains qui pendaient çà et là en dehors des lits. Arrivé à la porte, il resta tapi dans l'ombre et regarda l'endroit où le shérif était assis lorsqu'il était arrivé. Personne. Jusqu'à la table qui avait disparu.

Il descendit du bus et s'immobilisa. L'air lui apportait toujours l'odeur de la mer de Salton, et il était plus frais et propre que tout ce qu'il avait respiré dans le bus. Il abaissa son bandana sur son menton et le laissa pendre autour de son cou. Et écouta. La nuit était froide et calme, et les étoiles brillaient fort dans le ciel noir au-dessus de lui. Il crut entendre le bourdonnement sourd d'un moteur monter de l'intérieur du campement ou d'un endroit proche, mais pas moyen de dire de quelle direction précise venait le bruit.

Demander à Ted où il pouvait aller aux toilettes n'était qu'une façade. Il n'avait d'autre plan que celui d'étudier le camp afin d'en repérer les lieux importants et d'en connaître les dimensions pour pouvoir aider la police à lancer des mandats de perquisition si cela faisait jamais partie des suites à donner à l'opération « Jean sale ».

Il s'écarta du bus et choisit au hasard un passage entre la tente à laquelle il savait Brody assigné et une rangée de taudis. Il marchait vite et sans faire de bruit lorsqu'il s'aperçut qu'il s'éloignait du bruit de moteur. Il suivit le sentier jusqu'à l'extrémité sud du camp, l'air y étant soudain empuanti par l'alignement de quatre toilettes mobiles posées sur le plateau d'une remorque. L'odeur disait qu'elles n'avaient probablement pas été passées à la pompe de nettoyage depuis des semaines, voire des mois.

Il continua d'avancer en suivant le périmètre circulaire du camp dans le sens des aiguilles d'une montre. Vu de l'extérieur, celui-ci ne se distinguait en rien des campements de sans-abri qui surgissaient depuis quelques années dans presque tous les parkings et jardins publics de Los Angeles.

Alors qu'il avait repris sa route vers le nord du camp, il entendit le bourdonnement du moteur grandir régulièrement et arriva bientôt près d'un mobile home double largeur avec de la lumière à l'intérieur et un climatiseur alimenté par un générateur électrique installé à cinquante mètres de là, dans les fourrés à l'arrière.

Il se dit que c'était sans doute les quartiers de l'état-major qu'il avait sous les yeux. Le shérif, le type qui distribuait les comprimés, peut-être même le pilote des avions qu'il avait vus, vivaient dans le confort d'un lieu climatisé.

Son hypothèse fut confirmée lorsqu'en s'en approchant de côté il tomba sur deux vans garés côte à côte derrière le mobile home. Il vit aussi une ombre se déplacer derrière le rideau d'une des fenêtres éclairées. Quelqu'un allait et venait à l'intérieur.

Il gagna vite les vans de façon à pouvoir se mettre à couvert. Dès qu'il y arriva, il se pressa contre le coin arrière de l'un d'eux et regarda les bords supérieurs du mobile home afin de voir s'il s'y trouvait des caméras.

Il n'en vit aucune preuve, mais savait qu'il faisait trop sombre pour en être certain. Il savait aussi qu'on pouvait prendre bien d'autres mesures électroniques pour se garder de toute intrusion. Il n'empêche. Il décida de risquer le coup pour voir ce qu'il y avait à l'intérieur du double largeur.

Il s'approcha de la fenêtre éclairée. La porte juste à côté était munie d'un grand panneau ENTRÉE INTERDITE, avec ce petit bonus menaçant : TOUT INTRUS SERA ABATTU.

Imperturbable, il continua d'avancer. Le rideau n'avait pas été tiré jusqu'en bas. Il y avait là un espace de cinq centimètres qui lui permit de balayer la pièce du regard de droite à gauche.

Deux hommes se trouvaient dans la pièce. Blancs, ils portaient l'un et l'autre des marcels découvrant des bras et des épaules lourdement tatoués. Ils s'étaient assis à une table et jouaient aux cartes en buvant un liquide clair directement à une bouteille sans étiquette. Au centre de la table trônait un tas de comprimés de couleur pâle, Bosch comprenant alors que c'était le niveau de dosage des comprimés d'oxycodone qui donnait lieu aux paris de la partie en cours.

L'un des deux hommes semblant avoir perdu sa mise, tout joyeux son adversaire ramenait déjà le pot à lui avec la main lorsque, pris de colère, l'autre poussa d'un geste toutes les cartes sur la table et les fit tomber par terre. En suivant du regard le mouvement de son bras, Bosch s'aperçut qu'il y avait un troisième homme dans la pièce.

À gauche, une femme nue était allongée sur un divan. Son visage et son corps étant tournés vers les coussins à l'arrière, elle donnait l'impression d'être endormie ou inconsciente. Bosch ne pouvait pas voir son visage, mais il n'y avait pas besoin d'être un génie pour comprendre ce qui se passait. Bosch baissa la tête un instant tellement il était pris de révulsion. C'était pour cette raison précise qu'il avait évité le travail d'infiltration pendant toutes les années qu'il avait données aux forces de l'ordre. L'inspecteur des Homicides qu'il était voyait le pire de tout ce que les humains sont capables de se faire les uns aux autres. Mais lorsque enfin il témoignait au tribunal, le crime avait été commis et la souffrance avait cessé. Toutes les affaires laissent leur marque psychologique, mais elles étaient alors contrebalancées par le passage de la justice. Cela ne résolvait pas tout, c'était quand même s'accomplir que de donner le maximum dans chaque dossier.

Dans le travail d'infiltration, au contraire, on quittait les lieux sûrs de la justice pour entrer dans l'univers des dépravés. On voyait alors comment les humains font leurs proies d'autres humains sans pouvoir s'y opposer à moins de dire adieu à sa couverture. Il faut avaler et vivre avec pour que l'affaire se termine. Bosch aurait voulu se ruer dans la caravane pour épargner à cette femme une minute d'horreur de plus, mais il ne le pouvait pas. Pas maintenant. C'était une justice plus vaste qu'il cherchait à servir.

Il détourna les yeux de la femme et regarda les deux hommes. Il lui parut clair qu'ils parlaient russe et les mots tatoués sur leurs bras avaient eux aussi l'air russe. Les deux hommes avaient ce que les flics qualifient de « corps de condamnés », à savoir des torses fortement musclés suite à des années d'entraînement intensif avec pompes, redressements assis et tractions, et des jambes complètement négligées dans le processus. Et l'un d'eux était nettement plus âgé que l'autre. Il avait dans les trente-cinq ans et la brosse militaire. Bosch estima que l'autre avait à peine trente ans, et ses cheveux étaient teints en blond.

Il étudia leur taille et leurs mouvements en les comparant avec ce qu'il se rappelait des vidéos du mitraillage de la pharmacie et des chargements et déchargements de passagers à Whiteman. Pouvait-il s'agir des tireurs ? Il était impossible de le dire avec certitude, mais il songea qu'il y en avait un indice dans la manière apparemment désinvolte avec laquelle ils avaient abusé de la femme. Ils l'avaient très probablement droguée, violée et laissée sans aucun vêtement sur le divan. Pour lui, tout individu qui fait ce genre de choses est capable de tuer avec la même désinvolture. Son instinct lui dit que c'était bien ces deux types qui avaient abattu José Esquivel et son fils.

Et qu'ils le conduiraient à Santos.

Apercevant un reflet de lumière sur le revêtement en aluminium du mobile home, il se retourna et vit quelqu'un s'approcher avec une torche électrique. Il se baissa vite, puis repartit vers les vans et se glissa entre eux.

— Hé là !

Il avait été repéré. Il passa à l'arrière des véhicules et dut prendre une décision.

Il se coula rapidement sous leurs fenêtres et longea de nouveau l'extérieur du van le plus éloigné du mobile home. L'homme à la torche électrique se mit à courir et passa entre les vans, dernier endroit où il avait vu l'intrus.

Bosch attendit une seconde et fonça vers le coin du mobile home. Il savait que s'il y parvenait, il pourrait s'en servir comme d'un écran entre lui et l'homme à la torche. Il courait encore lorsqu'il entendit l'homme parler avec fébrilité, et comprit qu'il devait avoir une radio. Cela voulait dire qu'il pouvait y avoir au moins une autre personne patrouillant dans le camp.

Bosch arriva au coin du mobile home sans susciter un autre cri. Il se pressa fort contre la paroi et risqua un œil à l'angle du véhicule. L'homme à la torche était près du générateur, ce qui donnait à Bosch une cinquantaine de mètres d'avance. Il s'apprêtait à regagner le camp lorsqu'il vit une autre torche se déplacer sur le sentier qui conduisait vers lui. Il n'avait plus le choix. Il fonça sur sa gauche en espérant arriver au couvert d'un vieux camping-car avant que le deuxième type ne le repère.

Les poumons en feu, il dépassait l'arrière du camping-car lorsque de la lumière l'éclaira. Il entendit d'autres voix et d'autres cris et comprit que le vacarme avait fait sortir les Russes de leur mobile home pour voir ce qui se passait.

Il continua d'avancer alors même que la fatigue due à tous ces efforts commençait à se faire sentir. Il longea le bord du campement jusqu'aux toilettes. Il songea à se cacher dans l'une d'elles, puis se ravisa, tourna, entra dans le camp et suivit le passage qui le ramènerait au bus. Tout cela en marchant comme si de rien n'était après s'être servi de sa chemise pour essuyer la sueur sur son visage.

Mais il n'y arriva pas. Dans l'espace dégagé derrière le bus, on l'attendait. Les torches commençant par l'éclairer, il fut poussé à terre par-derrière.

— Non mais, tu croyais faire quoi ? lui cria une voix.

Bosch leva les mains de dessus la terre et le sable et écarta grand les doigts.

— J'étais juste aux toilettes, répondit-il. Je croyais qu'il n'y avait pas de problème. Personne m'avait dit que je pouvais pas…

— Lève-moi ce mec, lança un Russe.

Bosch fut brutalement soulevé de terre, le shérif et un type qu'il supposa être son adjoint le tenant par les bras.

Les deux hommes qu'il avait vus jouer aux cartes se dressaient devant lui. Le plus âgé s'approcha assez près pour qu'il sente la vodka dans son haleine.

— T'es comme petit mateur ? demanda-t-il.

— Quoi ? s'exclama Bosch. Non, fallait que j'aille aux chiottes.

— Non, toi petit mateur. Traînes partout et mates dans la fenêtre.

— C'était pas moi.

— Qui alors ? T'as vu mateurs ? Non, juste toi.

— Je sais pas, mais c'était pas moi.

— Ouais, on voit ça. Fouillez-le. Qui c'est, ce type ?

Le shérif et son adjoint commencèrent à lui faire les poches.

— C'est un nouveau, répondit le shérif. C'est lui qu'avait le flingue.

Il sortit le portefeuille de la poche de Bosch et s'apprêta à le séparer de sa chaîne en tirant dessus.

— Une seconde, une seconde ! s'écria Bosch.

Il ouvrit l'anneau de sa ceinture et libéra le portefeuille et sa chaîne. Le shérif les jeta au Russe.

— Donne lumière, dit-il.

L'adjoint leva sa torche en l'air tandis que le Russe examinait le portefeuille.

— Reilly, dit-il.

Prononcé « rallye ».

Le shérif trouva le flacon de laxatifs et le montra au Russe. Le blond dit quelque chose dans leur langue, mais celui qui tenait le portefeuille de Bosch parut l'ignorer.

— Pourquoi tu sues, Reilly ? demanda-t-il à la place.

— Parce que j'ai besoin de ma dose, répondit Bosch. On m'en a donné qu'une.

— Il s'est battu dans le van, reprit le shérif.

— Y a pas eu de bagarre. On s'est juste poussés. C'était pas juste. J'ai besoin de ma dose.

Le Russe fit claquer le portefeuille dans sa main en réfléchissant à la situation. Puis il le rendit à Bosch.

Qui pensa en avoir fini. Lui rendre son portefeuille voulait dire que le Russe allait laisser passer son intrusion.

Il se trompait.

— Sur ses genoux, dit le Russe.

Des mains solides s'emparant en même temps de ses épaules, Bosch fut mis à genoux. Le Russe passa la main dans son dos et sortit une arme, Bosch reconnaissant aussitôt celle qu'on lui avait prise dans son sac à dos.

— C'est merde de flingue à toi, Reilly ?

— Oui. On me l'a pris au dispensaire.

— Ben maintenant, à moi.

— Pas de problème. Comme vous voudrez.

— Tu sais je suis russe, oui ?

— Oui.

— Alors si on jouait jeu russe et tu dis quoi tu fais en matant à fenêtre ?

— Je matais pas. Je chiais. Je suis vieux. Ça me prend du temps.

L'adjoint rigola, mais s'arrêta net lorsque le shérif le fusilla du regard. Le Russe ouvrit le barillet du revolver et fit tomber les six balles dans la paume de sa main. Puis il en tint une à la lumière et fit tout un cirque pour la remettre dans le barillet, qu'il referma d'un coup sec et fit tourner.

— Maintenant joue roulette russe, oui ?

Il tint l'arme devant lui et en appuya le canon sur la tempe gauche de Bosch.

Les hommes de la DEA lui avaient bien dit avoir désarmé le revolver et il avait confiance en eux, mais il n'y a rien de mieux qu'avoir le canon d'une arme sur la tempe pour envisager son destin. Bosch ferma les yeux.

Le Russe pressa la détente, Bosch sursautant en entendant claquer le métal. Alors il sut que les deux Russes étaient les tueurs de la pharmacie. Il rouvrit les yeux et regarda bien en face le type qu'il avait devant lui.

— Ah, tu as la chance, dit le Russe.

Il refit tourner le barillet et rit.

— On essaie deux, veinard ? Pourquoi tu regardes ma fenêtre ce soir ?

— Non, s'il vous plaît, c'était pas moi. Je sais même pas où est votre fenêtre. Je viens d'arriver. J'ai même dû demander où étaient les toilettes.

Cette fois le Russe appuya la bouche du canon sur le front de Bosch. Mais son associé lui parla d'un ton plein d'urgence. Bosch devina qu'il devait lui rappeler l'impact qu'aurait cette histoire sur la production des comprimés si Bosch était tué.

Le Russe reprit l'arme sans presser la détente. Et commença à la recharger. Son travail fini, il referma le barillet d'un coup sec et montra l'endroit où la plaquette de crosse avait disparu.

— Je t'arrange flingue et garde, dit-il. Je veux ta chance. T'es d'accord, Reilly ?

— Bien sûr, répondit Bosch. Gardez-le.

Le Russe passa la main dans son dos et glissa l'arme dans sa ceinture.

— Merci, Reilly, dit-il. Maintenant retourne dormir. Et plus merdes de petit mateur.

Chapitre 26

La flotte aérienne de Santos décolla tôt ce samedi-là, après une distribution de comprimés, de barres protéinées et de *burritos*. Bosch se retrouva avec un groupe dans l'avion même qui l'avait conduit au campement, mais avec plus de passagers, hommes et femmes au nouveau visage assis sur les bancs de l'appareil. Il y vit Brody avec une marque violette sur tout le côté droit de la figure, ainsi que la femme aux étoiles sur la main. Ils se trouvaient tous les deux sur le banc en face de lui. Peut-être était-ce son crâne rasé qui lui donnait l'impression fausse qu'elle souffrait d'un mal autre que la dépendance, mais, pure sympathie à son endroit, Bosch n'en éprouvait pas moins le besoin de protéger la femme aux étoiles. Et dans le même temps, il savait devoir ne jamais tourner le dos à Brody.

Cette fois, il fut assez malin pour jouer des coudes afin de trouver un siège près de la porte de saut avec son hublot sans cache. Il allait enfin pouvoir essayer de découvrir où se rendait l'avion.

Ils partirent vers le nord et ne changèrent pas de cap, l'appareil restant à une altitude de seulement quelques milliers de mètres. En regardant par-dessus son épaule par le hublot, Bosch repéra la mer de Salton. Puis il vit les couleurs vives peintes sur le monument connu sous le nom de Salvation Mountain[1]. Et de tout en haut il découvrit cet avertissement :

JÉSUS EST LE CHEMIN

Après, ce furent le Joshua Tree National Park et le désert de Mojave avec au-dessous de lui ses terres magnifiques d'une austérité jamais altérée.

Ils volaient depuis presque deux heures lorsque le Cessna atterrit brutalement sur une piste utilisée par des avions pulvérisateurs. Alors que l'appareil effectuait sa descente, Bosch avait repéré au loin un parc éolien près d'une colline piquetée de bétail et sut aussitôt où ils étaient. Dans la Central Valley, près de Modesto, endroit où il avait travaillé sur une affaire quelques années plus tôt, et avait alors vu un hélicoptère s'écraser au sol après avoir heurté une éolienne.

Deux vans les attendant, ils furent divisés en deux groupes de sept personnes, Bosch étant séparé de Brody et de la femme aux étoiles. Dans son véhicule se trouvaient deux hommes de l'organisation assis à l'avant, un chauffeur et un contremaître, l'un et l'autre parlant avec un accent russe. Tout le monde commença par s'arrêter à Tulare, où l'on s'en prit à des petites pharmacies du coin pour se faire servir des comprimés. À chaque arrêt, le contremaître donnait à chaque mule, Bosch y compris, de nouvelles pièces d'identité – permis de conduire et carte Medicare –, ainsi qu'une ordonnance

1. La montagne du Salut.

et du liquide pour les déductions non remboursables. Ces pièces d'identité étaient si grossières que n'importe quel videur pas même embauché depuis une semaine dans une boîte de L.A. aurait tiqué aussitôt. Mais cela n'avait aucune importance. Ces pharmaciens – tout comme José Esquivel Senior – étaient dans le coup et en profitaient en exécutant des ordonnances apparemment légales. C'était à partir de là que les effets de vague de toute cette corruption se répercutaient jusque dans les allées du pouvoir et de l'industrie pharmaceutique.

Bien qu'il n'y ait apparemment aucun besoin de faire semblant d'être blessé, Bosch prenait toujours soin de porter son attelle de genou et de marcher avec sa canne. Il ne le faisait que pour n'être jamais séparé de cette dernière, qui était sa seule arme.

La troupe passait près d'une heure à chaque arrêt, le contremaître la divisant en général en personnes seules ou en groupes de deux dans chaque pharmacie de façon à ce que sept drogués en haillons d'un coup n'aillent pas éveiller des inquiétudes chez les clients ordinaires. De Tulare tout le monde passa à Modesto, puis à Fresno, une quantité régulière de flacons de comprimés de couleur ambre atterrissant chaque fois dans le sac à dos du contremaître.

L'avion était reparti et attendait sur une autre piste ouverte, près d'une exploitation de noix de pécan. L'autre van était déjà là et lorsque Bosch y monta, les places près des hublots étaient prises. Il en trouva une à côté de la femme aux étoiles et comme il en avait été averti, il ne lui dit rien.

Avant le décollage, il vit le capper de son van tendre son sac à dos au pilote par la vitre du cockpit, ce dernier lui signant même un reçu. L'appareil s'élança alors en grondant sur la piste non pavée et s'envola, cap au sud. Où il demeura sans virer de bord ou prendre la moindre mesure antisurveillance.

Bosch se tint coi pendant une demi-heure avant d'enfin se pencher vers la femme et lui parler juste assez fort pour être entendu au-dessus du bruit du moteur.

— Vous aviez raison, dit-il. Il est venu en pleine nuit. Et j'étais prêt.

— C'est ce que je vois, dit-elle en parlant du bleu que Brody avait en travers de la figure.

— Merci.

— De rien.

— Depuis combien de temps êtes-vous piégée dans ce truc ?

Elle pivota sur le banc et lui tourna, littéralement, le dos. Puis, comme si elle se ravisait, elle pivota la tête vers lui et lui lança :

— Laissez-moi tranquille, juste ça.

— Je me disais qu'on pourrait s'entraider, c'est tout.

— Qu'est-ce que vous racontez ? Vous êtes à peine arrivé. Et vous n'êtes pas une femme et ne savez pas ce que c'est.

Il revit celle rejetée sur le canapé pendant que les Russes jouaient les comprimés à l'origine de tous ces désastres et déchéances.

— Je sais, dit-il. Mais j'en ai assez vu pour savoir que c'est comme être une esclave.

Elle ne répondit pas et continua de lui tourner le dos.

— Je vous ferai savoir quand je passerai à l'attaque, risqua-t-il.

— Ne faites pas ça, lui renvoya-t-elle. Vous n'y gagnerez que de vous faire tuer. Et je veux rien avoir à faire avec ça. Je ne veux pas être sauvée, c'est compris ? Comme je vous l'ai dit tout de suite, laissez-moi tranquille.

— Pourquoi m'avez-vous averti pour Brody si vous voulez qu'on vous laisse tranquille ?

— Parce que c'est une bête et que ça n'a rien à voir.

— Compris.

Elle essaya de s'écarter encore plus de lui, mais l'ourlet de sa veste jaune pâle s'était pris sous la jambe de Bosch. Le geste qu'elle avait fait lui tira la veste par-dessus l'épaule et révéla le haut qu'elle portait en dessous et un bout de tatouage.

ISY
2009

En colère, elle tira sa veste toujours coincée sous la jambe de Bosch et la remit en place, mais il en avait assez vu pour savoir que c'était une partie d'un RIP qu'on lui avait tatoué à l'arrière de l'épaule. Elle avait perdu quelqu'un d'important dans sa vie huit ans plus tôt. D'assez important pour qu'elle en garde éternellement le souvenir. Il se demanda si c'était ce deuil qui avait fini par la mettre dans l'avion.

L'appareil descendit une heure plus tard en planant et toucha terre plus doucement. Bosch fut incapable de dire où ils se trouvaient jusqu'au moment où, en passant par la porte de saut, il s'aperçut qu'ils étaient entrés dans le hangar de Whiteman. Deux vans les attendant, cette fois il essaya de rester près de la femme aux étoiles. Puis, le groupe ayant été reformé, il finit par se retrouver dans un van avec elle et Brody.

De Whiteman le van partit à droite dans San Fernando Road, mais prit ensuite Van Nuys Boulevard jusqu'au premier arrêt pharmacie. Ils étaient à Pacoima et semblaient vouloir se tenir à l'écart de San Fernando.

Le chauffeur, le Russe qui lui avait flanqué un coup de poing la veille au dispensaire, sépara ses sept drogués en deux groupes et commença par expédier Bosch et deux autres à la pharmacie, Brody et la femme aux étoiles restant dans l'autre groupe. Bosch s'acquitta de tout le processus consistant à présenter une ordonnance et des pièces d'identité bidon au pharmacien, puis attendit qu'on lui glisse les comprimés dans un flacon. Dans les trois quarts des autres arrêts, les comprimés avaient déjà été mis dans les flacons, les pharmaciens voulant limiter au minimum le temps passé par les mules dans leur magasin. Mais dans celui-là, Bosch reçut l'ordre d'attendre dehors ou de revenir une demi-heure plus tard.

Il sortit de la pharmacie et avertit le Russe. Qui n'en fut pas heureux. Et dit à Bosch et aux deux autres d'entrer à nouveau dans le magasin et d'attendre à l'intérieur de façon à pousser le pharmacien à s'activer. Bosch fit ce qu'on lui disait et allait et venait dans l'allée des soins du pied, soit en plein sous les yeux du pharmacien, lorsqu'en se retournant il découvrit une cliente qui s'intéressait à des semelles du Dr Scholl. C'était Bella Lourdes. Elle lui parla à voix basse et sans le regarder.

— Comment ça va, Harry ?

Bosch vérifia où se trouvaient les deux autres mules avant de répondre. Elles s'étaient séparées, l'une regardant les médicaments dans l'allée pharmacie mexicaine pendant que l'autre maintenait sa surveillance au comptoir des ordonnances.

— Ça va. Qu'est-ce que tu fais ici ? lui renvoya-t-il.

— J'avais besoin de vérifier. On a perdu le contact avec toi hier soir. On ne l'a retrouvé qu'au moment où tu as atterri à Whiteman.

— Tu te fous de moi ? Hovan avait dit qu'ils seraient comme un œil dans le ciel. Ils ont perdu l'avion ?

— Oui. Hovan a parlé d'interférences dans la haute atmosphère. Valdez en est grimpé aux rideaux. Où est-ce qu'ils t'ont emmené ?

— Les renseignements de Jerry Edgar étaient bons. Dans un camp près de Slab City, au sud-est de la mer de Salton.

— Et… Ça va ?

— Ça va, mais ça a bien failli ne pas aller. Je pense avoir vu les deux tireurs. L'un d'eux a joué à la roulette russe avec moi en se servant du revolver de la DEA.

— Nom de Dieu !

— Ouais. Heureusement que le flingue avait été désarmé.

— Je suis vraiment désolée. Tu veux arrêter ? J'en donne l'ordre, on envahit la pharmacie et on te sort de là en faisant comme si c'était une descente.

— Non, mais je veux que tu fasses autre chose. Où est Jerry ?

— Il surveille dehors. On a évidemment beaucoup flippé la nuit dernière quand on t'a perdu, mais maintenant on te suit et on ne te lâche plus.

Bosch regarda encore une fois les autres. Ils ne lui prêtaient aucune attention. Il vérifia la porte de devant et n'y vit aucun signe du chauffeur russe.

— OK, dès qu'on filera avec nos médicaments prêts, ils vont envoyer quatre autres types dans la pharmacie. Une femme et trois mecs, dit-il.

— OK.

— Demande à Jerry d'entrer pour une vérification d'identité au hasard et de les arrêter pour ordonnances et pièces d'identité frauduleuses… Tout le truc.

— D'accord, on peut faire ça, mais pourquoi ?

— Le dénommé Brody me cause des problèmes et j'ai besoin qu'il disparaisse. Il a une marque violette sur le côté droit de la figure.

Il lui montra sa canne en guise d'explication.

— La femme, elle, je veux qu'on la mette en cure de désintoxication.

Pour la première fois, Lourdes leva les yeux de ses étagères à médicaments et tenta de lire en lui.

— On dirait de la sympathie, lui fit-elle remarquer. Ça deviendrait personnel ? T'as entendu ce que le formateur a dit, non ?

— Je ne suis en infiltration que depuis vingt-quatre heures et je ne sais même pas son nom. Non, ça n'a rien de personnel. C'est juste que j'ai vu des trucs à Slab City et que je veux qu'on l'en retire. En plus de quoi, plus ils ont de gens qui leur manquent, plus je deviens important. Peut-être même qu'ils réfléchiront à deux fois avant de rejouer à la roulette russe avec moi.

— OK, ça sera fait. Mais ça va nous enlever beaucoup de monde de ta surveillance. Je vais m'assurer qu'il y ait toujours au moins une voiture pour te suivre.

— Aucune importance. Vous pouvez nous attendre à Whiteman. On va remonter dans l'avion.

Il entendit le pharmacien appeler le nom porté sur sa pièce d'identité bidon.

— Faut que j'y aille, dit-il.

— Et demain ?

— Quoi « demain » ?

— Demain, c'est dimanche et ces petites pharmacies de quartier sont généralement fermées.

— Ben faut croire que j'aurai un jour de congé à Slab City. Dis-leur de pas me perdre, ce coup-ci.

— Je n'y manquerai pas, tu peux me croire. Prends bien soin de toi.

Bosch pointa sa canne vers le plafond et y alla d'un moulinet tel un mousquetaire brandissant une épée. Puis il rejoignit le comptoir en boitant pour aller chercher ses comprimés.

Vingt minutes plus tard, il était assis à l'arrière du van et attendait que la deuxième équipe ait terminé son expédition pharmacie lorsqu'il vit Edgar et Hovan entrer dans le magasin. Un quart d'heure après, tandis que le chauffeur du van commençait à s'agiter et marmonner en russe, deux voitures de patrouille du LAPD s'arrêtèrent devant la pharmacie.

— *Tvoïa mat*[1] ! jura le Russe.

Puis il se retourna sur son siège, regarda les trois hommes assis au fond du van et montra Bosch du doigt.

— Toi ! dit-il. Tu entres et vois. Trouve se passe là-dedans.

---

1. « Putain d'ta mère ! » en russe.

Bosch glissa de son siège et se dirigea vers la porte latérale. Descendit du van et traversa le parking. D'après lui, le chauffeur l'avait choisi parce que c'était lui qui portait les vêtements les plus propres. Il entra, vit les quatre mules alignées et menottées près du comptoir. Les flics en tenue vérifiaient le contenu de leurs poches.

En entrant, Bosch avait fait sonner une cloche. La femme aux étoiles sur la main regarda par-dessus son épaule et découvrit Bosch. Elle ouvrit grand les yeux et pointa le menton vers la porte. Bosch fit demi-tour et ressortit de la pharmacie.

Puis, en faisant comme s'il avait vu un fantôme, il regagna le van à toute vitesse et, sans la moindre gentillesse pour son genou, il sauta dans le véhicule par la porte de côté.

— Les flics les ont pris ! cria-t-il. Ils sont tous menottés !

— Porte ! Ferme porte !

Le van se mit à rouler avant même que Bosch puisse tirer la porte coulissante pour la fermer. Le chauffeur prit une bretelle pour Van Nuys Boulevard et repartit vers Whiteman. Il appela quelqu'un en numérotation rapide et commença à hurler des trucs en russe à quelqu'un à l'autre bout de la ligne.

Par les fenêtres arrière, Bosch regarda le centre commercial disparaître au loin. Malgré tous ses « foutez-moi la paix » et autres « laissez-moi tranquille », la femme aux étoiles sur la main l'avait averti pour Brody et la descente des flics. Il se dit qu'il y avait encore en elle quelque chose qui valait la peine d'être sauvé.

Chapitre 27

Il n'y eut aucun réveil odieux ce dimanche matin-là. Personne ne longea le bus en tapant dessus avec un balai et hurlant que tout le monde devait se lever. Ce dimanche-là, le campement fit la grasse matinée. N'ayant pas pu fermer l'œil la première nuit, Bosch avait succombé à l'épuisement la veille au soir et dormait profondément, pris dans des rêves boueux de tunnels où il avançait. Lorsque le Russe aux cheveux teints en blond le réveilla en secouant son lit de camp, il se sentit complètement désorienté et ne fut pas certain de savoir où il se trouvait et qui était l'individu qui le regardait.

— Viens, dit le Russe. Maintenant.

Ayant enfin repris ses esprits, Bosch se rendit compte que c'était celui qui parlait le moins bien anglais et était resté en retrait le vendredi soir, lorsque son associé lui avait mis une arme sur la tempe et pressé la détente.

Dans sa tête, Bosch les avait appelés Ivan et Igor, et celui-là, c'était Igor, celui qui en général ne parlait pas.

Bosch posa les pieds par terre et se redressa. Puis il se frotta les yeux, se repéra et commença à enfiler ses chaussures en se demandant s'ils allaient prendre l'avion pour refaire des pharmacies alors même que les trois quarts des magasins indépendants avaient toutes les chances d'être fermés, surtout dans des quartiers latinos à faibles revenus où se reposer le jour du Seigneur et de la réflexion religieuse était très respecté.

Igor l'attendait en tenant le devant de son tee-shirt sur sa bouche et son nez tellement ça puait dans le bus.

— Viens. Bouge ! dit-il en lui montrant la porte.

Au début, Bosch paniqua en croyant qu'Igor l'avait appelé par son nom et que, Dieu sait comment, il avait bousillé sa couverture. Puis il comprit ce qu'Igor avait réellement dit avec son fort accent russe.

— OK, OK, dit-il.

Il regarda autour de lui et s'aperçut qu'il était le seul qu'Igor avait réveillé. Tous les autres étaient toujours morts à ce monde.

— Où on va ? demanda-t-il.

Igor ne répondit pas. Avant de mettre sa chaussure gauche, Bosch se pencha pour attraper son attelle de genou. Il l'installa sur sa cuisse pour plus tard, puis il enfila sa chaussure, la laça, attrapa sa canne et se mit debout, prêt à aller chercher des comprimés alors qu'il doutait de plus en plus que ce soit au programme ce jour-là.

Igor lui montra le sol.

— Sac à dos, dit-il.

— Quoi ?

— Prends sac à dos.

— Pourquoi ?

Igor fit demi-tour et sortit du bus sans un mot de plus. Bosch s'empara du sac, le suivit, descendit du bus et fut aveuglé par le soleil. Il continua de poser des questions en espérant découvrir un indice sur ce qui l'attendait.

— Hé mais, qu'est-ce qui se passe ? demanda-t-il.

Pas de réponse.

— Hé, où est ton copain qui parle anglais ? Je veux parler à quelqu'un.

Le Russe continua de l'ignorer, se contentant de lui faire signe d'avancer. Ils traversèrent le camp jusqu'à l'endroit dégagé où les vans avaient embarqué les groupes de mules la veille au matin. Il y en avait un qui l'attendait, porte grande ouverte. Igor la lui montra.

— Tu vas.

— Oui. Pigé. Mais où ?

Pas de réponse. Bosch s'arrêta et le regarda.

— Tu vas.

— D'abord, faut que j'aille aux gogues.

Bosch vit bien que le Russe ne comprenait pas l'argot. Il pointa sa canne vers le sud du campement et partit dans cette direction. Igor l'attrapa par l'épaule et le remit violemment sur le chemin du van.

— Non. Tu vas !

Il le poussa brutalement vers le van, Bosch en laissant presque tomber sa canne en essayant de se rattraper au chambranle.

— OK, OK. J'y vais.

Il s'assit sur le siège derrière le chauffeur. Le Russe monta à bord à son tour, ferma la porte en la faisant coulisser derrière lui, et s'installa derrière Bosch.

Le van démarra et Bosch ne mit pas longtemps à comprendre qu'ils se dirigeaient vers la piste d'envol. Il savait que le type qu'il avait dans le dos ne parlait pas assez bien l'anglais pour répondre à ses questions, mais l'inquiétude grandissante qu'il éprouvait en voyant ce qui lui arrivait le rendait incapable de se taire. Il se pencha en avant pour attirer le regard du chauffeur.

— Hé, chauffeur ! Qu'est-ce qu'on fait ? Pourquoi y a que moi qui vais à l'avion ?

Le chauffeur fit comme s'il ne l'avait ni vu ni entendu.

Moins de dix minutes plus tard, ils arrivaient aux pistes. Le van se gara près d'un avion dont l'hélice tournait déjà. Ce n'était pas le « minivan » que Bosch avait pris lors de ses vols précédents, mais ce n'en était pas moins clairement un avion de saut en parachute pouvant transporter plusieurs passagers. L'autre Russe, Ivan, se tenait debout à côté de la porte de saut et se servait de l'aile de l'appareil pour protéger son visage du soleil.

Igor se leva et ouvrit la portière. Puis il attrapa Bosch par la chemise et le tira vers l'ouverture.

— Tu vas. Avion.

— Je me disais aussi…

Bosch tomba presque du van, mais se rattrapa avec sa canne et partit tout de suite vers Ivan. Il tenait sa canne par le fourreau au lieu de marcher comme s'il en avait besoin. Il ne voulait montrer aucun signe de faiblesse à l'homme qu'il allait affronter.

— Qu'est-ce qui se passe ? exigea-t-il de savoir. Pourquoi y a que moi qui pars ?

— Parce que tu rentres maison, lui répondit Ivan. Maintenant.

— Qu'est-ce que tu racontes ? Quelle maison ?

— On te ramène. On veut pas toi ici.

— Quoi ?! Pourquoi ?

— Monte dans avion, pas plus.

— Ton patron est au courant ? Je t'ai filé quatre cents comprimés hier. Ça fait beaucoup d'argent. Il va pas aimer perdre tout ça.

— Quel patron ? Monte avion.

— Vous dites tous la même chose. Pourquoi ? Pourquoi faudrait que je monte dans l'avion ?

— Parce que te ramène. On veut pas toi.

Bosch hocha la tête comme s'il ne comprenait pas.

— J'ai entendu causer. Il s'appelle Santos. Santos va pas aimer.

Ivan ricana.

— Santos longtemps fini. Moi patron. Monte avion.

Bosch le dévisagea un instant pour y déceler un signe de vérité.

— Bon, comme tu voudras. Mais moi, je veux mon fric et mes comprimés. On avait un deal.

Ivan acquiesça et sortit un sac en plastique de sa poche. Il contenait des comprimés et des coupures, dont un billet de cent bien visible. Ivan l'agita et le tendit à Bosch.

— Là. T'es bon. Monte avion.

Bosch entra par la porte de saut et gagna le fond de l'appareil, aussi loin de la porte qu'il le pouvait. Il s'assit sur le banc le long de la cloison arrière et se retourna. Ivan et Igor montèrent tous les deux à bord et s'installèrent chacun d'un côté à l'avant. Bosch eut l'impression qu'ils gardaient la sortie.

Il se savait en danger. Lui avoir donné son argent le disait clairement. Ils auraient très bien pu s'en sortir en le roulant. Lui payer ce qu'il avait gagné avait pour but de le mettre en confiance, de lui faire croire qu'ils le ramenaient effectivement chez lui.

Ivan tapant du poing sur une petite porte en aluminium séparant le cockpit de la partie passagers, l'avion roula jusqu'au début de la piste. Bosch repensa à ce qu'Ivan avait dit de Santos et comprit où cela faisait sens. La DEA n'avait pas de renseignements récents sur l'homme qui avait monté l'opération. Hovan avait bien dit que la dernière photo connue qu'ils avaient de lui remontait à presque un an. Santos et ses fidèles pouvaient très bien avoir été liquidés par les Russes, surtout si ces derniers avaient eu vent du mandat d'arrêt lancé à son encontre et qui faisait de lui un poids mort dans l'opération. Cela permettait aussi de comprendre pourquoi celle-ci semblait être à court de personnel et pourquoi ces deux supposés patrons faisaient le sale boulot.

Bosch comprit alors que si Ivan et Igor étaient effectivement les tueurs qui avaient éliminé les pharmaciens de San Fernando, c'étaient aussi eux qui en avaient donné l'ordre. Il avait donc toute l'affaire devant lui.

L'avion tourna et se mit en position de roulage sur la piste. Bosch sentit que cette balade signait sa fin. Il posa sa canne en travers de ses cuisses, prit son portefeuille et en détacha la chaîne apparemment par accident, en espérant que l'alerte par pulsion GPS arrive à l'équipe de la DEA censée le protéger.

Il fit tout un cirque pour sortir l'argent du sac en plastique et le transférer dans son portefeuille. Puis il le rangea dans une poche, le sac de comprimés terminant dans une autre.

L'avion roula sur la piste et prit de la vitesse, du vent se mettant à souffler dans la carlingue. Les Russes n'avaient pas fermé la porte de saut.

— Vous ne la fermez pas ? hurla Bosch en la leur montrant.

Ivan hocha la tête en lui montrant l'ouverture.

— Pas porte, lui renvoya-t-il en criant.

Bosch ne l'avait pas remarqué.

L'appareil décolla et monta abruptement, et Bosch fut projeté contre la paroi du fond. Presque aussitôt, l'avion vira à gauche sans cesser de monter. Puis il se remit à l'horizontale, direction ouest.

Bosch comprit qu'il allait se retrouver au-dessus de la mer de Salton.

Chapitre 28

Le pilote invisible ralentit l'allure dès que l'appareil fut à l'horizontale. Le bruit du moteur qui faiblissait de manière significative lui servant de signal, Ivan se leva et s'approcha de Bosch à l'arrière. Il dut se courber pour ne pas se cogner la tête dans le plafond incurvé. Il avançait encore lorsqu'il glissa la main dans sa poche et en sortit un portable. Puis, arrivé devant Bosch, il s'accroupit sur les hanches comme un attrapeur au base-ball, le regarda, regarda l'écran de son téléphone, et revint sur Bosch.

— Toi flic, lâcha-t-il.

Ce n'était pas une question, mais une affirmation.

— Quoi ? se récria Bosch. Qu'est-ce que tu racontes ?

Ivan se référa à son portable. Par-dessus son épaule, Bosch s'aperçut qu'Igor n'avait pas quitté son siège et l'observait.

— Harrrry Bousch, reprit Ivan. Toi flic.

— Je vois pas de quoi tu parles, lui renvoya Bosch. Je ne suis pas…

— Ça dit San Fernando Police Department !

— Ça quoi ?

Ivan retourna son portable afin que Bosch puisse voir l'écran. Il y vit une photo de lui qui, il le sut tout de suite, avait été prise la semaine précédente devant *La Farmacia Familia* le jour des meurtres. Elle accompagnait un article de suivi, mais pas sur ces assassinats. Ce cliché et le gros titre au-dessus de l'article lui dirent tout ce dont il avait besoin :

L'ADN INNOCENTE
UN CONDAMNÉ À MORT
LE DISTRICT ATTORNEY
DÉCIDE D'ANNULER LA PEINE

Quelqu'un avait fuité l'info au *Los Angeles Times*. Kennedy. Celui-ci avait entendu dire que Bosch et Haller allaient agir lors de l'audience Borders et avait pris des mesures pour contenir Haller et vilipender Bosch. L'article faisant état de son présent emploi, la photo de lui devant la pharmacie avait été un indice plus que révélateur pour les Russes.

Ivan baissa son portable et le remit dans sa poche. Un sourire tordu se forma sur ses lèvres alors qu'il attrapait la canne de Bosch et luttait avec lui pour la lui prendre. Puis il passa la main dans son dos et sortit une arme de sous sa chemise. Et de l'autre main il poussa la canne contre Bosch et se pencha sur lui.

— Debout, flic, dit-il. Maintenant tu sautes. Peut-être trouveras ami Santos, ouais ?

Bosch regarda l'arme. C'était un automatique à crosse plaqué chromé, rien à voir avec le revolver neutralisé que la DEA avait caché dans son sac à dos et qu'Ivan avait brandi le vendredi soir précédent.

Bosch improvisa sur les derniers mots du Russe en espérant faire diversion.

— Tu as tué Santos, pas vrai ? Tu l'as tué et remplacé. Et le gamin à la pharmacie, tu l'as tué avec son père.

— Gamin petit vaurien. Écoutait pas père et père contrôlait pas fils. Ont ce qu'ils méritent.

Ivan fit un signe de tête à Igor comme pour saluer le travail qu'ils avaient fait pour éliminer le problème José Esquivel Junior. Son attention ainsi partagée une fraction de seconde, il n'en fallut pas plus à Bosch. Il tourna le poignet et la poignée incurvée de la canne. Il entendit le clic de déblocage, libéra vite la poignée et la lame et en enfonça la pointe dans le flanc droit d'Ivan en la remontant vers le haut. Fine et affûtée, elle troua la peau, traversa les côtes et entra très profondément dans la poitrine du Russe.

Ivan écarquilla grand les yeux, sa bouche dessinant un O d'où ne sortit aucun son. Les deux hommes se dévisagèrent une seconde qui parut durer une éternité. Puis Ivan laissa tomber son automatique pour attraper la poignée de l'épée. Mais du sang ayant déjà coulé sur l'arme et la main de Bosch, les surfaces étaient trop glissantes pour qu'il puisse s'en emparer. Alors il leva la main gauche et prit Bosch à la gorge. Mais il s'affaiblissait et ce n'était déjà plus que le geste désespéré d'un homme en train de mourir.

Par-dessus l'épaule d'Ivan, Bosch regarda Igor toujours assis à l'avant. Il souriait – il n'avait pas vu le sang qui coulait et croyait que son associé était en train de très sadiquement étrangler Bosch avant de le jeter de l'avion.

Bosch avait déjà tué des hommes en face à face – il n'était alors qu'un jeune homme et cela s'était passé dans les tunnels du Vietnam. Il savait ce qu'il fallait faire pour terminer le travail. Il retira la lame et l'enfonça de nouveau, deux coups rapides, un au cou et l'autre près de l'aisselle où, il le savait, passent des artères de première importance. Puis il repoussa le Russe en arrière. Et lorsque Ivan toucha le sol en mourant, il s'empara de son arme.

Il se releva, l'arme à la main droite, du sang lui dégouttant de la lame sur la main gauche. Puis il remonta la carlingue, vers Igor.

Igor se leva, prêt à se battre. Puis son regard tomba sur le pistolet. Il avança comme en bafouillant, un pas d'un côté, puis de l'autre, comme si son corps allait plus vite que son esprit et cherchait à s'échapper. Et là, de manière inexplicable, il plongea sur la gauche et franchit la porte de saut.

Médusé, Bosch s'immobilisa un instant, puis il gagna vite la porte en laissant tomber sa lame et s'accrochant à la poignée en acier que tiennent les parachutistes avant de passer sur la plateforme de saut. Il se pencha dehors. Ils survolaient la mer de Salton à une soixantaine de mètres de hauteur. Bosch se dit qu'ils volaient bas au cas où quelqu'un aurait pu le voir tomber de l'appareil.

Il se pencha encore plus pour regarder l'étendue d'eau derrière l'avion. Les reflets du soleil à sa surface étaient presque aveuglants et il ne vit aucun signe d'Igor. S'il avait survécu à son saut, il était à des kilomètres du rivage.

Bosch rejoignit la porte du cockpit et cogna fort dessus avec son pistolet. Il se dit que le pilote comprendrait que le boulot était fini. L'avion prit de la vitesse et commença à monter.

Bosch essaya la porte, mais elle était fermée. Il s'accrocha aux poignées en hauteur pour avoir plus de force, enfonça son talon dans la porte et la plia suffisamment pour que la serrure se casse net. Il l'ouvrit à toute volée et se jeta dans l'ouverture étroite, l'arme au poing.

— Mais c'est quoi, cette merde ? s'écria le pilote.

Puis il marqua un temps d'arrêt en découvrant Bosch au lieu d'un des deux Russes.

— Oh mais hé, qu'est-ce qui se passe ? glapit-il.

Bosch se laissa tomber sur le siège vide du copilote, tendit le bras et colla le canon de son arme sur la tempe du type.

— Il se passe que je suis officier de police et que vous allez faire exactement ce que je vais vous dire, lui renvoya Bosch. Me comprenez-vous bien ?

Blanc, le pilote approchait des soixante-dix ans et avait le nez d'un poivrot. Personne ne l'aurait embauché.

— Oui, monsieur, pas de problème, dit-il. Tout ce que vous voudrez.

Anglais sans accent. Très probablement né en Amérique. En notant l'âge du bonhomme et remarquant les tatouages flous sur ses bras, Bosch tenta le coup.

— L'A-six au Vietnam, ça vous rappelle quelque chose ? lui demanda-t-il.

— Et comment ! s'écria le pilote. L'*Intruder*, génial, cet avion !

— J'en pilotais en ce temps-là, mais plus depuis. Alors vous faites un seul geste de travers et je vous colle une balle dans le crâne avant d'avoir, moi, à réapprendre à piloter.

Bosch n'avait jamais piloté quoi que ce soit, et encore moins un *Intruder*. Mais il lui fallait une menace crédible pour que le bonhomme se tienne à carreau.

— Pas de problème, monsieur. Vous me dites juste où vous voulez aller. Je n'ai aucune idée de ce qui se passait là-bas derrière. Je ne faisais que piloter l'avion. Ils me disaient où aller et…

— Économisez votre salive, vous voulez bien ? lui renvoya Bosch. Combien de carburant reste-t-il ?

— J'ai fait le plein ce matin. Y a tout ce qu'il faut.

— Rayon d'action ?

— Du quatre cent cinquante kilomètres sans difficulté.

— D'accord, ramenez-moi à L.A., aérodrome Whiteman.

— Pas de problème.

Le pilote entama les manœuvres pour changer de cap. Bosch vit le micro de la radio accroché au tableau de bord. Il s'en empara.

— Il est branché ?

— Oui, appuyez sur le bouton de côté pour transmettre.

Bosch le trouva puis, pas trop sûr de ce qu'il allait dire, hésita.

— Allô… Appel à toutes les tours de contrôle qui peuvent m'entendre. Rappelez-moi.

Bosch regarda le pilote en se demandant s'il ne venait pas de lui révéler qu'il n'avait jamais piloté d'avion. La radio le sauva.

— Ici Imperial County Airport. Allez-y.

— Mon nom est Harry Bosch et je suis inspecteur au San Fernando Police Department. Je suis dans un avion après un incident qui laisse un passager mort et un autre disparu au-dessus de la mer de Salton. Demande contact radio avec l'agent Hovan de la DEA. Je vous donne le numéro dès que vous serez prêt à le noter.

Il éteignit la radio et attendit la réponse. Il sentit toutes les tensions qu'il éprouvait depuis quarante-huit heures commencer à s'apaiser tandis que l'appareil mettait cap au nord, vers la sécurité et le confort de chez soi.

De six cents mètres de haut, tout ce qu'il voyait en dessous lui parut beau et sans rapport aucun avec les mauvaises terres qu'il savait bien être en train de survoler.

Chapitre 29

Bosch eut droit à une réception riche en autorités locales, régionales et fédérales lorsque l'appareil atterrit sous escorte de la DEA à l'aérodrome Whiteman. Il y avait là des agents de la DEA, Jerry Edgar avec une équipe du Medical Board of California et, debout devant tout le monde, le chef Valdez et tous les enquêteurs de San Fernando. Il y avait aussi un van des services du coroner, deux inspecteurs de la division Foothill du LAPD avec leurs propres techniciens de médecine légale et deux infirmiers au cas où Bosch aurait eu besoin de soins.

L'avion fut dirigé vers un hangar vide pour être analysé comme une scène de crime hors présence des médias et sans examen critique du public. Bosch se faufila dans la partie passagers de la carlingue par la porte du cockpit, le pilote sur ses talons. Bosch lui ordonna de passer par la porte de saut les mains en l'air. Pendant que celui-ci s'exécutait, il regagna le fond de l'appareil et regarda longuement l'homme qu'il venait de tuer et dont le corps était toujours étendu sur le plancher de l'avion. Du sang en avait coulé en motifs croisés tandis que l'appareil virait de bord et changeait d'altitude. Bosch rejoignit la porte de saut et sortit de l'avion.

Leurs armes au côté, deux hommes en pantalon et chemise tactiques noirs l'aidèrent à sauter de la plate-forme.

— DEA ? leur demanda-t-il.

— Oui, monsieur, lui répondit un agent. Nous allons entrer vérifier l'avion. Y a-t-il quelqu'un d'autre à l'intérieur ?

— Personne de vivant en tout cas.

— D'accord, monsieur. Il y a quelques personnes qui veulent vous parler.

— Moi aussi, je veux leur parler.

Il s'écarta de l'aile de l'avion et Bella était là, et l'attendait.

— Harry, lui lança-t-elle, ça va ?

— Mieux que le type dans l'avion, lui répondit-il. Comment va-t-on gérer le débriefing ?

— La DEA a un poste de commandement mobile. Tu es censé y entrer avec nous, le LAPD, Edgar et Hovan. Tu te sens prêt ou tu veux…

— Je suis prêt. Finissons-en vite. Mais je veux d'abord voir le *L.A. Times*. Leur article d'aujourd'hui a failli me coûter la vie.

— On en a un pour toi.

— Tu parles d'un mauvais timing !

Elle le conduisit à un rendez-vous avec Valdez, Sisto, Luzon et Trevino. Le chef lui tapa sur l'épaule et déclara qu'il avait fait du bon boulot. Mais l'accueil était embarrassé, surtout après ce que Bosch venait d'endurer – et ce fut le premier signe que l'article du *L.A. Times* allait être difficile à gérer.

Bosch embraya sur l'affaire en cours.

— Le dossier est clos, dit-il. Le mort dans l'avion était l'un des tireurs. L'autre a sauté et je ne pense pas qu'il s'en soit tiré.

— Ce putain de gus a sauté de l'avion ? s'écria Sisto.

Il avait dit ça sur un ton laissant entendre qu'il ne le pensait pas vraiment, comme quoi, qui sait ? quelqu'un l'avait aidé ?

Bosch soutint fixement son regard.

— Flingué de Russe, précisa Sisto. C'était juste pour dire…

— Laissons ça de côté jusqu'à la réunion avec tout le monde, dit Valdez. Bella, tu emmènes Harry au débriefing, je vais chercher le journal. Harry, vous avez faim ?

— Affamé, que je suis !

— Je demande à quelqu'un de vous trouver quelque chose.

Bella avait parcouru la moitié du hangar avec Harry lorsqu'ils tombèrent sur Edgar. Il sourit à Bosch en s'approchant de lui.

— Ah, mon coéquipier ! T'as réussi ! s'écria-t-il. Je meurs d'envie d'avoir les détails. On dirait que tu l'as échappé belle !

Bosch acquiesça d'un signe de tête.

— Tu sais quoi ? dit-il. Si tu ne m'avais pas parlé de ces gens qui montaient dans cet avion et ne revenaient pas du voyage, je pourrais bien ne pas être ici en ce moment, collègue. Ça m'a donné un coup d'avance sur ces mecs.

— Eh bien, je suis content d'avoir pu faire quelque chose, dit Edgar.

Le poste de commandement mobile était une caravane banalisée probablement saisie dans une affaire de drogue, puis vidée et complètement réaménagée. Bosch et Lourdes entrèrent dans ce qui ressemblait à une salle de réunion pour conseil d'administration. Une paroi équipée d'une porte la séparait d'un cagibi à matériel électronique. L'agent Hovan en sortit, serra la main de Bosch et l'accueillit.

— Des infos sur le deuxième Russe ? demanda Bosch qui avait rapporté le saut d'un Igor sans parachute alors que l'appareil revenait vers Whiteman, la DEA y dépêchant aussitôt une équipe de secours.

— Rien, non. Y a peu de chances qu'on le retrouve, répondit Hovan avant de le prier de s'asseoir au bout de la table de façon que tous les gens qui suivraient le briefing puissent le voir.

Lourdes s'assit à sa droite, le reste de l'équipe du SFPD s'installant du même côté de la table. Valdez entra à son tour, jeta le cahier A du *Times* sur la table devant Bosch, puis s'assit.

L'article étant en première page, Bosch reçut comme un coup de poing dans le ventre en en découvrant le titre. Il essaya de lire le chapeau tandis que policiers et agents, tout le monde entrait dans la pièce et s'installait.

LE DISTRICT ATTORNEY PARLE D'ADN,
ÉVOQUE DES INCONDUITES POLICIÈRES
ET FERA ANNULER LA PEINE DE MORT

Par David Ramsey, rédacteur au Los Angeles Times

Un homme condamné à mort pour le viol et le meurtre d'une actrice de Toluca Lake en 1987 pourrait sortir libre du tribunal mercredi prochain, jour où l'accusation demandera au juge d'annuler cette sentence suite à de nouvelles preuves ADN et allégations d'inconduite d'un officier de police de Los Angeles.

Le Bureau de l'attorney du comté de Los Angeles a requis une audience dans l'affaire d'un Preston Borders emprisonné depuis son arrestation il y a presque trente ans de cela. Borders avait épuisé tous ses recours et languissait au couloir de la mort de San Quentin lorsque l'UVIP nouvellement créée a décidé d'examiner ses déclarations selon lesquelles il aurait été volontairement piégé dans le meurtre de Danielle Skyler.

Danielle Skyler a été retrouvée violée et assassinée dans son appartement de Toluca Lake. Borders, qui faisait partie de ses connaissances et l'avait fréquentée un temps, avait été relié au crime lorsqu'un bijou prétendument volé à la victime pendant son agression avait été retrouvé caché dans son appartement. Dans un dossier où tout n'était que preuves circonstancielles, Borders a alors été reconnu coupable au bout d'un procès de une semaine, et plus tard condamné à la peine de mort.

L'adjoint au district attorney Alex Kennedy affirme qu'une analyse ADN pratiquée sur les vêtements de la victime a fait apparaître une correspondance entre une petite quantité de fluide corporel trouvée sur lesdits vêtements et un violeur en série du nom de

Lucas John Olmer, connu pour opérer dans la région de Los Angeles à l'époque. Olmer a été plus tard reconnu coupable d'agressions sexuelles dans d'autres affaires n'ayant rien à voir avec celle-ci, avant de mourir en prison en 2015.

D'après Kennedy, les enquêteurs pensent maintenant que c'est Olmer qui a assassiné Skyler et qu'il est peut-être aussi l'auteur de deux autres meurtres de jeunes femmes que la police soupçonnait initialement Borders d'avoir commis, mais sans jamais l'en accuser formellement.

« Nous pensons que c'est Olmer qui a suivi et assassiné Skyler en entrant chez elle par une porte du balcon laissée ouverte, nous a déclaré Kennedy. C'était un violeur en série qui suivait ses victimes dans la région. »

Des documents du tribunal obtenus par le Times *révèlent que, d'après Borders et son avocat Lance Cronyn, le bijou trouvé dans l'appartement de Borders y aurait été déposé par un inspecteur alors en charge de l'enquête.*

« Il y a là une énorme erreur judiciaire, nous a confié Cronyn. Et c'est à cause de cela que M. Borders a perdu plus de la moitié de son existence en prison. »

Cronyn et les documents de la cour identifient les deux inspecteurs qui ont procédé à la fouille de l'appartement et déclaré avoir trouvé le bijou dans un endroit secret, comme étant Hieronymus « Harry » Bosch et Francis Sheehan. Le Times *a depuis appris que Sheehan est décédé et que Bosch a pris sa retraite du LAPD il y a trois ans.*

Lors du procès en 1988, Bosch a attesté avoir trouvé ce bijou – un pendentif en forme d'hippocampe – caché dans le double fond d'une étagère lors de la fouille de l'appartement de Borders. Acteur qui connaissait Skyler pour l'avoir vue à des auditions et ateliers de comédie, Borders a été arrêté peu de temps après cette découverte.

Bosch n'a pas pu être joint pour nous faire part de ses commentaires. Très reconnu en sa qualité d'inspecteur du LAPD pendant plus de trois décennies, il a été impliqué dans de nombreuses enquêtes à haute visibilité. Il travaille aujourd'hui comme inspecteur volontaire au San Fernando Police Department. La semaine dernière, il enquêtait encore sur l'assassinat de deux pharmaciens lors de ce qu'on soupçonne être un vol à main armée dans un drugstore sis dans le grand centre commercial de la petite ville de la San Fernando Valley.

À cet endroit, la suite de l'article passait en page intérieure, mais Bosch en avait assez lu et n'avait aucune envie d'ouvrir le cahier contenant sa photo. Il sentait que tous ceux qui s'étaient entassés dans cette pièce le regardaient et savaient ce que le journal disait de lui.

Il le posa par terre à côté de sa chaise. Il ne faisait aucun doute que c'était une attaque orchestrée contre lui ou par Cronyn ou par Kennedy. Il n'y était fait mention, en tout cas avant le passage en page intérieure, d'aucune thèse s'opposant à l'innocence de Borders. Aucune mention non plus de la requête en arrêt de la procédure engagée par le district attorney que Mickey Haller avait, il fallait l'espérer, déposée.

Bosch regarda tous les visages alignés de part et d'autre de la table. En face de lui, à l'autre bout, se tenait Hovan. Et à côté de lui Joe Smith, son formateur en infiltration.

— OK, lança Bosch, deux choses avant de commencer. Je n'ai pas pris de douche depuis mercredi et m'en excuse. Si vous trouvez que c'est pénible de là où vous êtes, estimez-vous heureux de ne pas être à ma place. L'autre truc est que cet article paru dans le *Times* d'aujourd'hui n'est qu'un ramassis de conneries. Je n'ai jamais piégé quiconque en mettant des trucs ici et là dans cette affaire ou dans une autre, et Preston Borders ne sortira jamais libre du tribunal. Vérifiez donc après l'audience de mercredi et vous verrez que le *Times* sortira un autre article pour le dire.

Et il regarda tous les visages dans la pièce. Il eut droit à quelques hochements de tête approbateurs, mais pour l'essentiel les enquêteurs ne lui confirmèrent en rien qu'ils le croyaient ou pas. Il ne s'attendait pas à autre chose.

— Bon, reprit-il, plus vite nous irons, plus vite je pourrai partir me doucher. Par quoi voulez-vous commencer ?

Il regarda Hovan à l'autre bout de la table en se disant que ce devait être le patron dans la mesure où c'était dans le véhicule de son agence qu'ils se trouvaient.

— On aura des questions, mais pour moi, vous pouvez démarrer où vous voulez, répondit Hovan. Et si vous nous donniez les grosses manchettes et que vous partiez de là ?

Bosch acquiesça d'un signe de tête.

— Eh bien, le gros titre, c'est qu'il n'y a plus de Santos. Les Russes l'ont jeté d'un avion dans la mer de Salton. L'un d'eux me l'a dit en se préparant à me faire subir le même sort.

— Pourquoi vous aurait-il dit un truc pareil ? lui demanda un agent que Bosch ne connaissait pas. Les Russes n'ont pas l'habitude de lâcher le morceau aussi facilement.

— Il n'a pas lâché le morceau, répondit Bosch. Il était à deux doigts de me tuer. Il avait l'avantage et je pense qu'il voulait se vanter. Il m'a aussi précisé que lui et son partenaire, celui qui a sauté, avaient tué le père et le fils lundi dernier à la pharmacie.

— « Précisé » ? répéta Lourdes.

— Oui, « précisé », répondit Bosch. Je lui ai demandé direct s'ils avaient liquidé le père et le fils et il n'a pas nié. Il m'a même dit qu'ils avaient eu ce qu'ils méritaient. Et il souriait quand il me l'a dit. Mais un peu après, la situation a changé et c'est moi qui ai eu l'avantage. Et c'est là que je l'ai tué.

Chapitre 30

Ils le retinrent trois heures dans le poste de commandement mobile, la moitié du temps au moins pour avoir tous les détails de ce qui s'était passé dans l'avion ce matin-là. Hormis Edgar, l'enquêteur du Medical Board, tout le monde avait des enjeux dans l'enquête sur la mort du Russe et des questions à couvrir. Parce que ce dernier avait été tué dans les airs au-dessus de la mer de Salton, il y avait un problème de juridiction. Il fut convenu que ce serait le National Transportation Safety Board qui serait informé du décès, le LAPD prenant le contrôle des opérations parce que l'avion qui transportait le corps avait touché terre à l'aérodrome Whiteman qui se trouve dans les limites de Los Angeles.

Cette séance fut suivie par un examen pas à pas de tous les espaces confinés de l'appareil, examen pendant lequel Bosch s'efforça de montrer aux enquêteurs ce dont il leur avait parlé trois heures durant. Tout le monde finit par tomber d'accord pour dire que Bosch devrait se rendre disponible plus tard dans la semaine afin de répondre aux questions de suivi de toutes les agences impliquées. Il fut libéré à peu près au moment où le cadavre du Russe qu'il avait prénommé Ivan fut sorti de l'appareil et transporté au Bureau du légiste pour autopsie.

En attendant, il fut informé que la DEA montait une équipe pour effectuer une descente sur le campement de Slab City et arrêter les derniers acteurs de l'opération. Il fut décidé qu'un black-out total serait imposé aux médias, et strictement observé jusqu'à ce que la descente soit terminée.

Ce fut Lourdes qui ramena Bosch au commissariat de San Fernando. Il y avait laissé sa Jeep ainsi que ses vraies pièces d'identité et son portable. Bella dut aussi rassembler ses vêtements tachés de sang comme éléments de preuve dans l'enquête pour recours à la force létale. Bosch baissa sa vitre en roulant tellement il ne supportait plus sa propre puanteur.

— Vous allez parler de tout ça à Mme Esquivel ? demanda-t-il.

— Je pense qu'on devrait attendre d'avoir le feu vert de la DEA.

— Non, elle sera plus à l'aise avec toi qui, en plus, parles espagnol. Et c'est ton affaire.

— Oui, mais c'est toi qui l'as résolue.

— Je n'en serai tout à fait certain que lorsqu'ils auront retrouvé Igor.

— Bon, c'est vrai que plus y a de sel, mieux ça flotte. Ils le retrouveront d'une manière ou d'une autre.

Le débriefing lui avait appris qui étaient véritablement Ivan et Igor. Donner des prénoms aux deux acteurs principaux de l'affaire avait permis de raconter l'histoire plus facilement, mais la réalité était bien que personne ne connaissait l'identité véritable de ces individus. Bosch y repensa et se rappela la femme aux étoiles sur la main, énième personne dont il ignorait le nom.

— Qu'est-il arrivé à la femme qu'Edgar et Hovan ont coincée à la pharmacie samedi ?

— Elle a été arrêtée et envoyée à Van Nuys.

La prison du SFPD n'était pas utilisée pour les femmes. Elles étaient transportées à celle de Van Nuys, qui dépendait du LAPD et avait une aile qui leur était réservée, ainsi qu'un centre de désintoxication.

— T'aurais pas eu son nom par hasard ?

— Euh, si. C'était… qu'est-ce que c'était déjà… ? Elizabeth quelque chose. Clayburgh ou Clayton, l'un des deux. Ça va me revenir.

— Coopérative, la dame ?

— Tu veux dire, nous remerciant de l'avoir tirée de ce quasi-esclavage que tu nous as décrit au débriefing ? Non, Harry, elle n'en a pas parlé. En fait, elle était plutôt fumasse d'être en état d'arrestation et de ne pas pouvoir avoir sa dose en taule.

— Tu ne me sembles pas avoir beaucoup de sympathie pour elle.

— J'en ai, mais seulement jusqu'à un certain point. Je me suis tapé des drogués toute ma vie, jusques et y compris dans ma propre famille, et ce n'est pas facile de concilier la sympathie qu'on peut avoir pour des drogués et les dommages qu'ils infligent à leurs familles et autres personnes autour d'eux.

Bosch acquiesça d'un signe de tête. Elle n'avait pas tort. Mais il voyait bien qu'elle était contrariée par autre chose.

— Tu crois que j'ai piégé ce mec il y a trente ans de ça ? demanda-t-il.

— Quoi ? Pourquoi tu mets ça sur le tapis ?

— Parce que je vois bien que j'ai mis des tas de gens dans l'embarras. Si c'est le cas, t'as pas à t'inquiéter. Je sais qu'avec l'article du journal ça a l'air moche, mais ça ne tiendra pas. C'est moi qu'on essaie de piéger.

— On essaie de te piéger ? répéta-t-elle.

Le scepticisme perceptible dans sa voix commençait à l'offenser, mais il tenta de se contenir.

— C'est ça, et tout ça sortira à l'audience, dit-il.

— Bon, je l'espère.

Arrivés au commissariat, ils se garèrent dans le parking. Bosch entra dans la nouvelle prison, y ôta ses vêtements devant l'officier de service et les jeta dans un carton. Pendant que l'officier les portait à Lourdes aux fins de traitement, Bosch passa sous la douche et s'y tint vingt-cinq minutes sous une eau tiède pour frotter toutes les parties de son corps avec le savon antibactéries de puissance industrielle de la prison.

Enfin propre et sec, il reçut un pantalon de prisonnier et une chemise de golf laissés là après le tournoi annuel de la police destiné à lever des fonds. Du sang les ayant maculées, ses chaussures avaient elles aussi atterri dans le carton et furent remplacées par une paire de pantoufles de prison en papier.

Bosch se moquait bien de son aspect. Il était propre et se sentait de nouveau humain. Il gagna la salle des inspecteurs pour y prendre la clé de son bureau à l'ancienne prison – il y avait laissé celles de sa voiture, son portable et sa vraie pièce d'identité. Lourdes se trouvait à la salle de crise. Elle y avait étendu du papier de boucher sur la table autour de laquelle on se réunissait et mangeait, et y prenait des photos de tous les vêtements de Bosch avant de les glisser chacun séparément dans des sacs à éléments de preuve.

— T'es tout propre ! lui lança-t-elle.

— Oui, je suis prêt à jouer au golf pour la bonne cause, dit-il. Je suis désolé que tu te sois retrouvée coincée avec le sale boulot.

— Y avait beaucoup de sang.

— Oui, je suis allé droit aux artères.

Elle le regarda, son visage lui montrant qu'elle se rendait compte à quel point il était passé près de la mort.

— Tu as toujours la clé de la vieille prison que je t'ai donnée ?

— Oui, dans le tiroir du haut. Tu t'en vas ?

— Oui, je veux appeler mon avocat et ma fille et après, je veux dormir une bonne vingtaine d'heures.

— On a la séance de suivi demain.

— Je sais, je plaisantais. J'ai seulement besoin de dormir un peu.

— OK, d'accord, Harry. On se retrouve demain.

— C'est ça, à demain.

— Je suis contente que tu sois en bon état.

— Merci, Bella.

Il traversa la rue, puis le dépôt des Travaux publics et pénétra dans la vieille prison. Arrivé à son bureau de fortune, il s'aperçut que quelqu'un – Lourdes, c'était probable – s'était servi de la clé pour entrer dans la cellule et y déposer une lettre affranchie qu'on lui avait adressée au commissariat. Il s'en occuperait plus tard. Il la plia et s'apprêtait à la mettre dans sa poche revolver lorsqu'il se rendit compte que son pantalon de prisonnier n'en avait pas. Il la glissa dans sa ceinture, rassembla ses affaires et ressortit en fermant les portes à clé derrière lui.

L'écran de son portable indiquait qu'il avait reçu dix-sept messages. Il attendit de rouler sur l'autoroute direction sud pour se les passer en mode audio.

« Vendredi, 13:38 — Juste pour te dire qu'on est fin prêts. Requête déposée, premières salves tirées. Un mot pour ta gouverne, mon frère ? Accroche-toi : il se pourrait que ça refoule sec. Bon, à plus, on se cause la semaine prochaine. Ah oui, à propos... Ici ton avocat et on est vendredi après-midi. Je sais que t'es quelque part à faire des trucs de flic en secret. Passe-moi un coup de fil si besoin pendant le week-end. »

« Vendredi, 15:16 — Harry, c'est Lucy. Rappelle-moi. C'est important. »

« Vendredi, 16:22 — Inspecteur Bosch, Alex Kennedy à l'appareil. J'ai besoin que vous me rappeliez le plus vite possible. Merci. »

« Vendredi, 16:38 — Harry, c'est encore moi, Lucy. Mais qu'est-ce que t'as foutu, bordel ? J'essayais de te protéger et toi, qu'est-ce que tu fais ? T'es complètement... Maintenant, c'est du sang qu'il veut, le Kennedy. Rappelle-moi. »

« Vendredi, 17:51 — Merde, Harry, c'est ton ancien binôme, tu te souviens de moi ? Je surveillais tes arrières et tu surveillais les miens. Kennedy veut te dynamiter et te couler par le fond. J'essaie de contenir le truc, mais je suis pas trop sûre qu'il m'écoute. Faut que tu me rappelles pour me dire ce que tu as. Je veux savoir la vérité tout autant que toi. »

« Vendredi, 19:02 — Bonjour, inspecteur Bosch. David Ramsey du *Los Angeles Times*. Désolé de vous appeler sur votre ligne personnelle, mais je travaille un article sur l'affaire Preston Borders qui doit sortir ce week-end. J'aimerais beaucoup avoir votre réaction sur certains faits apparus dans des documents du tribunal. Je serai joignable à ce numéro toute la nuit. Merci. »

« Samedi, 8:01 — Y a aucune astuce qui t'échappe, c'est ça ? Je me disais que si je t'appelais d'un numéro inconnu, tu pourrais décrocher pour parler à ton ancien binôme. Je te comprends pas, Harry. Mais maintenant, j'ai les mains liées. Le *Times* a publié le truc. Ça devrait être mis en ligne aujourd'hui et la version papier sortir demain. Je ne voulais pas de ça, et si tu m'avais parlé, juste ça, je pense que ç'aurait pu être évité. N'oublie pas que j'aurai essayé. »

« Samedi, 10:04 — Inspecteur Bosch, c'est encore moi, David Ramsey du *Los Angeles Times*. J'ai vraiment envie d'avoir votre version dans cette affaire. D'après des documents du tribunal, vous auriez introduit de faux éléments de preuve reliant Preston Borders à l'assassinat de Danielle Skyler en 1987. J'ai vraiment besoin de votre réaction. Comme cela fait partie des documents produits par le Bureau du district attorney, j'ai tout à fait le droit de les publier, mais j'aimerais avoir votre version. Je serai joignable à ce numéro toute la journée. »

« Samedi, 11:35 — B'jour, papa. Juste pour te dire bonjour et voir ce que t'as prévu pour le week-end. Je pensais monter aujourd'hui. Bon, je t'aime fort. »

« Samedi, 14:12 — Papa, hoho papa ! C'est ta fille. Tu te souviens de moi ? T'es là ? Ma fenêtre de tir pour passer commence à se refermer. Rappelle-moi. »

« Samedi, 15:00 — C'est encore moi, David Ramsey. On ne peut plus faire attendre l'article, inspecteur Bosch. Je suis passé chez vous, je vous ai appelé à tous vos numéros et pas de réponse. Ça fait presque vingt-quatre heures. Si je n'ai pas de nouvelles de vous dans les deux ou trois heures, mes rédac chefs me disent qu'on passera l'article sans vos commentaires. Mais pour être justes, nous dirons tous les efforts que nous avons déployés pour vous joindre. Merci. J'espère que vous allez me rappeler. »

« Samedi, 19:49 — Ici Haller. Non mais t'as vu cette saloperie du *Times* en ligne ? Je savais que ça refoulerait, mais là, ça dépasse les bornes. Ils ne m'ont même pas appelé. Ils ne mentionnent même pas notre requête ou notre vision des choses. C'est ce qu'on appelle un assassinat en règle. Ce connard de Kennedy est en train de charger la barque. Sauf que là, il emmerde la mauvaise ruche. Je vais le bouffer, moi. Appelle-moi, frangin, qu'on y réfléchisse sérieusement. »

« Samedi, 21:58 — Papa, là, je commence à m'inquiéter. Tu ne réponds sur aucune ligne et j'ai la trouille. J'ai appelé tonton Mickey et Lucy, et eux aussi m'ont dit qu'ils avaient essayé de te joindre. Mickey m'a dit que t'avais l'intention de disparaître. Je sais pas ce qui se passe, mais rappelle-moi. S'il te plaît, papa. »

« Dimanche, 9:16 — Je suis vraiment paniquée. Je monte. »

« Dimanche, 11:11 — Rappelle-moi tout de suite, frangipane. Y a besoin d'une réunion client-avocat. J'ai deux ou trois idées sur la manière de faire monter la pression et de nous attaquer à ces enfoirés. Rappelle-moi. »

« Dimanche, 12:42 — Papa, j'ai vu le journal et je sais ce qui se passe. Y a rien d'aussi mauvais. Ça ne veut rien dire. Faut que tu rentres à la maison. Tout de suite. J'y suis. Reviens. »

« Dimanche, 14:13 — Appelle ton avocat. J'attends. »

Bosch fut bouleversé par l'émotion perceptible dans la voix de sa fille. Elle retenait ses larmes, se montrait forte pour lui. Elle craignait le pire. Que l'humiliation professionnelle et les soupçons avancés par l'article du *Times* l'aient poussé à disparaître, voire pire. Alors, à ce moment précis, il jura de faire payer ce crime contre sa fille à tous les responsables de l'article.

Son premier appel fut pour elle.

— Papa ! T'es où !

— Je m'excuse, ma chérie. Je n'avais plus mon téléphone. Je travaillais et…

— Comment as-tu pu ne pas avoir tous mes messages ? Ah mon Dieu, je croyais que tu étais… Je ne sais pas, je pensais que tu avais fait quelque chose.

— Non, ils se trompent. Le journal se trompe, le district attorney se trompe et ton oncle et moi allons le prouver au tribunal cette semaine. Je te promets que je n'ai rien fait de mal et, quelle que soit la situation, jamais je ne me ferais quoi que ce soit. Jamais je ne te ferais ça.

— Je sais, je sais, je m'excuse. J'ai perdu la tête quand je n'ai plus réussi à te joindre.

— J'ai été en infiltration pendant deux ou trois jours pour une affaire et…

— Quoi ?! Tu as été en infiltration ? C'est un truc de cinglés.

— Je ne voulais pas te le dire avant pour que tu ne t'inquiètes pas. Mais je n'ai plus eu mon téléphone. Je ne pouvais pas l'emporter. Mais bon, où es-tu, toi ? Tu es toujours à la maison ?

— Oui. Y avait une carte de visite professionnelle coincée dans la porte. Celle du journaliste qui a écrit l'article.

— Oui, lui aussi a essayé de me joindre. Il s'est fait avoir. Je m'occuperai de ça plus tard. J'arrive. Tu m'attends ?

— Évidemment. Je ne bouge pas.

— OK, je te laisse, j'ai quelques coups de fil à passer. J'arrive dans moins d'une demi-heure.

— D'accord, papa. Je t'aime fort.

— Moi aussi.

Il raccrocha. Respira un grand coup, puis frappa le volant. Les péchés des pères, pensa-t-il. Sa vie et son univers avaient encore une fois assommé sa fille. S'il se jurait de faire payer tous ceux qui lui avaient fait ça, ne risquait-il pas d'en faire partie ?

Le coup de téléphone suivant fut pour Haller.

— Bosch ! Mais où t'étais passé, mec ?

— Je n'étais plus dans la boucle, ça, c'est évident. Je n'avais plus de téléphone. Et bien sûr, ça a merdé sérieux.

— Ça ! Mais je pense que tout ce truc est exploitable. Négligence, irresponsabilité, y a tout.

— C'est du journal que tu parles ?

— Oui, du *Times*. Fonçons-leur dans le tas. Pour diffamation…

— Oublie. Ce Ramsey s'est fait avoir. C'est Kennedy et Cronyn que je veux. Maddie n'a pas réussi à me joindre, elle non plus. Elle croyait que je m'étais roulé en boule quelque part et suicidé.

— Je sais. Elle m'a appelé. Je ne savais pas quoi lui dire. Parce que tu ne m'avais rien dit à moi non plus.

— Cronyn et Kennedy vont me le payer. D'une manière ou d'une autre.

— Mercredi, mon chou. C'est mercredi qu'on les flingue.

— S'en remettre à un juge pour y arriver, je sais pas trop.

— C'est pour ça qu'il faut qu'on se voie. Qu'est-ce que tu fais, là, tout de suite ?

— Je monte à la maison. Faut que je passe un petit moment avec ma fille.

— D'accord. Appelle-moi. Je suis libre ce soir si tu veux qu'on se retrouve. Sinon, c'est quoi ton emploi du temps demain ?

— Je peux te retrouver dans la matinée.

— Allez, on fait ça. Tu emmènes Maddie dîner quelque part et on se retrouve demain. Chez *Du-par* à 8 heures ?

— Quel *Du-par* ?

— C'est toi qui choisis.

Haller habitait juste en bordure de Laurel Canyon, ce qui le mettait à deux pas des *Du-par* de Studio City et du Farmer's Market d'Hollywood.

— Celui de Studio City, au cas où les flics auraient besoin de moi demain matin pour les suivis.

— J'y serai.

— Ah et au fait : j'ai reçu des appels de toi, de Maddie, de Kennedy et du journaliste. J'ai aussi eu des nouvelles de Lucy Soto. J'ai eu l'impression qu'elle voyait clair dans les conneries de Kennedy et elle n'a pas l'air d'apprécier. Je me dis qu'elle pourrait être de notre côté. Si on lui montrait ce qu'on a, on pourrait avoir un infiltré qui bosse pour nous.

Ce fut le silence.

— Hé, Haller, t'es là ?

— Oui, oui. Je réfléchis. On verra ça demain. On décidera devant des crêpes.

— OK.

Bosch raccrocha. Maintenant qu'il avait parlé à sa fille et à son avocat, il pouvait se détendre. Leur plan à court terme était bon. Il songea à Lucy Soto et se demanda s'il ne devait pas se rapprocher d'elle tout seul et sous le radar. Ils n'avaient été coéquipiers que peu de temps pendant sa dernière année au LAPD, mais au contraire de ce qui s'était passé avec Edgar, ils avaient atteint le point où la confiance est absolue. Il pouvait griller un feu rouge sans la moindre hésitation si elle lui disait que c'était bon.

Tout lui indiquait que ça n'avait pas changé.

Chapitre 31

Maddie sortit en trombe de sa chambre dès qu'elle entendit claquer la porte d'entrée. Elle serra Bosch si désespérément contre elle qu'il s'en sentit tout à la fois fou de joie et triste à mourir.

— Tout va bien, dit-il.

Il garda sa tête contre son cœur, puis la libéra. Enfin elle s'écarta et tous deux se dévisagèrent. Il vit des traces de larmes sur son visage. Elle lui paraissait, Dieu sait comment, plus mature tout d'un coup. Il ne savait pas si c'était le résultat des dernières vingt-quatre heures ou tout simplement le cours naturel des choses. Cela faisait un mois qu'ils ne s'étaient pas vus et elle semblait plus grande et plus mince, et s'était coupé ses cheveux d'un blond cendré plus court et en dégradé. Tout cela avait quelque chose de professionnel.

— Oh mon Dieu, mais qu'est-ce que tu portes ? s'exclama-t-elle.

Il se regarda. Ça, son pantalon et ses pantoufles de prison en papier étaient plus que choquants !

— Euh, oui, bon, c'est une longue histoire. Ils ont dû me prendre mes vêtements comme éléments de preuve et c'est tout ce qu'ils avaient.

— Pourquoi faudrait-il que tes vêtements soient des éléments de preuve ? demanda-t-elle.

— C'est-à-dire que… Ça fait partie de la longue histoire. Tu fais quoi pour le dîner ? Tu restes ici ou tu dois repartir ? Je sais que t'as ta virée à Imperial Beach, non ?

— On ne part que demain, mais ce soir, c'est mon dimanche de cuisine.

Il savait que sa fille et ses trois colocs avaient instauré une rotation cuisine pour le dimanche soir – et que c'était la seule fois de la semaine où elles s'étaient promis de toujours manger ensemble. C'était le tour de Maddie et elle ne pouvait pas les laisser tomber.

— Mais je veux l'entendre, moi, cette histoire, papa ! J'ai attendu ici toute la journée et je le mérite.

Bosch acquiesça d'un signe de tête. Elle avait raison.

— Bon, d'accord, dit-il. Donne-moi cinq minutes pour mettre des trucs à moi. J'aime pas beaucoup avoir l'air d'un prisonnier.

Il descendit le couloir jusqu'à sa chambre en lui criant de bien vouloir arroser les plantes.

— Je l'ai déjà fait ! lui renvoya-t-elle de l'autre bout du couloir. J'étais tellement inquiète que je les ai même arrosées deux fois !

— Parfait ! lui lança-t-il. J'aurai pas à m'en soucier pendant une semaine.

Il savourait d'enlever son pantalon et ses pantoufles de prison. Il était en train de le faire lorsque l'enveloppe qu'on lui avait envoyée au commissariat tomba par terre. Il la posa sur la table de nuit pour l'ouvrir et la lire plus tard. Avant de mettre des vêtements bien à lui, il se glissa dans la salle de bains et rasa sa barbe de cinq jours. Puis il enfila un jean, une chemise blanche boutonnée et une paire de chaussures de course noires. En remontant le couloir, il s'arrêta à la cuisine pour jeter son pantalon et ses pantoufles de prison dans la poubelle sous l'évier.

Puis il rejoignit le frigo pour y prendre une bière. Mais il n'y en avait pas et se pencher pour examiner les moindres recoins n'y changea rien.

Il se redressa et jeta un coup d'œil à la bouteille de bourbon posée sur le frigo. Puis il décida que non – même si boire quelque chose de ce genre aurait pu l'aider à se calmer. Voir cette bouteille lui fit penser qu'il devrait donner ce qu'il y restait de ce bourbon de prix à Edgar pour le remercier de l'avoir mis en garde contre le petit voyage en avion au-dessus de la mer de Salton.

— Papa ?

— Oui, désolé, dit-il, et il passa dans le séjour pour lui raconter l'histoire.

Il n'y avait personne au monde en qui il avait plus confiance que sa fille. Il lui raconta tout, et avec plus de détails que ce qu'il en avait donné au poste de commandement mobile. Il se disait qu'ils auraient plus de sens pour elle et dans le même temps il savait que c'était la face sombre du monde qu'il lui décrivait, un endroit que, croyait-il, elle devait connaître, quels que soient ceux où sa vie l'emmène. Il termina son récit en s'excusant.

— Je suis navré, dit-il. Tu n'avais peut-être pas besoin de savoir tout ça.

— Bien sûr que si, lui renvoya-t-elle. Je n'arrive pas à croire que tu te sois porté volontaire pour ça. Tu as eu beaucoup de chance. Et si tu t'étais fait tuer par ces types… je serais restée toute seule.

— Pardonne-moi. Je me disais que tu t'en sortirais. Tu es forte. Tu voles de tes propres ailes maintenant. Je sais que tu as des colocs, mais tu es indépendante. Je pensais que…

— Alors là, merci beaucoup, papa !

— Écoute, je m'excuse, mais je voulais attraper ces types. Ce qu'a fait ce gamin, le fils du pharmacien, c'était noble. Quand tout ça sortira au grand jour, on dira probablement qu'il était bête et naïf et ne savait pas ce qu'il faisait. Mais ce n'est pas la vérité. Noble, oui, voilà ce qu'il a été. Et il n'y a plus beaucoup de noblesse en ce monde. Les gens mentent, le président ment, les corporations mentent et trichent… Le monde est laid et il n'y a plus beaucoup de gens prêts à se dresser contre ça. Je ne voulais pas que ce qu'a fait ce gamin passe à l'as sans que… Faut croire que j'avais pas envie qu'ils s'en tirent.

— Je comprends. Mais pense à moi la prochaine fois, d'accord ? Je n'ai que toi.

— Je sais. Et je le ferai. Et je n'ai que toi, moi aussi.

— Bon et maintenant, dis-moi pour l'autre histoire. Ce qu'il y a dans le journal.

Elle lui montra la carte de visite professionnelle de David Ramsey qu'elle avait trouvée à la porte d'entrée. Cela lui rappela qu'il n'avait pas lu tout l'article du *Times*. Il lui parla de l'affaire Danielle Skyler et de la manœuvre de Preston Borders pour sortir du couloir de la mort et accessoirement le piéger, lui, en l'accusant d'avoir introduit des éléments de preuve frauduleux. Le récit s'acheva pile au moment où

Maddie se sentit pressée par le temps qu'il lui faudrait pour regagner le comté d'Orange en voiture. Elle avait déjà décidé d'acheter des plats préparés pour le dîner au lieu de faire la cuisine à une heure aussi tardive.

Elle serra Bosch longuement dans ses bras une deuxième fois et il l'accompagna jusqu'à sa voiture.

— Papa, je voudrais assister à l'audience de mercredi, dit-elle.

Normalement il n'aimait pas qu'elle assiste aux audiences concernant ses affaires. Mais celle-là serait différente parce qu'il aurait l'impression d'être jugé, et avoir tout le soutien moral possible ne serait pas de trop.

— Et Imperial Beach ? lui demanda-t-il.

— Je reviendrai juste un peu plus tôt. Et je m'y rendrai en train.

Elle sortit son portable de sa poche revolver et y ouvrit une application.

— Qu'est-ce que tu fais ?

— C'est l'application de la Metrolink. T'arrêtes pas de me dire que tu vas prendre le train pour venir me voir. Faut que tu télécharges cette application. Il y a un train à 6 h 30 que je pourrais prendre. Il arrive à Union Station à 8 h 20.

— Tu es sûre ?

— Oui regarde, juste là…

— Non, je voulais dire pour l'audience…

— Évidemment. Je veux y être pour toi.

Bosch la serra encore une fois sur son cœur.

— OK, je te texterai les détails. Je ne crois pas que ça commence avant 10 heures. On pourrait peut-être se faire un petit déjeuner avant… À moins que je doive retrouver ton oncle.

— OK. Comme tu voudras.

— Qu'est-ce que tu vas acheter pour le dîner ?

— J'ai envie de prendre du *Zankou*, mais ma voiture va puer l'ail pendant un mois après.

— Ça pourrait quand même valoir le coup.

La *Zankou Chicken* était une chaîne de fast-foods arméniens qui était devenue l'un de leurs repaires préférés de plats à emporter au fil des ans.

— Au revoir, papa, dit-elle.

Il resta sur le trottoir jusqu'à ce qu'il la voie prendre le virage et disparaître dans la pente. De retour à l'intérieur, il jeta un coup d'œil à la carte de visite professionnelle qu'elle avait laissée sur la table et pensa appeler Ramsey pour lui dire son fait. Puis il décida que non. Ramsey n'était pas son adversaire et il valait mieux ne pas avertir ses vrais ennemis de ce qui les attendait en téléphonant au journal. Il ne faisait aucun doute que le reporter serait à l'audience et il aurait alors droit à toute l'histoire. Bosch n'avait plus qu'à en comprendre les mécanismes dans l'ombre même de l'histoire que cet article avait fait de sa vie.

Il ouvrit son portable, effectua une recherche en ligne pour avoir le numéro de la prison de Van Nuys, l'appela et demanda qu'on lui passe l'officier de service. Il s'identifia et lui dit vouloir parler à une prisonnière.

— Ça peut pas attendre ? lui demanda l'officier. C'est dimanche soir et j'ai personne pour surveiller la conversation.

— Il s'agit d'un double homicide, lui renvoya Bosch. J'ai besoin de lui parler.

— OK, et elle s'appelle ?

— Elizabeth Clayburgh.

Bosch l'entendit entrer son nom dans l'ordinateur.

— Ben non, dit l'officier. On l'a pas ici.

— Je m'excuse, je voulais dire Clayton. Elizabeth Clayton.

Autres bruits de clavier.

— On l'a pas elle non plus. Elle a été LSC y a deux ou trois heures.

Bosch savait que ce LSC était l'abréviation de « libérée sans caution ».

— Minute, minute, dit-il. Vous l'avez laissée filer ?

— On n'avait pas le choix. Contrôle des capacités. Délit sans violence.

Les prisons étant surpeuplées dans tout le comté, les délinquants non violents étaient régulièrement libérés tôt si leur peine était légère, parfois même sans caution. Elizabeth Clayton faisait apparemment partie de cette dernière catégorie et, relâchée au bout d'une journée, n'avait pas pu être placée en cure de désintoxication.

— Minute, minute, répéta Bosch, elle était pas en désintox ? On les libère avant la fin de la cure, maintenant ?

— Je l'ai pas non plus en désintox dans mon ordi. En plus, pour ça, il y a une liste d'attente. Je suis désolé, inspecteur.

Bosch domina sa frustration et allait remercier l'officier et raccrocher lorsqu'il pensa à autre chose.

— Vous pouvez me mouliner un autre nom ? demanda-t-il à l'officier. Juste histoire de voir si vous l'avez.

— Et ce nom est…

— Mâle, blanc, nom de famille : Brody. Je n'ai pas le prénom sur moi.

— C'est-à-dire que ça pourrait être… Non, je l'ai trouvé. James Brody, lui aussi arrêté samedi, même chef d'accusation… Fraude à l'ordonnance. Oui, lui aussi a été foutu dehors.

— En même temps que Clayton ?

— Non, avant. Disons deux ou trois heures plus tôt. La plupart des délinquants violents sont des hommes et c'est pour eux qu'on doit faire de la place. Ce qui fait que les hommes sortent avant les femmes.

Bosch le remercia et raccrocha. Cinq minutes plus tard, il était dans sa Jeep et suivait la route en lacets qui descend à la 101. Il la prit direction nord, repassa dans la Valley et regagna Van Nuys. Chemin faisant, il appela Cisco pour essayer de trouver un endroit pour Elizabeth Clayton s'il arrivait à la retrouver.

La prison d'où Clayton et Brody avaient été relâchés était située au dernier étage du QG du LAPD au Valley Bureau, ce QG se trouvant au cœur d'un minicentre civique avec tribunaux, une bibliothèque, des services de la mairie et des bâtiments fédéraux en bordure d'une grande place publique.

Bosch se gara dans Van Nuys Boulevard, à l'extrémité ouest de la place, et se dirigea vers le Valley Bureau tout au bout d'un passage bordé d'arbres. Dimanche soir – la place était assez largement déserte, les sans-abri qui envahissaient tous les espaces publics de la ville exceptés. Bosch ne se rappelait plus quand il s'était trouvé à cet endroit pour la dernière fois, mais se dit que ça devait bien faire deux ans. Tous les buissons et les arbres donnant de l'ombre autour des bâtiments avaient été élagués. Nombre d'entre eux avaient même été remplacés par des palmiers qui n'offraient aucun abri. Il savait qu'il s'agissait là d'une mesure hypocrite destinée à contenir au maximum les sans-logis qui squattaient la place.

Il vérifia tous les recoins devant lesquels il passait et tous les visages qui se tournaient vers lui, mais il ne vit ni Clayton ni Brody. Bastion généralement tenu par tous ceux qui n'ont aucun endroit où aller, la bibliothèque était fermée. Bosch avait couvert tout un côté de la place lorsque, arrivé au bâtiment du Valley Bureau, il fit demi-tour pour vérifier l'autre côté. Sa recherche ne donnant rien, il regagna sa voiture.

Assis au volant, il réfléchit et finit par appeler le numéro que Jerry Edgar lui avait donné lorsqu'il lui avait rendu visite avec Lourdes. Edgar décrocha, et lui fit l'effet de sortir du sommeil.

— Jerry, Harry à l'appareil, dit-il. Je te réveille ?

— Je faisais juste un petit somme. Je parie que toi, t'en as fait un grand !

— Oui, en quelque sorte, mais j'ai une question.

— Balance.

— La nana qu'Hovan et toi avez arrêtée à la pharmacie hier avec tous les autres…

— Oui, celle au crâne rasé.

— Exactement. Je voudrais lui parler. D'après Bella, elle aurait été détenue à Van Nuys. Je viens d'y aller et ils l'ont foutue dehors y a deux ou trois heures de ça.

— C'est comme je t'ai dit, Harry. Ce n'est pas un crime de haute priorité. Je ne sais pas ce qu'il faudrait pour… Peut-être que si un million de types en mouraient, on se réveillerait et ferait attention.

— Oui, je sais. Mais ma question… Où est-ce qu'elle irait ? On vient de la remettre à la rue, à Van Nuys, elle a salement besoin de sa dose et elle n'a pas de voiture.

— Mais merde, mec, je n'ai aucune idée de l'endroit où…

— C'est toi qui l'as mise au gnouf !

— Oui, c'est moi. Hovan et moi, on les a tous collés en taule.

— Et t'as fouillé ses affaires ? Qu'est-ce qu'elle avait ?

— Une fausse pièce d'identité, Harry. Rien d'autre.

— Oui, oui, j'avais oublié. Merde.

S'ensuivit une pause avant qu'Edgar ne finisse par reprendre la parole.

— T'as besoin d'elle pour quoi ? Elle est accro à vie, mec, ça se voit.

— Non, c'est pas ça. Un des types que vous avez coffrés avec elle, Brody… lui aussi a été flanqué dehors.

— C'était le type que tu voulais hors du tableau.

— Oui, parce qu'il me cherchait, moi, et elle aussi d'ailleurs. Et aujourd'hui, je découvre qu'il a été libéré de la même prison quelques heures avant elle. Si jamais elle tombe sur lui dans la rue, soit il l'agressera à cause de moi, soit il trouvera un moyen de se servir d'elle pour se procurer sa prochaine dose. Mais dans un cas comme dans l'autre, je peux pas laisser passer.

Bosch savait que, dans le monde des toxicos, il n'était pas inhabituel qu'un homme s'allie à une femme et lui offre sa protection pendant qu'elle se procure de la drogue moyennant services sexuels. Et parfois cette alliance n'avait rien de volontaire chez la femme.

— Mais merde, Harry, je sais pas, moi ! Où es-tu ?

— À la prison de Van Nuys. J'ai vérifié, elle n'y est pas.

Cette fois la pause fut plus longue avant qu'Edgar ne brise le silence.

— Harry, dit-il, qu'est-ce qui se passe ? Non parce que, ça date pas d'hier, mais j'ai pas oublié Eleanor.

L'ex-épouse de Bosch et la mère de sa fille. Maintenant décédée. Bosch avait oublié qu'Edgar et lui étaient en tandem lorsqu'il l'avait rencontrée et épousée. Edgar avait remarqué la ressemblance avec Elizabeth Clayton.

— Écoute, non, c'est pas ça, lui renvoya Bosch. Elle m'a rendu un grand service quand j'étais en infiltration. Je lui en dois un et maintenant elle est à la rue. Et ce Brody l'est aussi.

Edgar se tut, son silence disant clairement qu'il n'était pas convaincu.

— Faut que j'y aille, reprit Bosch. Si tu penses à quelque chose, rappelle-moi, collègue.

Et il raccrocha.

Chapitre 32

Bosch reprit Van Nuys Boulevard vers le nord en regardant tous les piétons et recoins cachés derrière les façades des moindres magasins et commerces. Il savait que c'était chercher une aiguille dans un tas de foin, mais il n'avait pas d'autre idée. Il envisagea d'appeler le chef de veille du commissariat central de Van Nuys pour lui demander d'avertir toutes les unités de patrouille, mais il savait qu'un dimanche soir il n'aurait guère de voitures dans les rues et qu'émanant du SFPD, cette requête ne serait pas traitée avec énormément d'enthousiasme. Cela pourrait aussi lui revenir dans la figure si le chef Valdez posait le même genre de questions qu'Edgar.

Il continua donc sa recherche en solo et fit demi-tour à Roscoe Boulevard pour reprendre vers le sud. Il s'y était engagé depuis vingt minutes lorsqu'il reçut un coup de fil d'Edgar.

— Hé, Harry ! Tu la cherches toujours ?

— Oui. T'as quelque chose ?

— Non, écoute, mec. Je m'excuse pour ce que j'ai dit tout à l'heure, d'accord ? Je suis sûr que tu as de bonnes raisons de…

— Jerry, t'as quelque chose pour moi ou tu m'appelles juste pour tailler une bavette ? Non parce que je ne…

— J'ai quelque chose, OK ? J'ai quelque chose.

— Alors, accouche !

Bosch se gara le long du trottoir pour écouter et peut-être prendre des notes.

— Au bureau on a un truc qu'on appelle « les cent en rouge ». Ce sont des médecins qu'on a à l'œil parce que probablement en cheville avec des cappers et enclins à rédiger de fausses ordonnances. On est en train de leur monter des dossiers d'inculpation.

— Efram Herrera en était ?

— Pas encore parce que je n'avais pas pris cette plainte en considération, tu te rappelles ?

— Exact.

— Toujours est-il que je viens d'appeler une de mes collègues pour lui poser des questions sur Van Nuys. Elle m'a dit qu'un de ces « cent en rouge » s'y trouvait. Il dirige un dispensaire dans Sherman Way. C'est ouvert censément sept jours sur sept et, d'après certaines de nos infos, quand c'est une femme qui a besoin d'une ordonnance, il est plus qu'accommodant pour consentir à des réductions en échange de petites gâteries, si tu vois ce que je veux dire. Ce médecin a dans les soixante-dix ans, mais…

— Le nom du dispensaire ?

— Le Sherman Health and Med, au croisement de Sherman Way et de Kester Avenue. Le médecin s'appelle Ali Rohat. On l'appelle « Ali le chimique » parce qu'il file les médocs… les préparations chimiques… Et qu'avec lui, pas besoin d'aller à la pharmacie. Il est connu pour prescrire et fournir. Si elle est branchée dans le coin, ta nana devrait avoir entendu parler de lui.

— Ce n'est pas ma nana, mais j'apprécie, Jerry.

— Je plaisantais, mec. Putain ! Toujours « je-laisse-rien-passer », le Harry, après toutes ces années !

— Exact. Ce mec, cet « Ali le chimique », comment ça se fait que vous ne l'ayez pas coffré avec tout ce que tu me racontes ?

— Je te l'ai déjà dit, Harry : c'est compliqué. La bureaucratie médicale, la bureaucratie de Sacramento... On finira par l'arrêter, mais...

— OK, merci pour le coup de main. S'il te revient autre chose, rappelle-moi.

Bosch raccrocha et déboîta du trottoir. Puis il fit demi-tour et reprit Van Nuys Boulevard jusqu'à Sherman Way, où il tourna à droite. Il traversa l'intersection à la hauteur de Kester Avenue sans voir le dispensaire. Il continua encore un peu, puis refit demi-tour.

En repassant devant, il l'aperçut dans un coin du petit centre commercial. Un caviste et une pizzeria étaient eux aussi ouverts, et le parking à moitié plein de voitures. Il abaissa le pare-soleil pour qu'on ne voie pas son visage et entra. Puis il fit le tour du parking sans lâcher le dispensaire des yeux. Il y avait un passage qui devait donner sur une ruelle ou un autre parking. C'était là que se trouvait l'entrée, ce qui le mettait à l'abri des regards. Il lui suffit d'un coup d'œil pour voir des gens aller et venir près de la porte de l'établissement, mais il ne put identifier personne.

Il ressortit du parking et roula jusqu'à une ruelle qui le conduirait sans doute à l'arrière du centre commercial. Il passa devant et découvrit un alignement de places de parking derrière les boutiques de la place. Garé sur le premier emplacement se trouvait un coupé Mercedes-Benz rouge avec une plaque d'immatriculation « DR ALI ». En passant devant, il vit nettement mieux les gens qui se pressaient à la porte du dispensaire. Trois hommes, mais personne qu'il aurait reconnu sauf à dire qu'ils avaient tous l'air hagard et désespéré du drogué. Il sourit presque en voyant que l'un d'eux portait une attelle de genou semblable à celle dont il s'était servi.

Arrivé à Sherman Way, il prit à droite et entra de nouveau dans le parking avant de la place. Il en parcourut la première rangée et choisit un emplacement lui permettant de voir dans le passage. Les clients n'y étaient pour la plupart que des silhouettes, mais il était sûr de pouvoir identifier une forme féminine si jamais une femme sortait du dispensaire.

Il sortit son portable, chercha le nom du dispensaire sur Google et trouva son numéro de téléphone. Il appela et demanda à la femme qui lui répondit jusqu'à quand l'établissement devait encore rester ouvert.

— On va bientôt fermer, lui répondit-elle. Le docteur doit partir à 20 heures.

Bosch la remercia et raccrocha. Il jeta un coup d'œil à son poignet et se rendit compte qu'il avait oublié de remettre sa montre après son infiltration. Il regarda le tableau de bord et s'aperçut qu'il lui restait vingt minutes à attendre jusqu'à la fermeture. Il s'installa et garda les yeux rivés sur l'entrée du dispensaire.

Dix minutes s'étaient écoulées lorsque son attention fut attirée par la pizzeria sur sa droite. Pizzas à emporter et pizzas à livrer semblaient être les activités essentielles de l'endroit, mais deux tables ne s'en trouvaient pas moins installées devant, sur le trottoir. Bosch remarqua un type en tablier qui se penchait à la porte et parlait avec de grands gestes à un homme assis tout seul à une des tables. Ce dernier étant en partie caché à sa vue par une rangée de plantes en pot, Bosch ne l'aurait même pas remarqué si le type au tablier n'était pas sorti.

Il semblait bien que le type en tablier disait à l'autre de s'en aller. Il lui montrait le parking du doigt. Bosch abaissa sa vitre de façon à pouvoir entendre la dispute, mais elle cessa brusquement lorsque l'individu caché par les plantes se leva en insultant le pizzaïolo, quitta les tables et se dirigea vers l'alignement de magasins de Sherman Way.

Bosch le reconnut aussitôt. C'était Brody.

Dans l'instant, il en fut électrisé en même temps que la crainte l'envahissait : il pensait avoir compris ce qui se passait. Brody savait pour Ali le chimique, mais n'avait ni argent ni quoi que ce soit à offrir depuis qu'il avait été libéré de prison. Il avait donc suivi Elizabeth Clayton et surveillait les lieux en attendant qu'elle ressorte du dispensaire avec des comprimés qu'il pourrait lui soutirer avant d'exercer sa vengeance malavisée.

Il savait aussi que, Brody et Clayton étant peut-être venus au dispensaire ensemble, Brody attendait tout simplement qu'elle en ressorte. Cela étant, avec l'attitude « foutez-moi-la-paix » qu'il lui connaissait, Bosch ne voyait pas Clayton jouant en équipe.

Il descendit de la Jeep, en gagna vite l'arrière et en releva le hayon. Parce qu'on ne lui avait pas assigné de véhicule au SFPD, il transportait ses outils de travail à l'arrière de sa voiture personnelle. Il s'agissait en l'occurrence d'un sac de marin bourré de tout l'équipement dont il pouvait avoir besoin dans le cours d'une enquête. Il jeta un coup d'œil par-dessus son épaule et vit Brody se diriger vers le bout de la place et tourner vers l'ouest. Il savait que cela le conduirait à la ruelle de derrière, peut-être même jusqu'au passage où Clayton sortirait si elle était bien à l'intérieur du dispensaire.

Il ouvrit vite la fermeture Éclair de son sac et fouilla dedans. Il y trouva une casquette de base-ball des Dodgers, se la vissa sur la tête et en abaissa la visière sur son front. Puis il tomba sur ses attaches en plastique, en prit deux, les enroula de façon qu'elles tiennent dans la poche arrière de son jean, referma le sac et rabattit le hayon de la Jeep. Il était prêt.

Après avoir vérifié qu'il n'y avait aucun signe de Clayton au coin de la place, il gagna vite l'endroit où il avait vu Brody pour la dernière fois. Il ne lui fallut pas longtemps pour se retrouver sur le trottoir d'en face. Mais aucune trace de Brody. Cela lui confirma que celui-ci s'était faufilé dans la ruelle derrière la place. Il s'y rendit rapidement à son tour.

Toujours aucune trace de Brody. La ruelle était beaucoup plus sombre que lorsque Bosch l'avait parcourue en voiture un peu plus tôt. La lumière faiblissante du crépuscule n'était maintenant plus que ténèbres à cause des bâtiments des deux côtés. Il avança avec précaution en essayant de rester lui aussi dans l'ombre.

— Et où elle est ta canne de merde maintenant, hein ?

Au son de cette voix, Bosch se retourna juste à temps pour voir Brody sortir d'entre deux bennes à ordures et brandir un manche à balai. Il parvint à armer son bras gauche, et encaissa la violence du coup dans tout l'avant-bras.

L'impact lui expédia comme un éclair de douleur dans tout le membre, mais cela ne servit qu'à renforcer sa réaction. Plutôt que de reculer, il fonça droit dans Brody que son élan portait vers l'avant. Puis il lui flanqua un grand coup de genou dans l'entre-deux et entendit le souffle lui manquer, son manche à balai allant cogner l'asphalte tandis qu'il se pliait en deux. Bosch lui attrapa ensuite le dos de la chemise, la lui remonta par-dessus la tête et les épaules et lui fit faire un tour complet sur lui-même avant de le pousser tête la première dans une des bennes à ordures. Brody s'y écrasa et s'affaissa en grognant.

Bosch s'approcha et, Brody ayant les bras et les poignets coincés dans sa chemise, il se baissa vers ses chevilles.

— Joli coup, ça ! lui lança Bosch. M'avertir comme ça ! Vraiment futé !

Il sortit les attaches de sa poche revolver et lui bloqua fermement les chevilles en se servant des deux rubans de plastique pour doubler ses liens. Bien sûr, Brody pouvait toujours, et facilement, sortir les mains de sa chemise, mais il aurait alors à résoudre le problème de ses pieds. En sautillant comme au pogo pour quitter la ruelle et trouver quelqu'un qui veuille bien le libérer ? Cela le ralentirait assez longtemps pour que Bosch puisse faire ce qu'il fallait.

La manière la plus rapide de gagner le dispensaire était de continuer à avancer dans la ruelle. Bosch s'y employait lorsqu'il aperçut deux silhouettes qui filaient du passage dans le noir. Comme il faisait trop sombre pour qu'il puisse en déterminer le sexe, il accéléra l'allure jusqu'à trottiner et fut bientôt assez prêt d'elles pour voir que c'étaient des hommes.

Il dépassa la Mercedes, coupa par le passage et gagna la porte du dispensaire. Fermée à clé. Il tapa fort du poing sur la vitre, remarqua un boîtier d'Interphone sur le chambranle et appuya trois fois sur le bouton.

Quelques instants plus tard, une voix de femme se fit entendre, Bosch reconnaissant la personne qu'il avait eue en ligne un peu plus tôt.

— Désolée, mais c'est fermé.

Bosch appuya de nouveau sur le bouton :

— Police. Ouvrez !

Pas de réponse. Puis une voix d'homme avec un accent du Moyen-Orient monta du boîtier.

— Vous avez un mandat ?

— Je veux juste parler avec vous, docteur. Ouvrez.

— Pas sans mandat. Il vous faut un mandat.

— OK, docteur, voilà donc ce que je vais faire : je vais vous attendre près de votre Mercedes dans la petite rue. J'ai toute la nuit.

Et il attendit. Dix secondes s'écoulèrent tandis que le médecin envisageait ses options. Puis la porte fut ouverte par une femme en tenue d'infirmière. Derrière elle se tenait un homme aux cheveux blancs, probablement le docteur Rohat.

La femme franchit la porte en la poussant et passa devant Bosch.

— Une minute ! lui lança-t-il.

— Je rentre chez moi, dit-elle.

Et elle continua d'avancer vers la ruelle.

— On est fermé, dit l'homme. Elle a fini son travail pour la journée.

Bosch le regarda.

— Ali le chimique, c'est vous ?

— Quoi ?! s'exclama l'homme d'un ton indigné. Je suis le docteur Rohat.

D'un geste il lui montra la réception, et derrière, un mur où s'alignaient plusieurs diplômes encadrés, mais écrits trop petit pour qu'on puisse les lire.

Bosch n'était pas sûr et certain que Clayton soit dans le bâtiment. Brody aurait pu attendre n'importe quel patient sans force pour tout lui prendre, mais les renseignements d'Edgar sur les penchants du docteur Rohat lui faisaient penser qu'il était bien là où il fallait.

— Elizabeth Clayton, dit-il. Où est-elle ?

Rohat hocha la tête.

— Je ne connais pas ce nom.

— Bien sûr que si. Elle est ici ?

— Il n'y a personne ici. Nous sommes fermés.

— Arrêtez vos conneries. Si vous aviez fini, vous seriez sorti avec l'infirmière. Va-t-il falloir que je vérifie toutes les pièces ? Où est-elle ?

— Nous sommes fermés.

Le bruit métallique de quelque chose tombant par terre se fit entendre derrière la porte fermée de la réception. Aussitôt Bosch poussa Rohat de côté et se dirigea vers la porte en supposant qu'elle donnait sur les salles d'examen et les bureaux à l'arrière.

— Bon, ça va ! s'écria Rohat. J'ai une patiente à la trois. Elle se repose et ne doit pas être dérangée. Elle est malade.

Bosch ne ralentit pas l'allure. Il franchit la porte, Rohat ne cessant de lui crier « Attendez ! Vous n'avez pas le droit d'entrer là ! ».

Il n'y avait aucune indication sur aucune des portes du couloir arrière. Bosch gagna la troisième à gauche et l'ouvrit violemment. La pièce était une réserve qu'on aurait dite gérée par un accumulateur compulsif. Bicyclettes, télés et autres ordinateurs, les cochonneries s'y entassaient sur les cochonneries. Bosch se dit que ce devait être ce que Rohat prenait en échange de ses ordonnances et médicaments. Il laissa la porte ouverte et traversa le couloir pour gagner la porte directement opposée.

Elizabeth Clayton s'y trouvait bien. Elle était assise sur une table d'examen, jambes nues, un drap posé sur les épaules et qui lui couvrait l'essentiel du corps. Par terre se trouvait la source même du bruit que Bosch avait entendu : une coupelle en acier inoxydable renversée au milieu d'une flaque d'eau.

Nue sous le drap en papier, Clayton avait un sein découvert, mais ne semblait pas en avoir conscience. La peau en était d'un blanc qui jurait avec celle de sa poitrine et de son cou brûlée par des jours et des jours d'exposition au soleil du désert. Elle était hébétée et n'avait même pas levé les yeux lorsque Bosch était entré dans la pièce. Elle regardait fixement les étoiles de son tatouage.

— Elizabeth ! lança-t-il.

Elle leva lentement le menton tandis que Bosch s'approchait d'elle. Elle posa la main sur ses genoux et le dévisagea. Bosch vit qu'elle le reconnaissait, mais n'avait aucune idée de l'endroit où elle se trouvait.

— Je vais prendre soin de vous, reprit-il. Combien vous en a-t-il donné ?

Il tira le drap autour d'elle pour l'en couvrir entièrement. Elle était tellement émaciée qu'il voulut détourner les yeux de son corps, mais ne le fit pas. Elle avait mis une main entre ses jambes, non pour cacher sa nudité, mais en un geste où il vit une faible tentative de protection.

— Je ne vais pas vous faire mal, reprit-il. Vous vous souvenez de moi ? Je suis venu vous aider.

Pas de réponse.

— Pouvez-vous vous lever ? Vous habiller ?

Rohat entra dans la pièce derrière lui.

— Vous n'avez pas le droit d'être ici ! C'est une patiente et ce que vous…

— Qu'est-ce que vous lui avez donné ? demanda Bosch en se tournant vers lui.

— Je ne discute pas de mes soins aux…

Bosch lui rentra dedans et le poussa jusqu'au mur, la tête d'Ali allant cogner contre un poster représentant les organes vitaux du corps humain.

Puis il l'attrapa par les revers de sa blouse blanche et le poussa encore plus fort.

— Vous n'êtes pas médecin ! s'écria-t-il. Vous êtes un monstre ! Et je me fous de l'âge que vous avez et je vais vous rosser à mort si vous ne répondez pas à mes questions. Combien lui en avez-vous donné ?

Il vit de la vraie peur dans les yeux de Rohat.

— Je lui ai prescrit deux comprimés d'oxycodone dosés à quatre-vingts milligrammes pour la douleur. C'est un médicament à libération prolongée et les deux comprimés sont à prendre séparément, mais quand je l'ai laissée seule dans sa chambre, elle les a écrasés tous les deux et les a sniffés, ce qui l'a mise en overdose. Ce n'est pas ma faute.

— Pas de ta faute ? Tu déconnes ou quoi ? Ça remonte à quand ?

— Deux heures. Je la soigne à la naxolone et ça ira, le fait qu'elle soit déjà capable de s'asseoir le prouve.

— Et qu'est-ce que tu lui as fait pendant qu'elle était dans les vapes, hein ? Tu l'as baisée, espèce d'ordure ?

— Non.

— On verra ça quand je l'emmènerai au centre d'aide aux victimes de viol.

— On a déjà couché ensemble, ça oui. Elle était d'accord. Ç'a été complètement consenti.

— Consenti, mon cul ! Tu vas finir en taule.

La colère le prenant, Bosch décolla Rohat du mur et le fit pivoter sur lui-même pour avoir la satisfaction de voir sa tête partir violemment en arrière lorsqu'il lui flanquerait le coup de poing qui l'achèverait. Mais avant même qu'il ajuste son coup, l'Interphone bipa.

Bosch hésita, ce qui donna à Rohat le temps de lever les mains afin de sinon bloquer le coup, à tout le moins d'en ralentir l'impact.

— Je vous en prie, le supplia le médecin.

— Hé mais, je vous connais, vous ! dit Elizabeth.

Bosch baissa le poing gauche et, de la main droite, poussa Rohat vers l'Interphone.

— Dis-lui d'aller se faire foutre.

Rohat pressa le bouton de l'Interphone.

— C'est fermé, désolé, dit-il.

Et il regarda Bosch par-dessus son épaule pour avoir son approbation.

C'est alors qu'une voix que Bosch reconnut tout de suite se fit entendre dans le haut-parleur de l'appareil.

— Jerry Edgar, Medical Board of California. Ouvrez !

Bosch hocha la tête. Son ancien binôme ne l'avait pas lâché.

— Allez lui ouvrir, ordonna-t-il à Rohat.

Chapitre 33

Edgar entra dans la salle d'examen au moment où Bosch aidait Elizabeth à s'habiller.

— Harry, j'ai vu ta voiture devant et je me suis dit que t'avais peut-être besoin d'un coup de main.

— Et comment, collègue ! Aide-moi à l'habiller. Il faut que je la fasse sortir d'ici.

— On devrait appeler une ambulance, non ? C'est dingue.

— Maintiens-la droite, juste ça. Elle commence à recouvrer ses esprits.

Bosch essaya de remonter le jean d'Elizabeth sur ses jambes en fil de fer. Il l'encouragea à se mettre debout, puis, Edgar la stabilisant, il passa le vêtement sur ses hanches osseuses.

— Je veux m'en aller, dit-elle.

— C'est exactement ce qu'on est en train de faire, Elizabeth, lui renvoya-t-il.

— C'est un vrai fumier.

Bosch allait acquiescer lorsqu'il regarda autour de lui.

— Mais hé, où il est passé ?

Edgar balaya lui aussi la pièce des yeux. Rohat avait disparu.

— Je ne le…

— Je m'occupe d'elle. Va voir.

Edgar quitta la pièce. Bosch tourna Elizabeth de façon à voir son dos, puis se baissa vite pour prendre la veste jaune pâle dans le tas de ses vêtements par terre et la tint devant elle.

— Vous pouvez enfiler ça ? lui demanda-t-il. On prendra le reste de vos habits avec nous.

Elle lui prit la veste et se mit lentement en devoir d'enfiler un bras dans une manche. Bosch ôta doucement le drap en papier de ses épaules et le laissa tomber sur le sol. Et découvrit tout son tatouage RIP en travers de ses omoplates.

DAISY
1994-2009

Une fille de quinze ans, pensa-t-il. Cela lui donna un indice et une compréhension qui ne firent que renforcer son désir de ne pas la lâcher.

Un geste mécanique après l'autre, Elizabeth réussit enfin à enfiler sa veste, mais eut du mal avec la fermeture Éclair. Bosch la fit encore pivoter sur elle-même et la lui remonta. Puis, tout doucement, il l'aida à la remonter sur la table d'examen afin de lui remettre ses socquettes et ses chaussures.

Edgar revint.

— Il est parti, dit-il. Il a dû filer après m'avoir laissé entrer.

Il avait l'air soulagé et Bosch comprit que cela n'avait rien à voir avec Rohat : c'était seulement qu'Elizabeth était maintenant complètement rhabillée.

— Probablement parce que je lui ai dit qu'il allait atterrir en taule, reprit Bosch. Aucune importance. On pourra le coffrer plus tard. Sortons cette femme d'ici.

— Pour l'emmener où ? Aucun refuge ne voudra la prendre dans cet état. Il faut la conduire à l'hôpital, Harry.

— Non, pas d'hôpital et c'est pas à un refuge que je pense. Maintiens-la droite.

— Tu parles pas sérieusement, Harry ! Tu vas pas l'emmener chez toi, si ?

— Non, je ne l'emmène pas chez moi. Conduisons-la à la porte et j'amène la voiture.

Il leur fallut presque dix minutes pour lui faire traverser le dispensaire, en sortir et prendre le passage reliant l'avant à l'arrière de la place.

— Par ici, dit Bosch.

Il la dirigea vers le parking de devant. Une fois arrivé, il la laissa s'appuyer sur Edgar et courut chercher sa Jeep en regardant autour de lui. Toujours aucun signe de Brody.

Il amena la Jeep à la hauteur d'Edgar et d'Elizabeth, puis en descendit d'un bond pour l'aider à s'asseoir sur le siège passager et lui passer sa ceinture de sécurité.

— Mais où tu vas, Harry ? lui demanda Edgar.

— À un centre de soins.

— Lequel ?

— Il n'a pas de nom.

— Mais Harry, c'est quoi, ces conneries ?

— Jerry, faut que tu me fasses confiance. Je fais ce qu'il y a de mieux pour elle et ça n'a rien à voir avec le règlement. Y a longtemps que je suis passé à autre chose, d'accord ? Ce dont toi, tu dois t'inquiéter, c'est de sécuriser le dispensaire maintenant qu'Ali le chimique est en cavale. Y a probablement assez de comprimés là-dedans pour créer toute une armée de zombies comme elle.

Il recula, ferma la portière et fit le tour du véhicule pour passer côté chauffeur.

— Et cette armée sera là dès demain matin au lever du soleil.

Alors qu'il s'installait au volant, il vit Edgar regarder l'entrée du dispensaire ouvert. Puis il jeta un coup d'œil à Elizabeth et s'aperçut qu'elle avait appuyé la tête contre la vitre côté passager et somnolait déjà.

Il déboîta, se dirigea vers la sortie du parking, observa dans le rétroviseur son ancien coéquipier qui restait planté là, à le regarder s'éloigner.

La bonne nouvelle était qu'ils n'avaient pas à aller loin. Bosch regagna Van Nuys Boulevard direction nord, jusqu'à Roscoe Avenue, où il prit à l'ouest jusqu'à l'autoroute 405 pour entrer dans un quartier industriel dominé par une gigantesque brasserie Anheuser-Busch dont les cheminées crachaient de gros tourbillons de fumée de bière dans la nuit.

Il se trompa deux fois de virage avant d'enfin trouver l'endroit qu'il cherchait. La grille d'entrée installée dans la clôture en métal et barbelés entourant les lieux était ouverte. Il n'y avait aucun panneau sur le bâtiment, pas même un numéro, mais les six Harley garées devant disaient on ne peut plus clairement de quoi il s'agissait.

Il se rangea aussi près qu'il le pouvait de la porte noire au milieu de la façade, descendit de son véhicule et en fit le tour pour aider Elizabeth. Il lui passa un bras autour de la taille et la tint à moitié debout en s'approchant de la porte.

— Allez, Elizabeth ! dit-il. Faut m'aider, là ! Marchez. Il faut que vous marchiez.

La porte s'ouvrit avant même qu'ils n'y arrivent.

Cisco se tenait dans l'encadrement.

— Comment va-t-elle ? demanda-t-il.

— Elle a réussi à se faire un sacré snif avant que je la retrouve, répondit-il. Elle s'est tapé une overdose, mais on lui a filé du Narcan et elle commence à émerger. Vous êtes prêts ?

— On est prêts. Laisse-moi la prendre.

Cisco se baissa, la prit dans ses bras, tout simplement, et la porta à l'intérieur. Bosch les suivit et, le seuil une fois franchi, vit ce que rien ne révélait à l'extérieur : un club. Il y avait là, dans cette grande salle, deux tables de billard, des canapés, des tables et des fauteuils. Néons en forme de crânes et de roues de moto surmontées d'un halo, tous les symboles des Road Saints y étaient. Deux ou trois costauds à longue barbe regardèrent Cisco and Co passer devant eux.

Bosch suivit Cisco le long d'un couloir faiblement éclairé et entra dans une pièce tout aussi faiblement éclairée et ne contenant qu'un lit de camp de l'armée semblable à celui sur lequel il avait passé deux nuits dans le bus des migrants en plein désert.

Cisco déposa doucement Elizabeth sur le lit, recula d'un pas et la regarda d'un air sceptique.

— T'es sûr que t'aurais pas dû l'emmener à l'hôpital ? demanda-t-il à Bosch. Elle peut pas crever ici. Si ça arrive, elle disparaît. Les mecs n'appelleront jamais le coroner, si tu vois ce que je veux dire.

— Je sais, répondit Bosch. Mais elle commence à en sortir. Ça devrait aller. C'est ce qu'a dit le médecin.

— Le charlatan, tu veux dire.

— Oui, mais lui non plus n'avait aucune envie qu'elle meure dans son dispensaire.

— Combien elle en a pris ?

— Elle s'en est écrasé deux à quatre-vingts.

Cisco poussa un sifflement.

— Elle voulait peut-être en finir, tu sais ?

— Peut-être, mais peut-être pas aussi. Et donc… C'est ici que t'as fait ça ? Dans cette pièce ?

— Dans une autre, mais au même endroit. Et la porte était clouée. Celle-ci a un cadenas à l'extérieur.

— Et elle sera en sécurité là-dedans ?

— Je te le garantis.

— OK. Je vais y aller mais je reviendrai demain matin. Tôt. Pour lui parler. Et vous êtes tous prêts ?

— Tous. Pour le suboxone, j'attendrai ton retour et sa décision. N'oublie pas que c'est à elle de décider, sinon nous, on stoppe tout.

— Je sais. Surveille-la en attendant que je revienne.

— Ce sera fait.

— Et merci.

— De rien : gentillesse avec remboursement anticipé. C'est pas comme ça qu'on dit ? Et là, c'est pour moi.

— Parfait.

Bosch s'approcha du lit de camp et se pencha pour regarder Elizabeth. Elle s'était déjà endormie, mais semblait respirer normalement. Il se redressa et se tourna vers la porte.

— Besoin de quelque chose ? demanda-t-il.

— Nan. À moins que tu veuilles me rapporter ma canne et mon attelle de genou, enfin… si tu n'en as plus besoin.

— Ben, c'est-à-dire… Ça pourrait poser un problème. Elles ont toutes les deux été saisies comme éléments de preuve dans l'affaire.

— De preuves de quoi ?

— C'est une longue histoire. Mais il se pourrait bien que je sois obligé de te les remplacer.

— Laisse tomber. D'une certaine façon, c'était la tentation. Je suis content d'en être débarrassé.

— Je comprends.

Bosch remonta dans sa Jeep, songea à tout le trajet qui l'attendait pour rentrer chez lui – du quarante minutes minimum avec la circulation du dimanche soir – et se sentit tellement assailli et fatigué qu'il comprit qu'il n'en aurait pas la force. Il pensa à la facilité avec laquelle Elizabeth s'était endormie la tête appuyée à la vitre, tendit la main pour attraper le levier sur le côté du siège et repoussa son dossier aussi loin en arrière que possible.

Puis il ferma les yeux et sombra dans un profond sommeil bien loin de ce monde.

Huit heures plus tard, la lumière sans filtre de l'aurore se glissant sous ses paupières, il se réveilla. Il regarda autour de lui et vit qu'il n'y avait plus qu'une moto garée près de la Jeep. Les autres étaient Dieu sait comment partis en pleine nuit sans que le bruit de leurs tuyaux d'échappement n'arrive à pénétrer dans son sommeil. C'est dire son épuisement.

La seule moto qui restait était munie d'un réservoir d'essence noir avec un motif de flammes orange peint dessus. Il y reconnut celui de la canne que Cisco lui avait prêtée – et Cisco assurait encore son service.

Une fois ses repères retrouvés, Bosch ouvrit la boîte à gants pour vérifier qu'on ne lui avait pas pris son arme et son badge.

Ils étaient toujours là. Il referma la boîte à gants, descendit de la Jeep et entra. Personne dans la pièce de devant, il enfila le couloir conduisant à l'arrière du bâtiment et trouva Cisco assis sur un lit de camp installé en travers de la porte donnant sur la salle où il avait laissé Elizabeth Clayton presque huit heures plus tôt.

À côté du lit se trouvait un tabouret bas sur lequel s'asseoir pour réparer un moteur de moto.

— T'es revenu, dit Cisco.

— Techniquement parlant, je ne suis jamais parti. Comment va-t-elle ?

— Elle a passé une bonne nuit… Pas d'incidents. Ça fait maintenant environ une heure qu'elle est réveillée et elle commence à se cogner aux murs. Bref, tu devrais entrer et lui parler avant qu'elle n'ait plus d'ongles à bouffer.

— OK.

Cisco se leva pour ôter le lit de camp du passage.

— Prends le tabouret, reprit-il. Tu seras à sa hauteur pour lui parler.

Bosch s'en empara, déverrouilla le cadenas et entra.

Assise sur le lit de camp, Elizabeth s'était adossée au mur et, les bras croisés sur la poitrine, montrait les premiers signes de manque. Elle se pencha en avant en voyant Bosch entrer.

— Vous, dit-elle. Je me disais bien que c'était vous hier soir.

— Oui, c'est moi, lui renvoya-t-il.

Il posa le tabouret par terre à un mètre d'elle et s'assit.

— Elizabeth, dit-il, je m'appelle Harry. Et c'est mon vrai nom.

— Mais c'est quoi, cette merde ? Je suis encore en prison ? Vous êtes des Stups ?

— Non, Elizabeth, vous n'êtes pas en prison et je ne suis pas des Stups. Mais vous ne pouvez pas partir tout de suite.

— Qu'est-ce que vous racontez ? Faut que je m'en aille !

Elle allait se lever, mais Bosch se dressa d'un bond et tendit la main en avant, prêt à la rasseoir de force sur son lit. Elle s'arrêta.

— Mais qu'est-ce que vous me faites ?

— J'essaie de vous aider. Vous vous rappelez ce que vous m'avez dit la première fois que je suis monté dans l'avion ? « Bienvenue en enfer. » Eh bien, tout ça, c'est fini maintenant. Les Russes, le campement, les avions, tout. C'est fini et les Russes sont morts. Mais vous, vous êtes toujours en enfer, Elizabeth.

— Faut vraiment que je m'en aille.

— Où ? Ali le chimique s'est enfui. Son trafic est mort maintenant. Vous n'avez nulle part où aller. Alors qu'ici, on peut vous aider.

— Qu'est-ce que vous avez ? J'en ai besoin.

— Non, pas comme ça. Ce que je veux dire, c'est qu'on peut vous aider, et vraiment. Pour sortir de cette dépendance et de cette existence.

Elle hurla de rire, en petits éclats courts et secs.

— Parce que vous croyez pouvoir me sauver ? Parce que vous croyez être le seul à avoir essayé ? Laissez tomber. Allez vous faire foutre. Je ne peux pas être sauvée. Et je vous l'ai déjà dit. Parce que je ne veux pas être sauvée.

— Je crois que si. Tout au fond, tout le monde veut l'être.

— Non, je vous en prie. Laissez-moi partir.

— Je sais que ça va être dur. Une semaine entière dans cette pièce, ça va probablement vous paraître une éternité. Ce n'est pas moi qui vais vous mentir là-dessus.

Elle porta les mains à son visage et se mit à pleurer. Bosch fut incapable de dire si elle essayait une dernière fois de profiter de sa sympathie pour sortir de la pièce ou si ses larmes étaient pour elle et ce qu'elle savait l'attendre. Il ne voulait pas qu'elle s'en aille, mais il avait besoin qu'elle lui dise comprendre et approuver ce qui était en train de se passer.

— De l'autre côté de la porte y a un type qui est là pour vous. Il s'appelle Cisco. Lui aussi est passé par là.

— S'il vous plaît, je ne pourrai pas.

— Si, vous pourrez. Mais il faut le vouloir. À fond. Vous devez reconnaître que vous êtes dans un abîme et que vous voulez en sortir.

— Non, gémit-elle.

Alors, Bosch sut que ses larmes étaient vraies. Entre ses doigts, c'était de la terreur, de la vraie, qu'il voyait.

— Un médecin vous a-t-il jamais mise au suboxone ? Ça aide. On a encore tout le poids du sevrage à porter, mais ça aide.

Elle hocha la tête et croisa à nouveau fermement les bras.

— Ça vous aidera, insista-t-il. Mais il faudra y aller à fond et le vouloir.

— Je vous l'ai déjà dit : pour moi, rien ne marche. Je ne peux pas être sauvée.

— Écoutez. Je sais que vous avez perdu un être cher. C'est écrit sur votre peau. Et je sais aussi que ça, ça fait plonger. Mais pensez à Daisy. C'est vraiment la fin qu'elle aurait souhaitée pour vous ?

Elle ne répondit pas. À nouveau elle leva une main pour cacher ses yeux tandis qu'elle pleurait.

— Bien sûr que non, reprit Bosch. Ce n'est pas ce qu'elle aurait voulu.

— S'il vous plaît, dit-elle. Je veux m'en aller… maintenant.

— Elizabeth, dites-moi seulement que vous voulez que cet enfer s'arrête. Hochez seulement la tête que oui, et on en verra le bout.

— Je ne vous connais même pas ! hurla-t-elle.

— Vous avez raison, dit Bosch en restant calme. Mais je sais qu'il y a quelque chose de mieux que ça pour vous. Dites-moi que vous le voulez. Pour Daisy.

— Je veux m'en aller.

— Il n'y a nulle part où aller, Elizabeth. C'est fini.

— Merde.

— Restez ici, Elizabeth. Dites que vous voulez essayer.

Elle arrêta de se cacher derrière sa main et la laissa tomber sans vie sur ses genoux. Puis elle se détourna de lui et regarda à droite.

— Allez, insista Bosch. Pour Daisy. C'est le moment.

Elle ferma les yeux.

— OK, dit-elle, les yeux toujours fermés. Je vais essayer.

Chapitre 34

Bosch arriva à son rendez-vous du petit déjeuner un quart d'heure en retard. Haller s'était installé dans un box presque au fond du restaurant. Bosch se glissa sur la banquette en face de lui en se demandant s'il pourrait avaler quoi que ce soit – et décida que non.

— T'es en retard et t'as une gueule à chier, lui lança Haller.

— Merci quand même, lui renvoya Bosch. Disons seulement que ces dernières soixante-douze heures n'ont pas été les meilleures de ma vie.

— Et donc, que je t'annonce la bonne nouvelle, mon frère. Nous sommes ici pour faire en sorte que tu renaisses de tes cendres.

— L'idée me plaît assez.

— Beaucoup de choses se sont passées ces dernières soixante-douze heures, tu sais ? J'aimerais entendre Cisco pour connaître sa version des faits, mais il semble s'être évanoui dans la nature.

— Tu ne peux pas me mettre au courant ?

— Bien sûr que si. L'essentiel est que nous avons une bonne série de témoignages pour mercredi, à condition de pouvoir mettre un pied dans la porte. C'est ça, la clé de tout. Le district attorney et Cronyn vont argumenter comme des dingues pour nous exclure de l'audience, mais je pense que nous avons de solides arguments pour y rester. Résultat : j'ai besoin que tu travailles ton indignation.

— J'ai pas besoin de la travailler. Borders sera là ?

— Le juge a ordonné son transfert de la prison. Il est très probablement en train de descendre ici dans un van à l'heure qu'il est.

— Ouais, bon, s'il est ici et à deux doigts de recouvrer la liberté, j'aurai toute l'indignation qu'il te faut.

Haller acquiesça d'un signe de tête. C'était exactement ce qu'il voulait entendre.

— Bon maintenant… Aussi dérangeant que soit cet article du *Times*, il va jouer en notre faveur, reprit Haller. Parce que ça étale tout au grand air, l'accusation ne pourra pas plaider que ta réputation professionnelle n'en a pas pris un grand coup. C'est clair comme le jour. Noir sur blanc.

— Parfait, dit Bosch. Que ça revienne à la figure de ce connard de Kennedy me plaît bien.

— Bien. Mais pour l'instant, nous devons être prêts à tout. Quand j'aurai développé ma thèse, il se pourrait que le juge veuille te voir en son cabinet. Cet article d'hier nous garantissant donc une couverture totale par les médias, le juge pourrait vouloir te faire revenir en arrière pour avoir ta version avant de mettre tout ça sous le nez des médias. Ça te pose un problème ?

— Non, aucun.

La serveuse s'approcha et Bosch demanda un café. Haller, lui, commanda un petit tas de crêpes et la serveuse les laissa tranquilles.

— Tu ne veux pas manger ? demanda Haller à son demi-frère.

— Non, pas maintenant. Bon alors, et Spencer, le mec qui va nous contrer ? Où en est-on depuis que je ne suis plus dans la boucle ?

— Je lui ai collé un gros bourdon dans l'oreille hier soir.

— Ce qui veut dire ?

— Que j'ai fait ce qu'il fallait pour qu'il écope d'une citation à comparaître. Ça l'a fait flipper un max vu qu'il ne savait pas qu'on s'intéressait à l'endroit où ils lui planquaient les fesses.

— Bon d'accord, mais remonte un peu en arrière. Tu n'as pas oublié que je ne suis plus dans le coup depuis jeudi, si ? Aux dernières nouvelles, à ce moment-là Cisco le suivait et l'avait vu retrouver la femme de Cronyn au parking de la librairie. Qu'est-ce qui s'est passé après ça ?

— Le lendemain matin, je lui ai recollé Cisco sur le dos. Les Cronyn and Cronyn te soupçonnaient manifestement d'avoir une idée derrière la tête et n'étaient pas prêts à laisser faire. Et donc, ils planquent Spencer jusqu'à l'audience pour que personne ne puisse le contacter. Mais fait chier, Cisco et ses petits copains l'avaient déjà dans le collimateur et l'ont suivi jusqu'à la planque qu'ils lui avaient arrangée à Laguna, planque qui n'était autre que leur maison de campagne. T'aurais dû voir la gueule de Spencer quand il a reçu sa citation à comparaître !

— Pourquoi ? Tu y étais ?

— Non, que je la lui donne en mains propres aurait été contre le règlement. Mais j'ai eu ce qu'il pouvait y avoir de mieux après ça.

Haller sortit son portable et continua de parler en préparant la vidéo.

— J'ai émis une citation à comparaître et je l'ai faxée à une privée que je connais. Laurence Sachs, ex-shérif du comté d'Orange et une vraie beauté. Les gens l'appellent Sexy Sachs. Elle fait beaucoup de travail matrimonial… Tu sais bien, aller dans les bars histoire de voir si le mari a l'œil baladeur, ce genre de trucs. Et comme elle a des lunettes avec caméra intégrée qu'elle porte pour ces boulots, je lui ai dit que j'avais envie d'avoir un enregistrement vidéo de l'affaire, et voilà ce que ça donne.

Il tourna son portable vers Bosch pour que celui-ci puisse voir, Harry se penchant par-dessus la table pour entendre le son. À l'écran une porte, filmée selon l'angle des lunettes de Sachs. Bosch vit s'avancer le bras de la dame alors qu'elle frappait à la porte. Silence, puis une ombre apparut dans un carré de vitrail d'ornement posé au centre de la porte. Quelqu'un se tenait de l'autre côté sans rien dire.

— *Monsieur Spencer,* dit Sachs. *J'ai besoin que vous m'ouvriez, s'il vous plaît.*

Le ton était sec, mais ne donne lieu qu'à un long silence.

— *Je vous vois, monsieur Spencer. Ouvrez la porte, s'il vous plaît.*

— *Qui êtes-vous ?* lance une voix. *Que voulez-vous ?*

— *J'ai des documents juridiques à vous faire signer. De Los Angeles.*

— *Je ne vois pas de quoi vous parlez.*

— *Si votre cabinet d'avocats est bien Cronyn and Cronyn, ces documents vous sont destinés.*

Pas de réponse. Puis le bruit d'une clé qu'on tourne se fait entendre, et la porte s'ouvre de dix centimètres, un type y passant un œil. Mais un pourcentage suffisant de son visage apparaît dans l'ouverture pour que Bosch et n'importe qui d'autre puisse confirmer que c'est bien celui de Spencer. Alors Sachs pousse vite un document blanc plié dans la porte. Spencer essaie de la fermer, mais, et cela ne se voit pas dans la vidéo, Sachs a déjà posé un pied sur le seuil. Le document passe et Sachs le laisse tomber dans le couloir derrière lui.

— *Il s'agit d'une citation à comparaître qui exige votre présence à l'audience de mercredi matin prochain,* reprend Sachs. *Tout est clair dans le document qui vient de vous être livré. Si vous ne vous présentez pas au tribunal, vous serez arrêté par les services du shérif du comté de Los Angeles, et moi, à votre place, j'y serais.*

Spencer écarquille grand les yeux lorsqu'il comprend que son pire cauchemar est sur le point de se réaliser. Et quand il parle, c'est en bégayant.

— *Je... je... je suis pas Terry Spencer*, dit-il.

— *C'est que moi, monsieur, je n'ai jamais dit « Terry », et cette citation à comparaître est adressée à « Terrence ». À votre place, je n'essaierais pas de me servir de ça pour éviter de me présenter à la cour. Ce document vous a été délivré ainsi qu'il se doit légalement, et j'en ai la preuve. Ne pas vous présenter ou prétendre que ce document ne vous a pas été délivré ne ferait que mettre en colère un juge de Cour supérieure et très probablement aussi votre employeur, le LAPD.*

Sachs ôte son pied de la porte et Spencer la referme, son ombre restant derrière le carré de vitrail. Pendant un moment, Sachs ne bouge pas elle non plus de la porte, puis elle frappe à nouveau, et cette fois à petits coups aimables, presque sympathiques.

— *Un conseil, monsieur Spencer ? Venez accompagné d'un avocat et sachez que prendre Kathy Cronyn déclencherait un conflit d'intérêts. Son cabinet défend les intérêts de Preston Borders, pas les vôtres. Passez une bonne journée, monsieur.*

La vidéo pivote de 180 degrés lorsque Sachs fait demi-tour et descend une allée dallée pour rejoindre une voiture qui attend. Le lieu est très clairement situé dans les collines de Laguna et Bosch voit le bleu cobalt de l'océan par-dessus le toit de la maison d'en face.

La vidéo terminée, Haller reprit son portable et regarda Bosch en souriant.

— Plutôt chouette, non ? lança-t-il. J'ai l'impression qu'on se l'est bien coincé, le Spencer.

— Qu'est-ce qu'il va faire, à ton avis ?

— J'espère qu'il viendra. J'avais demandé à Sachs de bien lui dire le coup du juge et de l'employeur qui risquaient de se mettre en colère. Peut-être que ça l'aidera à se pointer.

— Lui as-tu aussi demandé de lui recommander de s'amener avec un avocat ? Parce qu'un avocat pourrait très bien lui souffler de s'abriter derrière le Cinquième Amendement de la Constitution[1].

— Effectivement. Mais je me suis dit que ça valait le coup d'en prendre le risque. On a besoin de lui pour nous débarrasser des Cronyn. Tout ce que j'espère, c'est qu'il ne les mette pas au courant de ce qui se passe.

— Je comprends, mais s'il invoque le Cinquième Amendement, nous ne saurons jamais comment il a joué la carte de l'élément de preuve et comment celui-ci a atterri dans ce carton.

— Quand on gagne, il y a des secrets avec lesquels il faut savoir vivre. Tu vois ce que je veux dire ?

— Oui, faut croire. Qu'est-ce qu'on a d'autre ?

— Ben, c'est là que je vais avoir besoin de toi, frangin. Cisco a disparu… j'espère qu'il n'a pas dérapé… j'ai besoin d'un enquêteur. J'essaie de localiser…

— Juste pour que tu le saches… Cisco travaille pour moi. Depuis hier après-midi. Et pas pour cette affaire. Pour un truc personnel.

Haller rigola en pensant qu'il plaisantait.

— Je suis sérieux, lui dit Bosch.

— Un truc « personnel » ? répéta Haller. Quel truc « personnel » ?

— Il aide une de mes amies et c'est confidentiel. Et ça n'a rien à voir avec ce qui nous occupe.

— Ç'a tout à y voir si je n'ai plus mon enquêteur ! C'est quoi, ce bordel ?

— Écoute, c'était une urgence et j'avais besoin de lui. Ça s'éclaircira plus tard et je pourrai tout te

---

1. Il permet à celui qui l'invoque de refuser de répondre aux questions d'un juge si cela peut l'incriminer.

raconter. Mais bon, tu m'as, moi. Tu dis avoir besoin de localiser quelque chose ou quelqu'un, alors c'est quoi ? c'est qui ?

Haller le dévisagea un long moment avant de répondre.

— C'est quelqu'un, répondit-il enfin. J'ai sorti les archives du tribunal sur le premier procès, je les ai lues et je veux localiser Dina Skyler.

Bosch ne mit pas longtemps à situer ce nom. Dina était la sœur de Danielle Skyler, celle qui devait passer les vacances avec elle. Ce séjour ne s'était jamais matérialisé, mais Dina avait bien quitté Hollywood, Floride, pour le procès, et y avait dévoilé le plan qu'avaient les deux sœurs de vivre ensemble à Hollywood, en Californie cette fois, et d'y prendre la ville d'assaut. Dina étant plus jeune, Danielle s'était toujours montrée protectrice à son égard. Lors de son témoignage, Dina avait dit combien elles adoraient le film *Noël blanc* parce que c'était une histoire de show-business sur deux sœurs. Elle avait précisé aux jurés que toutes les vacances de Noël elles chantaient la chanson *Sisters* pour leurs parents.

Dina s'était montrée très persuasive pendant la phase sentence du procès, Bosch ayant toujours pensé que les pleurs émaillant son témoignage de une heure étaient ce qui avait fait pencher les jurés et le juge vers la peine de mort.

— Je me dis qu'on pourrait avoir besoin d'elle pour faire jouer l'émotion, reprit Haller. Je veux que le juge sache que la famille n'a rien oublié, que la sœur de la victime est bel et bien là à l'audience et qu'il vaudrait mieux qu'il fasse ce qu'il faut.

— C'est vrai qu'elle avait une forte présence.

— A-t-elle jamais emménagé ici comme sa sœur et elle en avaient le projet ?

— Oui, elle l'a fait. Au début, je suis resté en contact avec elle, mais… disons qu'on s'est perdus de vue ensuite. Je devais lui rappeler ce qui était arrivé à Dani. J'ai compris le message et cessé de l'appeler.

— « Dani » ?

— Danielle. C'est comme ça que l'appelaient ceux qui la connaissaient.

— Si tu es autorisé à témoigner mercredi… et je grimperai aux rideaux si tu ne l'es pas… Prends bien soin de l'appeler comme ça.

Bosch ne répondit pas. Ce genre de subtiles manipulations faisait partie du quotidien de Haller, mais lui, l'agaçait toujours, même effectuées en sa faveur. Il pensait qu'à ne pas les approuver chez des avocats travaillant contre lui, il ne devait pas non plus les accepter chez un conseiller s'y employant pour son bénéfice.

Haller passa à autre chose.

— Bon mais… A-t-elle réussi ? demanda-t-il. Je suis allé sur le site IMDb et je n'ai rien trouvé. Elle aurait changé de nom ?

— Euh, je n'ai pas vraiment suivi cet aspect-là. Je ne sais pas si elle est restée dans le show-business.

— Tu penses pouvoir la retrouver ?

— Si elle est toujours vivante, oui, je la retrouverai. Mais si elle n'habite pas à L.A., je ne sais pas si elle pourra être là mercredi matin.

— Évidemment. Écoute, tu fais ce que tu peux. On aura peut-être de la chance.

— Peut-être, oui. Quoi d'autre ?

— Pour toi, c'est tout. Ce matin, je vais travailler ici et essayer de bâtir une stratégie.

— À savoir ?

— La seule chose dont on peut être sûrs, c'est que notre requête en annulation va déclencher un gros tir de barrage de la part et de Borders et du district attorney. Je vais argumenter et faire une pré-offre au juge… lui donner un avant-goût des preuves que nous avancerons s'il nous est permis de rester. Je lui soumettrai la liste de nos témoins et lui dirai ce que chacun est prêt à dire sous serment. Si nous arrivons à le convaincre, on est dans la place et on leur botte le cul comme il faut.

— Compris. Ça t'ennuie si je file ? Il faut que j'aille au commissariat pour du suivi ce matin et, après, je veux essayer de retrouver Dina.

— Pas de problème, Harry. Coffre-les tous ! Mais d'ici à mercredi, dors un peu. Je n'ai pas envie de te voir entrer dans le prétoire avec un air coupable.

Bosch avala une dernière goutte de café, fit un flingue de ses doigts, le pointa sur Haller et se glissa hors du box. Mais Haller reprit la parole avant qu'il ne s'en aille.

— Hé, Harry, une dernière chose… T'es un enquêteur de première, frangin, mais je veux que tu me rendes Cisco.

— OK. Je le lui dirai.

Chapitre 35

Bosch vit un camion télé d'une des chaînes en langue espagnole garé devant le QG du SFPD lorsqu'il y entra en voiture. Il se dit qu'il était là à cause des meurtres de la *farmacia*, mais il ne pensait pas que ce qui s'était passé pendant le week-end pourrait être contenu très longtemps, sans même parler du fait que les médias en langue espagnole avaient souvent un coup d'avance lorsque c'étaient des nouvelles de San Fernando qu'il était question.

Avant de rejoindre son bureau dans la cellule de l'autre côté de la rue, il se rendit au commissariat pour reprendre du café et vérifier diverses choses à la salle des inspecteurs. Cette fois, on jouait à guichets fermés, avec les trois inspecteurs installés à leurs postes de travail et le capitaine Trevino visible dans son bureau.

Seule à lever la tête lorsqu'il entra, Bella Lourdes lui fit aussitôt signe de la rejoindre dans son alcôve.

Il tint un doigt en l'air pour lui dire d'attendre un instant, se tourna vers la machine à café la plus proche et se versa sa deuxième dose de la journée dans une tasse. Après quoi, il fit le tour du module de trois bureaux pour rejoindre l'espace de Bella tout au fond.

— Bonjour, Harry, dit-elle.

— Bonjour, Bella. Quoi de neuf ?

Du doigt, elle lui montra son écran où passait une vidéo. La scène avait manifestement été filmée du haut d'un hélicoptère, la caméra braquée sur la récupération d'un cadavre immergé. Deux plongeurs se battaient avec le corps d'un homme au visage tourné vers le fond de l'eau. Il était habillé, mais le tee-shirt qu'il portait était déchiré et ne tenait plus que par le col. Le reste ondulait tel le drapeau blanc de la reddition. Les plongeurs luttaient pour rouler le cadavre sur une civière attachée à un câble relié à l'hélico.

— Mer de Salton, lâcha Lourdes. Ça remonte à deux heures. Ils ont repéré le corps en effectuant un passage à l'aurore.

Bosch se pencha pour mieux voir l'écran et le cadavre en veillant à ne pas renverser son café.

— C'est le deuxième Russe ? demanda Lourdes.

Avant même de pouvoir répondre, Bosch remarqua qu'ils avaient été rejoints par Sisto qui, lui, regardait par-dessus l'autre épaule de Bella.

— Les habits m'ont l'air pareil, répondit-il. De ce que je me souviens… Oui, ça doit être lui.

— Ça mettrait un joli point final à l'affaire, dit Sisto. À la nôtre en tout cas.

— Ça, c'est sûr, renchérit Lourdes. Et si on passait tous à la salle de crise pour voir qui fait quoi aujourd'hui ?

— Le plan me paraît bon, dit Sisto.

Lourdes se leva et appela Trevino et Luzon.

Bosch sentit encore l'odeur du petit déjeuner qu'il avait loupé imprégner l'air de la salle. Les quatre inspecteurs s'assirent autour de la table, Trevino les rejoignant à son tour. Ce fut Bosch qui parla le premier.

— Euh, dit-il, avant qu'on se répartisse la paperasse et autre, je suis ici pour faire ce que j'ai à faire et être disponible pour tout suivi avec d'autres agences. Mais comme vous le savez, j'ai un truc au tribunal mercredi matin et ma réputation, voire mon avenir ici, sont en jeu. Bref, j'ai besoin d'un peu de temps pour me préparer aujourd'hui. Il y a des choses que je dois faire et qui ne peuvent pas attendre.

— Compris, Harry, dit Trevino. Et s'il y a quoi que ce soit qu'on puisse faire pour vous aider, faites-le-moi savoir. J'ai parlé avec le chef, et en son nom et celui de tout le monde dans cette pièce, je déclare que nous sommes tous derrière vous à cent pour cent. Nous savons le genre d'inspecteur et de personne que vous êtes.

Bosch se sentit rougir d'embarras. Pendant toutes les années qu'il avait données aux forces de l'ordre, jamais encore il n'avait entendu pareilles félicitations de la bouche d'un supérieur.

— Merci, cap'tain, parvint-il à dire.

Tous s'installèrent et se mirent au travail, Lourdes commençant par résumer un rapport qu'elle avait reçu le matin même de l'agent Hovan sur les activités de la DEA depuis l'après-midi précédente. Le campement de Slab City avait eu droit à une descente et été fermé. Les drogués y avaient été évacués à la base navale de San Diego, où ils étaient présentement évalués par des médecins avant de se voir offrir un placement en centre de désintoxication aux frais de la princesse.

Lourdes rapporta encore que la DEA avait aussi fermé le dispensaire de Pacoima et arrêté les individus qui le dirigeaient avec le médecin attitré, Efram Herrera. Au nombre des personnes interpellées figurait le chauffeur du van. Quoique suspecté d'être le chauffeur ayant permis la fuite des deux tueurs de la *farmacia*, il n'était pour l'instant inculpé que de participation à un crime en cours.

Cela fait, rédaction des rapports, demandes de suivi et notifications, toutes les tâches furent réparties entre les inspecteurs, Bosch ayant le droit de faire l'impasse. Lourdes et Luzon se virent chargés de descendre à la prison fédérale du centre-ville pour interroger le chauffeur sur la tuerie de la *farmacia*, tentative que tout un chacun dans la salle pensait vouée à l'échec.

Un quart d'heure plus tard, Bosch retraversait la rue pour gagner la vieille prison, sa troisième tasse de café de la journée à la main. Il remarqua que le camion de la télé était parti et devina que le journaliste et son équipe s'étaient fait éconduire par le chef Valdez. Un point presse sur l'affaire devait se tenir à 15 heures avec des officiels de la DEA et du Medical Board. Il y serait annoncé que le double meurtre de *La Farmacia Familia* était résolu et que les suspects étaient morts – à condition que Bosch soit plus tard capable d'identifier le corps repêché ce matin-là dans la mer de Salton comme étant celui du deuxième Russe.

Parce qu'il avait travaillé dans cette affaire en qualité d'infiltré, Bosch n'aurait pas à se montrer à la conférence de presse.

En plus de son café, il portait un dossier rassemblant les copies des documents réunis pendant la nuit. Celui qui l'intéressait le plus était une note d'Interpol sur le type qu'il avait tué dans l'avion. Une fois dans sa cellule de l'ancienne prison, il s'assit à son bureau de fortune et la consulta.

Il s'avéra que, techniquement parlant, le bonhomme qu'il avait tué n'était pas russe, même si les infos d'Interpol laissaient clairement entendre qu'il avait grandi en parlant cette langue. D'après ses empreintes digitales, il s'appelait Dimitri Sluchek et était né en 1980 à Minsk, Biélorussie. Il avait été incarcéré dans deux prisons russes différentes pour vol et agression. Interpol l'avait suivi jusqu'en 2008, année où il était entré illégalement aux États-Unis pour ne jamais retourner dans son pays. Il était alors qualifié de « six », associé à un sous-groupe de la *bratva* russe basée à Minsk, ledit terme de *bratva* ou « fraternité » recouvrant toutes les variantes du crime organisé en Russie. D'après cette note, les « six » travaillaient au plus bas de l'échelle des mafias russes, cette appellation venant des Six, un jeu de cartes russe où le six a la valeur la plus basse. Ces individus servaient souvent d'exécuteurs des basses œuvres jusqu'à ce qu'ils montrent des qualités de chef et soient alors élevés au rang de *bratok*, ou « soldat ».

Il apparut alors à Bosch qu'une fois aux États-Unis Sluchek avait effectivement commencé à faire montre de vrais talents de chef, au point de virer Santos du tableau dans cette opération californienne. Il en déduisit que si le type ressorti de la mer de Salton ce matin-là était jamais identifié, il devait avoir lui aussi un passé semblable à celui de Sluchek.

La note concluait que ce dernier était très probablement encore lié à la *bratva* et qu'il en référait, et rapportait gros, à un *pakhan*, ou boss, basé à Minsk, un certain Oleg Novaschenko.

Bosch referma le dossier et repensa à la série d'événements qui avaient conduit à l'exécution des Esquivel sur leur lieu de travail et à la véritable mise en esclavage de gens comme Elizabeth Clayton en plein désert. C'étaient des hommes sans visage, mais avides et éperdus de violence, qui étaient à l'origine de cet état de choses et, Bosch le savait, jamais les Novaschenko et intermédiaires entre lui et Sluchek ne paieraient pour leurs crimes aux États-Unis. Leur opération, stoppée pour l'instant, reprendrait inévitablement ailleurs avec d'autres « six » montrant des talents de chef. Les types qui avaient tiré sur José Esquivel Junior et son père étaient morts, mais la justice n'y ayant que peu gagné, Bosch ne se sentait pas de prendre part à une conférence de presse où l'on se féliciterait que la résolution de l'affaire eût été si rapide. Pour lui, certaines n'étaient jamais closes.

Il rangea le dossier sur une étagère derrière son fauteuil, celle où il classait les chemises des affaires où il estimait avoir donné le maximum de lui-même.

De nouveau à son bureau, il se mit à l'ordinateur pour essayer de localiser Dina Skyler. Se servir de celui du commissariat pour ses enquêtes privées lui avait été interdit dès son arrivée, mais le nombre d'affaires qu'il avait résolues était devenu si impressionnant que cette règle ne donnait plus lieu maintenant qu'à des petits clins d'œil complices. Valdez et Trevino voulaient que

Bosch soit heureux, et le plus souvent possible à son bureau.

Ses recherches ne lui prirent guère de temps. Dina était toujours vivante, et toujours à L.A. Elle s'était mariée et s'appelait maintenant Rousseau. L'adresse portée sur son permis de conduire actuel se trouvait dans Queens Road, au-dessus du Sunset Strip.

Bosch décida d'aller frapper à sa porte.

Troisième partie

L'INTERVENTION

Chapitre 36

Ce mercredi matin-là, Bosch arriva à Union Square à 8 h 15. Il se gara dans le parking courte durée et entra dans la gare pour y attendre sa fille. Son train n'avait que dix minutes de retard et lorsqu'ils se retrouvèrent dans l'énorme hall d'attente, elle n'avait qu'un livre pour tout bagage. Elle lui expliqua qu'elle comptait reprendre un train pour San Diego après l'audience – à moins que Bosch n'ait besoin qu'elle reste. Ils mangèrent des crêpes – ce qu'elle voulait, elle, pour le petit déjeuner – avant de traverser Alameda Street et la grand-place près d'El Pueblo de Los Angeles pour rejoindre le centre civique. Là, en haut de la montée, monolithique, le Criminal Courts Building se dressait telle une pierre tombale.

Ils se séparèrent à l'entrée principale afin que Bosch puisse passer par le portail réservé aux forces de l'ordre à cause de son arme. Il montra son badge et le franchit une bonne dizaine de minutes avant Maddie qui, un centimètre après l'autre, avait dû avancer dans la longue file conduisant au détecteur de métaux installé à l'entrée réservée au public. Ils regagnèrent le temps perdu en sautant dans un ascenseur réservé aux employés qui les emmena au dixième étage et à la Chambre 107 où, tout au bout du couloir, présidait le juge John Houghton.

L'affaire Preston Borders ne devait passer qu'à 10 heures, mais Mickey Haller avait dit à Bosch d'arriver tôt afin de discuter des détails et manœuvres de dernière minute avec lui. Bosch semblait être arrivé le premier. Il s'assit dans la dernière rangée de bancs réservée au public avec sa fille et observa les allées et venues. Juriste éprouvé avec une mèche de cheveux blancs, Houghton s'était installé et consultait l'ordre de passage des affaires et se mettait au courant des dernières mises à jour pour préparer ses audiences à venir. Il y avait aussi une équipe de techniciens vidéo en train de monter une caméra dans le box des jurés. Haller avait averti Bosch qu'il y avait tellement de chaînes de télévision locales à avoir demandé accès à cette audience après l'article du *Times* que Houghton avait précisé qu'une seule équipe choisie au hasard pourrait filmer l'audience, le flux vidéo pouvant ensuite être partagé avec les autres.

— Il sera là ? chuchota Maddie.

— Qui ça ? demanda Bosch.

— Preston Borders.

— Oui, il sera là. (Il lui montra la porte en métal derrière le bureau du greffier.) Il est probablement déjà dans une cellule de détention là-bas derrière.

À cette première question qu'elle avait posée, Bosch se rendit compte qu'elle était peut-être fascinée par ce tueur qui ne s'était jamais repenti alors qu'il était dans le couloir de la mort. Il regretta de lui avoir permis de venir et regarda autour de lui.

Si Houghton n'était pas le juge du premier procès Borders, c'était bien à la Chambre 107 que celui-ci s'était déroulé et Bosch eut l'impression que rien n'y avait été modernisé ces trente dernières années. Comme dans les trois quarts des prétoires du pays, le mobilier était du style années 60. Des panneaux en bois clair couvraient les murs, l'espace réservé au juge, les box des témoins et le coin de l'huissier étant tous en faux bois et lignes bien marquées. Fixé au mur sur le devant de la salle, le grand sceau de l'État de Californie trônait un mètre au-dessus de la tête du juge.

Il faisait frais dans la salle, mais Bosch avait chaud sous le col de sa chemise. Il essaya de se calmer et de se préparer à l'audience. La vérité était bien qu'il se sentait impuissant. Sa carrière et sa réputation allaient se trouver entre les mains de Mickey Haller et son sort arrêté dans les quelques heures à venir. Aussi fort qu'il ait confiance en son demi-frère, en confier la responsabilité à quelqu'un d'autre le mettait en nage.

La première personne familière à entrer dans la salle fut Cisco Wojciechowski. Bosch et sa fille se poussèrent sur le banc et le grand costaud les rejoignit. Jamais encore Bosch ne l'avait vu aussi bien habillé : jean et bottes noires, chemise blanche avec un col et un gilet noir avec tourbillons stylisés en fil d'argent. Bosch lui présenta sa fille, qui se replongea ensuite dans son livre, un recueil d'essais de l'écrivain B.J. Novak.

— Comment tu te sens ? demanda Cisco.

— D'une façon ou d'une autre, tout sera terminé dans quelques heures, lui répondit Bosch. Comment va Elizabeth ?

— Elle a eu une nuit assez dure, mais ça revient. J'ai un de mes gars qui la surveille. Peut-être que si tu pouvais, ça serait bien que tu passes la voir. Pour l'encourager. Ça pourrait aider.

— Bien sûr. Mais hier, quand j'y suis allé, j'ai eu l'impression qu'elle voulait se servir de ma tête comme d'un bélier contre la porte.

— Les changements sont lourds, la première semaine. Ça sera différent aujourd'hui. Je pense qu'elle est presque au sommet. Au début, c'est dur de remonter la pente, puis il y a un moment où tout d'un coup on redescend de l'autre côté de la montagne.

Bosch acquiesça d'un signe de tête.

— Toute la question est de savoir ce qui va se passer à la fin de la semaine, reprit Cisco. On se contente de la laisser filer ? On la lâche quelque part dans la nature ? Elle, c'est un plan à long terme qu'il lui faut, sinon elle n'y arrivera pas.

— Je suis en train de penser à un truc, dit Bosch. Aide-la à tenir le coup jusqu'à la fin de la semaine et je prendrai le relais.

— T'es sûr ?

— Oui, j'en suis sûr.

— As-tu trouvé quoi que ce soit sur sa fille ? Elle ne veut toujours pas en parler.

— Oui. Daisy fuguait. Elle s'est mise à la drogue au collège et s'est sauvée de chez elle. Elle vivait dans les rues à Hollywood et, un soir, elle est montée dans la mauvaise bagnole avec quelqu'un.

— Merde.

— Elle a été…

L'air de rien, Bosch se tourna comme s'il voulait ajuster l'ourlet de sa jambe droite de pantalon et, le dos à sa fille, il poursuivit :

— Torturée… Pour dire les choses poliment… Et jetée dans une benne à ordures dans une ruelle en retrait de Cahuenga Boulevard.

Cisco hocha la tête.

— Pour moi, si jamais quelqu'un a eu une raison de…

— Ouais.

— A-t-on au moins attrapé ce fumier ?

— Nan. Pas encore.

— « Pas encore » ? ricana Cisco sans aucun humour. Comme si l'affaire avait une chance d'être résolue dix ans après !

Bosch le regarda longuement sans répondre.

— On ne sait jamais, dit-il enfin.

C'est alors que Haller entra dans la salle, vit son enquêteur et son client assis côte à côte et leur montra la direction du couloir à l'extérieur. Il n'avait pas remarqué Maddie, les deux costauds l'empêchant de la voir depuis la porte. Bosch chuchota à Maddie de rester où elle était et commençait à se lever lorsqu'elle posa la main sur son bras pour l'arrêter.

— De qui tu parlais à l'instant ?

— Euh, d'une femme dans une affaire. Elle avait besoin d'aide et j'ai demandé à Cisco de s'en occuper.

— Quel genre d'aide ? Et qui est Daisy ?

— On en parlera plus tard. Faut que je sorte parler à mon… À ton oncle… De l'audience à venir. Bouge pas, je reviens tout de suite.

Il se leva et suivit Cisco dehors. Les trois quarts des gens s'étaient rassemblés au milieu du long couloir, près du snack-bar, des toilettes et de l'ascenseur. La team Bosch trouva un banc vide à la porte de la Chambre 107 et s'assit, Haller au milieu.

— OK, les gars, prêts à foncer ? lança l'avocat. Comment vont mes témoins ? Et d'abord, où sont-ils ?

— Tout est en ordre, répondit Cisco.

— Vous me dites pour Spencer ? Vous ne l'avez pas lâché, c'est ça ?

— Toute la nuit, répondit Cisco. Y a vingt minutes de ça, il était encore dans les bureaux de son avocat au Bradbury Building.

Cela signifiait, Bosch le savait, que Spencer n'était qu'à deux rues de là. Haller se tourna sur le banc et le regarda droit dans les yeux.

— Et toi, je t'avais dit de te reposer un peu, reprit-il, mais t'as toujours une gueule à chier. Sans même parler de la poussière sur ton costume, bonhomme !

Il tendit la main et à grand renfort de claques fit partir la poussière qui s'y était déposée pendant les deux ans, voire plus, qu'il était resté sur un cintre.

— Pas besoin de te rappeler que tout ça va probablement dépendre de toi, enchaîna Haller. Sois incisif. Direct. Ces gens-là te foutent la merde dans tout ce qui est essentiel pour toi.

— Je sais.

Comme si c'était prévu, la team UVIP émergea de l'escalier au bout du couloir : on – Kennedy, Soto et Tapscott – descendait des bureaux du district attorney et s'avançait vers la Chambre 107. Une autre femme qui portait un carton à dossiers les suivait. L'assistante de Kennedy, probablement.

Plus loin derrière eux et arrivant en même temps du réduit aux ascenseurs, ce fut au tour de la Cronyn and Cronyn d'apparaître. Lance portait des lunettes à monture en acier et avait les cheveux d'un noir de jais – mais manifestement teints – ramenés en arrière. Costume noir à fines rayures et cravate violemment turquoise. Tout disait qu'on se donnait beaucoup de mal pour avoir l'air jeune, la raison en étant juste à côté du bonhomme, à marcher tout comme lui à grands pas. Katherine Cronyn était d'au moins vingt ans sa cadette. Cheveux roux ondulés et corps voluptueux, elle portait une jupe bleue qui lui descendait à mi-cuisses et une veste assortie par-dessus un corsage en mousseline.

— Hé, les voilà tous ! lança Bosch.

Haller leva le nez d'un bloc-notes grand format qu'il étudiait et vit arriver la partie adverse.

— Tel l'agneau à l'abattoir, déclara-t-il d'une voix débordante de confiance et de bravade.

La team Bosch ne bougea pas de son banc tandis que les autres gagnaient le prétoire. Kennedy regardait ailleurs comme s'il n'y avait personne sur le banc à cinq mètres de lui. Mais Soto, elle, fixa Bosch droit dans les yeux et se détacha du groupe pour venir le voir. Et, sans hésiter, elle parla devant Haller et Wojciechowski :

— Harry, pourquoi tu ne m'as pas rappelée ? demanda-t-elle. Je t'ai laissé plusieurs messages.

— Parce qu'il n'y avait rien à dire, Lucia, lui renvoya-t-il. Vous croyez plus Borders que moi et il n'y a rien d'autre à en dire.

— Ce sont les preuves de médecine légale que je crois, Harry. Ça ne veut pas dire que je pense que tu aies introduit de fausses preuves. Ces trucs dans le journal ne viennent pas de moi.

— Alors comment se fait-il que les preuves que j'ai trouvées y aient atterri, Lucia ? Comment le pendentif de Dani Skyler a-t-il fini dans l'appartement du suspect ?

— Je ne sais pas, mais tu n'étais pas seul.

— Donc tu es toujours prête à mettre ça sur le dos d'un mort.

— J'ai pas dit ça. Ce que je te dis, c'est que je n'ai pas besoin de connaître la réponse à cette question.

Bosch se leva pour lui parler bien en face.

— Oui, ben, tu vois, ça ne marche pas pour moi, ça, Lucia. Tu ne peux pas croire les preuves médico-légales sans croire que les autres preuves ont été introduites frauduleusement dans l'appartement. Et c'est pour ça que je ne t'ai pas rappelée.

Elle hocha tristement la tête et se détourna. Tapscott lui tenait déjà la porte de la salle d'audience ouverte et quand Soto passa devant lui, il décocha un coup d'œil glacial à Bosch qui regarda la porte se refermer derrière eux sans un bruit.

— Non mais, regardez-moi ça ! s'écria Haller.

Bosch se tourna vers le bout du couloir et y vit approcher deux femmes. Habillées pour une nuit de clubbing, elles portaient des minijupes et des bas noirs à motifs, la première de crânes et l'autre de crucifix.

— Des groupies, dit Cisco. S'il sort d'ici libre, Borders se fera probablement une nana par nuit pendant un an.

Ces deux premières femmes furent bientôt suivies par trois autres, habillées de la même façon, un maximum de tatouages et de piercings en prime. Puis de l'ascenseur arriva une femme en robe jaune pâle, tout à fait appropriée à une salle d'audience. Cheveux blonds tirés en arrière, elle avançait d'un pas hésitant, laissant entendre qu'elle n'avait pas remis les pieds dans ce tribunal depuis le premier procès trente ans plus tôt.

— C'est Dina ? demanda Haller.

— Oui, c'est elle, répondit Bosch.

Lorsqu'il lui avait rendu visite le lundi soir précédent, Bosch l'avait trouvée belle, l'image même de ce que sa sœur aurait pu devenir. Dina Rousseau avait renoncé au théâtre le jour où elle s'était mariée avec un cadre des studios et avait fondé une famille. Elle avait dit à Bosch n'avoir aucun doute sur le fait que Borders était l'assassin de sa sœur et qu'elle n'hésiterait pas à le dire à un juge ou à tout simplement se montrer au prétoire pour le soutenir moralement.

Haller et Cisco se joignant à lui pour se lever à son approche, Bosch la leur présenta.

— Nous apprécions beaucoup votre désir de venir ici aujourd'hui et de témoigner si c'est nécessaire, lui dit Haller.

— Je ne me supporterais pas si je ne l'avais pas fait, lui renvoya-t-elle.

— Je ne sais pas si l'inspecteur Bosch vous en a avertie, madame Rousseau, mais Borders sera dans le prétoire. Il a été transféré de San Quentin pour cette audience. J'espère que ça ne vous causera pas un surcroît de détresse émotionnelle.

— Bien sûr que si. Mais Harry m'avait avertie qu'il serait là, et je suis prête. Dites-moi simplement où je dois me mettre.

— Cisco ? Et si tu emmenais Mme Rousseau dans la salle pour t'asseoir avec elle. On a encore quelques minutes devant nous. Nous attendons notre dernier témoin.

Cisco faisant ce qu'on lui demandait, Bosch et Haller restèrent debout dans le couloir. Bosch sortit son portable et regarda l'heure. Ils n'avaient plus que dix minutes avant le début de l'audience.

— Allons, allons, Spencer, mais où es-tu ? lança Haller.

Ils regardèrent tous les deux fixement le bout du couloir. Parce qu'on arrivait à l'heure pile, la foule rétrécissait au fur et à mesure qu'on entrait dans les salles pour le début des audiences et des procès. L'espace devant le tribunal en était complètement vide.

Cinq minutes s'écoulèrent, mais toujours pas de Spencer.

— Bien, dit Haller. On n'a pas besoin de lui. Nous tirerons profit de son absence... M. Spencer aura défié une citation à comparaître ! Allez, entrons.

Il se dirigea vers la porte de la salle d'audience, Bosch le suivit et y entra après avoir jeté un dernier coup d'œil au réduit des ascenseurs.

Bosch s'aperçut qu'un certain nombre de journalistes s'étaient glissés dans le prétoire et installés au premier rang. Il vit aussi Cisco et Dina tout au fond, à côté de sa fille. Dina s'était tournée vers l'avant de la salle, une expression d'horreur grandissant sur son visage. Bosch suivit son regard et vit que Preston Borders était amené dans la salle par la porte en métal donnant accès à la prison du tribunal.

Des gardes l'entourant des deux côtés et derrière lui, il se dirigea lentement vers la table de la défense. Il était enchaîné aux chevilles et aux poignets, une lourde chaîne supplémentaire lui passant entre les jambes et rejoignant ses menottes. Il portait une salopette orange, couleur réservée aux VIP des prisons.

Cela faisait trente ans que Bosch ne l'avait pas revu en personne. C'était alors un jeune homme hâlé, avec des cheveux à la mode acteur des années 80 – fournis et ondulés. Il avait maintenant le dos voûté, des cheveux gris et clairsemés assortis à sa peau du genre papier parce qu'elle n'a droit qu'à une heure de soleil par semaine.

Cela dit, il avait toujours le regard dur et mort du psychopathe. Dès qu'il entra, il jeta un coup d'œil à la galerie réservée au public et sourit aux groupies qui mouraient d'envie d'être la proie de ses yeux. Elles s'étaient toutes mises dans la rangée du milieu et sautillaient sur leurs hauts talons en essayant de ne pas couiner de ravissement.

Puis il regarda plus loin et trouva Bosch et Haller debout au fond de la salle. Sombres et creux, ses yeux brûlaient comme des feux de poubelle dans une ruelle la nuit.

Et c'était de haine qu'ils brûlaient.

Chapitre 37

Dès que Borders se fut assis à la table de la défense, entre Lance et Katherine Cronyn, l'huissier avertit le juge Houghton qui ressortit de son cabinet et alla se rasseoir à sa place. Il jeta un coup d'œil à la salle et regarda ceux qui s'étaient installés devant et ceux qui s'étaient assis dans la galerie réservée au public. Ses yeux s'arrêtant un bref instant sur Haller comme sur un visage reconnaissable, il se mit au travail.

— Affaire suivante, État de Californie contre Borders, requête en *habeas corpus* et rejet d'audience de preuves et de témoins, lança-t-il. Avant de commencer, je tiens à dire que la cour entend que les règles de décorum soient respectées à tout instant. Tout éclat montant du public entraînera l'expulsion immédiate du ou des contrevenants.

Et de regarder directement le groupe de jeunes femmes venues pour voir Borders avant de passer à l'affaire en cours.

— Nous avons aussi une requête déposée vendredi dernier par Me Haller que j'aperçois au fond de la salle et qui demande à être entendu. Maître Haller, pourquoi ne vous approchez-vous pas ? Votre client pourra s'asseoir dans le public.

Pendant que Bosch se glissait à côté de Cisco, Haller remonta l'allée centrale pour rejoindre sa place devant le juge. Il n'était même pas arrivé au portillon lorsque Kennedy se leva d'un bond et éleva une objection pour motif technique. Il déclara qu'Haller avait déposé sa requête trop tard et qu'elle n'était pas fondée. Lui aussi debout, Lance Cronyn appuya la démonstration de Kennedy en y ajoutant son sentiment personnel.

— Monsieur le juge, dit-il, il ne s'agit là que d'une manœuvre de Me Haller pour obtenir les faveurs des médias. Comme l'a si justement dit Me Kennedy, cette requête n'est pas fondée. Me Haller ne cherche qu'à se faire un peu de publicité gratuite aux dépens de mon client qui a beaucoup souffert et attend ce jour depuis trente ans.

Haller avait déjà franchi le portillon et se tenait devant le lutrin installé entre les tables de l'accusation et de la défense à l'avant de la salle.

— Maître Haller, lança le juge, j'imagine que vous avez une réponse à cela.

— Mais bien sûr, monsieur le juge. Ceci pour consignation aux minutes : je m'appelle Michael Haller et je représente l'inspecteur Hieronymus Bosch dans cette affaire. Et maintenant, s'il plaît à la cour… Oui, mon client est au courant de la requête en *habeas corpus* déposée par Me Cronyn et soutenue par le Bureau du district attorney, alléguant que M. Bosch aurait falsifié des éléments de preuve afin de faire condamner M. Borders il y a quelque vingt-neuf ans de cela. De manière d'ailleurs assez inexplicable, l'inspecteur Bosch n'a pas été cité à comparaître ou en quelque autre façon que ce soit invité à assister à cette audience et y témoigner en réponse à ces allégations. Je note également, et toujours pour consignation aux minutes, que ces allégations sans fondement ont fait leur chemin jusque dans les colonnes du *Los Angeles Times* où elles ont été présentées comme des faits, ce qui a irrévocablement porté atteinte à sa réputation professionnelle et personnelle, sans même parler des dommages à son activité de subsistance.

— Maître Haller, l'interrompit Houghton, nous n'avons pas toute la journée. Présentez donc vos arguments.

— Bien sûr, monsieur le juge. Mon client nie formellement ces allégations qui portent atteinte à son intégrité, à son honneur et à sa réputation. Il voudrait présenter un témoignage et fournir des preuves ayant trait à la résolution de ces questions. En bref, tout cela n'est qu'une vaste arnaque, monsieur le juge, et nous pouvons le prouver, à condition qu'il nous soit donné la possibilité de le faire. D'où le fait que j'ai déposé au nom de mon client une requête en autorisation d'intervention, ainsi qu'une plainte répondant aux allégations portées contre lui. J'en ai averti toutes les parties, le résultat en étant très probablement l'article du journal déjà mentionné qui a abîmé durablement l'honneur et la position de M. Bosch dans le milieu des forces de l'ordre.

— Monsieur le juge ! s'écria Kennedy. L'État de Californie s'élève contre ces allégations malveillantes proférées par Me Haller. L'origine de cet article n'est certainement pas à chercher dans mon bureau ou auprès de mon équipe d'enquêteurs dans la mesure où nous avons fort diligemment tenté de gérer tout cela de la manière la moins propre à impacter M. Bosch. Cet article vient d'ailleurs et l'État de Californie demande que des sanctions soient prises à l'encontre de Me Haller.

— Monsieur le juge, dit calmement Haller, je suis prêt à vous montrer des documents du greffe, et mon client ses relevés de téléphone qui, pris ensemble, prouvent très clairement que moins de deux heures après que j'eus déposé mes requêtes vendredi dernier, le journaliste du *Los Angeles Times* appelait l'inspecteur Bosch pour qu'il lui fasse part de ses commentaires. Mes requêtes ont été déposées sous pli scellé et donc seulement communiquées aux parties opposées à l'inspecteur Bosch ici présent. Je vous laisse en tirer vos conclusions, monsieur le juge. J'en ai, moi, déjà tiré les miennes.

Houghton pivota un petit moment de gauche à droite dans son fauteuil à haut dossier en cuir avant de répondre.

— Pour moi, dit-il, nous avons déjà assez débattu de ce problème, et dans les deux sens. Il ne sera donné aucune sanction, mais avançons. Maître Haller, aussi bien Me Kennedy que Me Cronyn s'opposant à la déposition de votre client, que leur répondez-vous ?

Haller tapa du poing sur le lutrin pour souligner son propos avant de se jeter à nouveau dans la mêlée.

— Que leur réponds-je ?! s'exclama-t-il. Que je n'en reviens toujours pas, monsieur le juge. Le numéro de dimanche de ce journal a traîné mon client dans la boue. Il a laissé très clairement entendre qu'il aurait falsifié des preuves qui auraient expédié un homme dans le couloir de la mort. Et nous sommes ici réunis et mon client n'a même pas été invité à la fête ? Étant donné que ce récit du journal ainsi que les allégations contenues dans la requête de l'État de Californie s'en prennent directement à sa réputation et à son honneur, je crois, et fermement, qu'il a le droit d'intervenir pour défendre ses droits. Si ce n'est pas la manière adéquate, je vous suggère l'alternative consistant à ce que, considéré comme *amicus curiae*, il puisse témoigner et apporter des preuves pertinentes aux questions que la cour devra trancher.

Houghton sollicita des réponses de Kennedy et de Cronyn, mais Bosch comprit assez vite que le juge avait du mal à ne pas lui accorder l'autorisation de témoigner alors que son honneur et sa réputation avaient été mis en doute par le *Times* et les détails de la première requête que le Bureau du district attorney n'avait pas cherché à celer au public. Kennedy devint très frustré lorsqu'il arriva aux mêmes conclusions que Bosch en écoutant les paroles du juge et en constatant son attitude.

— Monsieur le juge, dit-il, l'État de Californie ne peut pas être tenu responsable d'un article de journal. Je… Nous… nous ne sommes pas à l'origine de ce papier. Si nous avons commis une erreur en ne demandant pas que notre requête soit envoyée sous pli scellé, d'accord, c'est notre faute, mais ce n'est assurément pas là une infraction telle qu'elle garantisse cette intervention de M. Bosch. Il y a ici, dans cette salle, un homme qui a passé plus de dix mille jours dans le couloir de la mort… Oui, j'ai fait le calcul… Et il est de notre devoir d'officiers de la cour de faire de cette injustice notre priorité dès aujourd'hui.

— Enfin… S'il s'agit effectivement d'une injustice, lança vite Haller. Les éléments de preuve que nous cherchons à présenter ici disent une tout autre histoire, monsieur le juge, et c'est bel et bien celle d'une arnaque conçue par des esprits astucieux et perpétrée tout autant contre les citoyens de cet État que contre Me Kennedy et son Bureau.

— Je vais prendre dix minutes pour voir ce qu'en dit le Code pénal, déclara Houghton. Après quoi nous reprendrons nos débats. Qu'on ne s'éloigne pas trop. Reprise dans dix minutes.

Le juge se leva, quitta rapidement sa place et disparut dans le couloir derrière l'enclos du greffier donnant dans son cabinet. C'était là quelque chose que Bosch aimait beaucoup chez lui. Il avait déjà plaidé devant lui dans divers procès et savait que c'était un arbitre des plus assurés au prétoire. Cela dit, il n'était pas assez prétentieux pour s'imaginer connaître les moindres nuances de la loi telle qu'elle est gravée dans le marbre. Il n'hésitait jamais à prendre le temps de vérifier des points précis dans le code de façon que chacune de ses décisions repose sur de solides fondements juridiques.

Haller se tourna vers Bosch et le regarda. Puis il lui montra la porte du fond, Bosch comprenant aussitôt qu'il se posait toujours des questions sur Spencer. Cela disait bien à quel point il était sûr que la décision du juge irait dans son sens.

Bosch se leva et sortit du prétoire pour voir si Spencer était arrivé. Le couloir était maintenant pratiquement désert et il n'y avait toujours pas trace du monsieur.

Bosch réintégra la salle d'audience. Le bruit de la porte attirant l'attention de Haller, il lui fit signe que non.

Le juge reprit sa place avec une minute d'avance et, dans l'instant, fusilla une requête de Kennedy tendant à fournir d'autres arguments. Puis il annonça sa décision.

— Bien que les statuts et règles gouvernant la procédure d'*habeas corpus* se trouvent bien dans le Code pénal, il est d'axiome que cette requête soit par nature du domaine de l'action civile. D'où le fait que sous les règles de ce droit, un intervenant semble approprié. Les droits inhérents à la sauvegarde et à la protection de l'honneur et de la réputation de l'inspecteur Bosch n'étant pas, selon nos observations, effectivement garantis par les parties opposées à cette action, je lui donne l'autorisation d'intervenir. Maître Haller, vous pouvez appeler votre premier témoin.

Kennedy, qui était resté debout de manière assez inexplicable après sa dernière objection, se dépêcha d'en élever une autre.

— Ce n'est pas juste, monsieur le juge ! s'exclama-t-il. Nous ne sommes pas prêts à gérer des témoins. L'État de Californie requiert donc un délai de trente jours afin de rechercher des dépositions et de se préparer à une nouvelle audience.

Cronyn se leva lui aussi. Bosch s'attendait à ce qu'il s'oppose à tout ajournement, mais non, il appuya la requête de Kennedy. Bosch crut voir alors ce dernier faire la grimace. Ce fut probablement à ce moment-là que le procureur comprit qu'il avait Dieu sait comment été roulé par Cronyn ou par Borders, voire par les deux.

— Qu'est-il advenu des dix mille jours dont Me Kennedy nous a parlé plus tôt ? demanda Houghton. Et *quid* de cette parodie de justice ? Voilà que maintenant vous voulez renvoyer l'homme qu'exonère votre requête trente jours de plus dans le couloir de la mort ? Nous savons tous que les calendriers d'audience étant ce qu'ils sont, il n'y a pas d'ajournement à trente jours. Mon calendrier d'audiences étant plein pour trois mois, repousser cette audience de trente jours ou de trois mois serait du pareil au même. Je ne vois donc, messieurs, aucune raison de remettre à plus tard.

Houghton pivota de nouveau dans son fauteuil et se pencha vers Borders du haut de son estrade.

— Monsieur Borders, êtes-vous prêt à remonter à San Quentin trois mois de plus, le temps que les avocats étudient la question ?

Un long moment s'écoula avant que Borders ne réponde, Bosch en savourant chaque seconde. Pour Borders en effet, il n'y avait aucune bonne réponse. Accepter ce report révélerait, comme son avocat venait de le faire, que quelque chose ne collait pas. Mais répondre qu'il ne voulait pas du délai réclamé par son avocat serait purement et simplement inviter Haller à faire défiler ses témoins à la barre et risquer que l'arnaque apparaisse au grand jour.

— Je veux juste que ça se passe comme il faut, finit-il par répondre. Ça fait longtemps que je suis à San Quentin et je ne pense pas qu'un petit peu plus de temps soit important si cela signifie qu'on fait ce qu'il faut.

— C'est exactement ce qu'essaie de faire la cour en ce lieu, dit Houghton. Faire ce qu'il faut.

Sentant du mouvement derrière lui, Bosch se retourna : la porte de la salle venait de s'ouvrir. Un type en costume qu'il pensa être un avocat entra, suivi de Terry Spencer.

Une fois à l'intérieur, les deux hommes regardèrent le prétoire, le léger clic de la porte se refermant derrière eux attirant l'attention de tous sur eux. Bosch se tourna pour vérifier qu'Haller avait bien vu que leur témoin était arrivé. Puis il observa ce qui se passait à la table de la défense. Borders ne montrait que peu d'intérêt pour les nouveaux arrivants : aussi bien ne connaissait-il pas Spencer de vue. Mais les réactions de la team Cronyn furent révélatrices. Lance Cronyn ourla les lèvres et cligna des paupières. On aurait dit un joueur d'échecs qui, trois coups à l'avance, a compris qu'il vient de perdre la partie. La réaction de Katherine Cronyn alla, elle, bien au-delà de la surprise. On aurait dit qu'elle avait vu un fantôme. La mâchoire pendante, elle se détourna de l'homme debout au fond de la salle pour regarder son mari assis de l'autre côté de leur client et, dans ses yeux, Bosch vit de la peur.

Puis il chercha Lucia Soto dans les rangées réservées au public. Il la trouva au premier rang, près de l'adjoint au greffier. Il était évident qu'elle avait reconnu Spencer, mais elle avait l'air perdue. Elle n'était véritablement pas sûre de comprendre pourquoi le type des Scellés était là.

— Puis-je offrir une suggestion à la cour ?

Avec cette question proférée par Haller, plus personne ne s'intéressa à Spencer.

— Allez-y, maître Haller, lui répondit le juge.

— Et si tous les avocats et personnes concernées poursuivaient cette audience *in camera* ? dit Haller. Je donnerai ainsi à Me Kennedy et à Me Cronyn un aperçu de chacun des témoins que j'ai l'intention d'appeler et de tous les documents et vidéos que j'entends présenter. Ils seront alors mieux informés pour décider si, oui ou non, ils veulent demander un ajournement. La raison qui me pousse à demander qu'on poursuive ces débats en chambre est que j'aimerais assez être à l'abri des médias si jamais je n'étais pas à cent pour cent précis dans mes résumés.

— Combien de temps cela devrait-il prendre, maître Haller ? demanda Houghton.

— En faisant vite, je pense pouvoir y arriver en un quart d'heure, voire moins.

— J'aime bien votre idée, maître Haller, mais nous avons un problème. Je ne suis pas certain d'avoir assez de place en chambre pour tous les avocats et leurs clients en plus de Me Kennedy et ses enquêteurs. Nous avons aussi un problème de sécurité avec M. Borders et je ne pense pas que nos gardes aient envie qu'on le déplace dans ce bâtiment. Je vais donc me servir de ce prétoire pour y mener une conférence *in camera* et demander aux témoins, aux membres des médias et à tous les autres observateurs de quitter la salle pendant un quart d'heure afin d'entendre ce que vous avez à nous proposer, maître Haller.

— Merci, monsieur le juge.

— La caméra peut rester *in situ*, mais devra être éteinte. Garde Garza, veuillez appeler un garde supplémentaire qui se tiendra devant la porte dans le couloir jusqu'à ce que nous soyons prêts à inviter le public à réintégrer la salle.

Il y eut pas mal d'agitation lorsque plusieurs personnes se levèrent en même temps pour quitter le prétoire. Bosch commença par rester assis, tout à admirer la manœuvre absolument géniale de Haller. Parce qu'il allait donner au juge un aperçu de ce qui allait être montré et démontré par témoignage, il n'y aurait pas de serments à prononcer, ni donc de conséquences pour toutes les exagérations ou contre-vérités qui pourraient apparaître plus tard.

Haller allait pouvoir y aller franco dans l'affaire montée contre Bosch, et ni Kennedy ni les Cronyn ne pourraient y faire quoi que ce soit.

Chapitre 38

Haller lui fit signe de venir devant. Bosch franchit le portillon et prit un siège près de la rambarde. Puis il regarda autour de lui et vit que seuls deux petits mètres le séparaient de l'endroit où, toujours enchaîné, Borders avait pris place entre les deux Cronyn. Assis juste derrière lui, deux gardes le surveillaient.

Bosch se tourna vers le fond de la salle et y vit des gens toujours agglutinés à la porte pour sortir. Sa fille était tout au bout de la file et lui adressa un signe de confiance, qu'il lui retourna. Lorsqu'elle eut franchi la porte, il se concentra de nouveau sur Borders et poussa un léger sifflement qui parvint aux oreilles du prisonnier. L'homme en orange se retourna et fixa Bosch droit dans les yeux.

Alors Bosch lui décocha un clin d'œil.

Borders se détourna. Haller fit un pas en avant et empêcha Bosch de le voir plus longtemps.

— T'inquiète pas pour lui, dit-il. N'oublie pas ce qui est important.

Puis il s'assit sur un siège vide à côté de Bosch et se pencha vers lui.

— Je vais essayer de te faire passer, chuchota-t-il. C'est pas moi qui vais présenter quoi que ce soit. Ce sera toi. Et donc, rappelle-toi : on est direct et indigné.

— Je te l'ai déjà dit. Y aura pas de problème, lui renvoya Bosch.

Haller observa le fond de la salle.

— As-tu parlé à Spencer ou à Daly avant qu'ils partent ?

— Non. C'est Daly l'avocat ?

— Oui, Dan Daly. C'est plutôt un gars du niveau fédéral, mais… on s'encanaillerait ? Ou alors il connaît Spencer d'avant. Je mets Cisco sur le coup.

Haller sortit son portable et envoya un texto à son enquêteur qui comptait au nombre de ceux que le juge avait invités à quitter la salle. Bosch se leva pour mieux voir l'écran. Haller était en train de dire à Cisco de voir si Daly ne pourrait pas lui confier ce que Spencer était prêt à déclarer et de le lui communiquer par SMS. Juste au moment où il lui envoyait son message, Houghton déclara l'audience à nouveau ouverte.

— Bien, dit-il, que tout soit clair : il s'agit d'une conférence entre les parties prenantes. Cela ne sera pas versé aux minutes. Ce qui se dira ici ne doit pas sortir de cette salle. Maître Haller ? Et si vous nous expliquiez ce que vous comptez faire avec vos témoins et vos documents si votre requête est acceptée ? Et je vous en prie, soyez bref.

Haller se leva, gagna le lutrin et y posa un bloc-notes grand format. Bosch vit que la première page en était couverte de notes, plusieurs d'entre elles entourées de ronds ornés de flèches pointées vers d'autres ronds : le schéma même du coup monté contre lui. Sous le bloc-notes se trouvait un dossier contenant les documents qu'Haller allait soumettre au juge.

— Merci de m'accorder cette possibilité, monsieur le juge, lança-t-il. Vous ne le regretterez pas. Aussi bien est-ce parce que Me Cronyn et Me Kennedy ne se trompent effectivement pas : il y a bien eu une erreur judiciaire, mais pas celle à laquelle pensent les trois quarts des gens.

— Monsieur le juge ? lança Kennedy en levant les mains en l'air comme pour dire « mais qu'est-ce qui se passe ? ».

— Maître Haller, dit Houghton. Si je puis me permettre, regardez le box des jurés à votre gauche. Vous verrez qu'il est vide. Je vous ai demandé d'être bref. Je ne vous ai pas dit de faire des déclarations à un jury inexistant.

— Oui, monsieur le juge. Merci. Passons donc à autre chose. C'est l'UVIP du district attorney qui a pris cette affaire en main et, lors d'un examen médico-légal des éléments de preuve, elle a découvert sur les vêtements de Danielle Skyler de l'ADN qui ne provenait pas de son assassin aujourd'hui condamné, Preston Borders. En fait, c'était celui d'un violeur en série maintenant décédé, un certain Lucas John Olmer.

— Maître Haller, l'interrompit de nouveau Houghton, vous ne faites que nous réciter des faits connus de tous. Je vous ai accordé de parler en tant qu'intervenant, et intervenir exige qu'il y ait quelque chose de nouveau, un changement de direction. Avez-vous ou n'avez-vous pas ce qu'il me faut ?

— Je l'ai.

— Alors, dites-le. Ne racontez pas à la cour ce qu'elle sait déjà.

— Ce que j'ai de nouveau, c'est que l'inspecteur Bosch peut vous montrer, documents et témoignage sous serment à l'appui, que de l'ADN de Lucas John Olmer a été déposé frauduleusement dans le carton à éléments de preuve des Scellés du LAPD, et que cela fait partie d'un stratagème fort complexe destiné à faire libérer Preston Borders et ainsi gagner des millions de dollars de dommages suite à une condamnation erronée.

Houghton leva la main pour empêcher Kennedy d'y aller d'une objection évidente.

— Un stratagème élaboré par qui, maître Haller ? demanda Houghton. Êtes-vous en train de me dire que c'est Preston Borders qui a orchestré tout cela depuis le couloir de la mort de San Quentin ?

— Non, monsieur le juge. Ce que je dis, c'est que Preston Borders a marché dans la combine parce qu'il n'avait plus aucun moyen d'obtenir sa libération. Non, c'est ici même, à Los Angeles, que cette combine a été mise en musique par le cabinet d'avocats Cronyn and Cronyn.

Lance Cronyn bondit aussitôt.

— J'élève une objection des plus vigoureuses contre cette farce ! s'écria-t-il. Me Haller salit ma réputation avec cette accusation insidieuse alors que c'est son client qui…

— C'est noté, maître Cronyn, lança Houghton en l'interrompant alors qu'il montait au paroxysme. Mais permettez que je vous rappelle que nous sommes à huis clos et que rien de ce qui est dit par cet avocat n'arrivera aux oreilles du public.

Puis le juge se tourna vers Haller.

— C'est une allégation particulièrement grave que vous lancez, maître Haller. Alors ou vous fournissez ou vous vous taisez.

— Je vais fournir, répondit Haller. Et tout de suite.

Et il montra brièvement la contradiction fondamentale de l'affaire telle que Bosch l'avait révélée à Soto dans le couloir. Si l'ADN découvert aux Scellés était réglo, alors le pendentif en forme d'hippocampe trouvé lors de la fouille de l'appartement de Preston Borders ne l'était pas. C'était ou l'un ou l'autre.

— Notre position est que le pendentif en forme d'hippocampe était, et a toujours été, la preuve véritable dans cette affaire, enchaîna Haller. C'est l'ADN de Lucas John Olmer qui a été frauduleusement introduit. Mais avant de résumer la façon dont cela s'est produit, j'aimerais que la cour me fasse plaisir et permette à mon client de parler de ces preuves falsifiées. Il a donné plus de quarante années de sa vie au maintien de l'ordre et ce sont ses honneur et réputation qui sont en jeu dans cette affaire.

Mais Kennedy et Cronyn élevèrent une objection contre l'idée que Bosch puisse témoigner sans avoir à répondre à des questions en contre. Houghton prit rapidement une décision.

— Nous n'allons pas prendre ce chemin dans cette conférence, dit-il. Si nous reprenons une audience ouverte à tous avec inscription aux minutes, la cour y réfléchira. Mais je dois vous dire ceci : l'inspecteur Bosch est venu bien souvent dans cette salle au fil des ans alors que j'avais l'honneur d'y officier comme juge, et son intégrité n'a jamais été mise en doute jusqu'à aujourd'hui.

Bosch hocha la tête pour remercier le juge de ce maigre soutien.

— Point suivant, reprit Haller en ouvrant le dossier qu'il avait posé sur le lutrin. Il est connu de la cour et de toutes les parties ici rassemblées que Me Cronyn a représenté Lucas John Olmer dans l'affaire qui lui a valu d'être emprisonné jusqu'à sa mort survenue il y a seize mois de cela. La preuve essentielle dans cette affaire a été l'ADN le reliant à toute une série d'agressions sexuelles dont il était accusé. Je vous soumets donc maintenant la copie d'une injonction de la cour portée au dossier et demandant que l'accusation partage cet ADN avec la défense aux fins d'examen par des laboratoires privés.

Kennedy éleva une objection.

— Monsieur le juge, dit-il, si Me Haller essaie d'insinuer que l'ADN d'Olmer a été donné à Cronyn pour qu'il puisse en garder et s'en servir bien des années plus tard dans un stratagème destiné à libérer un homme du couloir de la mort, alors oui, voilà qui est aussi offensant que ridicule. Comme Me Haller le sait certainement, Me Cronyn n'aurait jamais touché à ce matériau. Le protocole de la chaîne de suivi aurait exigé un transfert sécurisé de laboratoire à laboratoire. Me Haller nous met des écrans de fumée devant les yeux et fait perdre son temps à la cour.

Haller hocha la tête et sourit avant de se défendre.

— Des écrans de fumée, monsieur le juge ? Nous allons voir qui en monte. Je ne laisse pas entendre qu'il y aurait eu quoi que ce soit de malencontreux dans le transfert de labo à labo avant le procès d'Olmer. Mais à ce procès, l'ADN n'a pas été mis en cause, la défense ayant choisi d'arguer que les actes sexuels avaient été consentis, et c'est même cette défense qui a reconnu la concordance ADN. Mais après le procès, le suivi des éléments de preuve n'a pas été fait correctement. Selon le protocole si prisé par Me Kennedy, après le procès, tout le matériel génétique non utilisé dans les analyses de laboratoire devait être rendu à la garde du laboratoire du LAPD. Or il n'y a aucune trace qu'il lui ait jamais été retourné. Il manque à l'appel, monsieur le juge, et c'est dans les mains d'un laboratoire travaillant pour Me Cronyn qu'il est vu pour la dernière fois.

Ce fut au tour de Cronyn de se lever pour protester.

— C'est ridicule, monsieur le juge ! s'écria-t-il. Je n'ai jamais eu ce matériel et je serais bien incapable de dire si le labo l'a rendu ou pas. Devoir rester ici et entendre pareilles allégations…

— Encore une fois, nous travaillons à huis clos, lui rappela Houghton. Ne nous égarons pas. Maître Haller, qu'avez-vous d'autre à dire ?

— J'ai ici quelques documents supplémentaires que j'aimerais soumettre à la cour, répondit-il. Le premier est une lettre de l'adjoint à l'avocat de la municipalité Cecil French, confirmant que la ville a bien reçu une plainte en dommages et intérêts de Preston Borders concernant ce qu'il dit être un emprisonnement erroné pour meurtre, peine faisant suite à une enquête malhonnête du LAPD. Cette plainte a été déposée par Lance Cronyn, avocat au barreau. Le montant des dommages et intérêts n'est pas donné parce qu'il ne l'est jamais aussi tôt dans la partie, mais le sens commun voudrait qu'un homme piégé pour meurtre par un employé de la ville et ayant passé presque trois décennies dans le couloir de la mort demande des millions de dollars de dédommagement.

Cronyn essaya encore une fois de se lever mais, tel un agent de la circulation, Houghton leva une main en l'air et l'avocat se rassit lentement sur son siège. Haller poursuivit :

— Sans compter que nous avons ici une copie du registre des visites de San Quentin qui montre que Lance Cronyn est allé très régulièrement voir Preston Borders à partir du mois de janvier de l'année dernière.

— C'est son avocat, fit remarquer Houghton. Y aurait-il quelque chose de louche à ce qu'un avocat rende visite à son client en prison, maître Haller ?

— Pas du tout, monsieur le juge. Sauf que pour rendre visite à un prisonnier dans le couloir de la mort, il faut avoir été son avocat au procès, et Me Cronyn n'est devenu son avocat que l'année dernière, plusieurs mois avant d'envoyer sa lettre à l'UVIP pour prétendument libérer sa conscience suite aux aveux que lui aurait faits Olmer.

Bosch en sourit presque. Le timing des premières visites de Cronyn à Borders ne prouvait absolument rien, mais sous-entendait certainement la collusion, et la façon dont Haller y avait amené le juge était parfaite. Il posa le bras sur le dossier de la chaise vide à côté de lui de façon à pouvoir regarder mine de rien Soto et Tapscott qui, assis à sa droite, avaient l'air de suivre très sérieusement l'histoire que racontait Haller.

— Et en plus, répéta celui-ci, si ma requête en intervention m'est accordée, l'inspecteur Bosch est prêt à présenter des témoins qui contredisent les éléments clés de cette demande de révision en *habeas corpus*. En fait, le demandeur jette aux orties la réputation de l'avocat qui l'a défendu le premier, Me David Siegel, en affirmant qu'il aurait suborné M. Borders au procès en lui demandant de déclarer que la preuve clé trouvée dans son appartement… le pendentif en forme d'hippocampe… n'appartenait pas à la victime, mais serait une copie achetée à la jetée de Santa Monica.

— Et vous avez un témoin qui contredit ce témoignage ? demanda Houghton.

— Oui, monsieur le juge. Me David Siegel en personne, et il est prêt à contredire les rumeurs de sa mort en même temps que l'hypothèse selon laquelle il aurait suborné son client au procès de 1988. Il est prêt à témoigner que l'entier du témoignage livré par M. Borders n'est qu'une tentative destinée à réduire à rien la preuve qui le confond, à savoir qu'il était bien en possession du bijou de la victime.

Kennedy et Cronyn furent l'un et l'autre vite debout, mais ce fut Cronyn qui parla le premier.

— Tout cela est absurde, monsieur le juge ! répéta-t-il. Même s'il est prouvé que Me Siegel est bien vivant, son témoignage constituerait une violation flagrante de la confidentialité avocat-client et serait donc irrecevable.

— Monsieur le juge, souffrez que je n'aie pas la même opinion que Me Cronyn, reprit Haller. Cette confidentialité a été totalement anéantie par M. Borders lui-même lorsqu'il a révélé les rouages internes de sa stratégie au tribunal et a cherché à nuire à l'honneur et à la réputation de son avocat dans sa demande… Comme il l'a fait avec mon client, l'inspecteur Bosch. J'ai en ma possession une présentation vidéo… Une interview de Me Siegel faite il y a sept jours et qui le montre bien vivant, sain d'esprit et se défendant contre les calomnies de M. Borders et de son conseil.

Sur quoi, il glissa la main dans sa poche, en sortit une clé numérique contenant la vidéo en question et la tint au-dessus de sa tête, attirant ainsi l'attention de toutes les personnes présentes dans la salle.

Le juge hésita, puis rapprocha le micro de sa bouche pendant que Cronyn et Kennedy se rasseyaient.

— Maître Haller, dit-il, nous allons attendre un peu pour votre vidéo. La cour trouve cela intrigant, mais vos quinze minutes sont à peu près écoulées et tout cela se réduit à une chose : l'ADN d'Olmer a été trouvé sur les vêtements de la victime et cela ne semble pas donner lieu à contestation. Ce vêtement avait été conservé aux Scellés pendant des années… bien des années avant que M. Olmer passe en jugement et que Me Cronyn soit ou ne soit pas entré en possession de son matériel génétique, bien des années avant que Me Cronyn ait jamais rencontré M. Borders, et bien des années avant que M. Olmer ne meure en prison. Avez-vous réponse à ces questions ? Parce que si vous ne pouvez pas y répondre, il est temps que j'arrête ma décision sur ce point.

Haller acquiesça d'un signe de tête et baissa les yeux sur son bloc-notes. Bosch aperçut Kennedy de profil et crut voir un sourire méprisant sur ses lèvres : on se disait que Haller n'avait rien pour expliquer la présence de l'ADN dans le carton des Scellés.

— La cour ne se trompe effectivement pas, reprit Haller. Nous ne mettons pas en doute la présence d'ADN sur les vêtements de la victime. L'inspecteur Bosch… et moi aussi… croyons fermement en l'intégrité du laboratoire du LAPD. Nous ne laissons pas non plus entendre qu'on pourrait douter des résultats de son analyse. Nous pensons seulement que cet ADN d'Olmer a été déposé sur ces vêtements avant leur transfert au labo.

Kennedy bondit à nouveau et éleva une violente objection au sous-entendu de corruption ou bien des officiers des Scellés du LAPD ou bien des deux inspecteurs qui avaient repris l'affaire pour le compte de l'UVIP.

— Les mesures prises par les inspecteurs Soto et Tapscott sont parfaitement documentées et au-dessus de tout soupçon, lança Kennedy. Parce qu'ils savent que le désespoir pousse parfois les gens à des actes désespérés, ils sont allés jusqu'à se filmer en train de desceller le carton à éléments de preuve pour bien montrer qu'il n'y avait pas falsification.

Haller attaqua avant même que le juge puisse réagir.

— Exactement, dit-il. Ils ont filmé toute la scène, et si la cour est d'accord, j'aimerais passer cette vidéo comme élément de ma présentation. Elle est prête et peut démarrer tout de suite sur mon ordinateur portable, monsieur le juge. Je demande toute l'indulgence de la cour. Accordez-moi un peu de temps supplémentaire. Je peux connecter mon ordinateur à cet écran très rapidement.

Et de montrer d'un geste l'écran vidéo sur le mur en face du box des jurés. Il y eut un moment de silence tandis que Houghton étudiait cette demande, alors même que d'autres personnes dans la salle se demandaient probablement comment Haller s'était procuré une copie de la vidéo. Bosch vit Soto lui décocher un regard en coin. Il savait qu'il était en train de briser leur pacte tacite de confidentialité. Elle n'avait pas partagé cette vidéo avec lui pour qu'il puisse s'en servir au tribunal.

— Montez-moi ça, maître Haller, dit enfin Houghton. Pour moi, cela sera considéré comme faisant partie de votre offre.

Haller se détourna du pupitre et s'empara de sa mallette posée par terre, à côté de la chaise de Bosch. Alors qu'il l'ouvrait sur la chaise et en sortait son ordinateur, il lui chuchota :

— On y est.

— Comme les agneaux à l'abattoir, c'est ça ? lui renvoya Bosch.

Cinq minutes plus tard, la vidéo passait sur l'écran du mur. Tous dans la salle, y compris ceux et celles qui l'avaient déjà vue à de multiples reprises, la regardèrent comme fascinés. Elle prit fin sans que, juge ou autre, personne réagisse.

Alors Haller distribua des impressions d'une capture d'écran au juge et à toutes les parties avant de regagner le lutrin.

— Je vais vous repasser la vidéo, mais ce que vous avez devant vous est une capture d'écran à une minute onze.

Il relança la vidéo et l'arrêta, l'image se figeant à l'écran au moment où l'on voyait Terrence Spencer en train d'observer les deux inspecteurs depuis la pièce voisine.

Puis il sortit un pointeur au laser de la poche intérieure de sa veste de costume et entoura l'image de Spencer d'un rond rouge vif.

— Cet homme, là, que fait-il donc ? Il ne ferait que regarder ? Ou alors son intérêt n'irait-il pas plus loin que la simple curiosité ?

Kennedy se leva de nouveau.

— Monsieur le juge, les illuminations et envolées de chimères de Me Haller sont de plus en plus ridicules. Cette vidéo montre clairement que le carton n'a pas été trafiqué. Et donc, que fait Me Haller ? Il essaie de détourner l'attention de ce qui est évident pour l'attirer sur quelque chose et quelqu'un qui, c'est clair, travaille aux Scellés et aurait un intérêt caché dans le descellement des éléments de preuve ? Pourrait-on, s'il vous plaît, en finir avec cette farce et passer au triste travail qui consiste à réparer une grave erreur judiciaire ?

— Maître Haller, dit Houghton, à moi aussi, la patience commence à manquer.

— Monsieur le juge, si vous me permettez de poursuivre, cette présentation sera terminée dans cinq minutes, lui répondit Haller.

— Très bien, poursuivez. Mais faites vite.

— Merci. Comme je le demandais avant d'être interrompu, que fait cet homme ? Eh bien, ça nous a rendus curieux et nous avons essayé de savoir, et il se trouve que l'inspecteur Bosch l'a reconnu comme étant un des employés de longue date de l'unité des Scellés. Il s'appelle Terrence Spencer. Nous avons donc décidé de nous intéresser à lui et ce que nous avons découvert pourrait beaucoup surprendre la cour.

Il sortit un autre document de son dossier et jeta un coup d'œil à Lance Cronyn alors qu'il le tendait au greffier qui, à son tour, le tendit à Houghton. Pendant que celui-ci l'examinait, Bosch vit Haller reculer d'un pas et se servir du lutrin comme d'un écran tandis qu'il sortait son portable de sa poche, le tenait à hauteur de hanche et lisait un texto sur son écran.

Bosch comprit qu'il s'agissait très probablement du message de Cisco qu'attendait Haller.

Haller remit son portable dans sa poche et continua de s'adresser au juge.

— Ce que nous avons trouvé ? Qu'il y a sept ans de cela, Terrence Spencer a presque perdu sa maison suite à saisie. Les temps étaient durs dans ce pays et beaucoup de gens étaient dans la même situation. Spencer s'est retrouvé dans la panade, n'a pas été en mesure de régler ses traites et, les banques perdant patience, il aurait perdu sa maison n'avaient été les efforts de son avocate, Kathy Zelden, que nombre d'entre nous dans ce prétoire connaissent aujourd'hui sous le nom de Kathy Cronyn.

Bosch sentit soudain l'air se figer, et littéralement, dans la salle d'audience. Houghton, qui s'était avachi dans son luxueux fauteuil en cuir, se redressa brusquement et se pencha par-dessus son bureau d'un air tendu. Il tenait dans sa main le document que Haller lui avait présenté et l'examina avec attention tandis que Haller poursuivait en ces termes :

— À l'époque, Zelden, aujourd'hui épouse Cronyn, a sauvé la maison de Spencer. Sauf qu'en réalité, elle n'a fait que repousser l'inévitable. Elle a mis Spencer en refinancement en monnaie forte avec un énorme paiement final d'*in fine* d'un demi-million de dollars au bout de sept ans… Cette somme étant due, devrais-je dire, à un fonds d'investissement privé qui avait le dernier mot dans la question de savoir si, oui ou non, Spencer pourrait vendre son bien pour se sortir de ce dernier règlement. Et le fonds a choisi d'empêcher cette vente parce que tout le monde savait que le bien leur reviendrait par saisie l'été suivant.

« Ce qui fait que le pauvre Spencer n'avait pas de sortie possible. Il n'avait pas 500 000 dollars et aucun moyen de se les procurer. Et il ne pouvait même pas vendre sa maison parce que le créancier ne le voulait pas. Bref, qu'est-ce qu'il fait ? Il appelle son ancienne avocate maintenant associée dans la firme Cronyn and Cronyn et lui dit : “Qu'est-ce que je peux faire ?”, et c'est à partir de ce moment-là qu'il y a complot, monsieur le juge. Complot destiné à tromper le Bureau du district attorney et piéger mon client pour malversation de preuves. Tout cela pour essayer de libérer Preston Borders et d'obtenir des dommages et intérêts de plusieurs millions de dollars de la ville de Los Angeles.

Lance Cronyn se leva, prêt à argumenter. Kennedy se leva lui aussi, en hésitant, mais le juge tendit la main en avant pour arrêter tout le monde et regarda Haller droit dans les yeux.

— Maître Haller, entonna-t-il, ce sont là des allégations très graves. Avez-vous l'intention de nous apporter des éléments de preuve pour les étayer si je vous autorise à dire tout cela en audience ouverte ?

— Oui, monsieur le juge, répondit Haller. Le dernier témoin que j'aimerais présenter est M. Terrence Spencer lui-même. Nous avons réussi à le localiser le week-end dernier : il se cachait dans une maison de Laguna Beach qui se trouve appartenir aux époux Cronyn. Je lui ai fait porter une citation à comparaître et il est en ce moment même dans le couloir avec mon enquêteur, et prêt à se présenter à la barre.

Chapitre 39

La menace que représentait ce témoignage de Terrence Spencer parut tout figer dans la salle. Puis ce fut Preston Borders qui brisa le silence en éclatant d'un rire qui partit très bas et, d'une ironie sans joie, se transforma bientôt en une série d'éclats jetés tête en arrière et gorge déployée. Puis, comme avec une lame de couteau, il y coupa court et, une manière de grondement létal dans la voix, il s'adressa à son avocat.

— Espèce de sale con ! Imbécile ! Et tu m'avais dit que ça marcherait ! Que c'était à toute épreuve !

Borders, qui avait oublié que la chaîne qu'il avait entre les jambes était attachée à son siège, essaya de se lever, puis retomba lourdement sur sa chaise.

— Sortez-moi d'ici ! cria-t-il. Ramenez-moi là-bas !

Cronyn essaya de se rapprocher de son client pour le faire taire.

— Me touche pas, andouille ! Je vais tout leur dire, moi. Tout ton putain de plan à la noix !

Alors ce fut au tour de Kennedy de se lever : il avait vu le seul chemin qu'il pouvait prendre. Il y avait de la stupeur sur son visage.

— Monsieur le juge, dès maintenant l'État de Californie souhaite retirer ses requêtes dans cette affaire, et s'oppose à cette demande de révision en *habeas corpus*.

— J'en suis bien convaincu, dit le juge. Mais vous pouvez garder votre siège pour l'instant, maître Kennedy.

Houghton porta son attention sur l'autre table, et plus précisément sur Borders lui-même au lieu des deux avocats qui l'encadraient.

— Monsieur Borders, dit-il. Comme vous venez de le constater, votre demande d'*habeas corpus* n'est plus libre de contestation. Elle est maintenant opposée par le district attorney et l'inspecteur chargé de l'enquête. Qui plus est, vous venez d'exprimer ce que je prends pour le désir de vous dessaisir de votre avocat et d'abandonner cette procédure. Avez-vous bien le désir de retirer votre requête ?

— Je ferais aussi bien, répondit Borders. C'est pas comme si ça allait quelque part, bordel !

— Très bien, reprit le juge. La requête soumise à la cour est retirée. Garde Garza, vous pouvez faire sortir M. Borders de cette salle. Mais maintenez-le en cellule. Je pense que les inspecteurs ici présents pourraient vouloir lui parler.

Et de montrer Soto et Tapscott du doigt.

Garza adressa un signe de tête aux deux adjoints assis derrière Borders qui aussitôt s'approchèrent du détenu pour déverrouiller sa chaîne principale et l'éloigner. Alors qu'on l'aidait à se lever, Borders jeta un dernier coup d'œil à Lance Cronyn.

— Merci pour le voyage, lui lança-t-il. Ça vaut toujours mieux que trois jours dans la cage.

— Sortez-le-moi d'ici ! ordonna Houghton d'une voix forte.

— Et allez tous vous faire mettre ! hurla Borders tandis qu'à moitié en le portant à moitié en le poussant on lui faisait franchir la porte donnant sur la cellule du tribunal. Et dites à mes nanas de rester en contact !

La porte se referma en claquant, la forte réverbération du choc métal contre métal roulant à travers le prétoire comme un tremblement de terre.

Cronyn se leva lentement pour s'adresser à la cour, mais Houghton le coupa net lui aussi.

— Maître, lui dit-il, je vous conseille de ne plus parler. Tout ce que vous diriez ici pourrait vous être opposé plus tard dans une autre cour de justice.

— Mais, monsieur le juge, si je puis, insista Cronyn. Je tiens à mettre aux minutes la façon dont mon client nous a menacés, moi et ma famille, et…

— Il suffit, maître Cronyn, il suffit. J'en ai entendu plus qu'assez pour savoir que vous, votre associée et votre client êtes venus aujourd'hui dans cette enceinte dans l'intention manifeste de manipuler la cour afin d'en tirer un gain financier, sans même parler d'obtenir la mise en liberté de ce qui me semble être un assassin dûment condamné et de ternir la réputation d'un inspecteur de police.

— Monsieur le…

— Je ne suis pas en train de parler pour m'entendre parer, maître Cronyn. Encore une interruption et je vous fais taire.

Houghton regarda toute la salle avant de revenir sur Cronyn et de poursuivre ainsi :

— Et maintenant je pense que le LAPD pourrait avoir quelque intérêt à vous parler à vous, ainsi qu'à Terrence Spencer. Des poursuites au pénal pourraient en sortir. Je n'en sais rien, ce n'est pas quelque chose que je puis contrôler. Ce que je puis contrôler par contre est ce qui se passe dans ce prétoire et je dois dire que jamais dans mes vingt et un ans de service je n'ai vu pareil effort, et concerté, pour subvertir la loi et ce, par des avocats paraissant devant moi. Je déclare donc Lance Cronyn et Katherine Cronyn coupables d'outrage à la cour et ordonne qu'ils soient incarcérés séance tenante. Garde Garza, appelez du renfort dès que possible pour s'emparer de Katherine Cronyn.

Aussitôt, celle-ci s'effondra en larmes sur l'épaule de son mari. Puis, sous les yeux mêmes de Bosch, son émotion se muant en autre chose, elle lui martela la poitrine à coups de poing. Il l'encercla de ses bras et l'attira à lui en un enlacement qui mit fin à ses coups répétés et ne lui laissa plus que les larmes. Le garde Garza arriva dans le dos de Cronyn et, les menottes pendant à une de ses mains, il s'apprêta à le conduire en cellule.

— Et vous, maître Kennedy, reprit Houghton, je ne sais pas ce que vous comptez faire de ce que Me Haller a mis en lumière, mais je sais ce que moi, je vais faire. Je vais rappeler les médias et le public dans cette salle et dire à tout le monde très exactement ce qui s'est passé ici aujourd'hui. Vous n'allez pas aimer parce que vous et votre Bureau n'en sortirez pas très propres étant donné que ce sont un avocat de la défense et ses enquêteurs qui ont monté ce dossier sous le nez même du LAPD et d'autres agences du maintien de l'ordre.

« Et je vais vous dire encore ceci : votre Bureau doit à l'inspecteur Bosch des excuses de première, et je veillerai à ce que vous les fassiez en un lieu d'importance, en temps voulu et sans "mais ceci" et autres "parce que cela". Hormis une exonération complète des soupçons et allégations publiées dans le journal de dimanche dernier, rien ne me suffira. Suis-je assez clair sur ce point, maître Kennedy ?

— Oui, monsieur le juge. Nous l'aurions fait même si vous ne nous l'aviez pas ordonné.

Houghton plissa le front.

— Sachant ce que je sais de la politique et du système judiciaire, je trouve cela très peu probable.

Le juge regarda autour de lui, trouva Bosch et lui demanda de se lever.

— Inspecteur, dit-il, je pense qu'on vous en a fait voir de toutes les couleurs depuis quelques jours et tiens à m'excuser au nom de la cour pour ces tourments inutiles. Je vous souhaite la meilleure de toutes les chances et vous dis ici, monsieur, que vous serez toujours le bienvenu dans mon prétoire.

— Merci, monsieur le juge, dit Bosch.

Deux gardes, dont une femme, entrèrent par la porte de la cellule et rejoignirent Garza pour conduire les époux Cronyn en prison, puis le juge ordonna à son huissier de passer dans le couloir pour annoncer à tous ceux qui attendaient qu'ils pouvaient réintégrer la salle.

Une heure plus tard Houghton levait la séance, Kennedy se retrouvant seul à évoluer parmi les journalistes qui lui demandaient ses commentaire et réaction sur ce que le juge venait de révéler.

Dehors dans le couloir, Bosch regarda Soto et Tapscott s'approcher de Terrence Spencer pour l'emmener, lui aussi, en cellule. Cisco rejoignit Bosch et tous deux regardèrent les inspecteurs s'en aller.

— J'espère qu'il leur dira comment il a trafiqué le carton à éléments de preuve, dit Bosch. Parce que j'aimerais vraiment le savoir.

— Ça risque pas d'arriver, lui renvoya Cisco. Il va invoquer le Cinquième Amendement.

— Mais tu as dit qu'il allait témoigner !

— Qu'est-ce que tu racontes ?

— Le texto que t'as envoyé à Haller dans la salle d'audience. Tu lui disais qu'il allait le faire !

— Non, je lui disais que vous pourriez l'amener à la barre, mais qu'il se planquerait derrière le Cinquième. Pourquoi ? Qu'est-ce que t'a dit Mick ?

Bosch regarda fixement Haller qui de l'autre côté du couloir parlait en tête à tête avec un journaliste en train de prendre des notes dans un carnet. Il n'y avait pas de caméra, Bosch se dit que ce reporter travaillait pour la presse écrite – pour le *Times*, c'était plus que probable.

— Ah le chien ! s'exclama-t-il.

— Quoi ? demanda Cisco.

— Je l'ai vu lire ton texto et, après, il a dit au juge que Spencer était prêt à se présenter à la barre. Il ne lui a pas exactement dit qu'il allait témoigner, seulement qu'il était prêt à se présenter à la barre. C'est avec ce petit coup de bluff qu'il a renversé la situation. Borders a mordu à l'hameçon et a pété un câble. Et le tour a été joué.

— Joli coup.
— Dangereux.
Et Bosch continua de fixer Haller en commençant à remettre les choses en place.

Chapitre 40

Toutes les interviews étant terminées, la team Bosch décida de quitter le tribunal et de gagner le restaurant *Traxx* de la gare d'Union Station pour y célébrer cette victoire sur tous les tableaux. Tandis qu'Haller et Cisco y entraient pour prendre une table, Bosch accompagna sa fille jusqu'au train de la Metrolink dans lequel elle devait monter. Elle avait pris un aller-retour via l'application.

— Je suis vraiment contente d'être venue, papa, dit-elle.

— Et moi donc, lui renvoya-t-il.

— Et je suis désolée de t'avoir donné l'impression de douter de toi.

— Y a pas à s'excuser, Mads. Tu ne l'as pas fait.

Il la prit longuement dans ses bras et par le tunnel il regarda la lumière du soleil au bout du quai. Puis, il lui déposa un baiser sur le haut du crâne et la laissa partir.

— Je veux toujours descendre dîner avec toi quand tu seras chez toi, dit-il. Je vais me procurer l'application et je prendrai le train.

— Parfait. Au revoir, papa.

— Au revoir, ma chérie.

Il la regarda monter la rampe d'accès jusqu'à la lumière. Elle savait qu'il le ferait et, arrivée en haut, elle se retourna pour lui faire signe. Alors elle fut toute en ombre chinoise, et disparut.

Bosch retrouva son avocat et son enquêteur dans un box près d'une fenêtre donnant sur le hall de la gare style Art déco avec motifs mauresques. Haller avait déjà commandé des cocktails Martini pour tout le monde. Ils trinquèrent et portèrent des toasts. Les trois mousquetaires – un pour tous et tous pour un. Bosch vit le regard de Haller et hocha la tête, son avocat ne semblant pas y voir le grand merci qu'il pensait mériter.

— Quoi ? demanda Haller.

— Non, rien.

— Non quoi ? C'était quoi, ce petit regard ?

— Quel petit regard ?

— Arrête tes conneries.

Cisco les observait en silence – il savait qu'il valait mieux ne pas se mettre au milieu.

— Bon alors, reprit Bosch. Je t'ai vu parler avec le journaliste dans le couloir. Après l'audience. C'était un type du *Times*, non ?

— Oui, c'est bien ça, répondit Haller. Ça va les « écorcher vifs » d'écrire la vérité. C'est ce qu'ils disent quand ils doivent remettre les pendules à l'heure. Parce que ce ne sera pas un simple correctif étant donné que ce qu'ils ont écrit dimanche reprenait les pièces du procès. Mais à sens unique. Et demain il y aura toute l'histoire.

— Comment il s'appelait, ce mec ?

— Tu sais quoi ? J'ai pas capté son nom. Ils se ressemblent tous.

— C'était pas David Ramsey ?

— Je viens de te dire que j'avais pas capté son nom.

Bosch se contenta de hocher la tête, ce qu'encore une fois Haller prit pour une condamnation.

— Si t'as quelque chose à dire, dis-le ! Et arrête un peu les petits coups d'œil je-sais-tout-et-je-condamne.

— Non, je n'ai rien à dire, lui renvoya Bosch. Et je ne sais pas tout, mais je sais ce que tu as fabriqué.

— Mais pour l'amour du ciel, de quoi tu parles ?

— Je sais ce que tu as fabriqué.

— Et voilà ! Qu'est-ce que j'ai fabriqué, Bosch ? Ça t'embêterait de me dire de quoi tu parles, bordel ?

— La fuite, c'est toi. C'est toi qui as donné l'histoire au *Times* vendredi. C'est toi, oui toi, qui l'as filée à Ramsey.

Cisco en était à sa deuxième gorgée de Martini et, le fragile pied de son verre entre ses doigts épais, il faillit bien tout renverser sur son beau gilet habillé.

— C'est pas possible ! s'écria-t-il. Mick ne ferait jamais un truc…

— Oh que si, et il l'a fait. Il m'a vendu au *Times* pour avoir une manchette.

— Holà holà holà ! T'oublierais pas quelque chose, dis ? On a gagné, mec ! Même que t'as eu un juge de Cour supérieure qui s'est excusé et a exigé du Bureau du district attorney et du LAPD qu'ils fassent pareil. Et tu viens te plaindre de ma stratégie ?

— Tu viens donc bien de reconnaître que c'était toi. Avoue ! Toi et Ramsey.

— Ce que je dis, c'est que pour gagner le gros lot, il fallait faire monter les enchères, expliqua Haller. Il fallait qu'on le lâche au public pour qu'on parle et que ça attire donc toutes ces putains de chaînes de télévision au prétoire aujourd'hui. Je savais que si on y arrivait, le juge n'aurait pas d'autre choix que celui de nous reconnaître et permettre d'intervenir.

— Et toi d'y gagner… Quoi ? On dit un million de dollars de pub gratuite ?

— Mais putain de Dieu, Bosch ! On dirait un chat sauvage. Tu n'as confiance en personne. C'est pour toi que je l'ai fait, pas pour moi, et tu vois pas le résultat ? s'écria Haller en montrant le tribunal.

« Le juge nous a laissés entrer malgré les objections de tout le monde dans ce prétoire ! Et après, on a gagné, bordel ! Borders retourne dans le couloir de la mort pour le restant de sa pitoyable existence et tous ces fumiers qui ont essayé de te piéger vont être radiés du barreau, virés et très probablement finir en taule. Les Cronyn and Cronyn y sont déjà pendant que toi, t'es là à siroter ton cocktail. Parce que tu crois que le juge nous aurait reconnus si les médias ne s'étaient pas précipités sur l'affaire ?

— Je ne sais pas, répondit Bosch. Mais ma fille, elle, a lu toutes ces merdes dimanche et a passé trois jours à se demander si son père était le genre de mec à falsifier des preuves pour expédier un innocent dans le couloir de la mort. Sans même parler du fait que cet article a failli me coûter la vie, à moi. Si c'était arrivé, je serais mort et Borders se baladerait partout en homme libre, et prêt à tuer.

— Écoute, j'en suis vraiment navré. Non, vraiment, vraiment. Je ne voulais pas que ça se produise et je ne savais pas que tu étais en infiltration… parce que tu ne me l'avais pas dit, bordel ! Cela étant, c'est une des rares fois où la fin justifie les moyens, d'accord ? Nous avons obtenu les résultats que nous voulions, ta réputation en sort intacte et ta fille est montée dans son train en sachant que son papa est un héros, et pas un criminel.

Bosch hocha la tête comme s'il en était d'accord, mais il ne l'était pas.

— Tu aurais dû me le dire. J'étais ton client. J'aurais dû en être informé et avoir le choix.

— Et ç'aurait été quoi, ton choix ?

— On ne le saura jamais parce que tu ne me l'as jamais laissé.

— Je sais très bien ce qu'il aurait été, et c'est pour ça que je ne te l'ai pas laissé, point final.

Ils se dévisagèrent durement, et un long moment. Alors Cisco leva son verre en hésitant.

— Allez quoi, les mecs, c'est de l'eau qu'a coulé sous les ponts, tout ça ! On a gagné. Allez, encore un toast. Je meurs d'envie de lire l'article demain.

Comme si chacun attendait que ce soit l'autre qui fasse le premier geste, Haller et Bosch continuèrent de se fusiller du regard.

Et ce fut Haller qui lâcha le premier. Il attrapa son verre par le pied, le leva, et renversa la vodka par-dessus le rebord et tout partout sur ses doigts. Et Bosch finit par faire pareil.

Les trois mousquetaires trinquèrent, leurs trois verres comme trois épées, mais il ne semblait plus que ce soit exactement un pour tous et tous pour un.

Chapitre 41

Bosch négociait le dernier virage de Woodrow Wilson Drive lorsqu'il aperçut le véhicule municipal garé devant chez lui. Quelqu'un l'attendait. Il baissa le son de *Change of the Guard* de Kamasi Washington. Il n'était pas loin de 17 heures et il avait prévu de se débarrasser de son costume, de prendre une douche et de se mettre en civil avant de gagner la Valley pour aller rendre visite à Elizabeth Clayton dans l'espèce de donjon où elle faisait sa cure.

Il se rangeait sous l'auvent à voitures lorsqu'il vit qui c'était. Lucia Soto s'était assise sur les marches du perron et regardait son portable. Une fois garé, il gagna l'entrée plutôt que de l'éviter en passant par le côté. Elle se leva, mit son portable dans sa poche et épousseta le fond de son pantalon. Elle portait encore la tenue bleu foncé qu'elle avait au tribunal.

— T'attends depuis longtemps ? lui demanda-t-il en guise de salutation.

— Non, répondit-elle. J'avais des e-mails à envoyer. Tu devrais donner un coup de balai sur tes marches de temps en temps, Harry. Y a de la poussière.

— J'oublie tout le temps. Comment ils ont pris les choses, là-bas, aux Vols et Homicides ?

— Oh, tu sais bien : dans la foulée. Bon ou mauvais, ils prennent toujours tout dans la foulée.

— Et c'était bon ou mauvais ?

— Bon, je crois. Chaque fois qu'un ancien inspecteur est lavé de tout soupçon, c'est bon signe. Même s'il s'agit de Harry Bosch.

Elle sourit. Il fronça les sourcils, déverrouilla la porte et la lui ouvrit d'une poussée.

— Entre, dit-il. Je n'ai plus de bière, mais j'ai un petit bourbon des familles…

— Ça semble intéressant.

Il la suivit, puis la dépassa pour être le premier dans le séjour et le rendre un peu plus accueillant. Les deux nuits précédentes, il s'était endormi sur le canapé en regardant la télé pour essayer de se vider l'esprit de tout ce qui touchait à ses affaires.

Il retapa les oreillers, s'empara de la chemise laissée sur l'accoudoir et se rendit à la cuisine avec.

— Assieds-toi, dit-il, je vais prendre les verres.

— On pourrait pas se mettre sur la terrasse ? J'aime bien y être et ça fait une paye que…

— Bien sûr. Y a un manche à balai dans la rainure de la glissière.

— C'est nouveau.

Il mit la chemise dans la machine à laver. Puis il attrapa la bouteille de bourbon sur le haut du frigo et prit deux verres sur une étagère avant de rejoindre Soto sur la terrasse.

— C'est qu'il y a eu deux cambriolages dans le coin, dit-il. Et les deux fois, le type a grimpé à un arbre pour passer sur le toit et redescendre sur la terrasse de derrière où les gens oublient parfois de verrouiller leurs portes.

Et de montrer d'un geste la maison d'à côté qui, comme la sienne, était à plusieurs niveaux. La terrasse de derrière surplombait le canyon et semblait impossible à atteindre autrement que de l'intérieur. Mais il était clair qu'on pouvait y accéder par le toit.

Soto acquiesça d'un signe de tête, Bosch voyant bien que ça ne l'intéressait pas des masses. Elle n'était pas venue en tant que membre d'un groupe de surveillance du quartier.

Il ouvrit la bouteille et versa une bonne dose de bourbon dans chaque verre, en tendit un à Soto, mais ils ne portèrent pas de toast. Vu tout ce qu'il y avait entre eux à ce moment-là, ça n'aurait pas vraiment convenu.

— Alors, il t'a dit comment il avait fait ? demanda-t-il.

— Qui ça ? lui renvoya-t-elle. Qui a fait quoi ?

— Oh allons ! Spencer. Comment s'y est-il pris pour trafiquer le carton à éléments de preuve ?

— Spencer nous a dit que dalle, Harry. Son avocat nous interdit de lui parler et nous a dit qu'il n'allait pas témoigner non plus. Ton avocat a menti au juge dans sa présentation.

— Non, il n'a pas menti. Pas au juge en tout cas. Vérifie dans le compte rendu d'audience. Il lui a dit que Spencer était dans le couloir et prêt à se présenter à la barre. Ce n'était pas un mensonge. Qu'il témoigne dès qu'il y serait ou qu'il invoque le Cinquième Amendement, c'était une autre histoire.

— Petits jeux sémantiques, Harry. Je ne t'aurais jamais cru capable de te cacher derrière les mots.

— C'était un coup de bluff et ça a marché. Et si ça peut te faire plaisir, je n'étais pas au courant. Mais ça a fait sortir la vérité, non ?

— Si si, et ça nous a même permis d'avoir un mandat de perquisition. On n'a pas eu besoin que Spencer blablate.

Bosch lui décocha un vif regard. Elle avait résolu le mystère.

— Dis-moi.

— On a ouvert son casier. Il avait une pile d'étiquettes vieilles de vingt ans comme celles qu'on mettait sur les cartons à l'époque. Elles devaient être détruites quand on est passé au ruban rouge mais, Dieu sait comment, il en avait gardé.

— Et donc, il a ouvert le carton, introduit l'ADN d'Olmer et collé les nouvelles étiquettes.

— Il l'a ouvert par le fond parce qu'il y avait ta signature sur les étiquettes du dessus. Et parce que ses étiquettes à lui étaient vieilles et jaunies, tout avait l'air réglo. Et le truc, c'est qu'on pense que c'était pas la première fois qu'il faisait ça. On a aussi eu un mandat de perquise pour sa maison et on y a trouvé des reçus d'un prêteur sur gages de Glendale. On a vérifié et Spencer en était un client régulier, pour de la bijouterie essentiellement. On pense qu'il a peut-être fait des razzias dans des cartons d'affaires résolues pour y chercher des objets de valeur à mettre en gage. Il devait se dire que c'étaient de vieilles affaires, qu'elles étaient résolues et que personne n'irait y voir.

— Ce qui fait que lorsque Cronyn lui a demandé s'il pouvait introduire des trucs dans ces cartons, il lui a répondu : « Pas de problème. »

— Exactement.

Bosch hocha la tête : énigme résolue.

— Et les Cronyn ? demanda-t-il. Ils doivent vouloir un deal à un contre un, non ?

— Probablement. Elle est libre et il prend tout sur lui. Il sera radié du barreau, mais il la soutiendra et tout le monde saura qu'en l'embauchant elle, on l'embauche un peu lui aussi.

— Et c'est tout ? Pas de prison ? Le mec se sert de la loi pour libérer un tueur… Un tueur confiné au couloir de la mort, rien que ça, et il n'a droit qu'à une petite tape sur la main ?

— C'est-à-dire qu'aux dernières nouvelles, les Cronyn étaient toujours en taule parce que Houghton ne donnera le montant de la caution que demain. De toute façon, les négociations ne font que commencer, Harry. Mais Spencer, lui, ne parle toujours pas, le seul à le faire, c'est Borders. Quand le seul et unique témoin qu'on a est un assassin dans le couloir de la mort, on a un dossier qu'on n'a pas vraiment envie de soumettre à des jurés. Tout ça va se solder par des accords de plaider-coupable et peut-être que Cronyn finira en taule, mais peut-être que non. En fait, on a plus intérêt à coincer Spencer vu qu'il était de la maison. Il a quand même trahi la police.

Bosch acquiesça d'un signe de tête. Il comprenait comment on voyait l'affaire.

— L'équipe de gestion du service a déjà pris des mesures, enchaîna Soto. Ils sont en train de revoir tout le processus d'incarcération et de récupération des biens de façon que rien de pareil ne se reproduise.

Bosch gagna la rambarde en bois et s'y accouda. Il restait encore une bonne heure avant que le soleil ne se couche. L'autoroute 101 tout en bas du col était bloquée dans les deux sens. Mais les bruits de Klaxon étaient rares. Les conducteurs semblaient résignés à un destin les condamnant à attendre sans l'espèce d'impuissante cacophonie d'avertisseurs qu'il avait l'impression de toujours entendre dans les autres villes qu'il traversait. Pour lui, c'était sa terrasse qui lui donnait une perspective unique sur cette caractéristique toute particulière de Los Angeles.

Soto le rejoignit à la rambarde et se pencha par-dessus à côté de lui.

— Je ne suis pas vraiment venue ici pour parler de l'affaire, dit-elle.

— Je m'en doute.

Elle hocha la tête : l'heure était venue de passer aux choses sérieuses.

— Un des meilleurs inspecteurs qui m'ait jamais formée me disait qu'il faut toujours s'en tenir aux preuves et c'était ce que je croyais faire dans cette histoire. Mais à un moment donné, je me suis fait manipuler ou alors j'ai pris un mauvais virage et je me suis retrouvée à un endroit où ces preuves m'ont amenée à quelque chose que mon cœur aurait dû savoir être totalement faux. Et ça, j'en suis vraiment navrée, Harry. Et je le serai toujours.

— Merci, Lucia, dit-il en hochant la tête à son tour.

Il savait qu'elle aurait pu, et très facilement, faire porter le chapeau à Tapscott. C'était lui qui finissait par prendre les décisions en sa qualité de sénior du binôme. Au lieu de cela, elle avait tout pris sur elle.

Ça demandait du courage, disait un vrai inspecteur, et Bosch ne put que l'en admirer.

En plus de quoi, comment aurait-il pu lui reprocher quoi que ce soit alors que de la bouche même de sa fille il s'était entendu dire que tout cela était peut-être vrai, que oui, Harry Bosch avait peut-être bien monté une arnaque pour condamner un innocent ?

— Bon alors, reprit-elle, on se refait confiance comme avant, Harry ?

— Oui, Lucia. Mais j'espère malgré tout que beaucoup de gens liront le journal demain.

— Oh, que tous ceux qui doutent encore après ce qui s'est passé aujourd'hui aillent se faire foutre !

— Ça me plairait assez.

Elle se redressa. Elle avait dit ce qu'elle avait à lui dire et était prête à rentrer chez elle. Bientôt elle serait dans le ruban de fer de la circulation qu'elle fixait des yeux, là-bas en bas.

Elle versa son reste de bourbon dans le verre de Bosch.

— Faut que j'y aille, dit-elle.

— OK. Et merci d'être venue me parler. C'était important pour moi.

— Harry, si t'as besoin de quoi que ce soit ou s'il y a quelque chose que je puisse faire pour toi, je t'en dois une belle. Et merci pour le verre.

Elle se dirigea vers la porte coulissante restée ouverte. Bosch se retourna et s'adossa à la rambarde.

— Eh bien justement, dit-il. Y a quelque chose que tu pourrais faire.

Elle s'arrêta et se retourna à son tour.

— Daisy Clayton, dit-il.

Elle hocha la tête : elle ne comprenait pas.

— Je serais censée connaître ce nom ?

Il hocha la tête et se redressa.

— Non, dit-il. Elle était déjà la victime d'un meurtre avant que tu arrives aux Homicides. Mais comme tu es aux Affaires non résolues… J'aimerais que tu ressortes son dossier et que tu y travailles.

— Qui était-ce ?

— Une rien du tout, et personne ne s'intéressait à elle. C'est pour ça que l'affaire est toujours ouverte.

— Non, ce que je voulais dire, c'était… Elle était quoi pour toi ?

— Je ne l'ai jamais vue. Elle n'avait que quinze ans. Mais il y a quelqu'un dans la nature qui s'est emparé d'elle, a abusé d'elle et l'a jetée comme on jette des ordures. Quelqu'un de méchant. Je ne peux pas enquêter là-dessus parce que ça dépend d'Hollywood et qu'Hollywood n'est plus dans mon périmètre. Mais comme c'est le tien…

— Tu as l'année ?

— 2009.

— OK, Harry. Je m'en occupe.

— Merci.

— Je te dirai ce que je sais au fur et à mesure.

— Parfait.

— Au revoir, Harry.

— Au revoir, Lucia.

Chapitre 42

Après s'être douché et mis en civil, Bosch gagna le placard à côté de la porte d'entrée, en descendit le coffret ignifugé de l'étagère et l'ouvrit avec une clé. Il contenait de vieux documents administratifs, dont plusieurs actes de naissance et ses papiers de démobilisation de l'armée. Bosch y conservait aussi son alliance, ses deux Purple Hearts[1] et ses deux assurances vie avec sa fille comme bénéficiaire.

S'y trouvait encore une photo en couleur toute pâle où on le voyait avec sa mère. C'était sa seule photo d'elle et il avait toujours préféré la garder à l'abri plutôt que de l'exposer. Il la contempla quelques instants, son regard étant cette fois plus attiré par l'image du gamin qu'il était à huit ans que par celle de sa mère. Il étudia l'espoir qui se lisait sur sa frimousse et se demanda où il était passé.

Il mit la photo de côté et fouilla plus profondément dans le coffret jusqu'à ce qu'il trouve ce qu'il y cherchait.

---

1. Très haute distinction militaire décernée par le président des États-Unis.

À savoir une vieille chaussette bourrée de billets et fermée par un élastique. Sans en sortir ni compter les billets pour l'instant, il l'enfourna dans la poche de sa veste. C'était sa cagnotte « tremblement de terre », essentiellement composée de grosses coupures qu'il avait lentement accumulées – un billet de vingt par-ci, un billet de cinquante par-là – depuis le dernier grand désastre de 1994. À Los Angeles, personne ne voulait se retrouver sans liquide quand le « big one » frapperait. Les distributeurs ne seraient plus connectés à rien et les banques fermées pour cause de catastrophe nationale. Le liquide serait roi et Bosch s'y préparait depuis plus de vingt ans. Il estimait avoir près de dix mille dollars dans sa chaussette.

Il remit les autres articles dans le coffret et regarda une dernière fois la photo où il était avec sa mère. Il ne se rappelait pas avoir posé pour ce cliché sur fond blanc maintenant bien jauni. Peut-être était-ce que le jeune Harry avait suivi sa mère alors qu'elle se faisait faire des portraits studio dans l'espoir d'être embauchée comme figurante dans un film. Peut-être avait-elle alors donné un petit quelque chose en plus au photographe pour qu'il la prenne vite en photo avec son fils.

Il remonta la colline jusqu'à Mulholland Drive et en suivit le cours sinueux jusqu'à Laurel Canyon Boulevard qui le fit redescendre sur le côté nord de la Valley. Dès qu'il eut du réseau, il appela Lourdes sur son portable. Il s'attendait à ce qu'elle soit rentrée après sa journée. Mais non, elle décrocha tout de suite.

— Harry, j'allais t'appeler, dit-elle, mais comme je pensais que tu devais fêter ça…

— Oh, tu veux dire ce truc ? Non, pas de petite fête. Simplement content que ce soit fini.

— Ça, j'imagine ! Bon, mais je voulais aussi te dire qu'on a identifié le deuxième Russe à partir de ses empreintes. Tu te rappelles que tu l'appelais « Igor » pour qu'on soit bien clairs sur qui était qui quand tu nous racontais l'histoire ?

— Oui.

— Eh bien, il se trouve que ce type s'appelait vraiment Igor ! Non parce que… Quelles chances on avait que…

— Probablement pas mal quand on est russe, non ?

— Toujours est-il qu'Igor Golz… G, O, L, Z… avait trente et un ans. D'après Interpol, c'était aussi un membre de la *bratva* et depuis longtemps l'associé de Sluchek. Ils s'étaient rencontrés dans une prison russe et il est vraisemblable qu'ils soient venus ici ensemble.

— Bien. On dirait que ça met un point final à l'affaire de la *farmacia*, non ?

— Justement, j'ai fini la paperasse aujourd'hui. Tu reviens demain, maintenant que ton truc au tribunal est derrière ?

— Oui, c'est derrière et je serai là demain.

— Je m'excuse, mais tu sais ce que je voulais dire. Ça sera chouette de t'avoir de nouveau parmi nous.

— Écoute, je t'appelais pour te demander quelque chose. L'autre jour, tu as dit avoir fréquenté des drogués, dont quelqu'un de ta propre famille. Ça t'embête si je te demande qui c'était ?

— C'était ma sœur. Pourquoi veux-tu le savoir ?

— Elle est OK maintenant ? Je veux dire… Elle ne se drogue plus ?

— À ce que nous en savons. On ne la voit pas tellement. Dès qu'elle a eu arrêté, elle n'a plus beaucoup voulu fréquenter les gens qui l'avaient vue au plus bas, si tu vois ce que je veux dire.

— Je crois, oui.

— Elle avait volé mes parents comme une folle. Et moi aussi.

— C'est ce qui arrive.

— Alors on l'a sauvée, mais conséquence : on l'a perdue. Mais au moins, pas pour le pire. Elle vit dans la Bay Area et, comme je te l'ai dit, elle a arrêté depuis quatre ans et censément elle n'a pas recommencé.

— De ce côté-là, c'est bien. Comment avez-vous fait pour qu'elle arrête ?

— En réalité, on n'a rien fait. C'est elle qui a fait une cure.

— Où ça ? C'est pour ça que je t'appelle. J'ai besoin de mettre quelqu'un dans une clinique et je ne sais pas par où commencer.

— C'est-à-dire que… Il y a les cliniques chics qui coûtent une fortune et les autres. On a ce pour quoi on paie côté confort, mais en gros ma sœur était à la rue. Ce qui fait que ce qu'on lui a trouvé, c'était quasiment le paradis. Une chambre et un lit, tu vois ? Mélange de discussions de groupe et de séances individuelles avec les psys. Et une analyse d'urine tous les jours.

— Où était-ce ? Comment ça s'appelle ?

— Ça s'appelle *The Start*[1], et c'est du côté de Canoga Park. Y a quatre ans de ça, ça coûtait dans les mille

1. Le début.

deux cents dollars la semaine. Elle n'avait pas d'assurance, alors on a tous mis au pot. La folie des opiacés est telle qu'il est difficile de trouver un lit dans ce genre d'endroit.

— Merci, Bella, je vais aller voir.

— On te revoit demain au commissariat ?

— Oui.

Il était sur la 101, avait pris vers le nord pour rejoindre la 405 et voyait déjà le panache de fumée de la brasserie devant lui.

Il appela les Renseignements et fut transféré à la clinique. Après avoir été mis deux fois en attente, il finit par parler avec une « directrice des placements ». Celle-ci lui expliqua que l'établissement se spécialisait dans le traitement des drogués aux opiacés, qu'il n'y avait pas de réservation de lit et que tout se passait strictement sur la base du premier arrivé, premier servi. Pour l'instant, il restait trois lits de libres sur les quarante-deux que comptait la clinique.

Bosch se renseigna sur les prix et apprit que, tout compris, les tarifs à la semaine avaient augmenté de plus de cinquante pour cent en quatre ans pour monter à mille huit cent quatre-vingts dollars, avec traitement minimum recommandé de quatre semaines. Bosch se rappela le sermon de Jerry Edgar sur le fait qu'avec tous ceux qui s'en mettaient plein les poches, la crise des opiacés était bien trop importante pour qu'on l'arrête.

Bosch remercia la directrice des placements et raccrocha. Cinq minutes plus tard, il entrait dans le complexe des Road Saints. Cette fois, plusieurs motos étant garées devant, il se demanda s'il n'avait pas malencontreusement débarqué en pleine réunion mensuelle de tous ses membres. Avant de descendre de la Jeep, il appela Cisco pour lui demander s'il n'arrivait pas au mauvais moment.

— Non, non, mec. Je viens te chercher. Je te ferai entrer. Le mercredi, c'est toujours plein. Je ne sais même pas pourquoi.

Bosch était adossé à sa Jeep quand Cisco arriva.

— Alors, comment elle se débrouille ?

— Toujours aussi rancunière, répondit Cisco. Mais pour moi, c'est bon signe. Je me rappelle quand Haller est passé me voir quand j'en étais au quatrième ou cinquième jour. Je lui ai crié à travers la porte que son boulot, il pouvait se le foutre dans le fion. Sauf qu'évidemment, une semaine plus tard, j'ai dû lui demander de l'en ressortir et de me le rendre.

Bosch éclata de rire.

— Alors dis-moi : as-tu entendu parler de ce truc de Canoga Park qu'on appelle *The Start* ?

— La clinique de désintox ? Oui, j'en ai entendu parler, mais j'en sais pas vraiment grand-chose.

— Quelqu'un m'a dit que c'était vraiment bien. Qu'ils avaient de bons résultats. Avec les deux mille que ça coûte par semaine, il vaudrait mieux.

— Ça fait un paquet de fric.

— Quand Elizabeth aura fini ici, j'aimerais que tu l'y emmènes et essaies de l'y faire entrer. C'est du premier arrivé, premier servi, mais il y a des lits de libres en ce moment.

— Je pense qu'il va lui falloir encore une journée ici, peut-être deux, avant qu'elle soit clean et passe à l'étape suivante.

— Pas de problème. Dès qu'elle sera prête.

Il glissa la main dans sa poche, en sortit sa chaussette de liquide et la tendit à Cisco.

— Paie avec ça. Ça devrait couvrir un mois. Voire plus si nécessaire.

Cisco la prit à contrecœur.

— C'est du liquide, et tu me donnes ça comme ça ? demanda-t-il en regardant autour de lui et en jetant un coup d'œil dehors à travers la clôture, Bosch comprenant alors de quoi ça pouvait avoir l'air vu de l'extérieur.

— Oh merde ! dit-il. Je m'excuse. J'y pensais pas.

Ce fut au tour de Bosch de regarder autour de lui. Mais il ne vit aucun signe de surveillance. Il était probable qu'il n'y en eût pas.

— T'inquiète pas, reprit Cisco. C'est pour la bonne cause.

— Bon alors, tu veux bien t'en occuper ? T'auras tout géré de A à Z dans ce truc.

— Ça me gêne pas. On fait quelque chose de bien. Tu veux entrer ?

— Tu sais quoi ? Peut-être que je devrais pas. Si elle doit devenir agitée, y a pas besoin qu'elle me voie. J'ai pas envie de la faire démarrer.

— T'es sûr ?

— Oui. Si elle avance bien, aide-la. Ça me suffira.

Cisco lança la chaussette en l'air et la rattrapa.

— Laisse-moi deviner, dit-il. C'est ton fric « tremblement de terre » ?

— Oui, répondit Bosch. Je me suis dit : au diable, que ça serve à quelque chose de bien.

— Oui, mais tu sais que tu viens de baiser toute la ville. Dès qu'on dépense ce fric-là, y a le « big one » qui frappe. Tout le monde sait ça.

— Oui, ben, on verra. Je te laisse à ton boulot. Merci, Cisco.

— Non, c'est moi qui te remercie. Et un jour, je pense que c'est elle qui le fera.

— C'est inutile maintenant, et ce sera pareil demain. Fais-moi savoir comment ça marche avec l'autre endroit si t'arrives à l'y faire entrer.

— Ce sera fait.

Bosch s'éloigna, prit à l'ouest et passa devant *The Start* après en avoir cherché l'adresse sur Google. Il vit tout de suite que ç'avait été un *Holiday Inn* ou un autre hôtel milieu de gamme de ce genre. Peint maintenant tout en blanc, le bâtiment donnait l'impression d'être propre et bien entretenu – à tout le moins vu de l'extérieur. Il en fut heureux.

Il continua de rouler pour rentrer chez lui. Tout le long du trajet ou presque, il repensa à sa décision de ne pas entrer voir Elizabeth Clayton. Il n'était pas très sûr de ce que cela voulait dire, ni non plus de ce qu'il faisait. Elle l'avait touché dans le besoin qu'il avait de tendre la main et d'aider les gens, que ces gens veuillent de son aide ou pas. Ce dont il était sûr, c'est que s'il passait une heure avec un psy – peut-être même sa conseillère du LAPD Carmen Hinojos –, il découvrirait des tas de trucs sous-jacents à ses actes. Et à ce fric. Il avait, et tout spécialement, fait cadeau de fonds qui ne mettraient en danger aucun aspect financier de sa vie. Quel sacrifice y avait-il à faire ça ?

Il avait été un temps où gamin, manifestement parce qu'il voulait fuir ce qu'il vivait dans les centres pour jeunes et autres familles d'accueil, il avait été pris de fascination pour les grands explorateurs qui avaient découvert des terres nouvelles et de nouvelles cultures. Ces hommes avaient abandonné leur maison et renoncé à leur place dans la société pour découvrir quelque chose de neuf ou se battre contre des situations anciennes, comme l'esclavage. Alors qu'il passait d'un lit à l'autre, la seule chose qu'il emportait avec lui était un livre sur le missionnaire et explorateur écossais David Livingstone, qui avait fait les deux. Bosch ne se rappelait plus le titre du livre, mais il n'avait pas oublié nombre des idées que Livingstone avait embrassées. Le temps aidant, tel un maçon, il les avait cimentées en un système de convictions qui, bien à lui, était devenu la fondation même aussi bien de l'homme que de l'inspecteur qu'il était maintenant.

Livingstone avait écrit que la sympathie ne saurait remplacer l'action, et c'était là l'une des pierres angulaires de Bosch. Il s'était construit en homme d'action et là, au moment où l'intégrité du travail de toute sa vie avait été remise en cause par un condamné à mort, il avait choisi de transformer sa sympathie pour Elizabeth Clayton en action. Il le comprenait, mais n'était pas certain que quelqu'un d'autre l'aurait fait : on y aurait vu d'autres mobiles. Tout comme Elizabeth elle-même, et c'était pour ça qu'il avait choisi de ne pas la voir.

Il savait avoir fait ce qu'il avait éprouvé le besoin de faire – et qu'il ne la reverrait probablement jamais.

Il n'était que 21 heures lorsqu'il arriva chez lui, mais il était épuisé et ne pensait plus qu'à s'effondrer dans son lit pour la première fois depuis presque une semaine. Il entra, vérifia les serrures et remit le manche à balai dans la glissière de la porte de la terrasse. Puis il descendit le couloir en jetant sa veste et sa chemise par terre au fur et à mesure qu'il avançait.

Il finit de se déshabiller et se glissa dans le lit, prêt à succomber entièrement aux effets réparateurs du sommeil. Il avait tendu la main pour retarder de deux heures le réveil que d'habitude il mettait à 6 heures lorsqu'il découvrit une enveloppe pliée sur sa table de nuit. Il la déplia et s'aperçut qu'elle lui avait été adressée au commissariat du SFPD.

Puis, brusquement, il se demanda si quelqu'un s'était introduit dans la maison pour y déposer l'enveloppe à cet endroit afin qu'il la trouve. Son esprit fatigué se reconcentrant enfin, il se rappela l'y avoir déposée lui-même trois soirs plus tôt. Il l'avait oubliée et n'avait plus dormi dans son lit depuis.

Il décida que cela pouvait attendre jusqu'au lendemain matin, mit le réveil, éteignit la lumière et enfouit sa tête entre deux oreillers.

Mais n'y tint pas plus de trente secondes. Il écarta l'oreiller du dessus, tendit la main, ralluma la lumière et ouvrit l'enveloppe.

Elle contenait une coupure de journal pliée en deux. Il s'agissait d'un article du *San Fernando Valley Sun* remontant à presque un an et rapportant les nouveaux efforts déployés par la police pour savoir ce qui était arrivé à Esmeralda Tavares. Bosch avait donné cette interview à un reporter de l'hebdomadaire local en espérant susciter des retours et de possibles informations du public. Quelques tuyaux anonymes étaient bien arrivés au commissariat, mais rien de significatif, rien qui ait marché. Et maintenant, cette lettre ?

La coupure accompagnait une feuille de papier blanc pliée en trois. Gribouillée à la main, la lettre disait :

Je sais ce qui est arrivé à Esme Tavares.

La missive donnait aussi un nom, Angela, et un numéro de téléphone avec préfixe de région 818.

La Valley.

Bosch se leva et attrapa son téléphone.

Chapitre 43

Il s'avéra qu'Angela Martinez, l'auteur du petit mot adressé à Bosch, savait exactement ce qui était arrivé à Esmeralda Tavares parce que Esmeralda Tavares, c'était elle.

Ce mercredi soir-là, Bosch avait appelé le numéro donné dans la lettre et la femme qui s'était identifiée comme étant Angela lui avait donné rendez-vous chez elle, dans les Woodland Hills, à 9 heures le lendemain.

La personne qui lui ouvrit la porte de l'appartement de Topanga Canyon Boulevard était blonde et avait dans les trente-cinq ans. Les deux années précédentes avaient vu Bosch passer beaucoup de temps à regarder les photos d'une Esme Tavares très brune, avec des yeux noirs et quinze ans plus jeune que la femme d'aujourd'hui. Pour ne jamais oublier cette affaire, il en avait une dans son portable où elle faisait la moue. Il l'avait choisie parmi toutes les autres parce qu'il savait qu'une bouche fermée change peu au fil des ans. La femme qui se faisait appeler Angela ne souriant pas lorsqu'elle lui avait ouvert, il avait tout de suite su que c'était Esme.

Et elle avait, elle, tout de suite su qu'il savait.

— Va falloir arrêter de me chercher, dit-elle.

Ils s'assirent dans sa salle de séjour et elle lui raconta son histoire. Dès qu'elle se fut mise en route, il aurait pu lui en donner les détails avant elle, mais il la laissa quand même aller jusqu'au bout. Jeune femme prise dans un mauvais mariage avec un homme plus âgé et dominateur, physiquement abusée de manière régulière et coincée par un bébé qu'elle n'avait jamais voulu… et qu'il ne voulait, lui, que pour mieux la contrôler. Elle avait fait le choix difficile de tout laisser derrière elle, l'enfant compris, et de disparaître.

Elle avait eu de l'aide et lorsque Bosch la pressa un peu plus avec ses questions, il devint clair que cette aide était venue d'un amant qu'elle avait à l'époque et avec lequel elle vivait maintenant depuis quinze ans. Ils s'étaient d'abord éloignés et avaient vécu ensemble à Salt Lake City. Puis, dix ans plus tard, ils étaient revenus à Los Angeles parce que la ville où ils avaient grandi tous les deux leur manquait.

Son histoire avait plus de trous qu'un filet de pêcheur de San Pedro, mais Bosch se dit qu'omissions et incongruités, tout y avait pour but de la montrer sous un bon jour plutôt que dans ses ombres les plus sinistres. Elle donnait l'impression de n'éprouver aucun remords pour la fillette qu'elle avait laissée dans son berceau ou pour les efforts déployés par toute la communauté pour la retrouver. Elle professait ne pas en avoir eu conscience parce qu'à ce moment-là elle vivait à Salt Lake City.

Elle prétendit aussi que sa disparition n'avait rien d'une tentative destinée à jeter le doute sur l'époux qu'elle avait abandonné. À l'entendre, elle n'avait eu d'autre choix que celui de se sauver.

— Si je n'avais fait qu'essayer de le quitter, il m'aurait tuée, dit-elle. Vous-même pensiez qu'il l'avait fait, reconnaissez-le.

— Ce pourrait être vrai, lui concéda-t-il, mais c'était, au moins en partie, dicté par les circonstances de votre disparition avec abandon du bébé dans son berceau.

Pour résumer, Angela Martinez, née Esmeralda Tavares, se montrait singulièrement peu disposée à s'excuser de ce qu'elle avait fait. À Bosch, à la police ou à la communauté. Et surtout pas au bébé que son mari avait donné pour adoption un an après la disparition de sa femme.

— Savez-vous même seulement où est votre fille ? lui demanda Bosch dans une pose d'inspecteur de police objectif qui ne donnait pas de résultats pour l'instant.

— Où que ce soit, c'est sûrement mieux que si elle était restée dans cette maison de cauchemars, lui répondit-elle. Elle pourrait même ne pas en avoir réchappé. Je sais que moi, je n'y aurais pas survécu.

— Mais comment saviez-vous qu'il la confierait à l'assistance publique dès que vous seriez partie ? Pour ce que vous en saviez à l'époque, elle pouvait toujours y être, dans cette maison de cauchemars.

— Non, je savais qu'il l'abandonnerait. Il ne l'avait voulue que pour m'attacher à lui. Je lui ai montré qu'il se trompait.

Bosch pensa à toutes les années qui avaient passé et à tous les efforts déployés pour la retrouver. Il songea à l'inspecteur Valdez, aujourd'hui chef de police, hanté depuis si longtemps par cette affaire. Il savait que, d'une certaine manière, elle se terminait bien. L'énigme était résolue et Esme toujours en vie. Mais cela ne l'empêchait pas de ne pas trop aimer.

— Pourquoi maintenant ? enchaîna-t-il. Pourquoi vous faire connaître aujourd'hui ?

— Albert et moi voulons nous marier, répondit-elle. L'heure est venue de le faire. Mon mari n'a jamais divorcé... Voilà à quel point il aimait contrôler les gens. Il n'a jamais rien fait pour me déclarer morte. Mais j'ai engagé un avocat, et il va s'en occuper. La première mesure était de résoudre l'énigme qui a contrarié tellement de gens pendant si longtemps.

Elle sourit comme si elle était fière de ce qu'elle faisait, galvanisée de constater qu'elle avait su garder ce secret pendant si longtemps.

— Et vous n'avez plus peur de lui, de... de votre mari ? lui demanda Bosch.

— Plus maintenant. Je n'étais qu'une gamine à l'époque. Aujourd'hui, il ne me fait plus peur.

Son sourire s'était maintenant transformé en moue, similaire à celle de la photo accrochée dans la cellule où il travaillait.

— Je crois avoir tout ce qu'il me faut pour boucler cette affaire, dit-il en se levant.

— C'est tout ce que vous vouliez savoir ? demanda-t-elle, l'air surpris.

— Pour l'instant, oui, répondit-il. Je vous recontacterai si j'ai besoin d'autre chose.

— Bon, eh bien, vous savez où me trouver... enfin, dit-elle.

Bosch reprit la direction du commissariat. Il se sentait morose. Il allait y entrer avec une autre affaire résolue, mais il n'y avait rien pour s'en réjouir. Des tas de gens avaient beaucoup donné en temps, argent et émotions pour Esme Tavares. Comme on l'avait toujours soupçonné, Esme Tavares était morte. Mais Angela Martinez était vivante.

Une fois garé, il fit un crochet par la salle des inspecteurs pour gagner le grand couloir du commissariat. Les bureaux étaient vides et il entendit du bruit à la salle de crise. Il se dit que les inspecteurs devaient être en pause déjeuner.

Le bureau du chef se trouvait au centre du bâtiment, en face de celui du lieutenant de veille. Bosch y passa la tête et demanda à la secrétaire de Valdez si le patron avait cinq minutes. Il savait que dès qu'il serait dans son bureau avec lui, la conversation durerait probablement bien plus longtemps. La secrétaire appela la pièce derrière son bureau et eut le feu vert. Bosch y entra.

Comme d'habitude en tenue, Valdez était assis à son bureau. Il brandit le cahier A du *Times*.

— Je lisais justement des trucs sur vous, Harry, dit-il. Ils vous exonèrent, et sérieusement, dans ce papier. Félicitations !

Bosch prit place en face de lui et le remercia.

Il avait lu l'article le matin même avant de gagner le lieu de son rendez-vous, et en était satisfait. Cela dit, il savait que bien plus de gens lisaient le numéro du dimanche que celui du jeudi et qu'il y aurait donc toujours un monde entre ceux qui avaient lu qu'il était malhonnête et ceux qui avaient lu l'article « on-oublie-c'est-un-mec-bien ».

Cela ne l'ennuyait pas trop. La personne pour lui la plus importante à l'avoir lu en ligne lui avait déjà envoyé un texto pour lui dire combien elle était fière de lui et heureuse de la façon dont s'était terminée l'affaire Borders.

— Bon alors, commença-t-il, comme je ne sais pas trop comment vous l'annoncer, je vais juste vous le dire comme ça : je viens juste de rencontrer Esme Tavares. Elle est vivante et habite dans les Woodland Hills.

Valdez en tomba quasiment de son fauteuil. Il s'avança violemment au-dessus de son bureau, tout son visage montrant sa surprise.

— Quoi ?! s'écria-t-il.

Bosch lui raconta toute l'histoire, en commençant par le moment où il avait ouvert la lettre la veille au soir.

— Nom de Dieu ! souffla Valdez. Ça fait quinze ans que je la croyais morte. Que je vous dise : je ne sais pas combien de nuits j'ai voulu aller à cette maison et traîner son connard de mari derrière ma voiture jusqu'à ce qu'il me dise où elle était enterrée.

— Je sais. Moi aussi.

— Non parce que, putain de Dieu, j'étais tombé amoureux d'elle, moi ! Vous savez bien comment ça arrive avec les victimes, des fois.

— Oui, moi aussi, ça m'a fait un peu ça. Jusqu'à aujourd'hui.

— Alors, elle vous a dit pourquoi ?

Bosch lui rapporta la conversation qu'il avait eue avec Angela Martinez ce matin-là. Plus il parlait, plus le visage de Valdez ne cessait de s'assombrir de colère. Il hocha la tête à plusieurs reprises et porta quelques notes dans un bloc sur son bureau.

Lorsque Bosch en eut fini, il y jeta un coup d'œil et parla.

— Vous l'avez conseillée ? lui lança-t-il.

Valdez lui demandait, Bosch le savait, s'il avait informé Martinez de ses droits constitutionnels à avoir un avocat et à éviter de s'auto-incriminer.

— Non, répondit Bosch. Je ne pensais pas devoir le faire. Elle m'avait invité à venir chez elle et nous étions assis dans son living. Je m'étais identifié et elle savait manifestement qui j'étais. Mais ça n'a aucune importance, chef. Je sais à quoi vous pensez, mais ces trucs-là ne marchent jamais.

— C'est de la fraude, reprit Valdez. Au fil des ans, on a dû dépenser quasi un demi-million de dollars à la rechercher. Je me souviens très bien qu'au moment où elle a été déclarée disparue, les heures supplémentaires, y en avait en veux-tu en voilà. Et tout de suite, ç'a été tout le monde sur le pont et, depuis, on n'a jamais lâché la pression jusqu'au moment où vous avez pris l'affaire en main et commencé à vous en occuper.

— Écoutez, j'aime pas beaucoup avoir l'air de la défendre, mais c'est un crime moral qu'elle a commis, pas un crime que le district attorney va trouver digne de poursuites. Elle fuyait une situation qu'elle estimait dangereuse. Elle avait depuis longtemps disparu quand les heures sup et tout le reste ont démarré. Elle peut très bien dire qu'elle ne savait pas, ou qu'il était trop dangereux d'aller le déclarer et de dire qu'elle allait bien. Elle a des tas de défenses possibles. Jamais le district attorney ne touchera à ce dossier.

Le chef garda le silence. Il se radossa à son siège et regarda fixement un jouet en forme d'hélicoptère de la police accroché au plafond par une ficelle. Il aimait dire que c'était sa minuscule escadrille aérienne.

— Merde, finit-il par lâcher. J'aimerais bien qu'il y ait quelque chose à faire.

— Faudra juste apprendre à vivre avec, dit Bosch. Elle était dans une mauvaise passe à l'époque. Elle a fait le mauvais choix, mais les gens ne sont pas parfaits. Ils sont égoïstes. Tout le temps qu'on la pensait morte, à nos yeux elle était pure et innocente. À présent, nous découvrons qu'elle était de celles qui peuvent laisser un bébé dans son berceau pour sauver leur peau.

Bosch songea à José Esquivel Junior en train de mourir la joue sur le lino dans le couloir de la pharmacie de son père, et se demanda s'il y avait jamais quelqu'un de pur et innocent.

Valdez se leva de son bureau et gagna le panneau d'affichage au-dessus de la rangée de meubles classeurs bas, le long du mur de droite. Il y feuilleta quelques notes d'affectations et passa en revue un tas d'avis de recherche jusqu'à ce qu'il tombe sur la photo d'Esme Tavares remontant à 2002. Il l'arracha du panneau et la froissa dans sa main jusqu'à en faire la plus petite boule possible. Puis il visa la corbeille à papiers à l'autre bout de la pièce.

Et la rata.

— C'est quoi, ce monde, Harry ? demanda-t-il.

— Je ne sais pas, répondit Bosch. Cette semaine j'ai résolu un double meurtre et la disparition d'une jeune femme remontant à quinze ans et ça ne me procure aucun bonheur.

Valdez se laissa retomber dans son fauteuil.

— L'aventure de la *farmacia* doit quand même vous faire du bien, non ? dit-il. Vous avez viré deux étrons du tableau.

Bosch acquiesça, mais la vérité était bien qu'il avait l'impression de tourner en rond. La vraie justice était une victoire hors de portée.

Il se leva.

— Vous allez appeler Carlos pour lui dire qu'il est tiré d'affaire ? demanda-t-il.

Carlos Tavares était le mari d'Esmeralda, suspecté depuis quinze ans.

— Qu'il aille se faire foutre ! dit Valdez. Ça reste un connard. Il aura qu'à le lire dans le journal.

Bosch gagna la porte, puis se retourna pour regarder son patron.

— J'aurai fini mon rapport là-dessus aujourd'hui, dit-il.

— Très bien, lui renvoya Valdez. Et après, on boit un coup.

— Bonne idée.

Chapitre 44

Bosch voulait éviter la salle des inspecteurs. Il n'avait plus envie de parler. Bella Lourdes et les autres apprendraient bien assez tôt qu'Esme Tavares était vivante et allait bien, et tout le monde en parlerait dans le service, puis dans toute la ville. Mais lui, Bosch, en avait suffisamment parlé pour le moment.

Il sortit, traversa la rue puis le dépôt des Travaux publics et entra dans la prison. Après avoir déverrouillé sa cellule, il en ouvrit la lourde porte en la faisant glisser si fort qu'elle en frappa le montant. Puis, comme le chef de police, il s'approcha de la photo d'Esme Tavares pour l'arracher. Mais suspendit son geste et décida de la laisser où elle était de façon à toujours la voir et se rappeler combien il s'était trompé dans cette histoire.

C'était l'enfant dans le berceau qui l'avait induit en erreur, il le savait. Parce que ça semblait aller contre toutes les lois de la nature, ça l'avait lui, mais aussi bon nombre d'autres avant lui, poussé à prendre le mauvais sentier.

Il resta planté là à regarder la photo, et songea à ce que toute cette semaine avait d'ironique. Elizabeth Clayton n'avait jamais pu se remettre de la perte d'une enfant et errait sur la terre tel un zombie, en se foutant de ce qu'on lui faisait et de la dépravation dans laquelle elle se laissait sombrer. Esme Tavares avait, elle, abandonné une enfant dans son berceau et, apparemment, sans jamais le regretter.

Dans sa réalité, le monde était sombre et horrible. Bosch s'assit à son bureau de fortune pour rédiger les documents qui l'attesteraient, et s'aperçut qu'il ne pouvait même pas en écrire le premier mot.

Il réfléchit longuement, puis se releva. Il y avait un banc qui courait au centre de sa cellule, à la perpendiculaire de son bureau. Il s'en servait surtout pour y étaler des photos et des dossiers de façon à pouvoir les réexaminer d'un œil neuf. Les scènes de crime s'y alignaient jusqu'au bout du banc en bois tout éraflé. On lui avait dit qu'il avait jadis été surnommé « le plongeoir » parce que c'était de là qu'au fil du temps certains prisonniers décidaient de rejoindre les territoires de l'oubli. Ils montaient dessus, entouraient les barreaux gardant l'entrée du conduit d'aération au-dessus de leur tête avec une jambe de leur pantalon de prisonnier, puis se passaient l'autre autour du cou.

Après quoi, ils se plaçaient au bout du banc et sautaient dans la sombre flaque du néant et mettaient ainsi fin à leur misère.

Bosch monta sur le banc à son tour. Leva les mains au-dessus de sa tête pour attraper une des barres et ne pas tomber.

Fouilla dans sa poche et en sortit son portable. Vérifia son écran, tint l'appareil en hauteur, pivota sur le banc et tourna la main jusqu'à ce qu'enfin il voie apparaître une barre de réseau. Puis, du pouce, il alla dans ses contacts, en parcourut le menu presque jusqu'à la fin et appuya sur le numéro qu'il cherchait.

Lucia Soto lui répondit dans l'instant.

— Harry, dit-elle, quoi de neuf ?

— As-tu sorti le dossier dont je t'ai parlé ?

— Celui de Daisy Clayton ? Oui, c'est ce que j'ai fait en premier ce matin.

— Et… ?

— Tu avais raison. Il prenait la poussière. Personne n'y a travaillé depuis trois ou quatre ans sauf pour écrire des rapports d'évaluation qui sont tous la copie conforme du précédent, année après année. Tu sais comment ça marche : « Pas de piste exploitable pour l'instant »… parce que personne n'en a vraiment cherché.

— Et… ?

— Et je crois qu'ils se sont trompés. J'ai vu des trucs. Il y a des angles d'attaque possibles. Ç'a été tout de suite considéré comme un crime de tueur en série. Quelqu'un qui écumait Hollywood, faisait son affaire et passait à la suivante. Mais je ne suis pas certaine que ce soit ça. J'ai regardé les photos. Elles montrent de la familiarité avec la fille et l'endroit où elle a été jetée. Il connaissait la zone. Je vais…

— Lucia ?

— Quoi, Harry ?

— Mets-moi dans le coup.

— Qu'est-ce que tu veux dire ?

— Tu sais très bien ce que je veux dire. Je veux y travailler avec toi. Allons gauler ce type.

REMERCIEMENTS

Beaucoup de gens ont donné de leur temps, de leur expérience et de leur expertise à l'auteur dans ses recherches et dans la rédaction de ce roman. Côté recherches, ce sont Rick Jackson, Tim Marcia, Mitzi Roberts, David Lambkin, Dennis Wojciechowski, Irwin Rosenberg, Anthony Vairo, Lynn Smith, Adam Frisch, Henrik Bastin et Daniel Daly. Côté écriture, ce sont Asya Muchnick, Bill Massey, Harriet Bourton, Emad Aktar, Pamela Marshall, Terry Lee Lankford, Jane Davis, Heather Rizzo, John Houghton et Linda Connelly. Et nombre de ces personnes ont mis les pieds, et fermement, des deux côtés de l'équation.

L'auteur est profondément reconnaissant à tous ceux listés ci-dessus ainsi qu'à ceux qu'il aurait malencontreusement oubliés ou dont il a respecté la volonté de rester anonymes.

Du même auteur :

Les Égouts de Los Angeles
Prix Calibre 38, 1993
1re publication, 1993
Calmann-Lévy,
l'intégrale MC, 2012 ;
Le Livre de Poche, 2014

La Glace noire
1re publication, 1995
Calmann-Lévy,
l'intégrale MC, 2015 ;
Le Livre de Poche, 2016

La Blonde en béton
Prix Calibre 38, 1996
1re publication, 1996
Calmann-Lévy,
l'intégrale MC, 2014 ;
Le Livre de Poche, 2015

Le Poète
Prix Mystère, 1998
1re publication, 1997
Calmann-Lévy,
l'intégrale MC, 2015 ;
Le Livre de Poche, 2017

Le Cadavre dans la Rolls
1re publication, 1998
Calmann-Lévy,
l'intégrale MC, 2017 ;
Le Livre de Poche, 2018

Créance de sang
Grand Prix de littérature
policière, 1999
1re publication, 1999
Calmann-Lévy,
l'intégrale MC, 2017

Le Dernier Coyote
1re publication, 1999
Calmann-Lévy,
l'intégrale MC, 2017 ;
Le Livre de Poche, 2019

La lune était noire
1re publication, 2000
Calmann-Lévy,
l'intégrale MC, 2012 ;
Le Livre de Poche, 2012

L'Envol des anges
1re publication, 2000
Calmann-Lévy,
l'intégrale MC, 2012 ;
Le Livre de Poche, 2012

L'Oiseau des ténèbres
1re publication, 2001
Calmann-Lévy,
l'intégrale MC, 2012 ;
Le Livre de Poche, 2011

Wonderland Avenue
1re publication, 2002
Calmann-Lévy,
l'intégrale MC, 2013

Darling Lilly
1re publication, 2003
Calmann-Lévy,
l'intégrale MC, 2014

Lumière morte
1re publication, 2003
Calmann-Lévy,
l'intégrale MC, 2014

Los Angeles River
1re publication, 2004
Calmann-Lévy,
l'intégrale MC, 2015

Deuil interdit
1re publication, 2005
Calmann-Lévy,
l'intégrale MC, 2016

La Défense Lincoln
1re publication, 2006
Calmann-Lévy,
l'intégrale MC, 2018

Chroniques du crime
1re publication, 2006
Calmann-Lévy,
l'intégrale MC, 2018

Echo Park
1re publication, 2007
Calmann-Lévy,
l'intégrale MC, 2018

À genoux
Seuil, 2008 ; Points,
n° P2157 ;
Calmann-Lévy, 2019

Le Verdict du plomb
Seuil, 2009 ; Points,
n° P2397

L'Épouvantail
Seuil, 2010 ; Points,
n° P2623

Les Neuf Dragons
Seuil, 2011 ; Points
n° P2798 ; Point Deux

Volte-face
Calmann-Lévy, 2012 ;
Le Livre de Poche, 2013

Angle d'attaque
Ouvrage numérique,
Calmann-Lévy, 2013

Le Cinquième Témoin
Calmann-Lévy, 2013 ;
Le Livre de Poche, 2014

Intervention suicide
Ouvrage numérique,
Calmann-Lévy, 2014

Ceux qui tombent
Calmann-Lévy, 2014 ;
Le Livre de Poche, 2015

Le Coffre oublié
Ouvrage numérique,
Calmann-Lévy, 2015

Dans la ville en feu
Calmann-Lévy, 2015 ;
Le Livre de Poche, 2016

Mulholland,
vue plongeante
Ouvrage numérique,
Calmann-Lévy, 2015

Les Dieux du verdict
Calmann-Lévy, 2015 ;
Le Livre de Poche, 2016

Billy Ratliff, dix-neuf ans
Ouvrage numérique,
Calmann-Lévy, 2016

Mariachi Plaza
Calmann-Lévy, 2016 ;
Le Livre de Poche, 2017

Jusqu'à l'impensable
Calmann-Lévy, 2017 ;
Le Livre de Poche, 2018

Sur un mauvais adieu
Calmann-Lévy, 2018 ;
Le Livre de Poche, 2019

En attendant le jour
Calmann-Lévy, 2019 ;
Le Livre de Poche, 2020

Nuit sombre et sacrée
Calmann-Lévy, 2020

Le Livre de Poche s'engage pour l'environnement en réduisant l'empreinte carbone de ses livres. Celle de cet exemplaire est de :
350 g éq. CO_2
Rendez-vous sur www.livredepoche-durable.fr

Composition réalisée par Belle Page

Achevé d'imprimer en France par
CPI BRODARD & TAUPIN (72200 La Flèche)
en septembre 2020
N° d'impression : 3040025
Dépôt légal 1re publication : octobre 2020
LIBRAIRIE GÉNÉRALE FRANÇAISE
21, rue du Montparnasse – 75298 Paris Cedex 06

48/4511/6